HEYNE BÜCHER

Fantasy

Herausgegeben von Friedel Wahren

Von **Gordon R. Dickson** erschienen in der Reihe
HEYNE SCIENCE FICTION & FANTASY:

Nichts für Menschen · 0603656
Der ferne Ruf · 0603662
Uralt, mein Feind · 0603682
Sturm der Zeit · 0603871
Wolf und Eisen · 0605662

DRACHENRITTER-ZYKLUS:
1. Die Nacht der Drachen · 0603769; auch: 0605902
2. Der Drachenritter · 0605903
3. Drachen an der Grenze · 0605904 (in Vorb.)
4. Drachen im Krieg · 0605905 (in Vorb.)
5. Der Drache, der Graf und der Troll · 0605906 (in Vorb.)
6. Der Drache und der Dschinn · 0605907 (in Vorb.)

GORDON R. DICKSON

DIE NACHT DER DRACHEN

Erster Roman
des Drachenritter-Zyklus

Neuausgabe

WILHELM HEYNE VERLAG
MÜNCHEN

HEYNE SCIENCE FICTION & FANTASY
Band 06/5902

Titel der Originalausgabe
THE DRAGON AND THE GEORGE
Übersetzung aus dem Amerikanischen
von Irene Holicki
Das Umschlagbild malte Ralph Voltz
Die Illustrationen im Text zeichnete John Stewart

Dieses Buch erschien unter gleichem Titel
1980 als Heyne-Buch 06/3769.

Umwelthinweis:
Dieses Buch wurde auf chlor- und
säurefreiem Papier gedruckt.

Redaktion: Friedel Wahren

Printed in Germany 1997
Umschlaggestaltung: Atelier Ingrid Schütz, München
Technische Betreuung: M. Spinola
Satz: Schaber Satz- und Datentechnik, Wels
Druck und Bindung: Elsnerdruck, Berlin

ISBN 3-453-12693-9

1

UM GENAU 10.30 UHR fuhr James Eckert vor der Stoddard Hall auf dem Campus des Riveroak College vor, wo Grottwold Weinar Hansen sein Labor hatte. Angie Farrell stand jedoch nicht abfahrbereit am Straßenrand. Natürlich nicht.

Es war ein warmer, sonniger Septembervormittag.

Jim blieb im Wagen sitzen und versuchte, seinen Ärger zu unterdrücken. Es war sicher nicht Angies Schuld. Diesem Idioten von Grottwold war zweifellos wieder etwas eingefallen, um sie Überstunden machen zu lassen, obwohl – oder vielleicht weil – er wußte, daß sie und Jim eigentlich an diesem Vormittag auf Wohnungssuche gehen sollten. Es war schwer, bei jemandem wie Grottwold nicht die Beherrschung zu verlieren, der nicht nur keine Leuchte war, sondern auch noch ganz offensichtlich versucht hatte, Angie Jim abspenstig zu machen und sie für sich zu gewinnen.

Eine der beiden großen Türen an der Vorderseite der Stoddard Hall öffnete sich, und eine Gestalt trat heraus. Aber es war nicht Angie. Es war ein untersetzter junger Mann mit struppigem rötlichen Haar und Schnurrbart, der eine vollgestopfte Kollegmappe trug. Als er Jim im Auto sah, kam er die Stufen herunter, zum Wagen herüber und lehnte sich auf den Rand des offenen Fensters auf der Beifahrerseite des Vordersitzes.

»Du wartest wohl auf Angie?« fragte er.

»Richtig, Danny«, sagte Jim. »Sie sollte schon hier stehen und auf mich warten, aber offensichtlich hält Grottwold sie immer noch fest.«

»Das ist so seine Art.« Danny Cerdak war Assistent an der Physikalischen Abteilung. Er war der einzige andere Volleyballspieler der Klasse AA auf dem Campus.

»Fahrt ihr hinaus, um Cheryls Wohnwagen anzusehen?«

»Wenn Angie jemals rechtzeitig herauskommt«, sagte Jim.

»Ach, sie wird jetzt wahrscheinlich jede Minute hier sein. Sag mal, wollt ihr beiden nicht morgen abend nach dem Spiel bei mir vorbeikommen? Nichts Besonderes, nur Pizza und Bier und ein paar Leute aus der Mannschaft mit ihren Frauen und so weiter.«

»Klingt ganz gut«, sagte Jim verdrießlich, »wenn ich nicht in irgendeiner Extraarbeit für Shorles stecke. Danke auf jeden Fall; und wir kommen sicher, wenn wir es schaffen.«

»Gut.« Danny richtete sich auf. »Ich sehe dich dann morgen beim Spiel.«

Er ging. Jim kehrte zu seinen eigenen Gedanken zurück.

An sich, sagte er sich, sollte er reif genug sein, nicht wegen so etwas die Kontrolle über seine Emotionen zu verlieren, auch wenn sie nur zwei Stunden Zeit hatten, um zu dem Wohnwagenstellplatz zu kommen und wieder zurück, und um zu Mittag zu essen, bevor Angie wieder zu ihrem Teilzeitjob als Grottwolds Laborassistentin mußte. Er mußte sich einprägen, daß Frustrationen ein Teil des Lebens waren. Er mußte lernen, mit Problemen wie egoistischen Fakultätsvorstehern, unzureichenden Gehältern und einer Wirtschaft zu leben, die Riveroak College, wie alle anderen Ausbildungsstätten, so weit finanziell einschränkte, daß man mit einem Doktordiplom in mittelalterlicher Geschichte nur mehr seine Schuhe putzen konnte, ehe man sich zum Kohlenschippen bewarb.

Hier riß sich Jim aus seinen Gedanken, da er bemerkte, daß diese Wiederholung der Dinge, die er durchzustehen hatte, ihn nicht etwa beunruhigte, sondern daß statt dessen seine Knöchel weiß wurden vor Anstrengung und seine Fäuste begannen, das altersschwache Steuerrad des Schluckspechts zu verbiegen. Nichts am Schluckspecht war fest genug, um eine solche Behandlung widerspruchslos hinzunehmen. Für einen zehn Jahre alten Fiat war er immer noch ein treues, kleines Auto, aber kein ehrlicher Mensch konnte behaupten, er sei in gutem Zustand. Dagegen war Jim selbst – wie viele Volleyballspieler der AA-Klasse – topfit. Er war knapp 1,80 m groß, aber selbst erfahrene Gewichtsschätzer vertaten sich gewöhnlich bei seinen zweihundertzehn Pfund, meist Knochen und harte Muskeln, um zwanzig oder mehr nach unten. Unglücklicherweise gab diese Muskelmaschine, gepaart mit einem Instinkt für sofortige Gegenaktionen bei Herausforderungen – was auf dem Volleyballfeld bei der Sorte von Gegnern, denen er nun seit einigen Jahren in Turnieren gegenüberstand, sehr nützlich war, aber vielleicht nicht das Ideale in gesellschaftlicher Hinsicht – Jim einigen Anlaß, sich Sorgen um sich selbst zu machen.

Dem Himmel sei Dank für Angie. Das Schöne an ihr war, daß sie bei den Leuten Resultate erzielte, ohne auch nur im geringsten wütend zu werden, und das in Situationen, in denen Jim geschworen hätte, die anderen suchten bewußt Streit. Wie sie das fertigbrachte, hatte Jim niemals ergründen können. So weit er sehen konnte, tat sie nichts anderes, als die Situation in gleichmäßig freundlichem Tonfall zu erklären. Worauf, aus irgendeinem Grund, die anderen sofort jedes antagonistische Verhalten aufgaben und freundlich und hilfsbereit wurden. Angie war wirklich etwas Besonderes; speziell für jemanden, den man nur als winzig bezeichnen konnte. Man brauchte nur anzusehen, wie sie mit Grottwold fertigwurde …

Jim wurde sich bewußt, daß die Zeit weitergeglitten war, während er hier saß und nachdachte. Er blickte auf die Uhr, und seine Miene wurde finster. Beinahe Viertel vor elf. Das ging zu weit. Wenn Grottwold schon nicht genug Verstand hatte, sie gehen zu lassen, hätte sich mindestens Angie selbst inzwischen loseisen müssen.

Er öffnete die Autotür auf seiner Seite und wollte gerade aussteigen, als wieder eine der beiden großen Eingangstüren aufschwang und Angie die Stufen herunter zum Wagen lief, wobei sie ihren leichten, beigen Mantel überzog. Ihre braunen Augen strahlten, und ihre Wangen waren von der Eile rosig angehaucht.

»Ach, da bist du ja«, sagte Jim und stieg wieder ein.

»Es tut mir leid.« Angie stieg auf ihrer Seite in den Schluckspecht und schlug die Tür hinter sich zu. »Grottwold ist ganz außer sich. Er glaubt unmittelbar vor dem Beweis zu stehen, daß Astralprojektion möglich ist …«

»Was für eine Jektion?«

Jim ließ den Schluckspecht an und fuhr vom Randstein weg.

»Astralprojektion. Der Geist wird freigesetzt und kann sich außerhalb des Körpers bewegen. Und mit den Resultaten, die er bekommen hat, als er einen gesteigerten Input in den Biofeedback-Kreislauf eingab, um gewisse Arten von Schlafzuständen zu imitieren …«

»Du läßt ihn aber doch keine Experimente mit dir machen, oder? Ich glaube, das hatten wir doch festgelegt.«

»Nun reg dich nicht so auf«, sagte Angie. »Ich lasse ihn nicht *mit* mir experimentieren, ich helfe ihm nur bei seinen Experimenten. Keine Angst, er wird mich nicht hypnotisieren oder sonst etwas.«

»Er hat es schon einmal versucht.«

Jim lenkte den Schluckspecht aus dem Collegegelände auf die West Street und fuhr auf die Abfahrt zum Highway Fünf.

»Er hat es nur versucht. *Du* hast mich hypnotisiert, wenn du dich erinnerst – nachdem Grottwold es dir beigebracht hatte.«

»Auf jeden Fall darfst du dich nie wieder von irgend jemandem hypnotisieren lassen. Weder von mir noch von Hansen oder von sonst jemandem.«

»Natürlich nicht«, sagte Angie leise.

Da ging es also schon wieder los – genau das, worüber er nachgedacht hatte, sagte sich Jim. Jetzt war *er* es, der gerade ihre Spezialbehandlung bekommen hatte. Plötzlich gab es keinen Streit mehr, und er wußte nicht mehr, worüber er sich eigentlich ursprünglich aufgeregt hatte. Er empfand ein leichtes Schuldgefühl, weil er eine Szene wegen einer Sache gemacht hatte, die wahrscheinlich von vornherein nicht so wichtig gewesen war.

»Jedenfalls«, sagte er, als sie über den Highway Fünf zum Wohnwagenstellplatz fuhren, von dem ihm Danny Cerdak erzählt hatte, »wenn dieser Mietwohnwagen wirklich so günstig sein sollte, wie Danny gesagt hat, können wir heiraten, und vielleicht können wir, wenn wir zusammenleben, mit so wenig Geld auskommen, daß du nicht mehr neben deiner Assistentenstelle für Grottwold arbeiten mußt.«

»Jim«, sagte Angie, »du weißt doch, daß das nicht geht.«

»Wir könnten es doch schaffen.«

»Könnten wir nicht. Das Studentenheim kann uns einzig und allein deshalb für hundertzwanzig pro Mann und Monat mit Kost und Logis aufnehmen, weil sie labbriges Essen in großen Mengen kochen und uns in Etagenbetten in Schlafsäle pferchen. Jede eigene Wohnung, die wir finden können, wird unsere Lebenshaltungskosten erhöhen, nicht senken. Ich kann für uns beide nicht so billig kochen wie das Studentenheim. Nein, ich kann meine Arbeit bei Grottwold nicht aufgeben. Aber wenn wir ein eigenes Heim haben, wird es sich wenigstens scheinbar lohnen weiterzumachen. Wir müssen ein eigenes Heim haben – aber wir sollten uns keine Illusionen über die Kosten machen.«

»Da draußen könnten wir so etwas wie Camping machen, wenigstens in den ersten paar Monaten.«

»Und wie stellst du dir das vor? Wir brauchen

Küchengerät zum Kochen und Essen. Wir brauchen einen zweiten Tisch, damit jeder einen hat, um seine Aufgaben zu korrigieren, und für die sonstige Collegearbeit. Und Stühle. Wir brauchen zumindest eine Matratze zum Schlafen und irgendeine Art von Kommode für die Sachen, die man nicht aufhängen kann ...«

»Na gut. Dann werde ich mir eben einen zusätzlichen Job suchen.«

»Nein, das wirst du nicht tun. Ich mußte mit meiner Doktorarbeit aufhören. Aber du wirst weiterhin Aufsätze für die wissenschaftlichen Zeitschriften schreiben, so lange, bis du etwas veröffentlichen kannst. Dann möchte ich doch sehen, ob dir Shorles diese Dozentenstelle weiterhin vorenthalten kann!«

»Ach, zum Teufel«, sagte Jim. »Wahrscheinlich wird doch nie etwas von mir veröffentlicht.«

»Das meinst du doch wohl nicht im Ernst!« Diesmal sagte Angie es beinahe wütend.

»Nein, eigentlich nicht«, sagte Jim ein wenig verlegen. »Weißt du, dieser letzte Aufsatz ging heute morgen, bevor ich ins Seminar mußte, ganz gut voran.«

Professor Thibault Shorles, Leiter der Historischen Abteilung, sah es gerne, wenn seine Assistenten an allen seinen Seminaren teilnahmen, zusätzlich zu ihrer normalen Arbeit, dem Korrigieren von Übungen, der Bereitstellung von Nachschlagewerken für die Studenten des Kurses und so weiter. Es war eine nette, kleine Eigenart, die Jims wöchentlicher Arbeitszeit, die er für seine hundertfünfundsiebzig Dollar im Monat leisten mußte, noch einmal acht Stunden hinzufügte.

»Wie war er heute?« fragte Angie. »Hast du ihn noch einmal wegen der Dozentenstelle gefragt?«

»Er war nicht in der Stimmung dafür.«

»Er nicht? Oder du nicht?« Jim zuckte innerlich zusammen. Shorles hatte sich auf dem Kongreß der Historischen Gesellschaft im letzten Jahr in Chicago mit Jim unterhalten; und ihm eine neugeschaffene Dozentenstelle, die die Historische Abteilung in Riveroak, der Shorles vorstand, gerade bekommen hatte, so gut wie versprochen. Mit dieser Aussicht hatte Angie sich um eine Assistentenstelle in der Englischen Abteilung bemüht und sie zu ihrer beider Freude auch bekommen. Sie schrieb immer noch an ihrer Doktorarbeit in englischer Literatur, während Jim ihr an der Michigan State Universität, wo sie sich als graduierte Studenten kennengelernt hatten, drei Jahre voraus war. Als sie dann beide für Posten am gleichen wissenschaftlichen Institut eingeplant waren, hatte es so ausgesehen, als sei die Zukunft vorprogrammiert. Aber als sie ankamen, hatte Shorles die Nachricht verkündet, daß Jim wegen ganz kurzfristig aufgetretener Budgetprobleme seine Dozentenstelle frühestens im Frühjahrsquartal erhalten könne. Inzwischen hatte Shorles eine Assistentenstelle frei ...

Jim hatte weniger als einen Monat gebraucht, um die wahren Hintergründe des ›Budgetproblems‹ herauszubekommen. Wie die wissenschaftlichen Abteilungen vieler Colleges und Universitäten stand auch das Lehrpersonal der Historischen im Riveroak College im Kreuzfeuer der Universitätspolitik. Zwei eingesessene Parteien in der Abteilung stellten sich in fast jedem Punkt gegeneinander. Shorles, der keiner davon angehörte, war jahrelang durchgekommen, indem er sie gegeneinander ausspielte. Aber wenn er zu diesem Zeitpunkt einen zusätzlichen Dozenten einstellte, konnte das eine Umgruppierung der Parteizugehörigkeiten und eine daraus resultierende Zerstörung des ausgewogenen Gleichgewichts der Kräfte bedeuten. Andererseits dachte Professor Theodore N. Jellamine, der stellvertretende Leiter der Abteilung, daran, sich im nächsten Frühjahr zurückzuziehen. Sein Ausscheiden würde eine Beförderung seiner Untergebenen bedeuten; und wenn Shorles die kontrollierte, konnte er einen neuen Dozenten unterbringen, in einem neuen Gleichgewicht der Kräfte, das von ihm selbst eigenhändig austariert war.

»Es tut mir leid, Angie«, sagte Jim reuevoll. »Ich mußte eine Stunde lang in diesem Seminar sitzen, ohne etwas zu tun, außer interessiert zu gucken und darüber nachzudenken, was er uns angetan hat; und als es dann klingelte, wagte ich nicht, mit ihm zu sprechen, aus Angst, ich würde ihm die Zähne einschlagen, wenn er mir wieder eine Absage erteilte.«

Einen Augenblick lang herrschte Totenstille im Wagen; dann spürte Jim, der geradeaus durch die Windschutzscheibe starrte, einen sanften Druck auf seinem Arm.

»Ist ja schon gut«, sagte Angie. »Wenn dir so zumute war, hast du das Richtige getan. Du erwischst ihn schon einmal, wenn du ruhig darüber reden kannst.«

»Da sind wir«, sagte Jim und deutete mit dem Kopf nach rechts, neben den Highway.

2

Der Wohnwagenplatz Bellevue war nicht im Hinblick auf Schönheit angelegt worden, und keiner seiner Besitzer in den letzten zwanzig Jahren hatte etwas unternommen, um diese Unterlassung wiedergutzumachen. Sein gegenwärtiger Inhaber war in den Fünfzigern und so groß und schwer wie Jim Eckert, aber seine Haut war inzwischen zu weit für sein langes Gesicht. Das Fleisch war zu Falten und Runzeln zusammengeschrumpft, und sein blaues Hemd blähte sich lose um den Leib. Seine ausgeblichenen, braunen Hosen wurden in der Taille von einem dünnen schwarzen Gürtel in tiefe Falten gezogen. Sein Atem roch, als hätte er gerade überreifen Käse gegessen, und in dem sonnenheißen Innenraum des leeren Wohnwagens, den er Jim und Angie zeigte, war dieser Aspekt seiner Persönlichkeit kaum zu ignorieren.

»Nun«, sagte er mit einer Handbewegung zu den sie umgebenden Wänden des Hauses auf Rädern. »Das ist es also. Ich lasse Sie jetzt allein, damit Sie es sich ansehen können. Kommen Sie zu mir ins Büro, wenn Sie fertig sind.«

Er nahm seinen Atem nicht mit hinaus, ließ aber gottlob die Tür hinter sich offen. Jim sah Angie an, aber sie fuhr gerade mit den Fingern über den gesplitterten Lack auf einer der Schranktüren über dem Spülbecken.

»Sieht ziemlich übel aus, nicht?« bemerkte Jim.

Das stimmte. Offensichtlich lag das fahrbare Heim in den letzten Zügen. Der Fußboden senkte sich deutlich unter Jim und neigte sich ebenso sichtbar zum anderen Ende des Wohnwagens hin, wo Angie stand. Das Spülbecken war fleckig und rauh, die staubigen Fenster hingen lose in den Rahmen, und die Wände waren so dünn, daß man nur minimalste Isolierung erwarten konnte.

»Wenn der Winter kommt, wird es beinahe wie Camping im Schnee sein«, sagte Jim.

Er dachte an den frostklirrenden Januar eines Winters in Minnesota, sie beide dreiundzwanzig Meilen von Riveroak College entfernt, an den Schluckspecht mit seinen abgefahrenen Reifen und dem ausgeleierten Motor. Er dachte an die Sommersemester im College und die Backofenhitze eines Minnesota-Juli, wenn sie beide hier sitzen würden, mit einem endlosen Stapel von Prüfungsarbeiten zur Korrektur vor sich. Aber Angie gab keine Antwort.

Sie war dabei, die Tür zur Naßzelle des Wohnwagens zu öffnen und zu schließen. Oder sie versuchte jedenfalls, sie zu schließen. Die Tür schien nicht sehr gut einzuschnappen. Angies Schultern in der blauen Jacke waren schmal und gerade. Er wollte vorschlagen, sie sollten es aufgeben, zurückfahren und in den Listen der Wohnungsvermittlung für Studenten noch einmal nach einem Apartment in der Nähe des College suchen. Aber Angie würde sich nicht so schnell geschlagen geben. Er kannte sie. Außerdem wußte sie, daß er wußte, wie hoffnungslos der Versuch war, etwas in der Nähe zu finden, das sie beide bezahlen konnten.

Etwas von der trostlosen Verstaubtheit des fahrbaren Heims schien auf einem öden Wind der Verzweiflung durch Jims Seele zu blasen. Einen Augenblick lang fühlte er eine Art verzweifelter Sehnsucht nach dem Leben im europäischen Mittelalter, wie er es aus seinen mediävistischen Studien kannte. Eine Zeit, in der die Probleme in Gestalt von Gegnern aus Fleisch und Blut auftraten, anstatt als nicht faßbare Situationen, entstanden aus der undurchsichtigen und hinterhältigen Politik wissenschaftlicher Institutionen. Eine Zeit, in der man sich mit einem Mann wie Shorles mit dem Schwert auseinandersetzen konnte, anstatt mit Worten. Es war unwirklich, daß sie sich, nur wegen ihrer miesen wirtschaftlichen Situation und weil Shorles das politische Gleichgewicht seiner Abteilung nicht stören wollte, in dieser mißlichen Lage befinden sollten.

»Komm, Angie«, sagte Jim. »Wir werden etwas Besseres finden.«

Sie wirbelte herum. Unter ihrem dunklen Haar waren die braunen Augen hart.

»Du hast gesagt, du würdest es in dieser letzten Woche mir überlassen.«

»Ich weiß ...«

»Zwei Monate lang haben wir nun, wie du es wolltest, die Gegend rund um den Campus abgegrast. Die Konferenzen für das Herbstsemester beginnen morgen. Wir haben keine Zeit mehr.«

»Wir könnten doch abends weitersuchen.«

»Nicht mehr. Und ich werde nicht in das Studentenheim zurückgehen. Wir werden ein Heim für uns allein haben.«

»Aber ... sieh dir diesen Stall doch an, Angie!« sagte er. »Und es ist auch noch dreiundzwanzig Meilen vom Campus entfernt. Der Schluckspecht kann morgen schon den Geist aufgeben!«

»Wenn er das tut, flicken wir ihn eben wieder zusammen. Und wir werden auch diesen Wagen hier in Ordnung bringen. Du weißt, wir können es, wenn wir nur wollen!«

Er gab nach. Sie gingen zurück zum Büro und zum Verwalter.

»Wir nehmen ihn«, teilte Angie ihm mit.

»Hab' mir schon gedacht, daß er Ihnen gefallen würde«, sagte der Verwalter und nahm einige Papiere aus der Schublade seines unordentlichen Schreibtischs.

»Wie haben Sie übrigens überhaupt davon erfahren? Ich habe doch noch nicht einmal inseriert.«

»Ihre frühere Mieterin war die Schwägerin eines meiner Freunde«, antwortete Jim, »einer, mit dem ich Volleyball spiele. Als sie nach Missouri ziehen mußte, sagte er uns, daß ihr Wohnwagen zu haben sei.«

Der Verwalter nickte.

»Na, Sie können sich glücklich schätzen.« Er schob ihnen die Papiere hinüber. »Ich glaube, Sie sagten, daß Sie beide am College unterrichten?«

»Das stimmt«, sagte Angie.

»Wenn Sie dann nur hier auf den Formularen ein paar Zeilen ausfüllen und dann unterschreiben würden. Sind Sie verheiratet?«

»Wir wollen heiraten«, sagte Jim, »sobald wir hier einziehen.«

»Nun, wenn Sie noch nicht verheiratet sind, müssen Sie entweder beide unterschreiben, oder einer von Ihnen muß als Untermieter eingetragen werden. Es ist einfacher, wenn Sie beide unterschreiben. Und dann bekomme ich zwei Monatsmieten, die erste und die letzte, als Kaution. Zweihundertachtzig Dollar macht das.«

Angie und Jim hörten beide auf, sich mit den Papieren zu beschäftigen.

»Zweihundertachtzig?« fragte Angie entgeistert. »Danny Cerdaks Schwägerin hat hundertzehn im Monat bezahlt. Wir wissen es zufällig.«

»Das stimmt. Ich mußte erhöhen.«

»Dreißig Dollar mehr im Monat?« sagte Jim. »Dafür?«

»Wenn er Ihnen nicht gefällt«, sagte der Verwalter und richtete sich auf, »brauchen Sie ihn ja nicht zu mieten.«

»Natürlich«, sagte Angie, »verstehen wir, daß Sie vielleicht die Miete ein wenig anheben müssen, wo doch überall die Preise steigen. Aber wir können einfach keine hundertvierzig im Monat bezahlen.«

»Das ist schade. Tut mir leid, aber das kostet er jetzt. Wissen Sie, ich bin nicht der Besitzer. Ich befolge nur meine Anweisungen.«

Nun, das war's gewesen. Als sie wieder im Schluckspecht saßen, kurbelten sie die Fenster herunter, und Jim drehte den Zündschlüssel herum. Der Schluckspecht sprang mit einem rostigen Keuchen an. Sie fuhren über den Highway zurück zum College.

Unterwegs sprachen sie nicht viel.

»Es ist nicht so schlimm«, sagte Angie, als Jim auf den Parkplatz neben dem Studentenheim fuhr und sie zusammen zum Mittagessen hineingingen. »Wir werden schon noch etwas finden. Diese Gelegenheit hat sich ganz plötzlich ergeben. Es muß auch noch etwas anderes kommen. Wir werden einfach so lange weitersuchen.«

»Jaja«, sagte Jim.

Beim Mittagessen heiterte sich ihre Stimmung ein wenig auf.

»In gewisser Weise«, erklärte Angie, »war es unsere eigene Schuld. Wir haben uns auf diesen Wohnwagen zu sehr verlassen, nur weil wir die ersten waren, die hörten, daß er frei war. Von jetzt an werde ich mich auf nichts mehr verlassen, bis wir eingezogen sind.«

»Das gilt für uns beide.«

Nachdem sie gegessen hatten, blieb nur noch wenig Zeit. Jim fuhr zur Stoddard Hall zurück und ließ Angie aussteigen.

»Du bist doch um drei Uhr fertig?« fragte er. »Du läßt dich nicht wieder für Überstunden einspannen?«

»Nein«, sagte sie, schloß die Autotür und sprach durch das offene Fenster mit ihm. Ihre Stimme wurde sanft. »Heute nicht. Ich werde hier draußen stehen, wenn du kommst.«

»Gut«, sagte er; er sah ihr zu, wie sie die Stufen hinaufging und durch eine der großen Türen verschwand.

Er legte den Gang ein, fuhr an und lenkte den Schluckspecht auf die andere Seite des Campus, wo er auf seinem gewohnten Platz hinter dem Gebäude des Historischen Seminars parkte. Er hatte Angie nichts davon gesagt, aber während des Mittagessens hatte er einen Entschluß gefaßt. Er würde Shorles mit der Forderung konfrontieren, ihm die Dozentenstelle ohne weitere Verzögerung – spätestens bis zum Ende des Frühjahrsquartals bzw. zum Beginn des Sommersemesters – zu geben. Er rannte die drei Hintertreppen hinauf und kam in den langen Korridor mit Marmorboden, wo die meisten höheren Mitglieder des Lehrkörpers der Abteilung ihre Büros hatten.

Shorles stand eine Stufe über allen anderen in der Abteilung. Er hatte eine Sekretärin in seinem Vorzimmer sitzen, die gleichzeitig die Schreibarbeiten für die gesamte Abteilung erledigte. Jim öffnete die Tür und traf sie dabei an, wie sie etwas neu tippte, das verdächtig wie das Manuskript zu Shorles' letztem Aufsatz über die etruskischen Ursprünge der modernen Zivilisation aussah.

»Hallo, Marge«, sagte Jim. »Ist er da?«

Jim blickte, während er sprach, auf die Tür zu Shorles' Privatbüro und sah, daß sie geschlossen war. Daher kannte er Marges Antwort beinahe schon, bevor sie sie gab.

»Jetzt geht's gerade nicht«, sagte Marge, eine große Frau mit sandfarbenem Haar, in der Mitte der Dreißiger. »Ted Jellamine ist bei ihm. Es sollte allerdings nicht mehr sehr lange dauern. Wollen Sie warten?«

»Ja.«

Er nahm sich einen der harten Besucherstühle im Vorzimmer; und Marge fing wieder an, an ihrem Manuskript zu tippen.

Die Minuten krochen langsam dahin. Eine halbe Stunde verging, eine weitere Viertelstunde. Plötzlich wurde die Tür aufgerissen, und Shorles kam heraus, seinen üppigen Bauch energisch vorgestreckt, dicht gefolgt von Ted Jellamine in Cowboystiefeln und einem bunten Hahnentritt-Jackett. Während sie ohne Aufenthalt auf die Außentür zugingen, redete Shorles mit seiner Sekretärin.

»Marge, ich komme heute nachmittag nicht mehr zurück. Wir wollen in den Fakultätsklub. Wenn meine Frau anruft, sie kann mich dort erreichen.«

Als sich die Tür geöffnet hatte, war Jim automatisch aufgestanden und einen halben Schritt auf die beiden Männer zugegangen, die sich im Schneckentempo durch den Raum bewegten. Jetzt bemerkte ihn Shorles und winkte ihm fröhlich zu.

»Wundervolle Neuigkeiten, Jim!« sagte er. »Ted bleibt noch ein weiteres Jahr bei uns!«

Die Tür knallte hinter den beiden Männern zu. Jim starrte betäubt hinterher, dann wandte er sich zu Marge, die ihn mitfühlend ansah.

»Er hat einfach nicht überlegt. Deswegen hat er es Ihnen auf diese Weise beigebracht«, sagte sie.

»Von wegen!« sagte Jim. »Er hat sich diebisch gefreut, und das wissen Sie auch!«

»Nein«, Marge schüttelte den Kopf. »Nein, wirklich. Sie haben unrecht, Ted und er sind seit Jahren eng befreundet; und Ted stand unter dem Druck, sich vorzeitig pensionieren zu lassen. Aber wir sind ein privates College, unsere Pensionen haben keine dynamische Anpassung an die Lebenshaltungskosten, und bei der herrschenden Inflation möchte Ted im Augenblick seinen Job lieber behalten, wenn es geht. Er hat sich wirklich nur für Ted gefreut, als sich herausstellte, daß Ted bleiben konnte; und er hat einfach nicht daran gedacht, was das für Sie bedeutet.«

»Mmph!« sagte Jim und stapfte wutentbrannt hinaus.

Er brauchte bis zu seinem Parkplatz, bis er sich soweit beruhigt hatte, daß er auf die Uhr sah. Es war fast halb drei. In einer halben Stunde mußte er Angie wieder abholen. Die Zeit reichte nicht, um irgend etwas Vernünftiges zu tun, an seinem Essay zu arbeiten oder seinen Pflichten als Shorles' Assistent nachzugehen – nicht, daß er übermäßige Lust verspürt hätte, ausgerechnet jetzt irgend etwas für Shorles zu arbeiten. Er stieg in den Schluckspecht, schlug die Tür zu und fuhr weg, fast ohne darauf zu achten, wohin, solange es nur fort vom Campus ging.

Auf der Hauptstraße bog er nach links ab, bog auf dem Wallace Drive nochmals nach links ab und kam ein paar Minuten später auf der Old River Road heraus, die am Ealing River entlangführte: ein zweispuriges Asphaltband, das früher, bevor man parallel dazu den Highway Fünf über das hügelige Farmland geführt hatte, die Verbindungsstraße zur Nachbarstadt Bixley gewesen war.

Die alte Straße war normalerweise unbelebt, und dieser Tag war keine Ausnahme. Sie wurde kaum von Häusern und gepflügten Feldern gesäumt, da der Boden größtenteils sehr tief lag und dazu neigte, sumpfig zu sein. Jim fuhr dahin, ohne ein besonderes Ziel vor Augen oder im Sinn zu haben, und allmählich begann der Friede der Flußlandschaft, durch die er kam, ihm wieder etwas kühle Vernunft einzuflößen. Allmählich zog er auch in Betracht, daß Marge möglicherweise recht gehabt hatte, und daß Ted Jellamine vielleicht auf seine Weise ebenso besorgt über *seine* Zukunft und *seinen* Lebensunterhalt war wie Jim selbst. Es war eine Erleichterung, sich zu diesem Standpunkt durchgerungen zu haben, denn Ted Jellamine war der einzige in der Historischen Abteilung, den Jim persönlich gut leiden konnte. Wie Jim war er Individualist. Nur die Umstände machten sie zu Konkurrenten.

Aber abgesehen von diesem Trostkrümel konnte Jim nur wenig Positives in der neuen Entwicklung entdecken. Vielleicht durfte man nicht Ted verantwortlich machen, sondern die angespannte wirtschaftliche Lage, die sie alle bedrängte. Trotzdem, wieder einmal ertappte sich Jim dabei, daß er wünschte, das Leben und seine Probleme wären konkreter und könnten unmittelbarer in Angriff genommen werden.

Er warf einen Blick auf die Uhr. Es waren noch fünfzehn Minuten bis drei. Zeit, zu Angie zurückzufahren. Er fand eine Querstraße, wendete und fuhr zum Campus zurück. Zum Glück war er die Flußstraße langsam entlanggefahren und hatte sich nicht weit von der Stadt entfernt. Es wäre nicht gut, wenn sie dastehen und auf ihn warten müßte, nachdem er so hartnäckig darauf bestanden hatte, daß sie bei Grottwold keine Überstunden machte und ihn nicht draußen warten ließ.

Er langte tatsächlich noch ein paar Minuten zu früh vor der Stoddard Hall an. Er stellte den Motor ab und wartete. Während er dasaß, zerbrach er sich den Kopf, wie er Angie die Nachricht von dem letzten Schlag, der ihn getroffen hatte, am besten beibringen konnte. Ihr eine solche Nachricht am selben Tag bringen zu müssen, an dem auch ihre Hoffnungen auf den Wohnwagen zerstört worden waren, war wirklich schlechtestes Timing. Ganz kurz spielte er mit dem Gedanken, heute einfach überhaupt nichts davon zu sagen. Aber das kam natürlich gar nicht in Frage. Sie würde wissen wollen, warum er es ihr nicht sofort mitgeteilt hatte; und sie würde diese Frage mit vollem Recht stellen. Es führte zu nichts, wenn sie sich angewöhnten, schlechte Nachrichten voreinander zu verheimlichen, nur aus einer falschen Auffassung von Schonung heraus.

Jim blickte auf die Uhr und stellte bestürzt fest, daß beinahe zehn Minuten vergangen waren, seitdem er hier saß und nachdachte. Angie blieb also doch langer.

Irgend etwas explodierte in Jim. Plötzlich war er voll Zorn – voll kalter Wut. Grottwold hatte seine Verzögerungstaktik einmal zu oft angewandt. Jim stieg aus dem Wagen, schloß die Tür und lief die Vordertreppe hinauf. Innerhalb der großen Doppeltür war die Haupttreppe, ihre niedrigen Stufen waren mit grauem Granit belegt, der von vielen Studentenfüßen über die Jahre hinweg ausgetreten war. Jim nahm zwei Stufen auf einmal, als er hinaufging.

Drei Stockwerke hoch und zehn Meter nach rechts den Korridor hinunter war die Milchglastür zur Laborabteilung, wo Grottwold eine kleine Zelle von neun Quadratmetern hatte. Jim eilte darauf zu, sah, daß die Tür geschlossen war, und trat ohne anzuklopfen ein.

Grottwold stand vor einer Art Schalttafel rechts von Jim; und er blickte sich erschrocken um, als Jim hereinplatzte. Angie saß an der gegenüberliegenden Wand in einer Art Zahnarztstuhl, das Gesicht Jim zugewandt, aber ihr Kopf und der obere Teil ihres Gesichts waren von einer Art Haartrockenhaube, wie aus einem Friseursalon, bedeckt.

»Angie!« fauchte Jim.

Sie verschwand.

Einen zeitlosen Augenblick lang stand Jim da und starrte auf den leeren Stuhl und den leeren Helm. Sie konnte nicht fort sein. Sie konnte nicht so einfach ausgelöscht sein! Was er gerade gesehen hatte, war unmöglich. Er stand da und wartete, daß seine Augen verleugneten, was sie gerade gesehen hatten, und ihm wieder zeigten, daß Angie noch da war.

»Teleportation!«

Grottwolds erstickter Schrei riß Jim aus seinem halbbetäubten Zustand. Er fuhr herum, um den großen, strubbelköpfigen Psychologen anzusehen, der seinerseits mit blutleerem Gesicht auf den leeren Stuhl und den Helm starrte. Leben und Entschlossenheit kehrten in Jim zurück.

»Was ist das? Was ist passiert?« schrie er Grottwold an. »Wo ist Angie?«

»Sie ist teleportiert worden!« stammelte Grottwold und starrte immer noch auf den Platz, wo Angie gesessen hatte. »Sie ist wirklich teleportiert worden! Und ich habe nur eine Astralprojektion versucht.«

»Was?« knurrte Jim und ging auf ihn los. »Was haben Sie versucht?«

»Astralprojektion! Nur Astralprojektion, das ist alles!« winselte Grottwold. »Ich wollte nur ihr astrales Ich aus ihrem Körper herausprojizieren. Ich habe nicht einmal versucht, sie eine wirkliche Projektion erleben zu lassen. Ich habe mir nicht mehr erhofft, als gerade soviel astrale Bewegung, daß ich sie auf den Mikroammetern registrieren könnte, die an die Ganglienaggregate angeschlossen sind, welche ich als Reaktionsmesser verwende. Aber statt dessen ist sie teleportiert worden. Sie ...«

»Wo ist sie?« brüllte Jim.

»Ich weiß es nicht! Ich weiß es wirklich nicht, ich schwöre es!« Die Stimme des jungen Mannes kletterte die Tonleiter hinauf. »Es gibt keine Möglichkeit, wie ich herausfinden ...«

»Es wäre verdammt gut für Sie, wenn Sie es wüßten!«

»Ich weiß es aber nicht! Ich weiß, wie meine Instrumente eingestellt sind; aber ...«

Jim machte drei Schritte quer durch den Raum, packte den größeren Mann am Kragen seines Laborkittels und schmetterte ihn rückwärts gegen die Wand links von der Instrumententafel.

»BRINGEN SIE SIE ZURÜCK!«

»Ich sage Ihnen doch, ich kann es nicht!« zeterte Grottwold. »Das war nicht vorgesehen; also war ich auch nicht darauf vorbereitet! Um sie zurückzuholen, müßte ich erst ein paar Tage oder sogar Wochen damit verbringen, herauszufinden, was eigentlich geschehen ist. Dann müßte ich einen Weg suchen, den Prozeß umzukehren. Und selbst wenn ich das täte, könnte es bis dahin zu spät sein, weil sie sich vielleicht schon aus der physikalischen Sphäre, in die sie teleportiert worden ist, entfernt hat!«

Jim schwirrte der Kopf. Es war unglaublich, daß er hier stehen und diesem Unsinn zuhören sollte, während er Grottwold gegen die Wand schubste – aber immer noch weit glaubhafter, als daß Angie wirklich verschwunden sein sollte. Selbst jetzt konnte er noch nicht wirklich glauben, was geschehen war.

Aber er hatte sie verschwinden sehen.

Er verstärkte seinen Griff an Grottwolds Revers.

»Also gut, Sie Versager!« sagte er. »Sie bringen sie jetzt hierher zurück, oder ich fange auf der Stelle an, Sie auseinanderzunehmen.«

»Ich sage doch, ich kann es nicht! Halt …«, schrie Grottwold, als Jim ihn von der Wand wegzerrte, um ihn gleich wieder zurückschleudern zu können – oder hindurch, wenn das möglich war. »Warten Sie! Ich habe eine Idee.«

Jim zögerte, ließ aber nicht los.

»Was für eine?« fragte er.

»Es ist nur eine Chance. Eine vage Chance«, schnatterte Grottwold. »Sie müßten mithelfen. Aber es könnte funktionieren. Ja, es könnte gerade so gehen.«

»Gut!« fauchte Jim. »Reden Sie schnell. Was ist es?«

»Ich könnte Sie hinter ihr herschicken …« Grottwold brach ab, weil er etwas hörte, was beinahe wie ein Entsetzensschrei klang. »Warten Sie! Ich meine es ernst. Und ich sage Ihnen, das könnte funktionieren.«

»Sie versuchen nur, mich loszuwerden«, sagte Jim mit zusammengebissenen Zähnen. »Sie wollen den einzigen Zeugen loswerden, der gegen Sie aussagen könnte!«

»Nein, nein!« sagte Grottwold. »Das funktioniert. Ich

weiß, daß es funktioniert. Und wenn es klappt, bin ich berühmt.«

Seine Panik schien ein wenig nachzulassen. Er richtete sich auf und machte den – allerdings erfolglosen – Versuch, Jim von sich wegzuschieben.

»Lassen Sie mich los!« sagte er. »Ich brauche meine Instrumente, oder ich kann weder Angie noch sonst jemandem helfen. Was glauben Sie eigentlich, wen Sie vor sich haben?«

»Einen Mörder!« sagte Jim finster.

»Nun gut. Denken Sie, was Sie wollen. Mir ist es gleichgültig. Aber Sie wissen, was ich für Angie empfunden habe. Ich will auch nicht, daß ihr irgend etwas zustößt. Ich wünsche mir ebenso sehr wie Sie, daß sie heil hierher zurückkommt.«

Vorsichtig ließ Jim den anderen los, hielt aber seine Hände in Bereitschaft, um ihn notfalls gleich wieder zu packen.

»Also los dann!« grollte er. »Aber machen Sie schnell.«

»Ich beeile mich, so sehr ich kann.« Grottwold drehte sich zu seiner Schalttafel um und redete leise mit sich selbst. »Ja, so habe ich es, glaube ich, eingestellt. Ja ... ja, es gibt keine andere Möglichkeit ...«

»Was reden Sie da?« wollte Jim wissen.

Grottwold sah ihn über seine knochige Schulter hinweg an.

»Wir können nichts unternehmen, um sie zurückzuholen, solange wir nicht wissen, wo sie ist«, sagte er. »Ich weiß nur, daß ich sie bat, sich zu konzentrieren, worauf sie wollte, und sie sagte, sie würde sich auf Drachen konzentrieren.«

»Was für Drachen? Wo gibt es Drachen?«

»Ich sage Ihnen doch, ich weiß nicht, wo! Es könnten Drachen in einem Museum oder sonstwo sein! Deswegen müssen wir sie lokalisieren; und deswegen müssen Sie mir helfen, sonst schaffen wir es nicht.«

»Also gut, dann sagen Sie mir, was ich tun soll«, sagte Jim.

»Sie müssen sich in diesen Stuhl hier setzen ...« Grottwold brach ab, als Jim in drohender Haltung einen Schritt auf ihn zuging. »Also gut, dann eben nicht! Sie vertun unsere einzige Chance, sie zurückzuholen!«

Jim zögerte. Dann kehrte er langsam, widerwillig, zu dem leeren Zahnarztstuhl zurück, auf den Grottwold gedeutet hatte.

»Ich rate Ihnen, sich bloß nicht zu irren«, knurrte er. Er ging zum Stuhl und ließ sich behutsam nieder.

»Was wollen Sie denn überhaupt machen?« fragte er.

»Sie brauchen keine Angst zu haben«, sagte Grottwold. »Ich werde die Schaltung genauso lassen, wie sie war, als Angie teleportiert worden ist. Aber ich werde die Spannung senken. Daran muß es ursprünglich gelegen haben, daß sie teleportiert wurde. Sie hatte einfach zuviel Energie. Ich werde die Energie drosseln, auf diese Weise werden Sie projiziert, nicht teleportiert werden.«

»Was bedeutet das?«

»Das heißt, daß Sie nicht körperlich irgendwohin transportiert werden. Sie werden hier in diesem Stuhl bleiben. Nur Ihr Geist wird sich ausdehnen und dahin projiziert werden, wo Angie ist.«

»Sind Sie da ganz sicher?«

»Natürlich bin ich sicher. Ihr Körper wird hier auf diesem Stuhl bleiben. Nur Ihr astrales Ich wird sich Angie anschließen. So sollte es ursprünglich auch bei ihr funktionieren. Vielleicht hat sie sich zu stark konzentriert ...«

»Versuchen Sie nicht, ihr die Schuld zuzuschieben!«

»Das tue ich nicht. Ich will nur ... Vergessen Sie jedenfalls nicht, sich ebenfalls zu konzentrieren. Angie hatte mit dieser Art von Konzentration Erfahrung. Sie nicht. Also werden Sie sich anstrengen müssen. Denken Sie an Angie. Konzentrieren Sie sich auf sie. Konzentrieren Sie sich auf sie an einem Ort mit Drachen.«

»In Ordnung«, brummte Jim. »Und was dann?«

»Wenn Sie es richtig machen, werden Sie dort landen, wohin sie teleportiert worden ist. Sie werden natürlich nicht wirklich dort sein«, sagte Grottwold. »Es wird alles subjektiv sein. Aber Sie werden das Gefühl haben, dort zu sein, und nachdem Angie genauso geschaltet ist, sollte auch sie bemerken, daß Ihr astrales Ich anwesend ist, selbst wenn sie dort sonst niemanden wahrnimmt.«

»Gut, gut!« sagte Jim. »Aber wie bringe ich sie zurück?«

»Sie müssen sie dazu bringen, daß sie sich auf die Rückkehr konzentriert«, antwortete Grottwold. »Sie erinnern sich doch, wie ich Ihnen beibrachte, sie zu hypnotisieren?«

»Und wie ich mich erinnere!«

»Na gut, versuchen Sie, sie noch einmal zu hypnotisieren. Sie muß ihre dortige Umgebung völlig vergessen, erst dann kann sie sich hierher zurückteleportieren. Versetzen Sie sich einfach in Trance und sagen Sie ihr immer wieder, sie soll sich auf das Labor hier konzentrieren. Wenn sie dann verschwindet, wissen Sie, daß sie zurückgekommen ist.«

»Und was«, fragte Jim, »ist mit mir?«

»Oh, bei Ihnen ist das kein Problem«, sagte Grottwold. »Sie brauchen nur die Augen zu schließen und sich hierher zurückzuwünschen. Da Ihr Körper das Labor hier nicht verlassen wird, werden Sie automatisch in dem Augenblick hierher zurückkehren, in dem Sie nirgends anders mehr sein wollen.«

»Sind Sie da auch ganz sicher?«

»Natürlich bin ich sicher. Schließen Sie jetzt die Augen! – Nein, nein, Sie müssen sich schon die Haube über den Kopf ziehen ...«

Grottwold trat zu ihm und zog selbst die Haube herunter. Jim saß plötzlich im Dunkeln, wo es schwach nach Angies Haarspray roch.

»Denken Sie daran«, Grottwolds Stimme drang schwach durch den unten offenen Helm, »konzentrieren Sie sich: Angie – Drachen. Drachen – Angie. Schließen Sie die Augen und denken Sie ständig an diese beiden Dinge ...«

Jim schloß die Augen und dachte.

Es schien sich nichts zu ereignen. Von außerhalb des Helms kam kein Laut, und mit dem Ding über dem Kopf konnte er nur Finsternis sehen. Der Geruch von Angies Haarspray war betäubend. Konzentriere dich auf Angie, befahl er sich selbst. Konzentriere dich auf Angie ... auf Drachen ...!

Nichts geschah, außer daß ihn der Duft des Haarsprays schwindlig machte. In seinem Kopf drehte sich alles. Er fühlte sich riesig und unbeholfen da unter dem Haartrockner, mit geschlossenen Augen. Er empfand ein Pochen in den Ohren, das Geräusch seines Herzens, das an den Arterien seines Körpers entlangschlug. Ein langsames, dumpfes Pochen. Ihm wurde wirklich schwindlig. Ihm war, als würde er seitwärts durch das Nichts gleiten und sich dabei ausdehnen, bis er die Gestalt eines Riesen hatte.

Eine seltsame Wildheit regte sich in ihm. Er hatte den flüchtigen Wunsch, aufzustehen und etwas oder jemanden auseinanderzureißen. Am liebsten Grottwold. Es wäre einfach Balsam für seine Seele, diesen Versager in den Fingern zu haben und ihm ein Glied nach dem anderen auszureißen. Eine gewaltige Stimme erdröhnte, rief ihm etwas zu, aber er ignorierte sie, war in seinen eigenen Gedanken versunken. Nur die Klauen in diesen Georg senken ...

Klauen? Georg?

Was dachte er da nur? Dieser Unsinn funktionierte überhaupt nicht.

Er öffnete die Augen.

3

DER HELM WAR VERSCHWUNDEN. Statt in haarsprayduftende Dunkelheit starrte er auf Felswände, die zu einer ebenfalls aus Fels bestehenden Decke führten, die sich hoch über seinem Kopf hinzog und von dem flackernden, rötlichen Licht einer Fackel erleuchtet wurde, die in einem Wandhalter steckte.

»Verflucht, Gorbash!« brüllte die Stimme, die er nicht hatte zur Kenntnis nehmen wollen. »Wach auf! Komm, Junge, wir müssen in die Haupthöhle hinunter! Sie haben gerade einen gefangen!«

»Einen ...?« stammelte Jim. »Einen was?«

»Einen Georg! Einen Georg! WACH AUF, GORBASH!«

Ein gewaltiger Kopf, mit einem Maul wie von einem Krokodil, ausgestattet mit Reißzähnen, größer als die eines Krokodils, schob sich zwischen Jims Augen und die Decke.

»Ich bin wach. Ich ...« Plötzlich registrierte Jims Bewußtsein, was er da eigentlich sah, und er platzte unwillkürlich heraus: »Ein Drache!«

»Und was sonst sollte dein Großonkel mütterlicherseits wohl sein, eine Wasserechse vielleicht? Oder hast du wieder Alpträume? Wach auf, ich bin's, Smrgol, der mit dir spricht, mein Junge! Smrgol! Komm, schüttle deine Flügel und fang an zu flattern. Man wird uns in der Haupthöhle erwarten. Schließlich fangen wir nicht jeden Tag einen Georg. Komm jetzt endlich.«

Das Maul mit den Reißzähnen wirbelte davon. Blinzelnd löste Jim seine Augen von der entschwindenden Erscheinung und erblickte einen riesigen Schwanz, einen gepanzerten Schwanz, auf dessen Oberfläche sich eine Reihe scharfer, knöcherner Platten aneinanderreihten. Er schwoll an, als er näher kam.

Es war sein Schwanz!

Er streckte seine Arme hoch. Sie waren riesig. Außerdem waren sie dick beschuppt mit knöchernen Platten, ähnlich denen auf seinem Schwanz, aber viel kleiner – und seine Klauen hatten eine Maniküre nötig. Jim schielte auf die Klauen und wurde sich dabei einer langen Schnauze bewußt, die sich nach unten richtete und von da ausging, wo früher seine Nase gewesen war. Er leckte trockene Lippen, und eine lange rote, gespaltene Zunge schnellte kurz in die rauchige Luft.

»Gorbash!« donnerte die Stimme wieder; und Jim erblickte das andere Drachengesicht, das ihn wütend aus einer steinernen Türöffnung anstarrte. Es war, wie er sah, der Eingang zu der Höhle, in der er selbst sich befand. »Ich bin schon auf dem Weg. Komm mit oder nicht – es liegt bei dir.«

Der andere verschwand, und Jim schüttelte verwirrt den Kopf. Was war hier los? Laut Grottwold sollte ihn doch niemand sehen können, ganz zu schweigen von …

Drachen?

Drachen, die sprechen konnten …?

Ganz abgesehen davon, daß er – er, Jim Eckert – selbst ein Drache war …

Das war das absolut Lächerliche an der ganzen Sache. Er, ein Drache? Wie konnte er ein Drache sein, selbst wenn so etwas wie Drachen wirklich existierte?

Das *mußte* eine Halluzination sein.

Natürlich. Jetzt fiel es ihm wieder ein. Grottwold hatte erwähnt, daß alles, was er scheinbar erleben würde, völlig subjektiv sei. Was er zu sehen und zu hören glaubte, konnte also nur eine Art Alptraum sein, der dem wirklichen Ort und den wirklichen Leuten, zu denen er gekommen war, überlagert war. Ein Traum. Er kniff sich selbst.

… Und fuhr zusammen.

Er hatte vergessen, daß seine ›Finger‹ Klauen hatten. Große Klauen und sehr spitze. Wenn seine Erlebnisse ein Traum waren, dann waren die Elemente dieses Traums verdammt realistisch!

Traum oder nicht, alles, was er wollte, war, Angie zu finden und hier herauszukommen, zurück in die normale Welt. Nur, wo sollte er sie suchen? Es war vermutlich klüger, jemanden zu suchen, dem er sie beschreiben konnte und dann denjenigen zu fragen, ob man sie gesehen hatte. Er hätte den fragen sollen, wer immer das auch war, den er als ›Drachen‹ gesehen hatte und der versucht hatte, ihn aufzuwecken. Was hatte der andere doch gesagt? Irgend etwas über ›einen Georg gefangennehmen …?‹

Was mochte ein Georg sein? Oder war es ein Name? Vielleicht erschienen einige Leute hier als Drachen und andere folglich als St. Georg, der Drachentöter. Aber andererseits hatte der andere Drache von ›einem‹ Georg gesprochen. Vielleicht nannten die Drachen alle normalen, menschlich aussehenden Wesen so, das würde dann bedeuten, daß das, was sie wirklich gefangen hatten, wahrscheinlich …

»Angie!« entfuhr es Jim, als er plötzlich zwei und zwei zusammenzählte.

Er rollte sich auf alle vier Beine und polterte schwerfällig durch die Höhle. Als er durch den Eingang trat, kam er auf einen langen, von Fackeln erleuchteten Korridor, den eine weitere Drachengestalt eilig hinunterging. Jim folgerte, dies müsse der – wie er sich selbst genannt hatte – Großonkel des Körpers sein, in dem Jim steckte, und ging ihm nach, wobei er sein Gedächtnis anstrengte, um sich auf den Namen zu besinnen, mit dem sich der andere bezeichnet hatte.

»Warte auf mich, äh – Smrgol!« rief er.

Aber die andere Drachengestalt bog um eine Ecke und verschwand.

Jim eilte ihm nach und bemerkte dabei, daß die Decke des Korridors niedrig war, zu niedrig für seine zuckenden Flügel, die, wie er jetzt aus den Augenwinkeln bemerkte, sich offensichtlich als Reaktion auf seine Geschwindigkeit spreizen wollten. Er bog selbst um die

Ecke und kam durch einen großen Eingang in ein riesiges Gewölbe, das bis zum Bersten gefüllt schien mit Drachen, die unter dem Licht einer Anzahl von Wandfackeln, die lange Schatten auf die hohen Granitwände warfen, grau und wuchtig erschienen. Unaufmerksam wie er war, rannte Jim geradewegs einem anderen Drachen in den Rücken.

»Gorbash!« donnerte der, warf den Kopf herum und gab sich mit diesem Schrei wieder als der Großonkel mütterlicherseits zu erkennen. »Ein wenig mehr Respekt, verflucht noch mal, Junge!«

»Verzeihung!« dröhnte Jim. Er war noch nicht an seine Drachenstimme gewöhnt, und die Entschuldigung klang wie ein Böllerschuß.

Aber offensichtlich war Smrgol nicht beleidigt.

»Schon gut, schon gut. Nichts passiert«, donnerte er zurück.

»Setz dich her, Bursche!« Er beugte sich vor, um dem Drachen neben sich ins Ohr zu brüllen. »Mach mal Platz für meinen Großneffen hier.«

»Was? Ach, du bist es, Smrgol!« dröhnte der andere Drache, als er sich umblickte. Er rückte ungefähr zweieinhalb Meter weiter. »Komm, Gorbash, quetsch dich dazwischen. Wir kommen gerade zur Diskussion über den Georg.«

Jim schob sich zwischen die beiden, setzte sich und versuchte zu begreifen, was um ihn herum vorging. Anscheinend sprachen die Drachen in dieser Welt alle modernes Englisch ... Oder doch nicht? Jetzt, da er dem Redetumult um sich herum genauer zuhörte, schienen die Worte, die er aufnahm, nicht mit der Bedeutung übereinzustimmen, die sein Geist erfaßte. Vielleicht sprach er die ›Drachensprache‹ und wußte es nicht? Er beschloß, sich die Untersuchung dieser Frage für eine ruhigere Stunde aufzusparen.

Er blickte sich um. Die große, künstlich angelegte Höhle, in der er sich befand, hatte zuerst den Eindruck vermittelt, als wimmele sie von buchstäblich Tausenden von Drachen. Bei genauerem Hinsehen wurden aus den Tausenden Hunderte, und die wichen schließlich einer realistischeren Schätzung von etwa fünfzig Drachen aller Größen. Der Größe nach, so konnte Jim befriedigt feststellen, war er hier nicht unter den kleinsten. Ja, kein Drache in seiner Nähe, mit Ausnahme von Smrgol, konnte in bezug auf Körpergröße einen Vergleich mit ihm aushalten. Auf der anderen Seite des Raums war jedoch ein Ungeheuer, es schien zu denen zu gehören, die am meisten redeten, und es deutete dann und wann auf einen kistenartigen Gegenstand von etwa Drachengröße, der neben ihm auf dem Fußboden stand und mit einem reichverzierten Stück Gobelin bedeckt war, dessen Herstellung man keinesfalls einer Drachenklaue zutrauen konnte.

Was die Diskussion betraf – Rauferei mit Worten war vielleicht eine angemessenere Beschreibung dafür. Die Diskussion schien sich bei Drachen darin zu erschöpfen, daß alle gleichzeitig redeten. Ihre Stimmen hatten eine enorme Lautstärke, und die Steinwände und die Decke schienen unter der Resonanz dieses gigantischen Gebrülls zu erzittern. Smrgol versäumte keine Zeit, sich einzumischen.

»Halt den Mund, du – Bryagh!« schleuderte er dem übergroßen Drachen neben dem gobelinbedeckten Ding zu. »Laß auch mal jemand anderen ein Wort dazwischenkriegen, der mehr Erfahrung mit Georgen und der übrigen, oberen Welt hat als ihr alle miteinander. Als ich den Unhold von Gormely Keep erschlug, war noch keiner von euch Drachen hier aus dem Ei geschlüpft.«

»Müssen wir uns deinen Kampf mit dem Unhold denn noch einmal anhören?« brüllte der riesige Bryagh. »Diese Angelegenheit hier ist wichtig!«

»Hör zu, du Raupe«, donnerte Smrgol. »Man braucht Grips, um einen Unhold zu besiegen – und das ist etwas, was dir fehlt. In meiner Familie ist er ein Erbstück. Wenn heute ein neuer Unhold aufstünde, wären Gorbash hier und ich die einzigen zwei Schwänze, die man während der nächsten achtzig Jahre auf der Erde sehen würde.«

Allmählich übertönte der Streit zwischen den beiden das übrige Gebrüll. Ein Drache nach dem anderen verstummte, wie Jim bemerkte, und setzte sich hin, um zuzuhören, bis sich nur noch sein Großonkel und Bryagh anschrien.

»... Nun, was willst du also damit anfangen?« wollte Bryagh wissen. »Ich habe ihn gleich vor dem Haupteingang zur Höhle erwischt. Ein Spion ist er, und sonst nichts.«

»Spion? Wie kommst du darauf, daß er ein Spion ist? Die George spionieren nicht bei den Drachen herum, wenn sie zu uns kommen, suchen sie einen Kampf. Ich habe schon gegen eine ganze Menge von ihnen gekämpft, zu meiner Zeit.« Smrgol warf sich in die Brust.

»Kampf!« höhnte Bryagh. »Wer hat denn schon einmal von einem Georg gehört, heutzutage, der ohne seine Schale zum Kampf auszieht? Seit dem ersten Georg, den wir kennengelernt haben, hatten sie alle ihre Schalen an, wenn sie es auf einen Kampf abgesehen hatten. Der hier war praktisch abgeschält!«

Smrgol blinzelte den Drachen in seiner Nähe bedeutungsvoll zu.

»Bist du sicher, daß du ihn nicht selbst abgeschält hast?« dröhnte er.

»Sieht er so aus? Sieh ihn dir doch an!«

Und Bryagh beugte sich nieder, zupfte den Gobelin von dem kistenförmigen Ding und enthüllte einen Eisenkäfig. In dem Käfig, hinter den rohen Gitterstäben jämmerlich zusammengekauert, war ...

»ANGIE!« schrie Jim.

Er hatte die enormen Fähigkeiten der Drachenstimme vergessen. Oder er hatte eher bisher noch keine richtige

Gelegenheit gehabt, sie auszuprobieren. Er hatte instinktiv aus voller Brust Angies Namen gerufen, und ein Schrei aus voller Drachenbrust war etwas Hörenswertes – vorausgesetzt, man hatte Ohrenstöpsel und befand sich in sicherer Entfernung.

Selbst diese überdimensionierte Versammlung hier in der Höhle war erschüttert. Und Angie – sie war entweder flach auf den Rücken geschmettert worden oder in Ohnmacht gefallen.

Gorbashs Großonkel erholte sich als erster von dem Schrecken.

»Verflucht noch mal, Junge!« brüllte er im – wie Jim jetzt betroffen erkannte – normalen Unterhaltungston der Drachen, »du brauchst nicht unsere Trommelfelle zum Platzen zu bringen! Was heißt das – ›Hänschie‹?«

Jims Gedanken rasten.

»Ich mußte niesen«, sagte er.

Totenstille folgte auf diese Bemerkung. Schließlich raffte sich Bryagh zu einer Entgegnung auf.

»Wer hat schon je von einem niesenden Drachen gehört?«

»Wer? Wer?« schnaubte Smrgol. »Ich habe von einem niesenden Drachen gehört. Vor deiner Zeit natürlich. Der alte Malgu, der Sohn des dritten Cousins der Schwester meiner Mutter, hat vor einhundertdreiundachtzig Jahren zweimal an einem Tag geniest. Erzähl mir nicht, du hättest noch nie von einem niesenden Drachen gehört. Niesen ist in unserer Familie erblich. Es ist ein Zeichen von Verstand.«

»Das stimmt«, warf Jim hastig ein. »Es ist ein Zeichen, daß mein Verstand arbeitet. Wenn der Verstand beschäftigt ist, juckt einem die Nase.«

»Sag es ihnen nur, mein Junge!« polterte Smrgol in die zweite, zweifelnde Stille hinein, die auf diese Bemerkung folgte.

»Ich möchte doch wetten!« brüllte Bryagh. Er wandte sich an die übrige Versammlung. »Ihr kennt doch alle

Gorbash. Lungert die Hälfte der Zeit auf der Erde herum, befreundet sich mit Igeln und Wölfen und Gott weiß was allem! Smrgol preist seinen Großneffen schon seit Jahren an, aber Gorbash hat, soviel ich weiß, noch nie irgend etwas gezeigt – am allerwenigsten Verstand! Halt den Mund, Gorbash!«

»Wie käme ich dazu?« rief Jim hastig. »Ich habe ebenso das Recht zu reden wie jeder andere hier. Zu diesem ... äh ... Georg hier ...«

»Tötet ihn!« »Verbrennt ihn bei lebendigem Leibe!« »Macht eine Tombola, und der Hauptgewinner darf ihn fressen«, ein Gebrüll von Vorschlägen unterbrach ihn.

»Nein!« donnerte er. »Hört mir zu ...«

»›Nein‹ ist richtig«, trompetete Bryagh. »*Ich* habe diesen Georg gefunden. Wenn ihn jemand zum Fressen bekommt, dann ich.« Er blickte wild in der Höhle umher. »Aber ich habe für diesen Georg eine bessere Verwendung. Ich sage euch, wir spießen ihn auf einen Pfahl, draußen, wo ihn die anderen George sehen können. Wenn dann ein paar von ihnen kommen und ihn holen wollen, überfallen wir sie unerwartet und erwischen die ganze Bande. Dann verkaufen wir sie den übrigen Georgen für eine Menge Gold zurück.«

Als Bryagh das Wort ›Gold‹ aussprach, sah Jim, wie all die Drachenaugen um ihn herum aufleuchteten und glitzerten; und er fühlte auch, wie ein heißer Strom der Habgier seine eigenen Adern erwärmte. Der Gedanke an Gold klang in seinem Kopf wie der Gedanke an eine Wasserquelle im Kopf eines Verdurstenden in der Wüste. Gold ... Ein langsam anschwellendes Gemurmel der Zustimmung, wie die Brandung eines fernen Sturms auf dem Meer, erhob sich in der Höhle.

Jim kämpfte die Goldgier in seiner Drachenbrust nieder und fühlte, wie sich statt dessen die Panik breitmachte. Irgendwie mußte er die anderen von diesem Plan Bryaghs abbringen. Einen Augenblick lang spielte er mit dem abwegigen Gedanken, Angie samt ihrem

Käfig an sich zu reißen und davonzurennen. Noch während er darüber nachdachte, wurde ihm klar, daß der Gedanke vielleicht doch nicht so abwegig war. Als er Angie dicht neben Bryagh sehen konnte – und Bryagh hatte etwa seine eigene Größe –, war ihm erst aufgegangen, wie *groß* er war. Selbst wenn er auf seinen Hinterbeinen hockte, was er nicht tat, war sein Kopf so etwa acht Fuß über dem Boden der Höhle. Wenn er aufrecht auf allen vier Beinen stand, maß er wahrscheinlich sechs Fuß oder mehr bis zur Höhe der vorderen Schulter, dazu kam noch einmal die Hälfte dieser Länge für seinen mächtigen, geschmeidigen Schwanz. Wenn er einen Augenblick abpassen könnte, in dem alle anderen Drachen in eine andere Richtung blickten …

Aber dann dämmerte ihm, daß er den Weg aus dieser unterirdischen Stätte nicht kannte. Er mußte annehmen, daß eine weitere Öffnung, am anderen Ende der Höhle schwach sichtbar, zu einem Gang führte, der ihn an die Erdoberfläche bringen würde. Eine undeutliche Gorbash-Erinnerung schien zu bestätigen, daß das richtig war. Aber er konnte sich nicht auf die unterbewußten Erinnerungen dieses von ihm bewohnten Körpers verlassen. Wenn er sich verirrte – eingekesselt wurde, mit dem Rücken in einen toten Gang oder gegen irgendeine Wand gedrängt wurde –, konnten ihn die anderen Drachen leicht in Stücke zerreißen; und Angie, selbst wenn sie diese Schlacht überleben sollte, würde ihren einzigen, möglichen Retter verlieren. Es mußte einen anderen Ausweg geben.

»Wartet einen Augenblick«, rief er. »Halt!«

»Sei still, Gorbash!« donnerte Bryagh.

»Halt doch selbst den Mund!« brüllte Jim zurück. »Ich sagte doch, mein Verstand arbeitet. Mir ist gerade die bisher beste Idee gekommen.«

Aus den Augenwinkeln sah er, wie Angie sich in ihrem Käfig mit einem benommenen Ausdruck aufsetzte, und er war erleichtert. Der Anblick machte ihm Mut, und er verdoppelte seine Lautstärke.

»Das, was ihr hier habt, ist ein weiblicher Georg. Vielleicht ist das keinem von euch als wichtig erschienen; aber ich war oft genug oben auf der Erde, um ein paar Dinge zu lernen. Manchmal sind die weiblichen George besonders wertvoll ...«

Neben Jims Schulter räusperte sich Smrgol mit einem Geräusch wie ein Preßluftmeißel, der sich in besonders harten Beton frißt.

»Völlig richtig!« dröhnte er. »Vielleicht haben wir sogar eine Prinzessin erwischt. Sieht mir ganz nach einer Prinzessin aus. Nun wissen viele von euch heutzutage nicht mehr, was Prinzessinnen sind; aber in den alten Zeiten war manchmal eine ganze Horde von Georgen hinter einem Drachen her, weil der Georg, den er aufgelesen hatte, sich als eine Prinzessin herausstellte. Als ich mit dem Unhold von Gormely Keep kämpfte, hatte er zusammen mit einer ganzen Meute anderer weiblicher George auch eine Prinzessin eingesperrt. Und ihr hättet einmal die George sehen sollen, als sie die Prinzessin zurückbekamen. Und wenn wir diese hier jetzt draußen auf einen Pfahl spießen, schicken sie vielleicht eine ganze Armee gegen uns los, um sie zurückzugewinnen ... Nein, aufspießen ist zu riskant. Wir können ebenso gut Verluste vermeiden und ihn auffressen ...«

»Andererseits«, rief Jim schnell, »wenn wir sie gut behandeln und festhalten – ›ihn‹ meine ich – als Geisel, können wir von den Georgen alles haben, was wir wollen ...«

»Nein!« brüllte Bryagh. »Das ist mein Georg. Ich dulde nicht ...«

»Bei meinem Schwanz und meinen Flügeln!« Smrgols gewaltige Stimmkraft schnitt dem anderen Drachen das Wort ab. »Sind wir eigentlich ein Gemeinwesen oder eine Horde von zänkischen Teichdrachen? Wenn dieser

Georg wirklich eine Prinzessin ist und dazu dienen kann, diese gepanzerten George von uns abzuhalten, so daß sie uns nicht mehr durch die Gegend jagen, dann ist er Gemeinschaftseigentum. O ja, ich sehe bei einigen von euch noch die Goldgier in den Augen; aber denkt nur einmal kurz darüber nach, daß Lebensgier vielleicht doch ein klein wenig wichtiger ist. Wie viele von euch hier möchten denn auch nur einem einzigen Georg in seiner Schale gegenüberstehen, der sein Horn auf euch gerichtet hat? Na? Wir haben genug von diesem Unsinn. Der Junge hat wirklich eine Idee gehabt – wundert mich, daß ich nicht selbst darauf gekommen bin. Nun, meine Nase hat schließlich nicht gejuckt; aber seine. Ich stimme dafür, diesen Georg hier als Geisel festzuhalten, bis der junge Gorbash herausfinden kann, was er den anderen wert ist. Was sagt ihr dazu?«

Erst zögernd, dann mit immer mehr Begeisterung stimmte die Drachengemeinde dafür, Smrgols Vorschlag zu folgen. Bryagh verlor beinahe völlig die Beherrschung, fluchte volle vierzig Sekunden lang mit beinahe höchster Drachenlautstärke und stapfte aus der Versammlung. Als sie sahen, daß die Aufregung vorbei war, begannen andere Mitglieder der Gemeinde sich davonzumachen.

»Komm, mein Junge!« schnaufte Smrgol, ging voran zum Käfig und bedeckte ihn wieder mit dem Gobelin. »Heb das ganze Ding hier auf. Vorsichtig! Nicht zu schnell. Der Georg soll nicht allzusehr geschüttelt werden. Folge mir. Wir bringen ihn in eine der oberen Höhlen, die auf die Klippen hinausgehen. George können nicht fliegen, also wird er dort sicher genug aufgehoben sein. Wir können ihn sogar aus dem Käfig lassen, dann bekommt er ein wenig Luft und Licht. George brauchen das.«

Jim trug den Käfig und folgte dem älteren Drachen durch eine Reihe von gewundenen Gängen, bis sie in einer kleinen Höhle herauskamen, die eine – für Drachenverhältnisse – schmale Öffnung ins Freie hatte. Jim setzte den Käfig ab, Smrgol rollte einen Steinbrocken als Barrikade vor den Eingang, durch den sie gekommen waren, und Jim trat an den Rand der Öffnung, um einen Blick nach draußen, auf die Landschaft zu werfen. Bei dem Anblick stockte ihm der Atem: eine senkrechte Felswand, die hundert Fuß oder mehr direkt auf zerklüftete Felsen hin abfiel.

»Nun, Gorbash«, sagte Smrgol, als er neben ihn trat und freundlich den Schwanz über die gepanzerte Schulter des jüngeren Drachen legte. »Du hast dir da eine Aufgabe an den Hals geredet. Nun, mein Junge, ich möchte nicht, daß du beleidigt bist, wenn ich dir jetzt etwas sage.«

Er räusperte sich.

»Die Wahrheit ist«, fuhr er fort, »ganz unter uns gesagt, daß du wirklich nicht der hellste bist. All dein Herumgerenne auf der Erde und dieser Verkehr mit dem Fuchs, Wolf, oder was immer es war, ist für einen heranwachsenden Drachen absolut nicht die richtige Erziehung. Vielleicht hätte ich da mehr den Daumen draufhalten sollen; aber du bist der letzte in der Familie, und ich … na ja, ich habe mir gedacht, es könnte nichts schaden, wenn man dir, solange du jung bist, ein wenig Spaß und Freiheit ließe. Ich habe dich natürlich immer gegen die anderen Drachen verteidigt, weil Blut schließlich dicker ist als Wasser und so weiter. Aber Denken ist wirklich nicht deine Stärke …«

»Vielleicht bin ich doch nicht ganz so dumm wie du glaubst«, sagte Jim wütend.

»Na, na, jetzt sei mal nicht empfindlich. Das bleibt ganz unter uns, privat. Es ist keine Schande für einen Drachen, wenn er dumm ist. Aber in unserer modernen Welt ist es ein Nachteil, besonders jetzt, wo die George gelernt haben, wie man sich eine Schale wachsen läßt und lange, spitzige Hörner und Stacheln. Wenn wir überleben wollen, werden wir früher oder später mit diesen Georgen zu einer Einigung kommen müssen. Dieses ständige Kriegführen scheint zwar ihre Zahl nicht sonderlich zu dezimieren, aber es lichtet dafür unsere Reihen. Oh, du weißt nicht, was dieses Wort bedeutet ...«

»Aber natürlich weiß ich das.«

»Mein Junge, du erstaunst mich.« Smrgol sah ihn überrascht an. »Was heißt es denn? Sag es mir!«

»›Die Zerstörung eines beträchtlichen Teils von ...‹ – das bedeutet es.«

»Beim Ur-Ei! Vielleicht besteht doch noch Hoffnung für dich. Gut, gut. Was ich wollte, war, dir die Bedeutung deiner Mission vor Augen zu führen, und auch ihre Gefahren. Geh kein Risiko ein, Großneffe. Du bist mein einziger, noch lebender Verwandter; und, ich sage es in aller Freundschaft – trotz all deiner Muskeln –, jeder gepanzerte Georg mit nur ein wenig Erfahrung könnte innerhalb einer Stunde Kleinholz aus dir machen.«

»Glaubst du? Vielleicht sollte ich Wert darauf legen, mich überhaupt nicht sehen zu lassen ...«

»Ttt! Kein Grund, den Beleidigten zu spielen. Ja, was ich sagen wollte, versuche, von diesem Georg zu erfahren, woher er kommt. Ich selbst werde weggehen, um ihn nicht übermäßig zu erschrecken. Wenn er nicht reden will, dann laß ihn hier, wo er in Sicherheit ist, und flieg hinüber zu dem Zauberer, der beim Klingelnden Wasser wohnt. Du weißt natürlich, wo das ist, von hier aus genau im Nordwesten. Nimm ihn als Mittelsmann für die Verhandlungen. Sag ihm nur, daß wir diesen Georg haben, wie er aussieht, und daß wir mit den Georgen über die Bedingungen für einen Waffenstillstand reden wollen. Überlaß es ihm, die notwendigen Maßnahmen zu ergreifen. Und was immer du tust ...« – Smrgol hielt inne und blickte Jim streng an –, »komm auf keinen Fall noch einmal in die Höhlen hinunter, um mich um Rat zu fragen. Geh einfach. Ich habe genug zu tun, um mit meinem bißchen Ansehen die Dinge hier unter Kontrolle zu behalten. Ich möchte den Eindruck vermitteln, daß du mit deiner Aufgabe ganz allein fertigwerden kannst. Verstanden?«

»Ich habe verstanden«, sagte Jim.

»Gut.« Smrgol watschelte zu dem Höhlenausgang, der ins Freie führte. »Viel Glück, mein Junge!« sagte er und tauchte weg.

Jim hörte seine großen, ledrigen Flügel schlagen, das Geräusch verlor sich nach unten und erstarb in der Ferne. Dann wandte er sich zum Käfig zurück, zog den Gobelin wieder weg und entdeckte Angie, die zusammengekauert an der Rückwand saß, so weit von ihm entfernt, wie sie nur konnte.

»Alles in Ordnung«, sagte er hastig. »Ich bin's nur, Jim ...«

Er suchte nach einem Teil des Käfigs, der sich öffnen ließ. Nach einer Sekunde fand er eine Tür mit einem schweren Vorhängeschloß, aber keinen Schlüssel dazu. Versuchsweise hielt er die Tür mit einer seiner großen, klauenbesetzten Pfoten fest, ergriff mit der anderen eine Käfigstange und zog. Das Vorhängeschloß klirrte und ging entzwei, die Käfigstange brach in Stücke, die Tür flog auf.

Angie schrie.

»Ich sag dir doch, ich bin's nur, Angie!« sagte er ärgerlich. »Komm jetzt heraus!«

Angie kam nicht heraus. Sie scharrte sich eines der Bruchstücke der Stange zusammen und hielt es verstohlen wie einen Dolch mit dem scharfen, gesplitterten Ende auf ihn gerichtet.

»Bleib mir vom Leibe, Drache!« sagte sie. »Ich steche dir die Augen aus, wenn du näherkommst.«

»Bist du verrückt, Angie?« schrie Jim. »Ich sage dir doch, ich bin es! Sehe ich für dich wie ein Drache aus?«

»Und wie!« sagte Angie grimmig.

»Wirklich? Aber Grottwold hat doch gesagt ...«

In diesem Augenblick schien die Decke herunterzukommen und ihm auf den Kopf zu fallen.

... Er trieb ins Bewußtsein zurück und sah Angies besorgtes Gesicht über sich.

»Was ist passiert?« fragte er zittrig.

»Ich weiß es nicht«, sagte sie. »Du bist plötzlich zusammengebrochen. Jim – bist du es wirklich, Jim?«

»Ja«, sagte er verständnislos.

»...«, sagte Angie.

Er verstand nicht genau, was sie sagte. In seinem Kopf ging etwas Seltsames vor, wie ein geistiges Gegenstück zum Phänomen der Doppelsichtigkeit, das sich manchmal nach einer Gehirnerschütterung einstellt. Er schien mit zwei Gehirnen gleichzeitig zu denken. Er bemühte sich, sich auf ein Gedankensystem zu konzentrieren; und es gelang ihm, sich irgendwie geistig einzustellen. Anscheinend konnte er, wenn er sich anstrengte, eine Spaltung seines Bewußtseins vermeiden.

»Mir ist, als hätte mir einer eine Keule über den Kopf geschlagen«, sagte er.

»Tatsächlich? Aber es ist wirklich nichts geschehen!« Angies Stimme klang bedrückt. »Du bist nur zu Boden gegangen, als wärst du in Ohnmacht gefallen, oder so etwas. Wie fühlst du dich jetzt?«

»Ziemlich wirr im Kopf«, antwortete Jim.

Er hatte den Trieb, gleichzeitig auf zwei Ebenen zu denken, ziemlich gut bezwungen, aber er war sich immer noch bewußt, daß etwas, wie ein separater Teil seines Geistes, mit einbezogen, aber doch getrennt, ganz hinten in seinem Bewußtsein saß. Er bemühte sich, es zu vergessen. Vielleicht würde das Gefühl verschwinden, wenn er es nicht beachtete. Er konzentrierte sich auf Angie.

»Warum glaubst du jetzt, daß ich es bin, und vorher nicht?« wollte er wissen und setzte sich auf seinen Drachenhinterbeinen auf.

»Ich war zu aufgeregt, um zu bemerken, daß du mich

bei meinem Namen genannt hast«, sagte sie. »Aber als du immer wieder deinen benutzt hast und dann, als du Grottwold erwähnt hast, erkannte ich plötzlich, daß du es doch sein könntest, und daß er vielleicht daran gedacht hat, dich zu meiner Rettung hinterherzuschicken.«

»Daran gedacht! Ha! Ich habe ihm gesagt, er solle dich zurückholen, sonst könne er was erleben! Aber er sagte mir, ich sollte nur projiziert werden, und andere Leute würden mich wahrscheinlich nicht einmal sehen können. Nur du.«

»Was ich sehe, ist einer von den Drachen, die es hier gibt. Du bist projiziert worden, das stimmt. Aber deine Identität wurde in einen Drachenkörper hineinprojiziert.«

»Aber ich verstehe immer noch nicht ... Warte mal«, sagte Jim. »Vorher dachte ich, ich würde die Drachensprache sprechen. Aber wenn ich die Drachensprache spreche, wie kannst du mich dann verstehen? Du müßtest doch immer noch Englisch sprechen.«

»Ich weiß es nicht«, sagte Angie. »Aber ich konnte auch die anderen Drachen verstehen. Vielleicht sprechen sie alle Englisch?«

»Das tun sie nicht – ich auch nicht. Hör zu, was ich sage. Hör übrigens auch einmal darauf, welche Laute *du* produzierst.«

»Aber ich spreche doch gewöhnliches, umgangssprachliches ...« Angie brach mit einem seltsamen Ausdruck auf dem Gesicht ab. »Nein, du hast recht. Das spreche ich nicht. Ich produziere, glaube ich, die gleichen Laute wie du. Sag doch einmal ›Ich glaube‹.«

»Ich glaube.«

»Ja«, sagte Angie nachdenklich, »das sind die gleichen Laute; nur ist deine Stimme ungefähr vier Oktaven tiefer als meine. Wir müssen also wohl beide die Sprache sprechen, die hier üblich ist, welche das auch sein mag. Und Menschen und Drachen haben die gleiche Sprache. Das ist verrückt!«

»›Verrückt‹ ist das richtige Wort«, sagte Jim. »Das kann nicht sein. Wie sollten wir so ohne weiteres eine vollständige, neue Sprache lernen?«

»Ach, ich weiß nicht«, sagte Angie. »Im Falle eines subjektiven Transfers, wie wir ihn durchmachten, um hierherzugelangen, könnte es schon möglich sein. Vielleicht herrschen in diesem Universum hier andere Gesetze, und es gibt nur eine mögliche Sprache, so daß man, wenn man auf dieser Welt, oder wo immer wir sind, spricht, die Gedanken automatisch in diese Sprache umgesetzt werden.«

Jim runzelte die Stirn.

»Das verstehe ich nicht«, sagte er.

»Ich auch nicht, glaube ich. Ist auf jeden Fall nicht wichtig. Hauptsache, wir können einander verstehen. Wie hat er dich genannt, der andere Drache?«

»›Gorbash‹. Das ist anscheinend der Name seines Großneffen, in dessen Körper ich jetzt bin. Er selbst heißt Smrgol. Offensichtlich ist er fast zweihundert Jahre alt, und er hat bei den anderen Drachen eine Menge Einfluß. Aber das spielt keine Rolle. Ich muß dich zurückschicken; und das bedeutet, ich muß dich zuerst hypnotisieren.«

»Du hast mir das Versprechen abgenommen, mich niemals von irgend jemandem hypnotisieren zu lassen.«

»Das war etwas anderes. Das hier ist ein Notfall. Also, hast du etwas, wo du deinen Arm aufstützen kannst? Da, dieser Stein eignet sich ganz gut dafür. Komm hier herüber!«

Er deutete auf einen losen Felsbrocken, von denen mehrere in der Höhle lagen. Dieser reichte Angie etwa bis zur Taille. Sie stellte sich daneben.

»Also«, sagte Jim. »Leg deinen Unterarm oben drauf, so als wäre es ein Tisch. So ist es gut. Jetzt konzentrierst du dich darauf, in Grottwolds Labor zurückzukommen.

Dein Unterarm wird immer leichter. Er hebt sich, hebt sich ...«

»Warum willst du mich überhaupt hypnotisieren?«

»Angie, konzentriere dich bitte. Dein Unterarm wird leichter. Er hebt sich. Er ist ganz leicht, er hebt sich, hebt sich. Er wird immer leichter. Er hebt sich ...«

»Nein«, sagte Angie entschieden und nahm ihren Arm vom Felsbrocken. »Das tut er nicht! Und ich lasse mich auch nicht hypnotisieren, bevor ich nicht weiß, was eigentlich los ist. Was geschieht, wenn du mich hypnotisierst?«

»Du wirst dadurch fähig, dich völlig auf die Rückkehr in Grottwolds Labor zu konzentrieren, daher wirst du dort auch wieder auftauchen.«

»Und was geschieht mit dir?«

»Ach, mein Körper ist noch dort, also kann ich, sobald ich nirgendwo anders, zum Beispiel hier, mehr sein will, automatisch dorthin zurückkehren.«

»Aber das setzt voraus, daß du nur ein körperloser Geist bist. Bist du sicher, daß du ebenso leicht zurückkehren kannst, wenn du in einem anderen Körper, wie zum Beispiel in diesem Drachenkörper bist?«

»Nun ...« Jim zögerte. »Aber natürlich.«

»Natürlich nicht!« sagte Angie. Sie sah bestürzt aus. »Das ist alles meine Schuld.«

»Deine Schuld? Das hier? Natürlich nicht. Grottwold ist ...«

»Nein«, sagte Angie. »Ich bin schuld.«

»Ich sage dir doch, nein! Vielleicht kann nicht einmal Grottwold etwas dafür. Vielleicht hatten seine Apparate nur eine Störung, und dadurch wurdest du samt deinem Körper losgeschickt und ich landete in diesem Gorbash-Körper, anstatt vollständig zu teleportieren.«

»Seine Apparatur hatte keine Störung«, beharrte Angie. »Er hat es nur wie immer gemacht, einfach drauflos experimentiert, ohne zu wissen, was er eigentlich tat. Deswegen ist alles meine Schuld. Ich wußte doch, wie er war, aber ich habe es dir nicht gesagt, weil wir das zusätzliche Einkommen brauchten; und du weißt doch, wie du bist.«

»Ich – wie ich bin? Nein«, sagte Jim wütend. »Wie bin ich denn?«

»Du hättest mir eine Szene gemacht; hättest dich gesorgt, daß etwas passieren könnte – und du hättest recht gehabt. Grottwold *ist* wie ein Baby mit einem glänzenden Spielzeug, wenn er mit seinem Apparat spielt, trotz aller seiner akademischen Ehren. Auf jeden Fall sind wir uns einig.«

»Gut«, sagte Jim erleichtert. »Lege jetzt also deinen Arm wieder auf den Felsen und entspanne dich ...«

»So habe ich das nicht gemeint«, sagte Angie. »Ich meine, es ist ausgeschlossen, daß ich ohne dich zurückgehe.«

»Aber ich kann doch zurückkehren, einfach dadurch, daß ich nirgends anders sein will!«

»Versuch es!«

Jim versuchte es. Er schloß die Augen und redete sich ein, daß er nur mehr in seinem eigenen Körper sein wollte, nirgendwo sonst. Er öffnete die Augen wieder, Angie stand da und sah ihn an, die Wände der Höhle umgaben sie beide.

»Siehst du?« sagte Angie.

»Wie kann ich anderswo sein wollen, während du immer noch hier bist?« wollte Jim wissen. »Du mußt erst heil und gesund in unserer eigenen Welt sein, bevor ich auch dorthin wollen kann.«

»Und ich soll dich hier allein lassen, ohne zu wissen, ob du es schaffen wirst oder nicht, und das mit Grottwold, der von Anfang an nicht die leiseste Ahnung hatte, wie er mich hierherschickte, und also niemals fähig wäre, mich wieder zurückzuschicken? O nein!«

»Nun gut! Dann sag du es mir doch. Was können wir denn sonst tun?«

»Ich habe nachgedacht«, sagte Angie gedankenverloren.

»Worüber?«

»Über den Zauberer, von dem dir der andere Drache erzählt hat. Der Zauberer, mit dem du meinetwegen in Verhandlungen eintreten sollst.«

»Ach, der«, sagte Jim.

»Richtig. Also, du weißt, daß diese George – diese Leute, die anscheinend hier leben – nie von mir gehört haben. Als erstes werden sie sich, sobald der Zauberer ihnen von mir erzählt, umsehen, wer von ihren Bekannten vermißt wird; und sie werden niemanden vermissen. Nachdem ich also niemand aus ihrem Volk bin, warum sollten sie wegen meiner Rückgabe mit den Drachen verhandeln – geschweige denn solche Zugeständnisse machen, wie sie dein Großonkel anscheinend möchte …«

»Angie«, erklärte Jim, »er ist nicht mein Großonkel. Er ist der Großonkel des Körpers, in dem ich gerade stecke.«

»Ist doch egal. Der springende Punkt ist doch, daß die George, sobald sie begreifen, daß ich nicht zu ihnen gehöre, keinerlei Interesse daran haben werden, mich zu retten. Also, wenn du zu dem Zauberer gehst …«

»Augenblick mal! Wer sagt denn, daß ich dich hier zurücklasse und irgendwohin gehe?«

»Du weißt doch ebensogut wie ich, daß du genau das tun mußt«, gab Angie zurück. »Du weißt, daß wir keine andere Chance haben. Aber es könnte doch sein, es besteht doch eine ganz geringe Möglichkeit, daß dieser Zauberer uns beiden helfen kann zurückzukommen. Zumindest könntest du ihm beibringen, uns beide gleichzeitig zu hypnotisieren, damit wir miteinander zurückkehren könnten, oder etwas ähnliches. – Ach, ich weiß nicht! Es ist unsere einzige Chance, und das weißt du so gut wie ich. Wir müssen sie nützen!«

Jim öffnete den Mund, um das zu bestreiten, dann

schloß er ihn wieder. Wie üblich hatte sie ihre verbalen Judotricks angewandt und sie damit beide zu ihrer Ansicht bekehrt.

»Aber was ist, wenn uns der Zauberer nicht helfen will?« protestierte er schwach. »Warum sollte er uns schließlich helfen?«

»Ich weiß es nicht. Aber vielleicht können wir einen Grund finden«, sagte Angie. »Wir müssen einfach.«

Wieder machte Jim den Mund auf, um ihn gleich wieder zu schließen.

»Also, ab mit dir! Suche ihn! Und wenn du ihn gefunden hast, sei aufrichtig zu ihm. Erkläre ihm einfach unsere Situation und die Geschichte mit Grottwold. Frag ihn, ob es eine Möglichkeit gibt, uns zur Rückkehr zu verhelfen, und wie wir es ihm entgelten können. Wir haben nichts zu verlieren, auch wenn wir ihm gegenüber offen und ehrlich sind.«

Für Jim klang das alles nicht so selbstverständlich wie anscheinend für Angie. Aber sie setzte sich durch.

»Und dich soll ich währenddessen hier lassen«, war alles, was er herausbrachte.

»Und mich sollst du hierlassen. Mir wird nichts passieren«, antwortete Angie. »Ich habe gehört, was du unten in der großen Höhle am Ende sagtest. Ich bin eine Geisel. Ich bin zu wertvoll, als daß man mir etwas tun würde. Außerdem, so wie der alte Drache mit dir gesprochen hat, muß das Klingelnde Wasser in der Nähe sein. Wahrscheinlich kannst du in ein oder zwei Stunden hingehen, mit dem Zauberer reden und wieder zurückkommen. Hast du es nicht bemerkt – es ist hier jetzt ungefähr Mittag. Du kannst herausfinden, was zu tun ist, und noch vor Einbruch der Nacht wieder hier sein.«

»Nein.« Jim schüttelte den Kopf. »Wenn ich dich hypnotisiere, kommst wenigstens du nach Hause. Wenn wir mit Spielchen anfangen wie mit dem Zauberer, kommt vielleicht keiner zurück. Ich mache da nicht mit.«

»Nun, ich lasse mich nicht von dir hypnotisieren«,

sagte Angie entschieden. »Ich werde dich nicht hier zurücklassen, vielleicht ohne eine Möglichkeit zurückzukommen, oder sogar Schlimmeres. Also, was willst du tun?«

Sie hatte, dachte Jim, eine großartige Methode, alle Auswege außer dem zu versperren, den er ihrer Meinung nach benützen sollte.

»In Ordnung«, sagte er schließlich mißmutig.

Er ging zum Rand der senkrecht abstürzenden Felswand, dann stockte er und schwankte.

»Was ist los?« wollte Angie wissen.

»Ich dachte nur gerade«, sagte Jim mit etwas belegter Stimme, »Gorbash konnte offensichtlich fliegen. Aber kann ich es auch?«

»Du könntest es versuchen«, schlug sie vor. »Es käme wahrscheinlich ganz automatisch. Ich glaube, sobald du in der Luft bist, kannst du es instinktiv.«

Jim sah auf die weit unten liegenden, zerklüfteten Felsen.

»Ich glaube es nicht«, sagte er. »Ich glaube es wirklich nicht. Ich glaube, ich schiebe besser den Brocken hier beiseite und gehe den inneren Weg zurück.«

»Hat nicht der alte Drache – Wie heißt er doch …?«

»Smrgol.«

»Hat dich der alte Smrgol nicht davor gewarnt, noch einmal in die Höhle hinunterzukommen? Und wenn du ihn nun auf dem Weg triffst, und er sagt, du sollst nicht gehen? Außerdem ist das Klingelnde Wasser möglicherweise so weit entfernt, daß du fliegen mußt, um dorthin zu kommen.«

»Du hast recht«, sagte Jim hohl. Er dachte darüber nach. Es schien keine Alternative zu geben. Er schauderte und schloß die Augen. »Na gut … es geht nicht anders.«

Er sprang hinaus und begann, wild mit den Flügeln zu schlagen. Die Luft pfiff um ihn, ohne daß er erkennen konnte, ob er flog oder wie ein Stein absackte. Er war sicher, daß er fiel. In seinem Hinterkopf gab es einen plötzlichen, lautlosen Knall, seine Flügel streckten sich, wurden langsamer und trafen auf Widerstand. Er spürte den Luftdruck an den Unterflächen, wie man beim Rudern den Druck des Wassers gegen die Ruderblätter fühlen kann.

Eine schwache Hoffnung flackerte in ihm auf. Wenn er zu Boden geschmettert werden sollte, wäre das doch jetzt sicher schon geschehen. Andererseits konnte er vielleicht nur seinen Absturz verzögern und glitt in spitzem Winkel auf die Felsen zu, wo er in einigem Abstand vom Fuß der Klippe aufprallen würde?

Er ertrug die Spannung nicht länger. Er öffnete die Augen und blickte um sich.

4

WIEDER EINMAL, WIE DAMALS, als er beim Anblick Angies aufschrie, hatte er seine Fähigkeiten als Drache unterschätzt. Der Boden raste ihm nicht entgegen. Im Gegenteil, er war weit, weit unter ihm, seltsame, kleine Waldflecken wechselten sich mit freiem Land ab. Er war mindestens ein paar hundert Meter hoch und stieg schnell noch höher.

Er hielt einen Moment lang inne, und seine Flügel versteiften sich automatisch zur Gleitstellung. Unvermittelt wurde ihm bewußt, daß er segelte – instinktiv auf einer Thermik ritt, einer aufsteigenden Warmluftströmung, nach Art der Ballonfahrer, Segelflieger und der großen Vögel seiner eigenen Welt. Natürlich! Er gab sich im Geiste selbst einen Tritt, weil er nicht früher draufgekommen war. Die größeren Vögel waren meistens Segler, weil sie das Fliegen große Anstrengung kostete. Er erinnerte sich nun, gehört zu haben, daß die schweren Falken und Adler es vermieden, an völlig windstillen Tagen zu fliegen.

Dasselbe mußte – sogar in gesteigertem Maße – für die Drachen mit ihrem enormen Gewicht gelten. Offenbar erging es den Drachen wie den Löwen, die sehr schnelle Ausfälle machen konnten, das aber nur über kurze Distanzen durchhielten. Die große Muskelkraft eines Drachen konnte ihn schnell in Segelhöhe bringen, aber von da an mußte er die verfügbaren Winde und die Thermik ausnützen.

Anscheinend war dieses Ausnützen von Luftströmungen für seinen Gorbash-Körper eine Sache des Instinkts. Er entdeckte, daß er, ohne sich dessen bewußt geworden zu sein, seine Richtung bestimmt hatte und nun mit der Sonne über seiner rechten Schulter nach Nordwesten segelte, fort von der Bergwand, von der er abgehoben hatte. Ja, die Klippe schrumpfte hinter und unter ihm zur Bedeutungslosigkeit zusammen. Weit entfernt, am Rand des Horizonts, zeigte sich vor ihm der dunkelgrüne Gürtel eines ausgedehnten Waldes. Der Wald und Jim bewegten sich stetig und mühelos aufeinander zu, und fast ohne daß Jim es bemerkte, begann er den Flug zu genießen.

Es war kaum die richtige Zeit für eine solche Hemmungslosigkeit, vor allem, nachdem Angie da hinten in einer Höhle gefangengehalten wurde; aber es fiel Jim so schwer, sich nicht wohlzufühlen, daß er sich schließlich entspannte und es sich gestattete. Schließlich war es kurz nach Mittag an einem durch und durch herrlichen Tag, irgendwann im späten Frühling oder frühen Herbst. Der Himmel war von einem strahlenden Blau, da und dort mit einem Anflug einer kleinen Zahl von Schäfchenwolken, die als Verzierung die Schönheit des Tages als Ganzes noch hervorhoben. Selbst aus ein paar hundert Metern Höhe (anscheinend teilten die Drachen auch die Gabe der Fernsicht mit den großen Raubvögeln, ebenso wie deren Neigung zu segeln) zeigten die ginsterflaumigen, offenen Moore, die Gruppen von Kiefern und Eichen, die er unter sich sah, eine tauige Frische. Mit Gorbashs ausgeprägtem Geruchssinn konnte Jim sogar die schwache Mischung frischer Düfte erfassen, die von der Landschaft aufstieg; und der Geruch berauschte ihn leicht.

Er fühlte sich stark, mächtig und ein wenig tollkühn. Ja, für zwei Cents würde er zurückkehren und, wenn nötig, der ganzen, restlichen Drachengemeinde entgegentreten, um Angie zu befreien. Der zweigleisig denkende Teil seines Geistes schien sich seltsam sicher zu sein, daß es keiner von den anderen im Fliegen mit ihm aufnehmen konnte. Er grübelte über diesen Eindruck nach, dann fiel ihm ein, daß Smrgol und sogar Bryagh davon gesprochen hatten, Gorbash habe mehr Zeit am Boden verbracht, als es bei den Drachen üblich war. Vielleicht war Gorbash besser im Training als die anderen, weil er mehr Zeit außerhalb der Höhlen verbracht hatte und öfter hatte fliegen müssen?

Eine nicht zu beantwortende Frage. Aber sie erinnerte ihn an all die anderen Fragen, die dieses unglaubliche Abenteuer aufwarf. Diese Welt hatte mehr unwirkliche Elemente, als sich ein gesundes Gehirn vorstellen konnte. Drachen – geschweige denn Drachen, die sprechen konnten – waren unglaublich. Irgendwie mußte diese Welt einen Kodex von physikalischen und biologischen Gesetzen haben, die das möglich machten; und als Doktor der Geschichte, der im Laufe der Zeit auch eine erkleckliche Anzahl von naturwissenschaftlichen Seminaren mitgemacht hatte, sollte er fähig sein, diese Gesetze ausfindig zu machen – und, nachdem er sie herausgefunden hatte, sie zu seinem und Angies Vorteil zu nützen.

Er hatte gedacht, die Sprache würde das Hauptproblem in dieser anderen Welt sein. Aber das war sicher nicht der Fall. Je mehr er darüber nachdachte, desto sicherer wurde Jim, daß er, in diesem Gorbash-Körper, kein modernes Englisch sprach – und auch keine andere Form des Englischen. Offenbar sprach er ohne Mühe die Drachensprache; trotzdem waren die geistigen Kanäle in seinem Kopf, die diese anscheinend in modernes Englisch – modernes umgangssprachliches Englisch noch dazu – übersetzten, um es milde auszudrücken: rätselhaft. Als Mediävist konnte Jim Mittel- und Altenglisch sprechen und lesen, und mit seinem Doktorat konnte er sich auch in modernem Französisch und Deutsch verständlich machen und in diesen Sprachen lesen. Zusätzlich hatte er eine oberflächliche Kenntnis von modernem Spanisch, konnte ein paar Worte modernes Italienisch und beherrschte alle romanischen Sprachen in ihren mittelalterlichen Formen. Schließlich konnte er mit Leichtigkeit sowohl klassisches wie Kirchenlatein lesen und sich mit einem Wörterbuch im klassischen Griechisch zurechtfinden.

Alles zusammen eine ganz hübsche Reihe von Qualifikationen für jemanden, der sich in irgendeine Periode des europäischen Mittelalters wagte. Nur war anscheinend keine davon von Nutzen. Nicht seine Hauptinteressen würden ihm hier weiterhelfen, sondern die Dinge, die er nebenbei betrieben hatte. Und doch mußte hinter jeder funktionierenden Umwelt ein logisches System stecken; und wenn er die Augen offenhielt und zwei und zwei zusammenzählte …

Er schwebte ruhig durch die Luft und dachte dabei intensiv nach. Aber mit der Zeit gingen seine Gedanken im Kreis und führten schließlich zu keinem Ziel. Er hatte einfach noch nicht genug Fakten, um zu Schlußfolgerungen kommen zu können. Er gab es auf und sah sich noch einmal die Gegend unter sich an.

Der Wald war offenbar doch nicht so nahe gewesen, wie er zuerst gedacht hatte. Obwohl er wirklich eine sehr gute Zeit flog – Jim schätzte seine Fluggeschwindigkeit ungefähr auf fünfzig bis siebzig Meilen pro Stunde –, war das grüne Band der Bäume immer noch in derselben, geringen Entfernung. Andererseits schien er überhaupt nicht zu ermüden. Ja, er glaubte, er könne unbegrenzt lange so dahinschweben.

Er verspürte jedoch das erste, leichte Nagen von Appetit. Er fragte sich, was er, als Drache, wohl aß. Doch keine – er zuckte vor einem Gedanken zurück –, nein, bestimmt keine menschlichen Wesen. Wenn das die gewöhnliche Drachennahrung sein sollte, würde er eben hungern müssen. Vielleicht könnte ihm der Zauberer ebenso in der Ernährungsfrage helfen wie dabei, Angie und sich selbst wieder nach Hause zu bringen.

Jetzt näherte er sich endlich dem Wald. Er konnte die einzelnen Bäume erkennen. Es waren alles Kiefern, Fichten und Balsamsträucher, und sie wuchsen dicht beieinander. Zum erstenmal bekam er Zweifel. Wenn er diesen Wald zu Fuß durchforschen mußte ... Aber dann beruhigte er sich selbst. Man hatte wohl nicht von ihm erwartet, daß er genau wußte, wo dieses Klingelnde Wasser lag, sonst hätte ihn Smrgol nicht daran erinnert, daß er nach Nordwesten fliegen mußte. Andererseits, wenn es schwer zu finden wäre, hätte ihm der ältere Drache mit seiner recht geringen Meinung von Gorbashs geistigen Fähigkeiten genauere Anweisungen gegeben und noch einmal nachgeprüft, um sicherzugehen, daß sein Großneffe sie auch begriffen hatte.

Möglicherweise gab es etwas, was er von der Luft aus sehen konnte, dachte Jim, als er in einem langen Bogen, der ihn ganz nahe über die Baumwipfel führen würde, niederzustoßen begann.

Plötzlich sah er es: eine winzige Lichtung zwischen den Bäumen, von einem Bach durchflossen, der am oberen Ende in einem kleinen Wasserfall herabstürzte. Neben dem Bach war ein Weiher mit einer Quelle und ein kleines, seltsam schmales Haus mit spitzem Dach, umgeben von Gras und Blumenbeeten; nur ein Kiesweg führte vom Rand des dichten Waldes zur Eingangstür des Hauses. Eine Art Wegweiser stand an einer Seite des Pfads direkt vor der Tür.

Mit einem dumpfen Schlag setzte Jim auf dem Weg auf.

In der Stille, die auf seine ziemlich harte Landung folgte, hörte er deutlich das Geräusch des Quellwassers, das sich spritzend in den Weiher ergoß. Es klingelte tatsächlich – nicht wie kleine Schellen, sondern mit dem fernen, zarten Klang eines gläsernen Glockenspiels, das im leichten Wind aneinanderschlägt. Dieser Ton war irgendwie unaussprechlich nervenberuhigend, und die starken, gemischten Düfte, die aus den blühenden Blumen in den Beeten aufstiegen, verstärkten die Wirkung, so daß Jim auf einmal das Gefühl hatte, er sei an einen Traumort versetzt worden, wo nichts ganz wirklich und ganz sicher nichts übermäßig wichtig war.

Er bewegte sich langsam den Pfad hinauf und blieb stehen, um den Wegweiser vor dem Haus zu lesen. Die Tafel selbst war ein schlichtes, weißgestrichenes Brett mit schwarzer Beschriftung. Der Pfosten, auf dem sie befestigt war, erhob sich aus wuchernden Astern, Zinnien, Rosen und Maiglöckchen, die alle in völliger Mißachtung ihrer normalen Blütezeiten blühten. Auf dem Brett stand in schwarzen, eckigen Druckbuchstaben der Name S. Carolinus. Jim ging weiter zur Vordertür, die grün war; davor befand sich eine einzige, rotgestrichene Steinstufe.

Er klopfte.

Keine Antwort.

Trotz der beruhigenden Wirkung der Quelle und der Blumen sank Jim der Mut. Das wäre wirklich Pech für ihn und Angie, zu S. Carolinus' Wohnsitz gerade dann zu kommen, wenn S. Carolinus nicht zu Hause war.

Er klopfte wieder – diesmal stärker.

Im Hause wurden hastige Schritte hörbar. Die Tür wurde nach innen aufgerissen. Ein schmalgesichtiger alter Mann in einem roten Gewand, schwarzem Käppchen und mit einem dünnen, ziemlich schmuddelig aussehenden weißen Bart steckte den Kopf heraus und starrte Jim böse an.

S.CAROLINUS
3·80·2

»Tut mir leid, keine Sprechstunde für Drachen heute!« fuhr er ihn an. »Komm nächsten Dienstag wieder.«

Er zog den Kopf zurück und knallte die Tür zu.

Einen Augenblick lang starrte Jim nur verblüfft. Dann begann er allmählich zu verstehen.

»He!« rief er und hämmerte mit Drachengewalt gegen die Tür.

Noch einmal wurde sie wütend aufgerissen.

»Drache!« sagte der Zauberer drohend. »Wärst du vielleicht gerne ein Käfer?«

»Ihr müßt mir zuhören«, sagte Jim.

»Ich sagte doch«, erklärte Carolinus, »daß ich heute keine Sprechstunde für Drachen habe. Außerdem habe ich Magenschmerzen. Verstehst du? Ich-habe-heute-keine-Sprechstunde-für-Drachen!«

»Aber ich bin kein Drache.«

Carolinus starrte Jim lange an, dann riß er mit beiden Händen in einer Geste der Verzweiflung seinen Bart hoch, erwischte einen Teil davon mit den Zähnen, als er wieder herunterfiel, und begann wild darauf herumzukauen.

»Und woher«, wollte er wissen, »hat ein Drache auf einmal genug Hirn, um soviel Phantasie zu entwickeln, daß er die Illusion hegen kann, er sei *kein* Drache? Antwortet mir, o ihr Mächte!«

»Die Information ist psychisch, wenn auch nicht physiologisch zutreffend«, antwortete eine tiefe Baß-Stimme neben ihnen, etwa eineinhalb Meter über der Erde aus dem Nichts – worauf Jim, der die Frage für rhetorisch gehalten hatte, zusammenfuhr.

»Ist das eine Tatsache?« sagte Carolinus und beäugte Jim mit erwachtem Interesse. Er spuckte die ein oder zwei Haare aus, die er immer noch im Mund hatte, trat zurück und öffnete die Tür. »Komm herein, du Anomalie – oder weißt du einen besseren Namen für dich?«

Jim quetschte sich durch die Tür und fand sich in

einem einzigen, unordentlichen Raum, der offensichtlich den ganzen ersten Stock des Hauses einnahm. Er enthielt Möbelstücke und seltsame Einzelteile einer alchimistischen Ausrüstung, die wahllos dazwischen verteilt waren. S. Carolinus schloß die Tür hinter sich und ging um Jim herum, um ihn anzusehen. Jim setzte sich auf seine Hinterbeine und zog den Kopf ein, um nicht an die Decke zu stoßen.

»Nun, mein richtiger Name ist James – Jim Eckert«, sagte er. »Aber ich scheine im Körper eines Drachen namens Gorbash zu sein.«

»Und das«, sagte S. Carolinus, wobei er zusammenzuckte und seinen Magen massierte, »stört Euch, nehme ich an.« Er schloß die Augen und fügte schwach hinzu: »Wißt Ihr irgend etwas, das gegen unaufhörliche Magenschmerzen hilft? Natürlich nicht. Weiter.«

»Ich fürchte, nein. Nun, die Sache ist so ... Wartet einen Moment. Sprecht Ihr die Drachensprache oder spreche ich Eure Sprache, welche auch immer?«

»Wenn es eine ›Drachensprache‹ gibt«, sagte S. Carolinus verdrießlich, »dann sprecht Ihr sie natürlich. Wenn Ihr sie sprechen würdet, würde ich sie mit Euch sprechen – das ist doch klar. In Wirklichkeit unterhalten wir uns einfach. Würdet Ihr bitte bei der Sache bleiben? Erzählt weiter über Euch selbst.«

»Aber, ich meine, sprechen hier Drachen und Menschen – ich meine George – die gleiche Sprache? Ich meine, anscheinend spreche ich Eure Sprache, nicht meine eigene ...«

»Warum nicht?« sagte Carolinus und schloß die Augen. »Im Reich der Mächte ist nur eine Sprache möglich – per definitionem. Und wenn Ihr jetzt nicht innerhalb von fünf Sekunden zum Thema kommt, seid Ihr ein Käfer, das ist mein Prinzip.«

»Oh. Na gut. Nun«, erklärte Jim, »die Sache ist die, ich bin weniger daran interessiert, aus diesem Drachenkörper herauszukommen, als dahin zurückzukehren, wo ich hergekommen bin. Meine … äh … Angie, das Mädchen, das ich heiraten werde …«

»Ja, ja, am dreizehnten Oktober«, sagte Carolinus ungeduldig. »Weiter im Text.«

»Am dreizehnten Oktober? In diesem Jahr? Ihr meint, in nur drei Wochen?«

»Das habt Ihr doch gehört?«

»Aber, ich meine – so bald schon? Wir haben nicht zu hoffen gewagt …«

Carolinus öffnete die Augen. Er erwähnte nichts von Käfern, aber Jim begriff sofort.

»Angie …«, begann er eilig.

»Wer ist wo?« unterbrach Carolinus. »Ihr seid hier. Wo ist diese Angie?«

»In der Drachenhöhle.«

»Also ist sie auch ein Drache?«

»Nein, sie ist ein Mensch.«

»Ich begreife die Schwierigkeit.«

»Ja – Nein«, sagte Jim. »Ich glaube nicht, daß Ihr das versteht. Die Schwierigkeit ist, daß ich sie zurückschicken kann, aber möglicherweise kann ich selbst nicht zurück; und sie will nicht ohne mich gehen. Seht Ihr, vielleicht erzähle ich Euch die ganze Geschichte von Anfang an.«

»Eine ausgezeichnete Idee«, sagte Carolinus, zuckte die Achseln und schloß wieder die Augen.

»Wißt Ihr«, sagte Jim, »ich bin Assistent an einem Ort namens Riveroak College. Eigentlich sollte ich Dozent im Englischen Seminar sein …« Er umriß hastig die ganze Situation.

»Aha«, sagte Carolinus schließlich und öffnete die Augen. »Und Ihr seid ganz sicher, daß das alles stimmt? Ihr möchtet nicht lieber Eure Geschichte etwas einfacher und vernünftiger machen – z. B. daß Ihr ein Prinz seid, der von einem Rivalen, der Zugang zu einem dieser Scharlatane des Inneren Königreichs hatte, in einen Drachen verwandelt wurde? Nein?« Er seufzte schwer und zuckte wieder die Achseln. »Und was soll ich dabei tun?«

»Wir glaubten, Ihr könntet vielleicht Angie und mich dahin zurückschicken, wohin wir gehören.«

»Möglich. Natürlich schwierig. Aber ich nehme an, ich könnte es schaffen, mit genügend Zeit und einem ausgewogenen Gleichgewicht zwischen Zufall und Geschichte. Gut. Das kostet fünfhundert Pfund Gold oder fünf Pfund Rubine, zahlbar im voraus.«

»Was?«

»Warum nicht?« erkundigte sich Carolinus frostig. »Das ist ein fairer Preis.«

»Aber ...« – Jim geriet beinahe ins Stottern – »Ich habe kein Gold – auch keine Rubine.«

»Wir wollen keine Zeit vergeuden!« fauchte Carolinus. »Natürlich habt Ihr. Was für ein Drache wärt Ihr denn ohne einen Hort?«

»Aber nein!« protestierte Jim. »Vielleicht hat dieser Gorbash irgendwo einen Hort. Aber selbst wenn, dann weiß ich nicht, wo er ist.«

»Unsinn. Aber ich bin bereit, Zugeständnisse zu machen. Vierhundertsechzig Pfund Gold.«

»Ich sage doch, ich habe keinen Hort!«

»Gut. Vierhundertfünfundzwanzig. Aber ich warne Euch, das ist mein letztes Angebot. Ich kann nicht für weniger arbeiten, wenn ich Haus und Hof zusammenhalten will.«

»Ich habe keinen Hort!«

»Also, vierhundert, und möge dich der Fluch eines Zauberers – Augenblick mal. Wollt Ihr behaupten, Ihr wißt wirklich nicht, wo der Hort von diesem Gorbash ist?«

»Das versuche ich Euch doch die ganze Zeit zu sagen.«

»Schon wieder ein Sozialfall!« explodierte Carolinus und schleuderte wütend seine knochigen Fäuste in die Luft. »Was ist denn los bei der Revisionsabteilung? Antwortet!«

»Verzeihung!« ertönte die unsichtbare Baß-Stimme.

»Nun gut«, sagte Carolinus und beruhigte sich, »seht zu, daß es nicht wieder vorkommt – zumindest nicht in den nächsten zehn Tagen.« Er wandte sich wieder an Jim. »Habt Ihr denn gar keine Zahlungsmittel?«

»Nun«, sagte Jim vorsichtig, »wegen Eurer Magenschmerzen. Ich habe gerade nachgedacht ... Vergehen sie, wenn Ihr etwas eßt?«

»Ja«, sagte Carolinus. »In der Tat, das tun sie, für kurze Zeit.«

»Ich dachte mir gerade, vielleicht habt Ihr, was man da, wo ich herkomme, ein Magengeschwür nennt. Leute, die unter starker Nervenbelastung leben und arbeiten, bekommen so etwas häufig.«

»Leute?« Carolinus sah ihn argwöhnisch an. »Oder Drachen?«

»Wo ich herkomme, gibt es keine Drachen.«

»Schon gut, schon gut«, sagte Carolinus unwirsch. »Ihr braucht nicht so zu flunkern. Ich glaube Euch das mit dem Magenteufel. Ich wollte nur sichergehen, ob Ihr wißt, worüber Ihr redet. Nervliche Belastung – genau! Diese Geschwüre – wie treibt man sie aus?«

»Mit Milch«, sagte Jim. »Sechs- oder achtmal am Tag ein Glas Kuhmilch, bis die Symptome verschwinden.«

»Ha!«

Carolinus wandte sich um, schoß zu einem Wandregal hinüber und nahm eine große schwarze Flasche herunter. Er entkorkte sie, goß etwas, das wie Rotwein aussah, in einen staubigen Glaspokal von einem der Tische in der Nähe und hielt den Pokal ans Licht.

»Milch«, sagte er.

Die rote Flüssigkeit wurde weiß. Er trank sie aus.

»Hmmm!« sagte er und wartete, den Kopf seitwärts geneigt.

»Hmmm ...« Langsam teilte ein Lächeln seinen Bart.

»Ich glaube wirklich«, sagte er beinahe freundlich, »es hilft. Ja, bei den Mächten! Es *hilft!*«

Er wandte sich strahlend Jim zu.

»Ausgezeichnet! Die sanfte Natur der Milch hat eine bemerkenswert beruhigende Wirkung auf den Zorn des Geschwürs, das, nebenbei bemerkt, ein Mitglied der Familie der Feuerdämonen sein muß, wenn ich mir das so recht überlege. Gratuliere, Gorbash, oder Jim, oder wie Ihr auch heißen mögt. Ich will offen zu Euch sein. Als Ihr vorher erwähntet, Ihr seiet Assistent an einem College, habe ich Euch nicht geglaubt. Aber jetzt glaube ich Euch. Ein so hübsches Stückchen sympathetischer Magie habe ich seit Wochen nicht mehr erlebt. Nun denn ...« – er rieb seine knochigen Hände aneinander – »zu Eurem Problem.«

»Vielleicht ...«, sagte Jim, »wenn Ihr uns zusammenbringen könntet und uns beide gleichzeitig hypnotisieren würdet.«

Carolinus' weiße Augenbrauen zuckten wie erschreckte Kaninchen auf seiner Stirn nach oben.

»Noch nicht trocken hinter den Ohren, aber naseweis daherreden«, fauchte er. »Bei den Mächten! Das ist das Übel in der heutigen Welt! Unwissenheit und Anarchie!«

Er fuchtelte mit seinem langen, nicht allzu sauberen Zeigefinger vor Jims Schnauze herum.

»Drachen trampeln hin und her – Ritter stolzieren her und hin –, hirnlose Idioten, Riesen, Unholde, Sandmerker und andere, abartige Kreaturen und Monster, alle tun sie auf Teufel komm raus ihr Bestes, um ihren kleinen Teil des Landes in Angst und Schrecken zu versetzen. Jeder Laffe und jeder Assistent ist blind genug, sich einzubilden, er sei einem Meister der Künste gleichwertig. Es ist nicht auszuhalten!«

Seine Augen leuchteten auf wie glühende Kohlen und funkelten Jim wild an.

»Ich sage, es ist nicht auszuhalten! Und ich beabsichtige auch nicht, es auszuhalten! Wir werden Ordnung und Frieden, Kunst und Wissenschaft haben, und wenn ich den Mond von innen nach außen kehren muß!«

»Aber Ihr sagtet doch, für fünfhundert – ich meine, vierhundert Pfund Gold ...«

»Da ging es ums Geschäft. Jetzt geht es um die Moral!« Carolinus schnappte sich noch einige Barthaare und kaute einen Augenblick lang darauf herum, bevor er sie wieder ausspuckte. »Ich dachte, wir würden ein wenig um den Preis schachern und herausfinden, wieviel Ihr wert seid. Aber nachdem Ihr mich mit diesem Zauber gegen das Geschwür bezahlt habt ...« Seine Stimme wurde plötzlich nachdenklich; seine Augen verdüsterten sich, wurden blicklos, schienen sich anderswohin zu richten. »Ja. Ja, wirklich ... sehr interessant ...«

»Ich dachte nur«, sagte Jim demütig, »daß Hypnose vielleicht wirken könnte, weil ...«

»Wirken!« schrie Carolinus und kehrte unvermittelt ins Hier und Jetzt zurück. »Natürlich würde sie *wirken!* Auch Feuer wirkt in einem schweren Fall von Wassersucht. Aber ein zu Asche verbrannter Patient ist kein Erfolg! Nein, nein, Gorbash – Euren anderen Namen kann ich mir nicht merken –, denkt an das Erste Gesetz der Magie!«

»Das *was?*«

»Das Erste Gesetz – Das *Erste Gesetz!* Hat man Euch denn auf diesem College gar nichts beigebracht?«

»Nun, mein Gebiet war eigentlich ...«

»Schon wieder vergessen, wie ich sehe«, höhnte Carolinus. »Oh, diese junge Generation! Das Gesetz der Bezahlung, Idiot! Für jede Anwendung der Kunst der Wissenschaft gibt es einen geforderten oder entsprechenden Preis. Warum glaubt Ihr, daß ich von meinen Honoraren lebe, anstatt einfach die magischen Formeln zu benützen? Nur weil eine Zahl unendlich ist, heißt das noch lange nicht, daß man sie anwenden kann, um etwas für nichts zu bekommen! Warum benützt man Eulen und Falken und Mäuse und Schutzgeister anstatt einer Kristallkugel? Man muß für alles bezahlen, im richtigen Verhältnis! Nein, ich hätte niemals gewagt, was dieser

Holzkopf von einem Amateur, dieser Hansen, getan hat, ohne zuvor einen Kredit von zehn Jahren bei der Revisionsabteilung anzusammeln; und ich bin ein Meister der Kunst. Er hat sein Konto bis zum Geht-nicht-mehr belastet – da ist nichts mehr zu machen.«

»Woher wißt Ihr das?« fragte Jim.

»Nun, mein guter Assistent«, sagte Carolinus. »Ist das nicht offensichtlich? Er konnte Eure Jungfrau – ich nehme doch an, daß sie Jungfrau ist?«

»Ja, nun …«

»Gut, gut, bezeichnen wir sie der Form halber als Jungfrau. Sowieso eine akademische Frage«, fauchte Carolinus. »Worauf ich hinauswill, er konnte sie vollständig, mit Körper und allem, hierherschicken, aber dann hatte er nur noch soviel Kredit bei der Revisionsabteilung, um Euren Geist zu transportieren; Euren Körper mußte er zurücklassen. Resultat: Ihr seid eine Disharmonie im Hier und Jetzt – und so etwas lieben die Dunklen Mächte. Resultat: wir haben eine nette, kitzlige Situation – jetzt, wo ich ein wenig tiefer sehe –, die jeden Augenblick die Dinge hier zum Schlechteren wenden kann. Hah! Wenn Ihr nur ein wenig schlauer und erfahrener gewesen wärt, hättet Ihr erkannt, daß Ihr meine Hilfe haben konntet, auch ohne mit dieser Beschwörung des Geschwürs dafür zu bezahlen. Ich hätte Euch auf jeden Fall geholfen, schon um mir selbst und uns allen hier zu helfen.«

Jim starrte ihn verständnislos an.

»Ich verstehe nicht«, sagte er schließlich.

»Natürlich nicht – als bloßer Assistent. In Ordnung, ich werde es erklären. Die Tatsache Eures Auftauchens hier – Eures und das Auftauchen dieser Angie – hat das Gleichgewicht zwischen Zufall und Geschichte gestört. Schwer gestört. Stellt Euch eine Wippschaukel vor, der Zufall sitzt auf einem Ende, die Geschichte auf dem anderen, sie schaukeln auf und ab – einmal ist der Zufall oben, dann ist er unten, und die Geschichte oben. Das lieben die Dunklen Mächte. Sie werfen im rechten Augenblick ihr Gewicht auf die Seite, die schon auf dem Wege nach unten ist, und der Zufall oder die Geschichte bleiben für immer oben. Im einen Fall bekommen wir das Chaos. Im anderen Fall wird alles vorhersagbar, und das ist das Ende der Romantik, der Kunst und Magie und aller anderen interessanten Dinge. *Hah!*«

»Aber …« Jim glaubte, in einem Meer von Worten zu ertrinken, »wenn das so ist, was können wir dagegen tun?«

»Tun? – Nach oben schieben, wenn die Dunklen Mächte nach unten drücken. Nach unten drücken, wenn die Dunklen Mächte nach oben schieben! Ein vorübergehendes Gleichgewicht schaffen, und dann mit dem Kopf voraus auf sie losgehen. Wenn wir dann diese Entscheidungsschlacht gewinnen, können wir Eure Lage in Ordnung bringen und wieder zu einem dauerhaften Gleichgewicht kommen. Aber zuerst wird es Schwierigkeiten geben.«

»Aber, seht doch …«, wollte Jim beginnen.

Er wollte protestieren, daß Carolinus die Lage viel komplizierter zu machen schien, als es notwendig war. Aber er bekam keine Gelegenheit, seinen Satz zu beenden. Im gleichen Augenblick erschütterte draußen ein lauter Schlag das Haus in seinen Grundfesten; und eine Drachenstimme donnerte.

»Gorbash!«

»Ich wußte es«, sagte Carolinus. »Es hat schon angefangen.«

5

ER GING ZUR TÜR VORAN, riß sie auf und schritt hinaus. Jim folgte ihm. Auf dem Weg, ein paar Meter vor der Tür, saß Smrgol.

»Seid gegrüßt, Zauberer!« dröhnte der alte Drache und nickte kurz mit dem Kopf. »Vielleicht erinnert Ihr

Euch an mich. Heiße Smrgol. Erinnert Euch an die Sache mit dem Unhold von Gormely Keep? Ich sehe, mein Großneffe ist gut bei Euch angekommen.«

»Ah, Smrgol, ich erinnere mich«, sagte Carolinus. »Du hast da gute Arbeit geleistet.«

»Er hatte die Angewohnheit, nach einem Schwung seine Keule fallen zu lassen«, erklärte Smrgol. »Es fiel mir mittendrin, etwa in der vierten Stunde des Kampfes, auf. Er war dabei gerade eine Sekunde lang ganz ohne Deckung. Als er das nächste Mal den Versuch machte, ging ich durch seine Deckung und riß ihm den Bizeps seines rechten Armes auf. Danach ging es nur noch darum, ihn fertigzumachen.«

»Ich erinnere mich. Vor dreiundachtzig Jahren. Das ist also dein Großneffe?«

»Ich weiß«, sagte Smrgol. »Nicht gerade der Klügste und so weiter – aber mein eigen Fleisch und Blut, wißt Ihr. Wie seid Ihr mit ihm zurechtgekommen, Zauberer?«

»Ganz gut«, sagte Carolinus trocken. »Ich wage sogar zu versprechen, daß dein Großneffe hier niemals mehr derselbe sein wird.«

»Das hoffe ich«, sagte Smrgol mit aufleuchtendem Gesicht.

»Jede Veränderung bedeutet da eine Veränderung zum Besseren. Aber ich habe schlechte Nachrichten, Zauberer.«

»Erzähle sie mir nicht!«

»Nicht ...?« Smrgol machte ein erstauntes Gesicht.

»Das war nur ein Scherz. Sag schon, sag!« sagte Carolinus. »Was ist jetzt wieder geschehen?«

»Also, nichts, außer, daß diese junge Raupe von Bryagh mit unserem Georg auf und davon ist.«

»WAS?« schrie Jim.

Die Blumen und das Gras bogen sich wie unter einem Hurrikan.

Carolinus taumelte, und Smrgol zuckte zusammen.

»Mein Junge«, sagte er vorwurfsvoll. »Wie oft muß

ich dir noch sagen, du sollst nicht so schreien. Ich sagte, daß Bryagh den Georg entführt hat.«

»WOHIN?« brüllte Jim.

»Gorbash!« sagte Smrgol streng. »Wenn du darüber nicht in höflichem Ton sprechen kannst, werden wir dich in Zukunft aus den Gesprächen ausschließen. Ich weiß nicht, warum du dich so aufregst, sobald wir diesen Georg erwähnen.«

»Hör zu ...«, sagte Jim. »Es wird Zeit, daß du etwas über mich erfährst. Dieser Georg, wie du sie nennst, ist die Frau, die ich ...«

Seine Stimmbänder schienen plötzlich gelähmt zu sein. Er war unfähig, noch ein Wort herauszubringen.

»... und sicherlich«, unterbrach Carolinus schnell und füllte damit die Lücke, die durch Jims plötzliches und unerwartetes Schweigen entstanden war, »ist das für uns alle ein Anlaß zur Besorgnis. Wie ich schon zu Gorbash sagte, die Lage ist ohnehin schon ernst genug, wir brauchen sie nicht noch zu verschlimmern, wie, Gorbash?«

Er richtete einen durchdringenden Blick auf Jim.

»Wir wollen vorsichtig sein, und es nicht schlimmer machen, als es ohnehin schon ist, nicht wahr? Wir wollen das ohnehin schon gestörte Gefüge nicht noch weiter durcheinanderbringen. Sonst könnte es sein, daß ich nicht mehr helfen kann.«

Jim erkannte, daß seine Stimmbänder plötzlich wieder arbeiteten.

»Ach? Ach ... ja«, sagte er ein wenig heiser.

»Und ganz bestimmt«, wiederholte Carolinus ruhig, »hat Gorbash die richtig Frage gestellt. Wohin hat Bryagh diesen sogenannten Georg gebracht?«

»Das weiß niemand«, antwortete Smrgol. »Ich dachte, vielleicht könntet Ihr das herausfinden, Zauberer.«

»Sicherlich. Fünfzehn Pfund Gold bitte.«

»Fünfzehn Pfund?« Der alte Drache taumelte sichtlich. »Aber Zauberer, ich dachte, Ihr wolltet uns helfen.

Ich dachte, Ihr würdet … ich habe keine fünfzehn Pfund Gold. Ich habe meinen Hort schon lange aufgezehrt.«

Zitternd wandte er sich an Jim.

»Komm, Gorbash! Es hat keinen Sinn. Wir müssen die Hoffnung aufgeben, den Georg zu finden …«

»Nein!« schrie Jim. »Hört zu, Carolinus. Ich werde bezahlen. Ich werde die fünfzehn Pfund schon irgendwie beschaffen …«

»Junge, bist du krank, oder was ist?« Smrgol war entgeistert. »Das ist doch nur seine erste Forderung. Sei doch nicht in so höllischer Eile!«

Er wandte sich wieder an den Magier.

»Vielleicht könnte ich noch ein paar Pfund zusammenkratzen, Zauberer«, sagte er.

Sie feilschten einige Minuten lang wie die Marktweiber, während Jim zitternd vor Ungeduld danebensaß: Schließlich einigten sie sich auf einen Preis von vier Pfund Gold, einem Pfund Silber und einem fehlerhaften, aber großen Smaragd.

»Topp!« sagte Carolinus.

Er holte eine kleine Phiole aus seinem Gewand und ging zu dem Weiher am Fuß der Quelle, wo er die Phiole etwa zur Hälfte füllte. Dann kam er zurück, suchte im weichen Gras am Rande eines Blumenbeets, bis er eine kleine, sandige, kahle Stelle zwischen den weichen grünen Halmen fand. Er bückte sich, und die beiden Drachen renkten sich auf beiden Seiten von ihm die Hälse aus, um zusehen zu können.

»Still jetzt?« warnte Carolinus. »Ich werde es mit einem Wachkäfer versuchen – und die erschrecken leicht. Haltet den Atem an.«

Jim wagte nicht zu atmen. Carolinus neigte die Phiole in seiner Hand, und ein Tropfen fiel mit einem einzigen, glockenspielartigen, melodischen Ton auf die kleine, sandige, kahle Stelle. *Tink!* Jim sah, wie sich der helle Sand verdunkelte, als die Feuchtigkeit eindrang.

Eine Sekunde lang geschah gar nichts; dann bekam

der feuchte Sand Sprünge, öffnete sich, und ein feiner Strahl hellen gefärbten, trockenen Sandes sprühte von unten in die Luft. Eine kleine Menge dieses tiefergelegenen Sandes erhob sich um eine Vertiefung, die einsank und zu einem sich erweiternden Loch wurde, wie der Eingang zu einem Ameisenhaufen. Ab und zu konnte man einen Blick auf schwarze Insektenglieder erhaschen, die emsig arbeiteten. Nach einer Sekunde hörten sie auf, ein Augenblick der Stille trat ein, und dann schoß ein seltsam aussehender schwarzer Käfer halb aus dem Loch, hielt inne und blickte zu ihnen auf. Seine Vorderbeine strampelten in der Luft, und eine kleine, quiekende Stimme, wie eine gesprungene Grammophonplatte, die sich über eine schlechte Telefonverbindung aus weiter Ferne immer wiederholt, drang an Jims Ohr.

»Zum Verhaßten Turm gegangen. Zum Verhaßten Turm gegangen. Zum Verhaßten Turm gegangen.«

Der Wachkäfer hörte abrupt auf, verschwand hastig und begann im Loch zu wühlen und es wieder zuzuschütten.

»Nicht so schnell!« fauchte Carolinus. »Habe ich dir die Erlaubnis gegeben zu verschwinden? Man kann auch noch etwas anderes werden als ein Wachkäfer. Da gibt es zum Beispiel Blindschleichen. Kommt sofort zurück, Mylord!«

Erneut sprühte der Sand in die Luft. Der Wachkäfer tauchte wieder auf, seine Vorderbeine fuchtelten in höchster Erregung umher.

»Nun, nun – sprich schon!« sagte Carolinus. »Was ist mit unserem jungen Freund hier?«

»Gefährten!« quietschte der Wachkäfer. »Gefährten! Gefährten! Gefährten!«

Er tauchte wieder weg. Der Sand begann sich zu glätten; und ein paar Sekunden später sah der Boden aus, als wäre er nie berührt worden.

»Hmm«, murmelte Carolinus nachdenklich. »Der Verhaßte Turm also, dahin hat euer Bryagh die Jungfrau gebracht.«

Smrgol räusperte sich geräuschvoll.

»Das ist diese Turmruine im Westen, in den Sümpfen, nicht wahr, Zauberer?« fragte er. »Ach, daher stammte doch die Mutter meines Unholds von Gormely Keep, wie die Sage erzählt. Von dort wurde doch auch vor fast fünfhundert Jahren die Seuche auf die Teichdrachen losgelassen.«

Carolinus nickte, seine Augen waren von den dicken weißen Brauen überschattet.

»Das ist ein alter, magischer Ort«, antwortete er. »Schwarze Magie. Diese Stellen sind wie alte Wunden auf dem Land, sie verschorfen eine Zeitlang, aber sobald das Gleichgewicht von Zufall und Geschichte gestört wird, brechen sie auf und ergießen neues Übel.«

Grüblerisch sprach er weiter, mehr zu sich selbst als zu Jim und dem älteren Drachen.

»Ich habe es schon befürchtet,« sagte er, »die Dunklen Mächte haben keine Zeit verloren. Euer Bryagh gehört jetzt zu ihnen – selbst wenn das vorher nicht der Fall war. Sie werden ihn wohl veranlaßt haben, die Maid dorthin zu bringen, als Geisel und als Waffe gegen Gorbash. Es ist gut, daß ich diesen Wachkäfer gerade eben hart angefaßt und die ganze Information bekommen habe.«

»Die ganze Information?« wiederholte Jim verblüfft.

»Richtig – die ganze Information.« Carolinus wandte sich gebieterisch an ihn. »Jetzt, da Ihr wißt, daß man Eure Dame dorthin gebracht hat, seid Ihr zweifellos auf dem Sprung, ihr zu Hilfe zu eilen, nicht wahr?«

»Natürlich«, sagte Jim.

»Natürlich nicht!« schnauzte Carolinus ihn an. »Habt Ihr denn den zweiten Teil der Botschaft des Wachkäfers nicht gehört? ›Gefährten!‹ Ihr müßt Gefährten haben, ehe Ihr Euch in die Nähe des Turms wagen könnt. Sonst seid Ihr und Eure Angela dem Untergang geweiht.«

»Wer ist diese Angela?« brummte Smrgol verwirrt.

»Mylady Angela, Drache«, sagte Carolinus. »Der weibliche Georg, den Bryagh in den Turm gebracht hat.«

»Ach so«, sagte Smrgol ein wenig enttäuscht. »Also doch keine Prinzessin. Na, man kann nicht alles haben. Aber warum will Gorbash sie denn retten? Laßt doch die anderen Georg retten, was gerettet werden muß ...«

»Ich liebe sie«, sagte Jim heftig.

»Liebst sie? Mein Junge«, grollte Smrgol entsetzt, »ich habe mir in der Vergangenheit eine ganze Menge deiner seltsamen Genossen gefallen lassen – diesen Wolf und andere. Aber sich in einen Georg zu verlieben! Es gibt eine Grenze dessen, was ein anständiger Drache ...«

»Komm, komm, Smrgol!« sagte Carolinus ungeduldig. »Diese Angelegenheit ist ein äußerst kompliziertes Räderwerk.«

»Räder ...? Ich verstehe nicht, Zauberer.«

»Es ist eine komplexe Situation, abhängig von einer großen Zahl von Faktoren, offensichtlichen und verborgenen. Wie bei jeder Verkettung von Ereignissen, gleichgültig, wie unmittelbar sie sein mag, ist das Scheinbare nicht immer das Wirkliche. Kurzum, dein Großneffe Gorbash ist auch, in einem anderen Sinne, ein Gentleman namens Sir James von Riveroak, verpflichtet, diese Dame vor den Dunklen Mächten zu retten, die jetzt Bryagh, den Verhaßten Turm und die Mächte wissen, was noch alles beherrschen. In einsilbigen Worten: der, den du als Gorbash kennst, muß jetzt ausziehen, um das Gleichgewicht zwischen Zufall und Geschichte wiederherzustellen; und du hast kein Recht, Kritik zu üben oder Einspruch in irgendwelcher Form zu erheben.«

»Oder zu begreifen, nehme ich an«, sagte Smrgol demütig.

»So könnte man sagen«, bellte Carolinus. »Und ich sage es tatsächlich!« Seine Stimme wurde etwas milder. »Wir alle sind in einen neuen Kampf um die Freiheit von der Tyrannei durch die Dunklen Mächte verwickelt, Smrgol. Und es wird ein Kampf werden, der dein Scharmützel mit dem Unhold von Gormely Keep als belanglos erscheinen läßt. Du kannst dich heraushalten, wenn du willst, aber du kannst an dem, was kommt, nichts ändern.«

»Mich heraushalten? Ich?« schmollte Smrgol. »Was glaubt Ihr eigentlich, was für ein Drache ich bin? Ich halte zu Gorbash – und zu Euch, wenn Ihr auf seiner Seite steht, Zauberer. Sagt mir nur, was ich tun soll!«

»Ich bin auf seiner Seite«, sagte Carolinus trocken. »Gut, Smrgol, in diesem Fall kehrst du am besten zu den anderen Drachen zurück und machst ihnen klar, was hier auf dem Spiel steht und welchen Standpunkt Bryagh, du und Gorbash vertreten. Was Euch betrifft ...«, wandte er sich an Jim.

»Mein Ziel ist dieser Turm, ob Euch das gefällt oder nicht«, sagte Jim.

»Wenn Ihr das tut, seht Ihr Eure Dame niemals wieder!« Carolinus' Stimme war wie ein Gewehrschuß. Seine Augen brannten wieder. »Tut das, und ich will mit Euch nichts mehr zu tun haben, und wenn ich mit Euch nichts mehr zu tun haben will, habt Ihr keinerlei Hoffnung! Also – wollt Ihr jetzt zuhören?«

Jim unterdrückte den dringenden Wunsch, auf der Stelle loszuziehen. Vielleicht steckte wirklich etwas in dem, was Carolinus sagen wollte.

Auf jeden Fall würden er und Angie auch dann noch die Hilfe des Zauberers benötigen, um nach Hause zu kommen, wenn Angie gerettet war. Es wäre wohl ziemlich unklug, sich Carolinus jetzt zum Gegner zu machen.

»Ich werde zuhören«, antwortete er.

»Sehr gut. Die Dunklen Mächte haben genau deswegen Eure Dame in ihren Turm gebracht, weil sie hoffen, Euch in ihren Machtbereich zu locken, ehe Ihr genug Kräfte gesammelt habt, um ihnen Widerstand leisten zu können. Sie wollen, daß Ihr sofort kommt, um Mylady Angela zu retten; denn wenn Ihr das tut, seid Ihr leicht zu besiegen. Aber wenn Ihr Euch zurückhaltet, bis Ihr die Gefährten gefunden habt, von denen der Wachkäfer sprach, sind sie es, die besiegt werden können. Deshalb seid Ihr ein Narr, wenn Ihr jetzt geht.«

»Aber was werden sie mit Angela – ich meine Angie – machen«, sagte Jim, »wenn sie merken, daß ich nicht sofort komme, um sie zu holen? Sie werden glauben, sie tauge nicht als Mittel, um mich unschädlich zu machen und werden ihr etwas Schreckliches antun …«

»Das können sie nicht!« fauchte Carolinus. »Als sie die Dame raubten, haben sie sich übernommen, sich verwundbar gemacht. Wenn sie sie irgendwie schlecht behandeln, werden alle möglichen Gegner – Mensch, Drache und Tier – eine feste Front gegen sie bilden. Es gibt Regeln hier; und ebenso, wie Ihr sie sicher verlieren werdet, wenn Ihr jetzt zu ihrer Rettung auszieht, werden *sie* sicher verlieren, wenn sie ihrer Geisel ein Leid zufügen!«

Jim ertappte sich dabei, wie er in seinem festen Entschluß, Angie sofort zu Hilfe zu eilen, wankend wurde. Er dachte an sein früheres Vorhaben, das System zu entschlüsseln, nach dem diese Welt funktionierte. Wenn Carolinus recht hatte … und der Zauberer war ein sehr überzeugender Diskussionspartner.

»Aber seid Ihr sicher, daß ihr nichts geschieht, wenn ich nicht sofort zu diesem Turm aufbreche?« fragte Jim.

»Es wird ihr nur dann etwas geschehen, wenn Ihr auf der Stelle geht.«

Mit einem tiefen Seufzer gab Jim nach.

»In Ordnung«, sagte er. »Was soll ich also tun? Wohin soll ich gehen?«

»Fort!« sagte Carolinus, »das heißt, genau in die entgegengesetzte Richtung, die Ihr einschlagen würdet, wenn Ihr zur Drachenhöhle zurückkehren wolltet, von der Ihr gekommen seid.«

»Aber Zauberer«, warf Smrgol verwirrt ein. »Fort von der Höhle heißt, geradewegs zu den Sümpfen und zum Verhaßten Turm. Und Ihr habt gerade gesagt, er soll nicht zum Turm gehen …«

»Drache«, schrie Carolinus und wirbelte zu Smrgol herum. »Muß ich jetzt auch noch mit dir streiten? Ich sagte ›fort‹! Ich sagte nicht ›zum Turm‹. Die Mächte mögen mir Geduld verleihen. Muß ich die Feinheiten der Fortgeschrittenen Magie jedem Dummkopf und Dickschädel erklären, der hier vorbeifliegt oder nicht? Ich frage euch?«

»Nein!« sagte die tiefe Baß-Stimme aus dem Nichts.

»Na also«, sagte Carolinus erleichtert und wischte sich die Stirn. »Ihr habt die Revisionsabteilung gehört. Schluß jetzt mit dem Gerede. Ich habe auch so schon genug um die Ohren. Fort mit dir zur Drachenhöhle, Smrgol! Und ab mit Euch, Gorbash, in die entgegengesetzte Richtung!«

Er drehte sich um, stapfte in sein Haus zurück und schlug die Tür hinter sich zu.

»Komm, Gorbash«, dröhnte Smrgol. »Der Zauberer hat recht. Ich zeige dir noch die Richtung, dann laß ich dich allein. Ja, ja, wer hätte gedacht, daß ich in meinem Alter noch interessante Zeiten erleben würde?«

Der alte Drache wackelte nachdenklich mit dem Kopf, dann sprang er in die Luft, seine ledrigen Flügel öffneten sich mit einem donnernden Knall, und er stieg himmelwärts.

Nach sekundenlangem Zögern folgte ihm Jim.

6

»Du kannst jetzt gerade den Anfang der Sümpfe sehen, dort – diese dunstige, bläuliche Linie hinter dem Waldstück, die sich von Norden her wie ein Finger quer über deinen Weg erstreckt.«

Smrgol, der neben Jim segelte, brach ab, als sie die Thermik verließen, mit der sie aufgestiegen waren, und mit den Flügeln schlagen mußten, um eine andere zu erreichen. Die vorherrschenden Winde schienen in entgegengesetzter Richtung zu wehen.

Jim fiel auf, daß der ältere Drache dazu neigte, zu verstummen, wenn er sich beim Fliegen anstrengen mußte. Das gab den Informationen, zu deren Weitergabe sich Smrgol entschlossen zu haben schien, etwas Fragmentarisches.

»Heute kommt natürlich nichts mehr aus den Sümpfen, was für unser Volk besonders besorgniserregend wäre. Das heißt, außer …«, fuhr Smrgol unvermittelt fort, als sie eine neue Thermik erreichten und in einen langen, schwungvollen Gleitflug in Richtung auf die undeutlich erkennbaren Sümpfe übergingen, »für die Teichdrachen. Sie sind Verwandte von uns, wie du ja weißt, Gorbash. Natürlich nur entfernt. Du hast zweifellos einige Vettern fünfzehnten oder sechzehnten Grades unter ihnen, auch wenn sie sich zweifellos dieser Verbindung nicht mehr bewußt sind. Sie waren nie ein sehr kräftiger Zweig der Familie, von Anfang an nicht; und als diese Seuche über sie hereinbrach – nun, da fielen sie ganz auseinander.«

Smrgol hielt inne, um sich zu räuspern.

»Begannen allein zu leben, sogar von ihren Artgenossen getrennt. Natürlich gibt es in diesem ganzen Schlamm und Wasser dort draußen keine anständigen Höhlen. Sie müssen sich heutzutage wohl hauptsächlich von Fischen aus dem Meer ernähren, würde mich jedenfalls nicht wundern. Nur gelegentlich findet man einen Sandmerker, eine See-Echse oder ein verirrtes Huhn in diesem Gebiet. Ach ja, es gibt ein paar kleine Pachtgüter und verarmte Höfe am Rande der Sümpfe, und die können gelegentlich geplündert werden. Aber selbst diese Anwesen haben unter der Seuche gelitten, und alles, was sie besitzen, ist wohl verkümmert oder für einen gesunden Drachen wie dich oder mich kaum des Essens wert, mein Junge. Stell dir vor, ich habe sogar von einigen unserer Verwandten unter den Teichdrachen gehört, die so tief gesunken sind, daß sie versuchen, von Gartengemüse zu leben. Hörte von einem, der sogar Kohl ißt. Kohl! Unglaublich ...«

Wieder einmal mußten sie ihre Flügel benutzen, um eine neue Thermik zu erreichen; und als sie es schließlich geschafft hatten und Smrgol wieder zu sprechen begann, hörte Jim deutlich, daß der ältere Drache völlig außer Atem war.

»Nun, das wäre es ... Gorbash ...«, sagte er. »Ich glaube, das ist so ziemlich alles. Behalte ... einen klaren Kopf, mein Junge. Laß dein natürliches ... Drachentemperament nicht mit dir durchgehen; und du kannst nichts dagegen tun ... Aber mach's gut! Also, ich glaube, ich sollte jetzt wohl besser umkehren.«

»Ja«, sagte Jim. »Vielleicht hast du recht. Vielen Dank für die Ratschläge.«

»Kein Grund, mir zu danken ... Junge. Ist das wenigste, was ich für dich tun kann. Also dann ... Leb wohl ...«

»Leb wohl.«

Jim sah, wie Smrgol in einer abfallenden Kurve wegtauchte, sich um hundertachtzig Grad drehte, als er herumschwang, um eine tiefere Thermik und den Wind von der Küste zu erwischen, der ihm nun im Rücken war. Smrgol wurde schnell kleiner, und Jim wandte seine Aufmerksamkeit wieder dem zu, was ihm persönlich bevorstand.

Unter ihm waren jetzt der Wald und das offene Gelände, das Jim auf dem Weg zu dem Gehölz um Carolinus' Haus überflogen hatte, einer weiten, trostlosen Heidelandschaft gewichen, unterbrochen von Gruppen kleiner Bäume und von einigen armseligen Hütten, die anscheinend aus Reisigbündeln gefügt waren und deren Dächer man mit Heu oder Gras gedeckt hatte. Die Bewohner dieser Hütten rannten, sobald sie außerhalb ihrer Behausungen überrascht wurden, beim Anblick des über ihnen fliegenden Jim ausnahmslos in ein Versteck. Anstelle von normaler Kleidung trugen sie größtenteils Felle, und sie schienen keine sehr anziehenden Leute zu sein.

Während Jim seinen Flug fortsetzte, wurden diese menschlichen Siedlungen jedoch immer spärlicher und verschwanden schließlich ganz und gar. Das Heideland ging nun zu Ende, und der Wald, auf den ihn Smrgol hingewiesen hatte, war nahe. Anders als der Nadelwald um das Klingelnde Wasser bestand hier der Bewuchs anscheinend aus Laubbäumen wie Eichen und Weiden. Sie alle schienen für die Jahreszeit seltsam entblättert, und ihre Zweige waren, von oben gesehen, knorrig und ineinander verstrickt, dadurch machte der Wald einen besonders abweisenden Eindruck; so, als sei er ein Ort, der nicht leicht jemanden wieder hinauslassen würde, der einmal zu Fuß hineingewandert war. Jim verspürte einen Stich von Selbstgefälligkeit angesichts der Tatsache, daß er fähig war, sicher darüber hinzusegeln.

In der Tat vermittelte ihm der Rausch, wieder in der Luft zu sein, ein Hochgefühl, das den Umständen eigentlich nicht angemessen war. Er hatte keine wirkliche Vorstellung von dem, was ihm bevorstand; aber das schien seiner Fröhlichkeit keinen Abbruch zu tun. Er hatte zum Verhaßten Turm ziehen wollen, und Carolinus war dagegen gewesen. Und jetzt war er, auf Carolinus' Anweisung, doch auf dem Weg dorthin. Was immer der Grund für seine Richtung war, das, was er im Augenblick tat, erschien ihm besonders richtig …

Jetzt war das jenseitige Ende des Waldes fast genau unter ihm. Dahinter gab es nichts als das grüne Sumpfland, das sich bis zu einer dunstigen, intensiven blauen Linie erstreckte, die das offene Meer sein mußte. Die Sümpfe waren ein ausgedehntes Gebiet, wie er sah, eine üppig-grüne, tiefliegende Wildnis aus Land und Wasser.

Sie erfüllte die Landschaft bis zum Horizont in allen Richtungen, außer direkt vor ihm, wo sich das Blau des Meeres zeigte.

Er suchte mit seinen weitsichtigen Drachenaugen die Gegend nach irgendeinem Gebäude ab, das der Verhaßte Turm sein konnte, aber nichts dergleichen war zu erkennen. Die Brise, die aus der Gegenrichtung geweht hatte, flaute abrupt ab, und ein neuer, leichter Wind begann, ihn von hinten voranzutreiben. Er streckte ihm die Flügel entgegen, ließ sich von ihm tragen, glitt in einem flachen Winkel die unsichtbare Luftfläche abwärts, als sei sie eine meilenlange Zauberrutschbahn. Das Sumpfland hob sich ihm entgegen: schwammige, dicht mit Gras bedeckte Erde, in Dämme und Inseln zerrissen von blauem Wasser, das seinerseits in den seichteren Buchten und Teichen von hohem Seetang und Schilf erstickt wurde.

Schwärme von Wasservögeln erhoben sich da und dort wie wirbelnder Rauch von einem Teich, trieben ein Stück und ließen sich ein paar hundert Meter entfernt auf der Oberfläche eines anderen nieder. Ihre Schreie, durch die Entfernung gedämpft, drangen leise an Jims überempfindliche Ohren.

Weiter vorne türmten sich nach Westen zu, über der Küstenlinie, schwere Wolken auf.

Jim segelte weiter über das stille Wasser und das weiche Gras, den Geruch von weit entferntem Salzwasser in der Nase. Er blickte besorgt auf die sinkende Sonne, die gerade hinter der dicken Wolkenbank verschwinden wollte, die er erst jetzt bemerkt hatte. Binnen kurzem würde die Nacht hereinbrechen. Er war hungrig und hatte nicht die geringste Ahnung, was er tun sollte, sobald es dunkel war. Sicher konnte er nicht in der Luft bleiben. Es wäre nicht angenehm, mit voller Wucht gegen den Boden zu fliegen, weil er nicht sehen konnte, wohin es ging. Ja, es wäre auch nicht angenehm, mit voller Wucht in eine der Buchten oder einen Teich zu fliegen. Er konnte landen und zu Fuß weitergehen – aber wahrscheinlich würde das in sumpfigem Gelände schwierig sein.

Das Vernünftigste wäre, dachte er, als die Sonne unterging, die Nacht auf einem der kleinen Landflecken dort unten zu verbringen. Nicht, daß diese Aussicht sehr behaglich schien. Auch würde er dort unten völlig ungeschützt sein, wenn sich irgend etwas an ihn heranschleichen wollte.

Jim unterbrach diesen Gedankengang, als ihm plötzlich einfiel, was er eigentlich war. Er hatte, erkannte er, wie ein Mensch gedacht, nicht wie ein Drache. Was würde sich schon, wenn es bei klarem Verstand war, an einen Drachen heranschleichen wollen? Vielleicht abgesehen von einem Ritter in voller Rüstung. Und wie käme ein Ritter in voller Rüstung dazu, in der Dunkelheit umherzustreifen? Oder vielleicht ein anderer Drache? Der einzige andere Drache, den er zu fürchten hatte, wenn Smrgols Bericht über die Teichdrachen zutraf, war Bryagh, und Bryagh würde einen schweren Fehler machen, wenn er Jim gerade in seiner jetzigen Stimmung über den Weg lief.

In der Tat, dachte Jim, nichts wäre ihm lieber, als gleich jetzt Bryagh zwischen seine Zähne und Klauen zu bekommen. Er fühlte, wie ein schrecklicher, dunkler Zorn in ihm aufzuflackern begann wie heiße Kohlen, die genau unter seinem Brustbein zu voller Glut angefacht wurden. Das Gefühl war recht genußreich. Er ließ es flackern und wachsen, bis ihm plötzlich auffiel, daß es eher ein drachenhafter denn ein menschlicher Zorn war, den er empfand. Vielleicht war es dies, wovon Smrgol gesprochen hatte, als er Gorbash riet, sein Drachentemperament nicht mit sich durchgehen zu lassen.

Jim machte eine entschlossene Anstrengung, das Gefühl beiseite zu schieben, aber das innere Feuer, das er angefacht hatte, schien nicht geneigt, so leicht wieder zu erlöschen. Er kämpfte jetzt beunruhigt dagegen an und – wie es das Schicksal wollte – sah just in diesem Augenblick eine andere Drachengestalt unten auf einer der Landzungen direkt vor sich.

Der andere Drache war mit etwas beschäftigt, das vor ihm im Gras lag. Was es war, konnte Jim aus seiner Höhe und seinem Blickwinkel nicht erkennen; aber das war in jedem Fall eine unwichtige Frage. Der Anblick des anderen Drachen genügte, um seinen inneren Zorn jetzt voll aufflammen zu lassen.

»Bryagh!« Unaufgefordert knurrte seine Kehle diesen Namen heraus.

Unwillkürlich senkte Jim die Nase nach unten und stieß nieder wie ein Kampfflugzeug, die Augen fest auf das Ziel geheftet.

Der Sturzflug war plötzlich genug, um den Drachen dort unten völlig zu überraschen. Unglücklicherweise hatte die Sache einen natürlichen Haken. Selbst eine kleine Blechkiste von Flugzeug mit abgestelltem Motor macht einen beträchtlichen Lärm, wenn sie in steilen Sturzflug geht; und ein großer Drache wie Gorbash hat nicht weniger Luftwiderstand als ein durchschnittliches, leichtes zweisitziges Flugzeug. Noch dazu hatte der Drache dort unten offenbar einige Erfahrung mit diesem Geräusch; denn ohne aufzublicken machte er einen verzweifelten Satz und purzelte Kopf über Schwanz aus dem Weg, als Jim genau auf dem Fleck aufprallte, wo noch eine Sekunde vorher der andere gewesen war.

Der angegriffene Drache beendete seinen Salto, setzte sich auf, warf einen Blick auf Jim und begann, kläglich zu jammern.

»Das ist nicht fair! Das ist nicht fair!« schrie er mit einer – für einen Drachen – bemerkenswert hohen Stimme. »Nur weil du größer bist als ich! Und ich mußte zwei Stunden darum kämpfen. Ein halbes Dutzend Mal wäre sie mir beinahe entkommen. Außerdem ist es die erste, einigermaßen gutgenährte, die sich seit Monaten in die Sümpfe verirrt hat, und jetzt willst du sie mir wegnehmen. Du brauchst sie doch überhaupt nicht. Du bist groß und fett, und ich bin schwach und hungrig …«

Jim blinzelte erstaunt. Er blickte von dem Drachen weg und auf das Ding hinunter, das vor ihm im Gras lag, und sah, daß es der Kadaver einer ziemlich alt und zäh aussehenden Kuh war, arg zerbissen und mit gebrochenem Genick. Als er wieder den anderen Drachen ansah, erkannte er zum erstenmal, daß der kaum mehr als halb so groß war wie er und so ausgemergelt, daß es schien, als sei er drauf und dran, vor Hunger zusammenzubrechen.

»… Typisch für mein Pech!« wimmerte der andere Drache. »Jedesmal wenn ich etwas Gutes erwische, kommt jemand daher und nimmt es mir einfach weg. Ich bekomme immer nur Fische, nichts als Fische …«

»Immer langsam!« sagte Jim.

»… Fische, Fische, Fische! Kalte Fische, kein warmes Blut darin, um Kraft in meine Knochen zu kriegen.«

»Langsam, sage ich! HALT DEN MUND!« schrie Jim mit Gorbashs bester Stimme.

Der andere Drache hörte so plötzlich mit seinem Gejammer auf, als sei er ein Plattenspieler, dem man den Stecker herausgezogen hatte.

»Ja, Mylord«, sagte er ängstlich.

»Wovon redest du da eigentlich?« wollte Jim wissen. »Ich habe nicht vor, dir deine Kuh wegzunehmen.«

»Oh, nein, Mylord?« sagte der andere Drache; und er kicherte dabei ein wenig, als wollte er beweisen, daß man ihm nicht vorwerfen könne, keinen Spaß zu verstehen.

»Wirklich nicht.«

»Hehehe!« gluckste der kleinere Drache. »Ihr seid wirklich ein Kauz, Euer Ehren.«

»Verdammt noch mal, ich meine es ernst!« fauchte Jim und trat von dem Kadaver zurück. »Los, iß! Ich habe dich nur mit jemand anderem verwechselt.«

»Oh, ich will sie nicht. Wirklich nicht! Ich habe nur Spaß gemacht! Ich habe keinen Hunger, wirklich nicht!«

»Schau«, sagte Jim und bemühte sich, seinem Drachentemperament, das wieder aufzuflackern begann, die Zügel anzulegen, »wie heißt du denn?«

»Ach, wißt Ihr«, sagte der andere, »ach ... Ihr wißt doch ...«

»WIE HEISST DU?«

»Secoh, Euer Hochwürden!« jaulte der Drache angstvoll. »Nur Secoh, das ist alles. Ich bin ganz unwichtig, Euer Hoheit. Nur ein kleiner, unwichtiger Teichdrache.«

»Du brauchst mir das nicht zu schwören«, sagte Jim. »Ich glaube dir. Gut, Secoh« – er deutete auf die tote Kuh –, »hau die Zähne rein. Ich will selbst nichts davon, aber vielleicht kannst du mir ein paar Auskünfte und Informationen über diese Gegend und ihre Bewohner geben.«

»Nun ...«, wand sich Secoh. Er hatte sich während der Unterhaltung kriecherisch herangemacht, bis er beinahe wieder neben der Kuh war. »Ich bin nur ein Teichdrache, Mylord. Wenn Ihr meine Tischmanieren entschuldigen wollt ...« Und er riß unvermittelt und heißhungrig an dem Fleisch vor ihm.

Jim sah zu. Seine erste Regung war Mitleid gewesen, er wollte, daß der andere erst etwas in den Magen bekam, ehe er ihn zum Sprechen brachte. Aber während er dasaß und ihn beobachtete, begann Jim selbst das Nagen eines nicht unbeträchtlichen Hungers zu verspüren. Sein Magen knurrte, plötzlich und hörbar. Er starrte den zerrissenen Kadaver der Kuh an und versuchte, sich einzureden, daß kein zivilisiertes Wesen so etwas essen würde. Rohes Fleisch – von einem toten Tier –, Fleisch, Knochen, Haut und alles ...

»Sag mal«, sagte Jim, rückte näher an Secoh und die Kuh heran und räusperte sich, »das sieht wirklich ganz vorzüglich aus.«

Sein Magen knurrte wieder. Anscheinend teilte sein

Drachenkörper nicht seine menschlichen Bedenken bezüglich der Eßbarkeit dessen, was er da vor sich sah.

»Secoh?«

Secoh hob widerwillig den Kopf von der Kuh und rollte argwöhnisch die Augen zu Jim, während er weiterhin verzweifelt kaute und schluckte.

»Äh, Secoh – ich bin fremd in dieser Gegend«, sagte Jim. »Ich nehme an, du kennst dich hier ziemlich gut aus. Ich … Sag, wie schmeckt denn die Kuh?«

»Oh, fürchterlich – mampf …«, sagte Secoh mit vollem Mund. »Zäh, alt – wirklich entsetzlich. Gut genug für einen Teichdrachen wie mich, aber nicht für …«

»Ja, wegen dieser Auskünfte, die ich gern von dir wollte …«

»Ja, Euer Hochwürden?«

»Ich glaube … Nun, es ist deine Kuh.«

»Das haben Euer Ehren versprochen«, erwiderte Secoh ganz vorsichtig.

»Aber weißt du, ich frage mich«, Jim grinste ihn vertraulich an, »ich frage mich nur, wie so eine Kuh wohl schmeckt. Weißt du, daß ich so etwas noch niemals vorher versucht habe?«

»Nein, Herr.« Eine große Träne quoll aus Secohs einem Auge und klatschte auf das Gras.

»Wirklich noch nie. Ich frage mich – es liegt jetzt bei dir –, würde es dir etwas ausmachen, wenn ich nur mal ein klein wenig probiere?«

Noch eine große Träne rollte Secohs Wange hinunter. »Wenn – wenn Euer Ehren wünschen«, würgte er heraus. »Wollt Ihr – wollt Ihr Euch nicht bitte bedienen?«

»Nun denn, vielen Dank«, sagte Jim.

Er ging hin und schlug seine Zähne versuchsweise in eine Schulter des Kadavers. Der kräftige Saft des noch warmen Fleisches rann ihm über die Zunge. Er riß die Schulter los.

Ein wenig später setzten sich Secoh und Jim zurück

und polierten die Knochen mit der rauhen Oberfläche ihrer gespaltenen Zungen, die eine Schleifwirkung hatten wie das gröbste Schmirgelpapier.

»Hast du genug zu essen bekommen, Secoh?« fragte Jim.

»Mehr als genug, Mylord«, erwiderte der Teichdrache mit einem wilden, hungrigen Blick auf das nackte Skelett. »Obwohl, wenn es Euer Ehren nichts ausmacht, ich habe eine Schwäche für Knochenmark ...«

Er nahm sich einen Schenkelknochen und begann, ihn wie eine Zuckerstange zu knabbern.

»Morgen jagen wir uns eine andere Kuh, und ich werde sie für dich töten«, sagte Jim. »Du kannst sie ganz für dich allein haben.«

»Oh, vielen Dank, Euer Ehren«, sagte Secoh mit höflicher Ungläubigkeit.

»Ich meine es ernst – also, wegen diesem Verhaßten Turm, wo ist er?«

»Der w-w-was?« stammelte Secoh.

»Der Verhaßte Turm. Der Verhaßte Turm! Du weißt doch, wo er ist, oder?«

»O ja, Mylord. Aber dorthin wollen Euer Ehren doch wohl nicht gehen, oder doch, Euer Hochwürden? Nicht, daß ich mir anmaßen würde, Euer Lordschaft einen Rat geben zu wollen ...« Secoh winselte plötzlich mit hoher, erschrockener Stimme.

»Nein, nein, weiter«, sagte Jim.

»... aber ich bin natürlich nur ein kleiner, ängstlicher Teichdrache, Euer Ehren. Nicht wie Ihr. Aber der Verhaßte Turm, Euer Hoheit, das ist ein entsetzlicher Ort.«

»Inwiefern entsetzlich?«

»Nun – er ist es einfach.« Secoh warf einen unglücklichen Blick in die Runde. »Er hat uns alle verdorben, wißt Ihr, vor fünfhundert Jahren. Wir waren genauso wie ihr anderen Drachen – oh, natürlich nicht so groß und wild wie Ihr, Mylord. Aber dann, danach, sagt man, wurden die Dunklen Mächte wieder zurückgeschlagen, sagt man. Sie wurden eingeschlossen, und der Turm selbst wurde geschleift und in Trümmer gelegt – nicht, daß das uns Teichdrachen etwas geholfen hätte. Alle anderen gingen einfach nach Hause und ließen uns so zurück, wie wir geworden waren. Also glaubt man, jetzt wäre alles in Ordnung. Aber trotzdem würde ich nicht dorthin gehen, wenn ich Euer Ehrwürden wäre, wirklich nicht.«

»Aber was gibt es denn dort so Schreckliches?« wollte Jim wissen. »Was ist es genau?«

»Nun, ich würde nicht sagen, daß es etwas Greifbares ist«, erwiderte Secoh vorsichtig. »Es ist nichts, worauf Euer Ehrwürden die Klaue legen könnten. Es ist nur so, wer oder was auch immer in die Nähe des Turms kommt – ohne dazuzugehören, meine ich –, mit dem geschieht etwas, Herr. Natürlich zieht es vor allem die üblen Elemente dorthin. Aber manchmal scheinen ebenso seltsame Dinge von dort herzukommen, und in letzter Zeit ...«

Secoh hielt inne und suchte anscheinend sehr eifrig zwischen den Knochen der Kuh herum.

»Was war in letzter Zeit?«

»Nichts – wirklich nichts, Euer Exzellenz!« schrie Secoh ein wenig schrill und fuhr zusammen. »Euer Herrlichkeit sollten einen unwürdigen Teichdrachen nicht so festnageln. Wir sind nicht allzu gescheit, wißt Ihr. Ich meinte nur ... in letzter Zeit ist der Turm furchterregender denn je. Niemand weiß, warum. Und wir halten uns alle fern davon!«

»Wahrscheinlich nur Einbildung«, sagte Jim knapp.

Er war von Natur aus immer ein Skeptiker gewesen; und obgleich diese seltsame Welt eindeutig voll von allen möglichen Abweichungen vom Normalen war, wie er es kannte, wehrte sich sein Geist instinktiv gegen zu viele Zugeständnisse an das Übernatürliche – besonders, dachte er, die Art von Übernatürlichem, wie sie in den zweitrangigen Horrorfilmen beschworen wird.

»Wir wissen, was wir wissen«, sagte der Teichdrache mit ungewöhnlicher Hartnäckigkeit. Er streckte seine dürre, schrumpelige Vorderpfote aus. »Ist *das* etwa Einbildung?«

Jim grunzte nur. Die Mahlzeit, die er gerade verschlungen hatte, machte ihn schläfrig. Das graue Licht des sinkenden Tages drückte mit bleierner Schwere auf seine Nerven. Er fühlte sich schlaff und träge.

»Ich glaube, ich nehme eine Mütze voll Schlaf«, sagte er.

»Trotzdem, wie finde ich von hier aus den Weg zum Verhaßten Turm?«

»Geht nur geradewegs nach Westen. Ihr werdet ihn nicht verfehlen können.«

In den letzten Worten des Teichdrachen war ein Schaudern zu hören, aber Jim wurde jetzt zu müde, um sich darum zu kümmern. Verschwommen nahm er noch den Rest dessen auf, was Secoh ihm zu sagen hatte.

»Er ist da draußen, am Großen Damm. Das ist ein breiter Streifen von festem Land, der ungefähr fünf Meilen weit von Osten nach Westen durch die Sümpfe direkt zum Meer führt. Ihr braucht ihm nur zu folgen, bis Ihr zum Turm kommt. Der steht auf einem Felsen, direkt über der Küste.«

»Fünf Meilen«, murmelte Jim.

Er würde bis zum Morgen warten müssen, was ihm nicht unangenehm war. Seinem gepanzerten Körper schien die abendliche Temperatur nichts auszumachen, wie sie auch war, und der Grasboden unter ihm war weich.

»Ja, ich glaube, ich werde ein wenig schlafen«, murmelte er. Er machte es sich auf dem Gras bequem und gab dem Impuls seines Drachenkörpers nach, seinen langen Hals einzurollen und den Kopf wie ein Vogel unter einen Flügel zu stecken. »Bis morgen, Secoh.«

»Wie Euer Exzellenz wünschen«, erwiderte der Teichdrache mit seiner zaghaften Stimme. »Ich werde mich hier drüben niederlegen, und wenn Euer Ehrwürden mich brauchen, müssen Euer Ehrwürden nur rufen, ich werde sofort zur Stelle sein ...« Die Worte verklangen in Jims Ohren, als er, so wie ein überladenes Schiff im tiefen Salzwasser untergeht, in den Schlaf sank.

7

ALS ER DIE AUGEN ÖFFNETE, war die Sonne schon weit über dem Horizont. Das helle, durchsichtige, kühle Licht des frühen Morgens erleuchtete den klaren blauen Himmelsbogen über ihm. Das Seegras und die Schilfkolben schwankten leicht in der Morgenbrise, die eine Reihe kleiner Kräuselwellen auf den seichten See in der Nähe von Jims Schlafplatz zeichnete. Er setzte sich auf, gähnte ausgiebig und blinzelte.

Secoh war verschwunden. Ebenso die übriggebliebenen Knochen.

Einen Augenblick lang fühlte Jim eine Welle von Zorn. Er hatte sich unbewußt darauf verlassen, daß er aus dem Teichdrachen noch mehr Informationen über die Sümpfe würde herausholen können. Aber dann wich der Zorn einem Gefühl der Belustigung. Das Bild von Secoh, wie er in aller Stille verstohlen die abgenagten Knochen aufsammelte und sich vor Tagesanbruch hinwegstahl, reizte Jims Sinn für Humor.

Er ging zum Rand des Sees und trank. Schlabbernd wie eine riesige Katze schleuderte er sich mit jedem Schlag seiner langen Zunge mehrere Liter Wasser in die Kehle. Endlich befriedigt, blickte er westwärts zu der dunstigen Linie des Ozeans und spreizte seine Flügel ...

»Autsch!« sagte er.

Hastig faltete er die Flügel wieder zusammen und verwünschte sich im Geiste selbst. Er hätte sich das natürlich denken können, der Art nach zu schließen, wie Smrgol tags zuvor beim Fliegen außer Atem geraten war. Der erste Versuch, Gorbashs Flügel zu spreizen, hatte, seinem Gefühl nach, mehrere scharfe Messer in die Muskeln gejagt, die er vorher selten benutzt hatte. Wie jeder, der seinen für solche Aktivitäten nicht trainierten Körper überanstrengt, war er in den Körperteilen, die er im Augenblick am dringendsten benötigte, steif wie ein Brett.

Die Ironie seiner Lage entging Jim nicht. Sechsundzwanzig Jahre lang war er ganz gut ohne Flügel ausgekommen. Jetzt, nachdem er sie einen Tag lang hatte benützen können, war er entschieden verstimmt, weil er zu Fuß weitermarschieren mußte. Seine Belustigung schwand, er wandte den Kopf in Richtung Ozean und machte sich auf dem Landweg auf die Reise.

Unglücklicherweise konnte er keine gerade Linie einhalten. Instinktiv versuchte er, soviel als möglich zu Lande vorwärtszukommen, aber oft mußte er über kleine Gräben springen – wobei sich seine Flügel instinktiv spreizten und neue, schmerzhafte Dolchstöße durch seine steifen Flugmuskeln jagten – und ein paarmal mußte er sogar einen Graben oder einen kleinen See durchschwimmen, die zum Springen zu breit waren. Dabei begriff er, warum Drachen es vorzogen, zu Fuß zu gehen oder zu fliegen. Anders als die Menschen hatten sie anscheinend ein etwas höheres spezifisches Gewicht als das Wasser. Mit anderen Worten, wenn er nicht wie ein Wilder paddelte, neigte er dazu, unterzugehen. Und sein Drachenkörper hatte, wie Jim feststellte, eine beinahe hysterische Angst davor, Wasser in die Nase zu bekommen.

Mit diesen verschiedenen Fortbewegungsarten erreichte er jedoch schließlich eine ziemlich breite Landzunge, die er für den Großen Damm hielt, von dem ihm Secoh erzählt hatte. Er hatte in den Sümpfen sonst nichts Vergleichbares gefunden, und als weiterer Beweis war zu werten, daß sie, soweit Jim sehen konnte, tatsächlich nach Westen verlief, so gerade wie eine Römerstraße. Man hätte beinahe annehmen können, sie sei hierhergebaut worden: Sie war gut einen Meter höher als die meisten umgebenden Landflächen, mit Büschen bedeckt, und ab und zu wuchs sogar ein Baum darauf.

Jim rollte sich auf das Gras – er hatte gerade eine der Wasserflächen durchschwommen, die zum Springen zu breit waren – und plumpste mit dem Bauch nach unten in den Sonnenschein. Ein Baum in der Nähe schützte seine Augen vor der Sonne, die Hitze der Strahlen des Tagesgestirns wirkte lindernd auf seine steifen Muskeln, und das Gras war weich. Er war fast den ganzen Vormittag gewandert und geschwommen, und die mittägliche Stille war entspannend. Er fühlte sich behaglich. Er ließ den Kopf auf die Vorderpranken fallen und nickte ein wenig ein …

Er wurde von Gesang geweckt. Er hob den Kopf und blickte sich um. Jemand kam den Damm entlang. Jim konnte jetzt das trockene Klappern von Pferdehufen auf der festen Erde hören, das Klingeln von Metall, das Knarren von Leder, und darüber eine schöne Baritonstimme, die fröhlich vor sich hinschmetterte. Jim hatte keine Ahnung, wie die früheren Zeilen des Liedes gelautet hatten. Aber der Refrain, den er jetzt vernahm, drang deutlich an sein Ohr.

»… Ein guter Speer, ein fester Sinn
Ein treues Schwert, das klingt.
Die Drachen aus dem Teich soll'n seh'n,
Was Neville-Smythe vollbringt!«

Die Melodie war so eingängig, daß Jim sie eventuell schon früher gehört haben konnte. Er versuchte immer noch, sich darüber klar zu werden, ob er sie wirklich kannte oder nicht, als Zweige knackten. Eine Wand von Büschen, etwa sechs Meter entfernt, teilte sich und entließ einen Mann in voller Rüstung, mit offenem Visier und einem einzelnen, flatternden roten Wimpel gerade unter der Spitze seiner aufrechten Lanze; er saß auf einem großen, etwas ungeschlacht wirkenden weißen Pferd.

Interessiert setzte sich Jim auf, um besser sehen zu können.

Wie sich herausstellte, war das nicht die beste Idee. Der Mann auf dem Pferd sah ihn sofort, das Visier klirrte herunter, die lange Lanze schien in die Hand mit dem eisernen Rüsthandschuh zu springen, ein Aufblitzen der goldenen Sporen, und das weiße Roß fiel in einen schwerfälligen Galopp, direkt auf Jim zu.

»Ein Neville-Smythe! Ein Neville-Smythe!« dröhnte es gedämpft innerhalb des Helms.

Jims Reflexe gewannen die Oberhand. Er ging geradewegs in die Luft, die steifen Flugmuskeln waren vergessen, und wollte sich schon vorwärts auf die nahende Gestalt stürzen, als ihn die Vernunft für den Bruchteil einer Sekunde wie ein kalter Finger berührte, und er sich statt dessen in die oberen Zweige des Baumes schwang, der ihm soeben noch Schatten gespendet hatte.

Der Ritter – dafür hielt ihn Jim jedenfalls – riß sein Pferd so stark zurück, so daß es auf den Hinterbacken direkt unter den Baum schlitterte; dann blickte er durch die Zweige zu Jim hinauf. Jim blickte zurück. Der Baum hatte recht hoch ausgesehen, als er noch daruntergestanden war. Jetzt, da er mit seinem ganzen Drachengewicht oben hockte, knackten die Zweige bedenklich unter ihm, und er war nicht so hoch über dem Kopf seines Angreifers, wie er es gerne gewesen wäre.

Der Ritter schob sein Visier hoch und legte den Kopf zurück, um besser hinaufsehen zu können. Im Schatten des Helms erkannte Jim ein gutgeschnittenes, ziemlich schmales Gesicht mit brennenden blauen Augen über einer großen Hakennase. Das Kinn war vorspringend und üppig.

»Komm herunter!« sagte der Ritter.

»Nein, danke«, erwiderte Jim und klammerte sich mit Schwanz und Klauen fest an den Baumstamm.

Eine kleine Pause folgte, während beide die Situation verarbeiteten.

»Verdammter Feigling von einem Teichdrachen«, sagte schließlich der Ritter.

»Ich bin kein Teichdrache.«

»Rede keinen Unsinn!«

»Ich bin aber keiner!«

»Natürlich bist du einer.«

»Ich sage doch, ich bin *keiner!*« sagte Jim und fühlte, wie sich sein Drachentemperament zu regen begann. Er beherrschte es und sprach vernünftig weiter. »In der Tat möchte ich wetten, daß Ihr nicht erraten könnt, wer ich in Wirklichkeit bin.«

Der Ritter schien nicht daran interessiert zu sein, zu wetten, wer Jim wirklich war. Er stellte sich in seinen Steigbügeln auf und stocherte mit seiner Lanze in den Zweigen herum, aber die Spitze verfehlte Jim um gut eineinhalb Meter.

»Verdammt!« sagte der Ritter enttäuscht. Er senkte die Lanze und schien einen Augenblick nachzudenken. »Wenn ich meine Rüstung ablege«, sagte er anscheinend zu sich selbst, »kann ich auf diesen gottverdammten Baum klettern. Aber was ist, wenn er herunterfliegt und ich dann schließlich doch auf dem verfluchten Gras mit ihm kämpfen muß?«

»Hört einmal«, rief Jim, »ich bin bereit herunterzukommen« – der Ritter blickte begierig auf –, »vorausgesetzt, daß Ihr zuerst bereit seid, ohne Vorurteile anzuhören, was ich zu sagen habe.«

Der Ritter überlegte.

»Einverstanden«, sagte er schließlich. Er schwenkte warnend die Lanze in Jims Richtung. »Aber kein Gebettel um Gnade, das verbitte ich mir!«

»Natürlich nicht.«

»Weil ich, verdammt noch mal, nicht darauf eingehen werde! Das ist nicht in meinem Gelübde enthalten. Witwen, Waisen, Männer und Frauen, die der Kirche angehören und ehrenwerte Feinde, die sich auf dem Kampfplatz ergeben. Aber keine Drachen!«

»Nein«, sagte Jim. »Nichts dergleichen. Ich will Euch nur überzeugen, wer ich wirklich bin.«

»Es ist mir völlig gleichgültig, wer du in Wirklichkeit sein magst.«

»Nicht mehr lange«, sagte Jim. »Weil ich nämlich in Wirklichkeit gar kein Drache bin. Ich wurde unter einen ... Zauberbann gestellt, der mich in einen Drachen verwandelte.«

»Eine sehr glaubwürdige Geschichte.«

»Wirklich!« Jim grub seine Klauen in den Baumstamm, aber die Rinde löste sich unter seinem Griff. »Ich bin ebenso ein Mensch wie Ihr. Kennt Ihr S. Carolinus, den Zauberer?«

»Ich habe von ihm gehört«, grunzte der Ritter. »Wer hat das nicht? Ich nehme an, du willst behaupten, daß er dich verzaubert hat?«

»Ich denke nicht daran. Er wird mich zurückverwandeln, sobald ich Mylady gefunden habe, der ich – mit der ich verlobt bin. Ein wirklicher Drache hat sie entführt. Deswegen bin ich so weit von zu Hause fort. Seht mich doch an. Sehe ich etwa aus wie einer von Euren gewöhnlichen Teichdrachen?«

Der Ritter betrachtete ihn.

»Hmm«, sagte er und rieb nachdenklich seine Hakennase. »Wenn ich mir das so überlege, bist du etwa eineinhalb mal so groß wie das Gesindel, das mir sonst über den Weg zu laufen pflegt.«

»Carolinus hat herausgefunden, daß man Mylady in den Verhaßten Turm gebracht hat. Er hat mich ausgeschickt, um einige Gefährten zu gewinnen, damit ich ausziehen und sie retten kann.«

Der Ritter staunte.

»Der Verhaßte Turm?« wiederholte er.

»Richtig.«

»Ich habe noch nie von einem Drachen gehört – oder auch von jemand anderem, der einigermaßen seine fünf Sinne beieinander hat –, der zum Verhaßten Turm ziehen wollte. Wäre selber nicht erpicht darauf. Beim Himmel, wenn du wirklich ein Drache bist, dann hast du Courage!«

»Aber ich bin keiner«, sagte Jim. »Deswegen habe ich auch ... äh ... Courage. Ich bin ein Gentleman, wie Ihr auch, und mein Ziel ist es, Mylady zu retten, die ich liebe.«

»Lieben?« Der Ritter griff in eine Satteltasche, holte ein weißes Tuch hervor und schneuzte sich. »Also, das ist wirklich rührend. Du liebst dieses Fräulein?«

»Liebt nicht jeder Ritter seine Dame?«

»Nun ja ...« Der andere steckte sein Taschentuch wieder weg. »Einige ja, die anderen nein, so wie die Politik heutzutage ist. Aber es ist wirklich ein Zufall. Weißt du, ich liebe Mylady auch.«

»Also dann«, sagte Jim, »habt Ihr doch noch mehr Grund, mich nicht in meinen Bemühungen um die Rettung von Mylady zu behindern.«

Der Ritter verfiel wieder in einen seiner Augenblicke offensichtlichen Nachdenkens.

»Woher weiß ich denn, daß du mir die Wahrheit sagst?« sagte er schließlich. »Ihr verfluchten Drachen könnt einem ja alles mögliche erzählen.«

Jim hatte plötzlich eine Eingebung.

»Ich sage Euch etwas«, sagte er. »Haltet Euer Schwert hoch, mit der Spitze nach unten. Ich werde auf das Griffkreuz schwören, daß das, was ich sage, die Wahrheit ist.«

»Aber wenn du doch ein Drache bist, was soll das dann helfen? Verdammt noch mal, Drachen haben keine Seele!«

»Natürlich nicht«, gab Jim zurück. »Aber ein christlicher Gentleman hat eine; als christlicher Gentleman würde ich es nicht wagen, falsch zu schwören, oder?«

Jim konnte sehen, wie der Ritter einige Momente lang sichtlich mit dieser verdrehten Logik kämpfte. Schließlich gab er es auf.

»Nun gut«, sagte er, hielt sein Schwert an der Klinge hoch und ließ Jim darauf schwören.

Er steckte das Schwert in die Scheide zurück. Jim ließ den Baum los und kam, halb springend, halb flatternd, auf die Erde zurück.

»Es könnte sein ...«, sagte der Ritter verdrießlich und starrte Jim an, wie er da auf seinen Hinterbeinen stand und die Rinden- und Zweigstückchen von seinen Vorderpranken wischte. »Am letzten Michaelitag kam ein Palmenträger in einer grauen Mönchskutte zur Burg und sagte mir einen Vers, bevor er wieder ging:

›Glück fall dir zu in jeder Schlacht,
Wenn deine Sach' du recht bedacht.‹

Aber ich sehe keinen Sinn darin.«

»Nicht?« fragte Jim, während sich seine Gedanken jagten. »Ich würde sagen, es ist völlig klar. Weil ich dabei bin, Mylady zu retten, wäre Euer Anliegen nicht rechtens, wenn Ihr versuchtet, mich zu töten. Deshalb wäre Euch auch das Glück nicht zugefallen.«

»Beim heiligen Johannes!« sagte der Ritter bewundernd. »Natürlich! Und ich dachte, heute wäre ich nur nach ein paar lausigen Teichdrachen auf der Jagd! Was für ein Glück! Seid Ihr sicher, daß Euer Anliegen gerechtfertigt ist? Ich nehme an, daran besteht kein Zweifel?«

»Natürlich nicht«, sagte Jim frostig.

»Nun, dann habe ich wirklich Glück. Natürlich werde ich die Erlaubnis von Mylady einholen müssen, nachdem ein anderes Fräulein im Spiel ist. Aber ich kann mir nicht vorstellen, daß sie gegen eine solche Gelegenheit

Einspruch erhebt. Ich glaube, wir sollten uns besser selbst vorstellen, nachdem niemand da ist, der das für uns erledigen könnte. Ich nehme an, Ihr kennt mein Wappen.«

Er drehte seinen Schild herum, damit Jim ihn betrachten konnte. Er zeigte auf rotem Grund ein breites silbernes X, wie ein schräggelehntes Kreuz, über einem ziemlich phantasievollen schwarzen Tier, das, wie Jim erkannte, in dem dreieckigen Feld zwischen den beiden unteren Schenkeln des X lag.

»Die rote Farbe und die Silberbarriere sind natürlich«, fuhr der Ritter fort, »das Familienwappen der Neville von Raby. Mein Urgroßvater, ein jüngerer Sohn des Hauses, differenzierte sich mit einem schwarzen Hirsch – und ich bin natürlich ein direkter Nachkomme von ihm.«

»Neville-Smythe«, sagte Jim, erinnerte sich an den Namen in dem Lied, das er vorher gehört hatte und forschte in seinem Gedächtnis nach allen Einzelheiten, die er jemals über Heraldik mitbekommen hatte. »Ich trage – an meinem Körper natürlich ...«

»Selbstverständlich, Sir«, stimmte Neville-Smythe zu.

»Ein – Farbe rot, Schreibmaschine in Silber auf einem Tisch in Schwarz. Sir James Eckert, Ritter.« Plötzlich fiel Jim noch ein, was Carolinus in seiner Erklärung für Smrgol erwähnt hatte, und er riskierte es, sein Image ein wenig aufzupolieren. »Baron von Riveroak. Es ist mir eine große Ehre, Eure werte Bekanntschaft zu machen, Sir Brian.«

Neville-Smythe setzte seinen Helm ab, hängte ihn an den Sattelknopf und kratzte sich verwirrt den Kopf. Er hatte hellbraunes Haar, das durch den Helm ziemlich verdrückt war; und jetzt, da die Sonne auf sein Gesicht schien, konnte man sehen, daß er nicht älter war als Jim. Seine sehr tiefe Sonnenbräune und kleine Sonnenfältchen an den äußeren Winkeln von Neville-Smythes blauen Augen hatten ihm im Schatten des Visiers den

Anschein größerer Reife verliehen. Auch zog sich eine weiße Narbe am unteren Teil seiner rechten Backe bis zum Kinn und fügte so seinem Aussehen den Anstrich des Veteranen hinzu.

»Schreibmaschine ...«, murmelte Sir Brian vor sich hin. »Schreibmaschine ...«

»Ein – einheimisches Tier, einem Greif ziemlich ähnlich«, sagte Jim hastig. »Wir haben in Riveroak ziemlich viele davon – Riveroak, das ist in Amerika, ein Land im Westen, jenseits des Meeres. Ihr habt möglicherweise noch nie etwas davon gehört.«

»Ich will verdammt sein, wenn ich das habe«, erwiderte Sir Brian aufrichtig. »War das etwa der Ort, wo man Euch verzaubert hat?«

»Ja und nein«, sagte Jim vorsichtig. »Ich wurde durch Zauberkraft in dieses Land hier versetzt, ebenso wie die Dame – Angela. Als ich dann erwachte, fand ich mich in einen Drachen verwandelt.«

»Nein, wirklich?« Sir Brian hatte strahlendblaue Augen, die im Vergleich zu seinem gebräunten, narbigen Gesicht erstaunlich unschuldig blickten. »Angela, wie? Schöner Name ist das.«

»So schön wie sie selbst«, antwortete Jim feierlich.

»Was Ihr nicht sagt, Sir James! Vielleicht sollten wir uns noch ein wenig über unsere jeweiligen Damen unterhalten, solange wir noch Gelegenheit dazu haben und uns noch nicht allzu gut kennen.«

Jim schluckte.

»Andererseits«, sagte er schnell, »wolltet Ihr mir gerade von Eurer Dame erzählen. Wie war doch gleich ihr Name?«

»Die Dame Geronde.« Sir Brian begann, in seinen Satteltaschen herumzukramen. »Ich habe ihr Liebespfand hier irgendwo. Trage es natürlich am Arm, wenn ich erwarte, jemandem zu begegnen, aber wenn man auf Drachenjagd ist – Augenblick. Es muß hier, direkt unter meinen Fingern sein ...«

»Warum sagt Ihr mir nicht einfach, wie es aussieht?« schlug Jim vor.

»Ja, gut.« Sir Brian gab seine Suche auf. »Es ist ein Halstuch, müßt Ihr wissen. Mit Monogramm. ›G. d'C.‹ Die Dame Geronde Isabel de Chaney, gegenwärtig Herrin der Burg Malvern. Ihr Vater, Sir Orrin, zog Pfingsten vor drei Jahren weniger fünf Tage in den Krieg gegen die Heiden im Osten; und seitdem ist keine Nachricht mehr von ihm gekommen. Wenn es nicht deswegen wäre, und wenn ich nicht ständig im ganzen Land herumschwirren müßte, um Ruhm zu gewinnen und so weiter, wären wir schon verheiratet.«

»Warum tut Ihr es denn dann? Ich meine, im ganzen Land herumreiten?« fragte Jim neugierig.

»Gott im Himmel, Geronde besteht darauf! Wenn wir erst einmal verheiratet sind, möchte sie eben, daß ich gesund nach Hause komme.«

Jim konnte dieser Argumentation nicht folgen. Er teilte das Brian mit.

»Aber wie macht man das denn bei Euch, jenseits des Meeres?« wollte Sir Brian wissen. »Sobald ich verheiratet bin und mein eigenes Land besitze, muß ich ein Gefolge zur Verfügung haben, wenn mich Mylord oder der König zum Kriegsdienst rufen. Wenn ich dann keinen Namen habe, bin ich gezwungen, mit einem zerlumpten Haufen von Bauerntölpeln und Dummköpfen von meinen eigenen Feldern auszuziehen, die wahrscheinlich beim ersten Anblick von ausgebildeten Kriegern Fersengeld geben, so daß mir nichts anderes übrigbleibt, als unverzüglich, schon um der Ehre willen, wenn nicht aus anderen Gründen, umzukommen. Andererseits, wenn ich weithin als Krieger von einigem Wert bekannt bin, werden gute, erfahrene Männer zu mir kommen und unter meiner Fahne kämpfen wollen, weil sie wissen, daß ich gut auf sie aufpassen werde. Und im Gegenzug werden sie gut auf mich aufpassen.«

»Ach so«, sagte Jim.

»Und außerdem«, fuhr Sir Brian gedankenverloren fort, »hält einen dieses Herumjagen in Form. Obwohl ich sagen muß, daß einem diese Teichdrachen, die wir hier haben, nicht sehr viel Leistung abverlangen. Deswegen hatte ich einen Augenblick lang große Hoffnungen auf Euch gesetzt. Es ist nicht gut, mit den Nachbarn zu üben, wißt Ihr. Zuviel Gelegenheit, die Beherrschung zu verlieren, und dann entsteht daraus die schönste Fehde.«

»Aha«, sagte Jim.

»Aber«, sagte Sir Brian etwas aufgeheitert, »Ende gut, alles gut. Und Euer Vorhaben, Eure Dame zu retten, kann sicher mehr zu meinem Ruf beitragen als ein Dutzend Teichdrachen. Obwohl, wie ich schon sagte, ich zuerst die Erlaubnis von Geronde einholen muß. Glücklicherweise ist Burg Malvern nur eineinhalb Tagesritte von hier entfernt. Allerdings lange Tage; daher sollten wir uns jetzt wohl besser auf den Weg machen.«

»Auf den Weg machen?«

»Auf die Reise. Um vorwärtszukommen, Sir James!« Brian blinzelte zur Sonne hinauf. »Wir haben nur noch einen halben Tag Licht, und das bedeutet, daß wir erst am Mittag des zweiten Tages oder noch später die Tore von Burg Malvern erblicken können. Also, wollen wir?«

»Haltet mal einen Augenblick ein«, sagte Jim. »Sprecht Ihr davon, daß wir beide zu dieser Burg Malvern ziehen sollen? Warum?«

»Mylord, ich habe Euch doch erklärt, warum«, sagte Brian mit einem Anflug von Ungeduld und zog sein Pferd am Zügel herum, sodaß es nach Osten schaute. »Die Dame Geronde muß zuerst ihre Erlaubnis geben. Schließlich bin ich ihr vor allem anderen verpflichtet.«

Jim war verblüfft.

»Ich kann Euch noch immer nicht folgen«, sagte er schließlich. »Erlaubnis wofür?«

Aber Brian trieb sein Pferd schon vom Meer weg. Jim beeilte sich, ihn einzuholen.

»Erlaubnis wofür?« wiederholte er.

»Sir James«, sagte Brian streng und wandte den Kopf, um Jim gerade in die Augen zu sehen – wenn er zu Pferde saß, war sein Gesicht gerade eben auf gleicher Höhe mit Jims Kopf, wenn Jim auf allen vieren ging. »Wenn diese ständigen Fragen eine Art Scherz sein sollen, so zeugt das von bedauerlich schlechtem Geschmack. Wofür sonst sollte ich wohl die Erlaubnis von Mylady einholen als dafür, Euch auf Eurem Abenteuer zu begleiten und einer der Gefährten zu sein, die Ihr nach Euren eigenen Worten sucht.«

8

SIE GINGEN SCHWEIGEND DAHIN, Seite an Seite. Brian auf seinem Pferd blickte starr geradeaus und machte einen etwas unzugänglichen, gekränkten Eindruck. Jim war damit beschäftigt, sich an die Vorstellung von einem Ritter als Gefährten allmählich zu gewöhnen.

Er hatte nicht wirklich achtgegeben, als Carolinus die Worte des Wachkäfers wiederholt und gesagt hatte, Jim würde Gefährten sammeln, die ihm helfen sollten, Angie zu retten und den Dunklen Mächten entgegenzutreten. Aber, soweit er überhaupt darüber nachgedacht hatte, er hatte angenommen, er würde sich diejenigen aussuchen, die sich ihm anschließen sollten. Er hatte sich nicht vorgestellt, daß sie sich ihm einfach aufdrängen würden.

Brian wäre sicher keine Belastung als Gefährte. Ihm mangelte es offensichtlich nicht an Mut, und sein Aussehen zeugte von einiger Kampferfahrung. Aber davon abgesehen, was wußte Jim wirklich von dem Mann? Eigentlich nichts, außer einigen spärlichen Tatsachen wie seinen Namen, sein Wappen und die Identität seiner Dame.

Andererseits, war es klug, einem geschenkten Gaul

ins Maul zu schauen? Carolinus hatte von Kräften gesprochen, die am Werk waren, und den Eindruck vermittelt, daß die Bewohner dieser Welt in zwei Lager gespalten waren – das der Dunklen Mächte und das der Leute, die, wie Jim, in Opposition zu ihnen standen. Wenn das der Fall war, sollte es möglich sein festzustellen, zu welchem Lager der einzelne gehörte, indem man beobachtete, wem oder was er sich anschloß.

Brian hatte sich auf Jims Seite gestellt. Deshalb mußte er per definitionem zum Lager derer gehören, die die Dunklen Mächte bekämpften …

Jim tauchte aus seinen Gedanken auf und bemerkte, daß der Ritter noch immer steif neben ihm ritt, offensichtlich wütend, wenn er es auch zu verbergen suchte. Eine kleine Entschuldigung war vielleicht am Platze.

»Sir Brian«, sagte Jim ein wenig unbeholfen. »Verzeiht, daß ich nicht verstanden habe, als Ihr Euch selbst als Gefährte anbotet. Die Sache ist nämlich die, wo ich herkomme, ist alles ganz anders.«

»Zweifellos«, sagte Brian ohne zu lächeln.

»Glaubt mir«, sagte Jim, »ich wollte keineswegs irgendwie Spott mit Euch treiben. Nur mein eigener Mangel an … äh … Verstand hielt mich davon ab zu verstehen, wovon Ihr eigentlich spracht.«

»Aha«, sagte Brian.

»Selbstverständlich könnte ich mir keinen besseren Gefährten wünschen als einen Gentleman wie Euch.«

»Ganz richtig.«

»Und ich bin ganz außer mir vor Freude, Euch bei mir zu haben.«

»In der Tat.«

Jim hatte das Gefühl, an die Tür eines Hauses zu klopfen, dessen Bewohner anwesend war, sich aber hartnäckig weigerte, die Tür zu öffnen. Ein Anflug von Ärger zwickte ihn; und darauf folgte eine Idee, die ihm beinahe ein sichtbares Lächeln entlockt hätte. Die Unerfahrenheit in den Sitten und Gebräuchen anderer Leute gab es schließlich und endlich auch in entgegengesetzter Richtung.

»Wenn ich natürlich Eure Sozialversicherungsnummer gleich zu Anfang gekannt hätte«, sagte er. »Alles wäre dann ganz anders gewesen.«

Brians Augen flackerten. Sie gingen vielleicht eine volle Minute lang Seite an Seite weiter, ehe der Ritter wieder sprach.

»Nummer, Sir James?«

»Aber ja«, sagte Jim und zog die Augenbrauen hoch. »Eure Sozialversicherungsnummer.«

»Was für eine verfluchte Nummer soll das denn sein?«

»Macht mir nur nicht weis«, sagte Jim, »daß es hier keine Sozialversicherungsnummern gibt.«

»Ihr könnt mich erschlagen, wenn ich jemals auch nur ein Wort davon gehört habe!«

Jim schnalzte mitfühlend mit der Zunge.

»Kein Wunder, daß Ihr es seltsam empfunden habt, als ich Euer Angebot, mein Gefährte zu werden, nicht begriff«, sagte er. »Da, wo ich herkomme, läuft gar nichts, wenn die Sozialversicherungsnummer eines Gentleman nicht bekannt ist. Natürlich dachte ich, Ihr hättet Eure guten Gründe, mir die Eure zu verschweigen. Deswegen kam es mir nicht im Traum in den Sinn, daß Ihr mir ein solches Angebot machen könntet.«

»Aber ich habe gar keine zu verschweigen, verdammt noch mal!« protestierte Sir Brian.

»Ihr habt keine?«

»Beim heiligen Giles, nein!«

Wieder schnalzte Jim mit der Zunge.

»Das ist die Schwierigkeit, wenn man hier draußen in der Provinz lebt«, sagte Sir Brian bekümmert. »Wahrscheinlich hat man diese Sowieso-Nummern bei Hofe schon ein Jahr lang in Gebrauch; aber bei uns hier draußen hat keiner je davon gehört.«

Sie gingen schweigend ein Stück weiter.

»Ihr habt eine, nehme ich an?« sagte Brian.

»Wie – ja«, antwortete Jim. Hastig suchte er in seinem Gedächtnis. »469-69-9921.«

»Verdammt feine Zahl.«

»Nun ...« Jim entschloß sich, ruhig ein wenig Ansehen einzuheimsen, solange er die Gelegenheit dazu hatte. »Schließlich bin ich Baron von Riveroak.«

»Oh, natürlich.«

Sie zogen ein Stück weiter.

»Also wirklich«, sagte Brian.

»Wie bitte, Sir Brian?«

Brian räusperte sich.

»Wenn ich eine eigene solche Dingsda-Nummer hätte, was meint Ihr, wie würde sie aussehen?«

»Nun, ich weiß nicht ...«

»Ja, ja, ich sollte vermutlich nicht fragen. Aber ich bin wirklich im Nachteil.« Brian wandte Jim sein besorgtes Gesicht zu. »Ihr sagt mir Eure Nummer, und ich kann mich nicht revanchieren.«

»Macht Euch nichts draus«, sagte Jim.

»Es macht mir aber doch etwas aus.«

»Das sollte es aber nicht«, beharrte Jim. Er begann, sich gegen seinen Willen ein wenig schuldbewußt zu fühlen. »Ich bin sicher, wenn Ihr eine Nummer hättet, wäre das bestimmt eine sehr gute.«

»Nein, nein. Wahrscheinlich eine ganz gewöhnliche Zahl. Was bin ich denn schließlich? Nur ein Ritter aus der Provinz, niemand, von dem die fahrenden Sänger wohl berichten könnten oder so etwas.«

»Ihr unterschätzt Euch«, sagte Jim unbehaglich. Das Spiel glitt ihm aus der Hand. »Ich kann natürlich nicht wissen, wie Eure offizielle Zahl lauten würde; aber in meinem Land wärt Ihr zumindest« – er mußte schnell die Stellen seiner eigenen Sozialversicherungsnummer nachzählen – »387-22-777.«

Sir Brians Augen waren kugelrund, als er ihn anblickte. »Wirklich? Glaubt Ihr wirklich? So viel?«

»Mindestens.«

»Gut, gut. Wie war das noch einmal?«

Jim wiederholte ein paarmal langsam die Nummer, die er Brian gegeben hatte, bis der Ritter sie auswendig kannte; danach zogen sie fröhlich weiter und plauderten miteinander wie alte Freunde. Tatsächlich wie Gefährten, dachte Jim.

Nachdem Brian sein gezwungenes Benehmen abgelegt hatte, erwies er sich als sehr redefreudig. Sein Hauptgesprächsthema war die Dame Geronde, die anscheinend nicht nur die schönste aller Frauen war, sondern auch ein Ausbund aller anderen Tugenden und Gaben. Über Geronde hinaus war der Ritter aber auch ein Sammelbecken für den Klatsch der Gegend, der gleichzeitig blutrünstig und obszön war. Jim hatte sich nie für leicht schockierbar gehalten, aber was er nun zu hören bekam, entsetzte ihn.

Er lernte in der Tat schnell dazu. Sein Geist hatte die Sprache und die Handlungen Sir Brians in das verschwommene, pseudoviktorianische Bild von einem Bühnenengländer übersetzt, das die meisten Amerikaner in dem Teil ihres Bewußtseins mit sich herumtrugen, der für typische Charaktere reserviert war. Nun zerstörte seine nähere Bekanntschaft mit diesem Ritter das Bild ziemlich gründlich.

Erstens war Brian vollständig auf das Irdische orientiert, pragmatisch und menschlich. ›Weltlich‹ war vielleicht ein besserer Ausdruck dafür. Die Tabuzonen in seiner Welt waren beschränkt auf die Religion und auf eine Handvoll Ideale und Prinzipien. Seltsamerweise schien es ihm keinerlei Schwierigkeiten zu bereiten, etwas als abstrakte Idee zu idealisieren und es gleichzeitig rücksichtslos aufrichtig als spezifische Realität zu behandeln – all das, ohne einen besonderen Konflikt zwischen beiden Auffassungen zu sehen. Zum Beispiel erfuhr Jim, daß Brians König einmal eine majestätische, von Gott gesalbte Gestalt war, ein Herrscher von Gottes

Gnaden, für den Brian, ohne Fragen zu stellen, sterben würde, wenn es nötig sein sollte, und gleichzeitig war dieser König ein halb seniler, alter Mann, die meiste Zeit betrunken, dem man die wichtigeren Entscheidungen in seinem Reich nicht anvertrauen konnte. Die Dame Geronde war irgendwie gleichzeitig eine Göttin auf einem Postament, außerhalb der Reichweite derber Männer und ein durchaus menschliches Weib, das Brians Händen wohlvertraut war.

Jim versuchte immer noch, diese Doppelsicht des Ritters in Einklang zu bringen mit den anderen Dingen wie intelligenten Drachen, sprechenden Wachkäfern und der Existenz Dunkler Mächte, die er bisher in dieser Welt vorgefunden hatte, als das Tageslicht zu schwinden begann und Brian vorschlug, sie sollten sich langsam nach einem Platz für ein Nachtlager umsehen.

Sie hatten jetzt die Sümpfe weit hinter sich gelassen und waren einige Stunden lang im Winkel nach Nordosten gezogen, durch den ziemlich unfreundlichen Wald, den Jim tags zuvor überflogen und angesichts dessen er sich beglückwünscht hatte, daß er ihn nicht zu ebener Erde durchqueren mußte. Jetzt hatten sie ihn glücklich hinter sich gelassen und waren in einen wesentlich weniger unzugänglichen Wald gekommen, der zwar immer noch hauptsächlich aus Eichen und Ulmen bestand, aber aus größeren Exemplaren, die das verfilztere Unterholz unter sich erstickt hatten, so daß es ein leichteres Vorwärtskommen war. Schließlich kamen sie zu einer kleinen Lichtung mit einem Bach, der in den letzten Strahlen der Nachmittagssonne, die durch die hohen Zweige der Bäume drangen, beinahe ebenso einladend aussah wie Carolinus' Besitz am Klingelnden Wasser.

»Sieht ganz gut aus, würde ich sagen«, bemerkte Brian fröhlich.

Er saß ab, befreite sein Pferd vom Sattel, rieb es mit ein paar abgerissenen Grasbüscheln trocken und ließ es dann am langen Zügel auf der Lichtung grasen. Für sich holte Brian aus seinen Satteltaschen etwas Dunkles, das eindeutig geräuchertes Fleisch war. Für Jim gab es nichts; und obwohl sich sein Magen vorwurfsvoll regte, konnte er es dem Ritter wirklich nicht verübeln, daß er ihm nicht anbot, das Mahl zu teilen. Die für einen Menschen ausreichende Mahlzeit wäre für einen Drachen ein einziger, unbefriedigend winziger Happen gewesen. Morgen, versprach sich Jim, würde er irgendeine Entschuldigung finden, um Brian für eine Weile zu verlassen und sich eine Kuh oder sonst etwas zu suchen.

Er bemerkte, daß Brian ein Feuer entzündete, etwas, das er anfangs nur mit akademischem Interesse betrachtete, aufgrund seiner neuerdings entdeckten Unempfindlichkeit gegenüber den Außentemperaturen. Aber als die Sonne hinter den Bäumen versank, nahm ihr Licht die Farbe hellen Blutes an, und tiefe Schatten entstanden zwischen den umgebenden Baumstämmen; und das Feuer, das nun kräftig über den trockenen Zweigen loderte, die Brian aufgeschichtet hatte, erschien als der einzige freundliche Fleck in der immer undurchdringlicher werdenden Dunkelheit.

»Es wird kühl«, bemerkte Brian, zog die Schultern fröstelnd hoch und stellte sich nahe ans Feuer.

Er hatte sich seines Helms, der Rüsthandschuhe und Beinschienen entledigt, nur der Oberkörper blieb mit Eisen bedeckt. Sein Haar richtete sich, nachdem der Druck des Helms es nicht mehr zusammenpreßte, auf und ließ erkennen, daß es eine ganz ansehnliche Mähne war. Das Feuer ließ rötliche Glanzlichter darin erstrahlen, als Brian vor dem Feuer stand.

Jim rückte auf der anderen Seite nahe ans Feuer. Es wäre ihm nicht eingefallen, die Nacht für kühl zu halten, aber er war sich einer Art melancholischer Stimmung bewußt, die ihn mit dem Verschwinden der Sonne überkommen hatte. Der Wald um sie herum, der im Tageslicht so freundlich gewirkt hatte, begann nun ein verhängnisvolles, drohendes Aussehen anzunehmen, als sich die Nacht herniedersenkte. Wenn er sich umsah, hätte Jim beinahe beschwören können, daß die Dunkelheit ein faßbares Wesen war, das versuchte, sich immer näher an sie heranzuschieben und nur durch das tanzende Licht des Feuers zurückgehalten wurde.

»Wo sind wir?« fragte er Brian.

»In den Lynham Woods«, sagte Brian. Auch er blickte auf die Wand der Nacht, die den Kreis des Feuerscheins umgab. »Normalerweise gar kein so übler Platz. Aber heute nacht ist es anders, würdet Ihr nicht auch sagen, Sir James? Man bekommt das Gefühl, als ob da draußen irgend etwas auf der Lauer liegen würde.«

»Ja«, stimmte Jim zu und verspürte einen kleinen, unwillkürlichen Schauder.

Für seine Drachensinne war Brians Beschreibung unangenehm exakt – es war wirklich genauso, als würde dort draußen im Wald etwas herumschleichen, ein wenig außerhalb des Feuerscheins, würde ihr Lager umkreisen und eine Gelegenheit abwarten, sich auf sie zu stürzen.

»Sterne«, bemerkte Brian und zeigte nach oben.

Jim spähte zwischen die Baumwipfel hinauf. Jetzt, nachdem die Sonne völlig untergegangen war, wurden einige Sterne sichtbar. Kein Mond, aber einige Sterne. Aber noch während er sie beobachtete, begann einer nach dem anderen zu verschwinden, als würde ein unsichtbarer Vorhang über den Himmel gezogen.

»Wolken«, sagte Brian. »Nun, wenigstens ein Trost. Bei bewölktem Himmel dürfte es bis zum Morgen eigentlich nicht so kalt werden, wie wenn es klar wäre. Bei klarem Himmel hätte ich gesagt, es wird noch vor Morgengrauen leichten Frost geben. Es ist doch ziemlich kühl für die Jahreszeit.«

Die Wolken, von denen Brian gesprochen hatte, hatten inzwischen den ganzen zwischen den Wipfeln sichtbaren Himmel bedeckt. Die Lichtung schien nun in undurchdringliche Schwärze gehüllt.

Zögernd setzte sich der Ritter ans Feuer und begann die oberen und unteren Beinschienen wieder anzulegen, die er vorher ausgezogen hatte.

»Was ist?« fragte Jim. »Weshalb tut Ihr das?«

»Es gefällt mir nicht«, sagte Brian kurz. »Heute nacht stimmt irgend etwas nicht. Was es auch ist, es wird mich gerüstet und bereit finden.«

Er legte seinen Harnisch an und holte seinen Helm und seine Lanze von der Stelle, wo er sie mit seinem Sattel und der übrigen Ausrüstung deponiert hatte. Den Schaft rammte er neben dem Feuer in den Boden, so daß er mit der Spitze nach oben griffbereit dastand, den Helm setzte er mit offenem Visier auf.

»Wir wollen uns einander gegenüber postieren, auf beiden Seiten des Feuers, Sir James«, sagte er. »So können wir, soweit der Feuerschein reicht, alles beobachten, was um uns herum vorgehen mag.«

»Gut«, erwiderte Jim.

Sie standen sich gegenüber. Nach einer kleinen Weile hob ein Laut an, zuerst ganz schwach und weit entfernt.

»Ein Wind«, bemerkte Brian.

»Wie?« sagte Jim irritiert und lauschte.

Es war tatsächlich das Geräusch eines Windes. Sie konnten ihn in der Ferne hören, beinahe, als jagte er zwischen den Büschen und den Ästen der Bäume umher. Das Geräusch schwoll an, fiel und bewegte sich von einem Ort zum anderen, aber immer weit in der Ferne. Dann allmählich begann es sich zu nähern, so als habe es den Wald nach ihnen durchstöbert und rücke nun auf sie zu.

Doch in der Lichtung regte sich noch kein Lufthauch außer dem Aufwind, der durch die tanzenden Flammen verursacht wurde. Brian warf noch mehr trockene Zweige aufs Feuer.

»Meinen besonderen Dank an St. Giles, dessen Namensfest heute ist«, murmelte der Ritter, »und der mir eingab, genug Holz zu sammeln, daß es bis Tagesanbruch reicht.«

Der Wind kam näher. Sie konnten hören, wie er durch den Wald pfiff, ganz nahe war er jetzt, und laut war er geworden. Er sauste näher und näher heran, wo er durchkam, seufzten und stöhnten die Zweige. Er war jetzt laut geworden, so laut, daß sie die Stimmen erheben mußten, wenn sie miteinander sprechen wollten. Dann, ganz plötzlich, war er über ihnen. Er blies direkt in die Lichtung, mit jäher Kraft, die sie einen Augenblick lang von den Beinen zu fegen drohte. Das Feuer spuckte einen langen Funkenregen in die Dunkelheit, und die Flammen flackerten und erloschen beinahe, so daß das Dunkel rundum plötzlich über sie hereinstürzte und ihnen ein Schauer trockener Zweige und welker Blätter ins Gesicht schlug.

Dann war der Wind plötzlich verschwunden, so schnell wie er gekommen war. Das Feuer flammte wieder auf, und die Dunkelheit wurde von neuem zurückgedrängt. Unvermittelt herrschte Stille.

Der Wind war fort.

Brian seufzte leise durch das offene Visier seines Helms.

»Achtung, Sir James«, sagte er flüsternd. »Jetzt geht es los.« Jim starrte den Ritter an.

»Es geht los ...?« begann er zu wiederholen.

Und dann hörte er es.

Es war zuerst so klein und fern, daß er es nur für Ohrensausen hielt. Dann gewann es, ganz, ganz langsam, an Lautstärke, und er erkannte es als das, was es wirklich war: ein unaufhörliches, schrilles Schnattern – noch weit entfernt, wie der Wind, aber langsam näherkommend. Er empfand dieses Schnattern als seelenlos, etwas daran ließ es ihm eiskalt den Drachenrücken hinunterlaufen.

Die Reaktion seines Körpers erschreckte Jim fast

mehr, als es das Geräusch selbst getan hatte. Was mochte das wohl da draußen im Wald sein, zu dieser Stunde, wovor sich sogar ein Drache fürchtete? Er öffnete den Mund, um Brian zu fragen, was dieses Geräusch hervorbringe; und er merkte, daß ihm die Frage im Halse steckenblieb. Eine beinahe abergläubische Furcht hielt ihn zurück. Wenn er Brian fragte, und wenn der ihm antwortete, würde das, was sich da auf sie zu bewegte, unleugbar Wirklichkeit werden. Solange er noch nichts wußte, konnte sich noch alles als Illusion herausstellen, als böser Traum, aus dem er zu einem sonnigen Morgen erwachen konnte.

Aber wie sie so dastanden, wurde das Schnattern langsam lauter und kam näher – und es gab kein Erwachen aus dem Alptraum.

»Sir Brian«, sagte Jim schließlich. »Was ist es?«

Die Augen des Ritters sahen Jim aus dem feuererhellten Dunkel seines Visiers seltsam brennend an.

»Das wißt Ihr nicht? Sandmerker, Sir James.«

Sobald Brian die Bezeichnung aussprach, gab irgend etwas tief in Gorbashs Blut und Knochen das Wissen an Jims Bewußtsein weiter – und er wußte, ohne weiterzufragen, wie sie aussahen, diese nächtlichen Jäger dort draußen, die die Kreise um ihr Lagerfeuer und sie beide, die sie hier warteten, immer enger zogen.

Vor seinem geistigen Auge konnte Jim sie erkennen. Im Aussehen eine Kreuzung zwischen einer Ratte und einem Frettchen, etwa so groß wie kleine Hunde. Ihre Augen würden rot leuchten im Widerschein der Flammen, wenn sie nahe genug waren, aber ihre schwarzen Körper mit dem rauhen Fell würden in der Dunkelheit unsichtbar bleiben, wenn sie immer wieder um die Lichtung strichen, gerade außerhalb der Reichweite des Feuerscheins. Und aus ihrem Mund würde ständig dieses gleiche seelenlose Geschnatter kommen, das wie mit Spinnenbeinen an Jims Wirbelsäule herauf- und hinunterkroch und ihm ins Gehirn eindrang.

»Was sie hier suchen«, sagte Brian, »so weit vom Meer, weiß nur der Teufel, der ihnen hilft. Ihr normaler Bereich sind die kalten, salzigen Strände. Kleine Strandtiere und die armen Schiffbrüchigen, die das Unglück haben, nachts an Land geschwemmt zu werden, sind normalerweise ihre Beute. Hier ist ein Feind, gegen den mein Schwert und Eure Klauen, Sir James, wenig ausrichten werden.«

»Wenn sie nahe genug herankämen ...«

»Das werden sie nicht, solange noch Leben in uns ist. Es sind feige Kreaturen, deren einzige Waffe der Wahnsinn ist.«

»Der Wahnsinn?« wiederholte Jim. Das Wort war wie ein eisiges Messer an seinen Nerven entlanggeglitten.

»Was sonst, glaubt Ihr, bedeuten ihre Laute?« sagte Brian. »Man erzählt sich, daß sie von den Seelen anderer Tiere besessen sind, die im Wahnsinn starben oder in großer Qual, und daher sind sie voll von Wahnsinn, den sie in die Nachtluft ergießen, um den Geist von Leuten wie Euch und mir damit anzustecken. Ich weiß nicht, wie es mit Euch ist, Sir James, aber für mich war St. Giles immer ein guter Freund, und er gab mir nicht umsonst den Rat, diesen riesigen Haufen Feuerholz zu sammeln. Mein Rat ist, daß wir uns an diesen guten Heiligen wenden, und an Gott mit seinen Engeln, denn hier kann sonst niemand helfen.«

Der Ritter zog sein Schwert, stellte es mit der Spitze nach unten auf den Boden, nahm den Griff in beide Hände und neigte den Kopf im Gebet darüber. Jim stand reglos, beobachtete den Mann in seiner Rüstung, das Feuer und die sie umgebende Dunkelheit, hörte den ständig anschwellenden Ton des Geschnatters.

Er selbst war überhaupt nicht religiös; und irgendwie wehrte sich in diesem besonderen Augenblick etwas in ihm dagegen, sich an die Religion um Hilfe zu wenden oder das auch nur vorzutäuschen. Andererseits konnte er Brian nur beneiden, der eine solche Stütze jederzeit zur Verfügung hatte.

Denn ob die Geschichte mit den Seelen der Tiere, die im Wahnsinn oder in Qualen gestorben waren, nun stimmte oder nicht, man konnte nicht abstreiten, daß irgend etwas in diesem Geschnatter deutlich die bewußten, logischen, oberen Bereiche von Jims Bewußtsein durchdrang, in die darunterliegenden, alten, primitiven Ebenen vorstieß und atavistische Ängste auslöste, von deren Vorhandensein er nichts gewußt hatte. Tief in ihm, seit dem ersten Augenblick, als er erkannt hatte, daß das Schnattern mehr war als Ohrensausen, war der Drang, sich umzudrehen und davonzulaufen, zu rennen und zu rennen, bis er es entweder nicht mehr hören konnte, oder bis sein Herz von der Anstrengung des Laufens zerspringen würde.

Am Ende war es wohl das, was alle Opfer der Sandmerker taten – laufen, bis sie nicht mehr konnten. Und dann, wenn die Beute schließlich erschöpft war und hilflos, würden die schwarzen, glutäugigen, buckligen Schatten schnatternd daherkommen, um zu töten und zu fressen. Solange sein Bewußtsein noch funktionierte, erkannte Jim, daß er verloren war, wenn er davonrannte. Wie Brian mußte er hier stehen bleiben und Widerstand leisten gegen die Töne, die an seinem Verstand nagten.

Er brachte es nicht fertig, Brians Beispiel zu folgen, aber es mußte doch andere Dinge geben, die er zur Verteidigung gegen die Rufe der Sandmerker einsetzen konnte. Das Einmaleins?

Er versuchte es damit. Eine Zeitlang konnte er sich darauf konzentrieren; er gratulierte sich schon dazu, eine Waffe gefunden zu haben. Aber nachdem er alle Multiplikationsreihen durchgegangen war, die ihm auf Anhieb einfielen und von neuem begonnen hatte, merkte er, daß es ihm beim zweitenmal nicht mehr so gut gelang wie beim erstenmal, das Geschnatter zu verdrängen. Als er das Einmaleins zum drittenmal aufsagte, war es kaum mehr eine Hilfe, nicht viel mehr, als wenn er bedeutungslose Silben vor sich hingemurmelt hätte.

Er durchforschte sein Gedächtnis, so gut er es unter dem Einfluß der Sandmerkerstimmen konnte – die nun eindeutig das Lager in einer Entfernung von nicht mehr als fünfzig Metern umkreisten –, nach etwas Stärkerem als dem Einmaleins, mit dem er ihnen Widerstand leisten konnte. Verzweifelt begann er, den Text seiner Doktorarbeit über die Veränderungen der gesellschaftlichen Bräuche durch den Aufstieg der Städte in Frankreich während des Hundertjährigen Krieges herzusagen. Nacht für Nacht hatte er nach Beendigung aller anderen Arbeiten müde unter dem Licht seiner Schreibtischlampe gesessen und diese Arbeit zusammengezimmert. Wenn er irgend etwas kannte, das einen Schutzzauber enthielt, dann war es diese Arbeit.

»Die Untersuchung der direkten Auswirkungen des Einmarschs der Engländer in Westfrankreich in den beiden Dekaden unmittelbar nach den fünfziger Jahren des zwölften Jahrhunderts«, murmelte er, *»zeigt einen bemerkenswerten Veränderungsprozeß, dessen Wirkung von den Betroffenen selbst unbemerkt blieb. Besonders der Hafen von Bordeaux …«*

Plötzlich erkannte er zu seiner Freude, daß es funktionierte. Alle diese Anstrengungen um Mitternacht, die er an die Arbeit gewandt hatte, hatten einen geistigen Automatismus bewirkt, der zu stark war, als daß ihn das Geschnatter der Sandmerker hätte behindern oder gar aufhalten können. Solange er es schaffte, die Worte in seinem Gehirn am Fließen zu halten, konnte er die Sandmerker abwehren. Es war, als werde das Geschnatter jetzt durch eine Schranke blockiert, die nur die harmlosen Geräusche durchdringen ließ. Die Doktorarbeit hatte zweihundertzwanzig zweizeilig geschriebene Seiten umfaßt, als sie fertig war. Dieses Material würde sich nicht so schnell erschöpfen wie das Einmaleins. Er blickte über das Feuer hinweg zu Brian und sah, daß der immer noch betete. Keiner von ihnen wagte auszusetzen, um mit dem anderen zu sprechen, aber Jim versuchte mit Blicken zu signalisieren, daß er standhielt, und er glaubte zu erkennen, daß Brian ihn verstand und ihm eine entsprechende Botschaft zurückschickte.

Die Sandmerker waren jetzt ganz nahe – gerade außerhalb des Feuerscheins; und das Geräusch ihrer Stimmen war so schrill und alles übertönend, daß Jim kaum den Klang seiner eigenen Stimme in den Ohren vernehmen konnte. Trotzdem hielten er und Brian stand, und die Räuber in der Dunkelheit würden nicht anzugreifen wagen, so lange ihre Beute noch den Willen und die Kraft hatte, sich zu verteidigen. Als Jim zu ihm hinblickte, bückte sich Brian und warf noch ein paar Zweige aufs Feuer.

Flammen schlugen an der neuen Nahrung in die Höhe; und für eine Sekunde glaubte Jim, wenn er die Augen anstrengte, einen Blick auf schattenhafte Gestalten erhaschen zu können, die sich schnell in die tiefere Dunkelheit zurückzogen. Er und Brian hielten weiter Wache und fuhren mit ihren privaten Litaneien fort.

Die Nacht schleppte sich dahin.

Das Feuer brannte hell. Die Sandmerker schlichen weiter herum, unterbrachen keinen Augenblick lang ihre Einladung zum Entsetzen. Krächzend, mit vom ständigen, langen Gebrauch heiseren Stimmen sahen sich Jim und der Ritter über das Feuer hinweg an. Sir Brian schwankte ein wenig vor Müdigkeit; und auch Jim fühlte sich schwindlig vor Erschöpfung. Die Dunkelheit um sie herum war weiterhin ungebrochen. Der rauhe, feuchte Geruch der Dämmerung war in der Luft, aber der Tagesanbruch war immer noch einige Zeit entfernt.

Und jetzt, zum erstenmal, seit er begonnen hatte, seine Doktorarbeit herzusagen, fühlte Jim, daß die Barriere, die er gegen die Stimmen der Sandmerker errichtet hatte, unter ihrem Druck zu zerbröckeln begann. Sein erschöpftes Gedächtnis machte Fehler, verlor die Stelle auf der Seite, die er aus der Erinnerung zitierte, fand sie wieder. Aber in dieser Sekunde der Schwäche hatte die Wirkung des Geschnatters an Boden gewonnen. Es durchdrang die Worte, die Jim mühsam hervorstieß; und es wurde stetig stärker.

Jim wurde sich bewußt, daß Brian zu sprechen aufgehört hatte. Auch Jim hörte auf, und sie starrten sich über das Feuer hinweg an, während das Geräusch des Geschnatters um sie herum an Lautstärke zunahm, sich triumphierend in die Nacht erhob.

Der Ritter drehte sein Schwert um, hob es auf, um es in beiden Händen haltend mit der Klinge nach oben zu schwingen.

»In Gottes Namen«, sagte Brian mit so brüchiger, erschöpfter Stimme, daß Jim ihn kaum verstehen konnte, »wir wollen ihnen entgegengehen, solange wir noch die Kraft dazu haben.«

Jim nickte. In der Endabrechnung war es vorzuziehen, dem Tod ins Auge zu sehen, anstatt in krankhafter Furcht vor ihm zu fliehen. Er ging um das Feuer herum und stellte sich neben Brian.

»Jetzt!« sagte der Ritter mit seiner heiseren Stimme, hob sein Schwert über den Kopf …

Aber bevor sie den beinahe unsichtbaren Feind, der sie umkreiste, angreifen konnten, zerriß ein Kreischen, beinahe schlimmer als das Geschnatter, die Dunkelheit zu ihrer Rechten. Sofort hörte der Lärm, der sie an den Rand des Wahnsinns getrieben hatte, völlig auf, ihm folgte das Geräusch kleiner Körper, die auf der Flucht durch den Wald brachen.

Noch ein Kreischen ertönte, diesmal geradeaus und weiter entfernt. Dann ein Augenblick des Wartens, währenddessen die Fluchtgeräusche beinahe in der Ferne verstummten; dann ein dritter Schrei, noch weiter weg.

»Beim heiligen Giles!« flüsterte der Ritter in die Stille. »Irgend jemand bringt sie um …«

Er hatte kaum fertiggesprochen, als der vierte Schrei ertönte, diesmal sehr weit entfernt. Danach, völlige Stille.

Betäubt ging Brian daran, Holz nachzulegen. Das Feuer knisterte, loderte von neuem auf, und die Schatten zogen sich weit zurück. Jim blickte nach oben.

»Seht«, sagte er. »Ich glaube …«

Brian blickte ebenfalls hoch. Ein Wolkenzipfel bewegte sich und gab einige Sterne frei, die noch sichtbar waren. Und der Himmel hinter den Sternen war am Erbleichen.

»Ja. Es dämmert«, sagte Brian.

Sie standen da und sahen zu, wie sich der Himmel erhellte und die noch verbleibenden Sterne verblaßten und langsam unsichtbar wurden.

»Aber wer hat uns denn nun eigentlich gerettet?« fragte der Ritter.

Jim schüttelte den Kopf.

»Ich weiß es nicht …«, sagte er rauh. »Ich habe nicht die leiseste Ahnung, wer …«

Er brach ab.

Etwas hatte sich bewegt – etwas, noch schwärzer als die Dunkelheit, der immer noch tiefen Schatten außerhalb des Feuerscheins. Es bewegte sich wieder, kam langsam heran, trat ins Licht. Eine vierbeinige Gestalt, so groß wie ein kleines Pony, mit grünen Augen und einer langen, schmalen Schnauze, die halb geöffnet war, um die weißen, leuchtenden Zähne und eine Zunge zu zeigen, die so rot war wie die Flammen.

Es war ein Wolf. Ein Wolf, doppelt so groß wie das größte der Exemplare, die Jim jemals in einem Zoo oder einem Film gesehen hatte. Die grünen Augen wanderten über den Ritter und das Feuer hin und saugten sich mit brennender Wildheit an Jim fest.

»Du bist es also«, sagte eine tiefe, mißtönende Stimme aus dem mit krummsäbelartigen Zähnen bewaffneten Maul. »Nicht, daß es viel Unterschied macht, aber ich dachte es mir.«

9

DER GEIST KANN NUR EIN bestimmtes Quantum ertragen, ehe die Reaktion einsetzt. Nach allem, was Jim durchgemacht hatte, seitdem er in diese Welt gekommen war, und besonders nach der Zerreißprobe, die er gerade als Beute der Sandmerker hinter sich hatte, hätte ihn die Tatsache, daß hier ein Wolf war, der wie ein Mensch sprechen konnte, eigentlich nicht umwerfen dürfen. Aber so war es.

Er setzte sich mit einem Plumps auf seine Hinterbeine. Wäre er in seinem normalen, menschlichen Körper gewesen, er wäre wahrscheinlich zusammengebrochen. Er rang nach Worten, während der Riesenwolf ans Feuer kam.

»Wer … wer seid Ihr?« brachte er schließlich heraus.

»Was ist los, Gorbash«, knurrte der Wolf. »Haben die Sandmerker dein Gedächtnis gefressen? Ich kenne dich ja erst seit zwanzig Jahren! Außerdem sind nur wenige am Leben, die Aragh mit einem anderen, englischen Wolf verwechseln könnten.«

»Ihr seid wer – Aragh?« krächzte Brian. Der Wolf blickte ihn an.

»Der bin ich. Und wer seid Ihr, Mensch?«

»Sir Brian Neville-Smythe.«

»Nie von Euch gehört«, brummte der Wolf.

»Meine Familie«, sagte Sir Brian steif, »ist eine jüngere Linie der Nevilles. Unser Land erstreckt sich von Wyvenstock nach Norden bis zum Lea River.«

»Da oben gibt es keinen von meinen Genossen«, knarrte Aragh. »Was habt Ihr hier, in meinem Wald, zu suchen?«

»Wir durchqueren ihn auf unserem Weg nach Malvern, Herr Wolf.«

»Nennt mich Aragh, wenn Ihr mit mir redet, Mensch.«

»Dann redet mich mit Sir Brian an, Herr Wolf!«

Araghs obere Lefze begann sich von seinen schimmernden Zähnen zurückzukräuseln.

»Warte …«, sagte Jim hastig.

Aragh wandte sich ihm zu, seine Lefze entspannte sich ein wenig.

»Dieser Sir Brian gehört zu dir, nicht wahr, Gorbash?«

»Wir sind Gefährten. Und eigentlich bin ich nicht wirklich Gorbash. Siehst du …« Jim versuchte, in aller Eile mit seiner erschöpften Kehle die Situation zu erklären, die ihn schließlich mit Sir Brian an diesen Ort geführt hatte.

»Hmpf«, brummte Aragh, als Jim geendet hatte. »Reiner Unsinn, das Ganze. Du bist noch jedesmal in sieben verschiedene Sachen hineingeschlittert, wenn du etwas angefangen hast. Wenn sich jedoch dieser Sir Brian dir verpflichtet hat, an deiner Seite zu kämpfen, dann kann ich ihn wohl akzeptieren.«

Er wandte sich an Brian.

»Und Ihr«, sagte er, »Euch mache ich dafür verantwortlich, gut auf Gorbash aufzupassen. Er ist zwar ein Schwachkopf, aber er ist seit Jahren mein Freund …«

Jim ging ein Licht auf. Dieser Aragh mußte Gorbashs Wolf-Freund sein, von dem Smrgol so mißbilligend gesprochen hatte, derjenige, mit dem Gorbash in seinen Jugendjahren Umgang gepflegt hatte.

»Und ich will nicht, daß er von Sandmerkern aufgefressen wird oder sonst etwas. Verstanden?«

»Ich versichere Euch …«, begann Brian steif.

»Versichert nicht. Tut es nur!« fauchte Aragh.

»Ach ja, diese Sandmerker«, warf Jim hastig ein, stets bemüht, die Unterhaltung zwischen Aragh und Brian von möglichen Unstimmigkeiten freizuhalten,

»sie hatten uns beinahe erwischt. Hat dich ihr Lärm gestört?«

»Warum sollte er?« sagte Aragh. »Ich bin ein englischer Wolf. Mich bringt nichts dazu, gleichzeitig an zwei Dinge zu denken. Sandmerker gehören an die Küste. Beim nächsten Mal wissen sie, was ihnen blüht, wenn ich sie wieder hier in meinem Wald erwische.«

Er knurrte leise, wie zu sich selbst.

»Ihr wollt sagen ...« – Brian nahm seinen Helm ab und starrte den Wolf mit einer gewissen Bewunderung an –, »Ihr konntet dieses Geschnatter hören, ohne davon aus der Fassung gebracht zu werden?«

»Wie oft muß ich denn das noch sagen?« brummte Aragh. »Ich bin ein englischer Wolf. Wenn ich es freilich wie andere Leute machte, nur einfach herumsäße und zuhörte, hätte ich vielleicht den Lärm bemerkt, den sie machten. Aber sobald ich sie hörte, sagte ich mir: ›Dieses Pack muß weg!‹, und sonst hatte ich nichts im Sinn, bis sie fort waren.«

Er leckte sich mit seiner langen Zunge die Lefzen.

»Alle, bis auf vier«, sagte er. »Sie sind natürlich nichts zum Essen. Aber sie kreischen recht schön, wenn man ihnen das Genick bricht. Diese Geräusche habe ich gehört, da braucht Ihr keine Sorgen zu haben.«

Er setzte sich auch auf seine Hinterbeine und schnupperte am Feuer.

»Die Welt geht langsam in die Brüche«, murmelte er. »Gibt nur noch wenige von uns, die überhaupt Verstand im Kopf haben. Zauberer, Dunkle Mächte, nichts als Unsinn. Brich ein paar Genicke, reiß ein paar Gurgeln auf, auf die gute, alte Art, und dann paß auf, wie lange sich diese Sandmerker und das andere Gesindel so aufführen! Paß auf, wieviel Unheil diese Dunklen Mächte noch anrichten können, nachdem ihre Kreaturen ein paarmal diese Medizin bekommen haben!«

»Wie lange kennt Ihr Sir James eigentlich schon?« erkundigte sich Brian.

»Sir James? Sir James? Soweit es mich betrifft, ist das Gorbash«, brummte Aragh. »Er war immer Gorbash. Er wird immer Gorbash bleiben, trotz all diesem Blödsinn von wegen verzaubertem Körper. Ich glaube nicht daran, daß die Leute heute dies sind und morgen jemand anders. Haltet es, wie Ihr wollt. Für mich ist und bleibt er Gorbash. Zwanzig Jahre, um Euch zu antworten. Habe ich nicht zwanzig Jahre gesagt? Warum fragt Ihr?«

»Weil, mein Bester ...«

»Ich bin nicht Euer Bester. Ich bin niemands Bester. Ich bin ein englischer Wolf; und es ist besser für Euch, wenn Ihr das nicht vergeßt.«

»Sehr wohl, Herr Wolf ...«

»Das klingt schon besser.«

»Da Ihr keine sehr hohe Meinung von dem Anliegen habt, dessentwegen Sir James und ich unterwegs sind, und da ich sehe, daß nun der Tag anbricht, bleibt mir nur, Euch für Eure Hilfe gegen die Sandmerker zu danken ...«

»Hilfe!«

»Nennt es, wie Ihr wollt. Wie ich schon sagte ...« – Brian setzte seinen Helm wieder auf, hob seinen Sattel vom Boden und ging zu seinem Pferd –, »es bleibt mir nur, Euch zu danken, Adieu zu sagen und uns wieder auf den Weg nach Burg Malvern zu machen. Kommt, Sir James ...«

»Einen Augenblick«, knurrte Aragh. »Gorbash, was glaubst du denn, was du gegen diese Dunklen Mächte eigentlich ausrichten kannst?«

»Nun ... was immer ich muß«, antwortete Jim.

»Natürlich«, brummte der Wolf. »Und was ist, wenn sie euch wieder Sandmerker entgegenschicken?«

»Nun ...«

»Das dachte ich mir«, sagte Aragh mit grimmiger Befriedigung. »Meine Sache, wie üblich, gib's auf, Gorbash! Hör auf, dir einzubilden, du hättest einen menschlichen Geist, und sei wieder ein einfacher, ehrlicher Drache.«

»Das kann ich nicht«, sagte Jim. »Ich muß Angie retten.«

»Wen?«

»Seine Dame«, warf Sir Brian steif dazwischen. »Er hat doch erklärt, daß dieser andere Drache, Bryagh, sie in den Verhaßten Turm verschleppt hat.«

»Seine Dame? Seine DAME? Was sind das für Zeiten, in denen ein Drache von irgendeinem Menschenweibchen schwärmt und sie seine ›Dame‹ nennt? Gorbash, hör auf mit diesem Unsinn und geh nach Hause!«

»Tut mir leid«, sagte Jim mit zusammengebissenen Zähnen. »Nein.«

Aragh knurrte.

»Verdammter Narr!« Er stellte sich auf alle vier Beine. »In Ordnung, ich komme mit und passe auf, daß euch die Sandmerker nicht erwischen. Aber nur die Sandmerker – merkt euch das! Ich werde bei dem übrigen, lächerlichen Kram keinen Finger rühren!«

»Ich will verdammt sein, wenn ich Euch gebeten habe mitzukommen«, sagte Brian.

»Ich brauche keine Einladung.« Araghs obere Lefze begann sich wieder zu kräuseln, als er den Kopf nach dem Ritter drehte. »Ich gehe, wohin ich will, Herr Ritter, und ich möchte sehen, wer mich daran hindern könnte. Ich bin ein englischer ...«

»Aber natürlich«, schaltete Jim sich ein, »und wir würden niemanden lieber dabeihaben wollen als einen englischen Wolf. Nicht wahr, Brian?«

»Sprecht für Euch selbst, Sir James.«

»Nun gut, es gibt niemanden, den *ich* lieber bei mir haben würde, außer Sir Brian hier«, sagte Jim. »Sir Brian, Ihr müßt zugeben, daß diese Sandmerker zu viel für uns waren.«

»Hmpf!« Brian machte ein Gesicht, als habe man von ihm verlangt, sich einen Zahn ziehen zu lassen, ohne ihm auch nur einen Schnaps als Betäubungsmittel zu geben. »Vermutlich habt Ihr recht.«

Er schwankte plötzlich, und der Sattel fiel ihm aus den Händen und schlug auf den Boden. Er ging schwerfällig zum nächsten Baum und setzte sich klirrend mit dem Rücken gegen den Stamm.

»Sir James«, sagte er heiser. »Ich muß mich ausruhen.«

Er lehnte den Kopf gegen den Baumstamm und schloß die Augen. Einen Augenblick später atmete er schwer, in tiefen Zügen, fast schnarchend.

»Ja«, sagte Jim mit einem Blick auf ihn. »Wir hatten beide eine ruhelose Nacht. Vielleicht sollte ich auch ein wenig Schlaf nachholen.«

»Laß dich von mir nicht aufhalten«, sagte Aragh. »Ich gehöre nicht zu der Sorte, die jedesmal ein Nickerchen machen muß, wenn sie sich umdreht; aber wenn ich so überlege, könnte ich ja diese Sandmerker verfolgen, um sicherzugehen, daß sie auch weitergezogen sind, nachdem sie von hier verschwanden.«

Er warf einen Blick auf die aufgehende Sonne.

»Ich werde etwa um Mittag zurück sein.«

Er drehte sich um und verschwand auf eindrucksvolle Weise. Jim erhaschte noch einen Blick auf ihn, wie er zwischen drei Baumstämmen durchschlüpfte, und plötzlich gab es keinen Laut und kein Zeichen mehr für die Anwesenheit des Wolfs. Jim legte sich nun selbst ins Gras, steckte seinen Kopf unter einen Flügel und schloß die Augen …

Aber anders als Brian konnte er nicht sofort einschlafen.

Er hielt etwa zwanzig Minuten lang beharrlich die Augen geschlossen und den Kopf unter dem Flügel, ehe er es aufgab, sich wieder aufsetzte und um sich blickte. Sehr zu seiner Überraschung fühlte er sich wirklich ganz wohl.

Er erinnerte sich jetzt, daß die Heiserkeit in seiner

Stimme verschwunden war, während der Unterhaltung zu dritt mit Brian und Aragh. Offenbar war auch seine Müdigkeit zu dieser Zeit verflogen. Das war bemerkenswert; anscheinend hatten Drachen einfach bessere, regenerative Fähigkeiten als Menschen. Er sah Brian an, der jetzt vor Erschöpfung schnarchte und den Baumstamm hinuntergerutscht war, bis er beinahe flach auf dem Gras lag. Der Ritter würde sicherlich mindestens bis Mittag nichts mehr von der Welt wissen. Bis dahin mußte sich Jim nun die Zeit vertreiben. Er dachte wieder an etwas zu essen.

Er stand auf. Jetzt mochte gerade die richtige Zeit sein, um sich umzusehen, ob es etwas gab. Als er sich entfernen wollte, blieb er noch einmal stehen. Und wenn er sich nun im Wald verirrte und den Rückweg hierher nicht mehr fand? Vielleicht sollte er sich unterwegs Zeichen an die Bäume machen.

Er unterbrach sich in seinen Gedanken und schalt sich im Geiste einen Narren. Natürlich konnte er sich zu Fuß leicht verirren. Aber wer sagte denn, daß er zu Fuß gehen mußte? Versuchsweise streckte er seine Flügel aus und entdeckte, daß die Steifheit und die Schmerzen verschwunden waren. Er verursachte einen donnernden Luftschwall, als er von der Lichtung hochsprang und zum Himmel aufstieg. Hinter ihm rutschte Brian nun völlig auf das Gras und schnarchte noch lauter.

Aber innerhalb von Sekunden hatte Jim den Ritter unter sich vergessen. Es war ein reines Vergnügen, wieder in der Luft zu sein. Ein paar energische Flügelschläge brachten ihn über die Baumwipfel hinaus. Er ging in die Kurve und flog einen Kreis, um noch einen Blick auf die Lichtung zu werfen und sich ihr Aussehen aus der Vogelperspektive einzuprägen, dann stieg er höher, um sie in Beziehung zu ihrer unmittelbaren Umgebung zu bringen. Er freute sich zu sehen, daß von hier oben sowohl die Lichtung als auch der durchfließende Bach aus der Entfernung gut erkennbar waren.

Er überließ die Lichtung und Brian ihrem Schicksal, ging nochmals in die Kurve und begann, über dem Wald zu kreuzen und ihn zu erforschen.

Aus der Luft sah er eher wie ein Park aus. Die großen Bäume standen ziemlich weit auseinander, so daß er einen recht guten Blick auf den Boden dazwischen hatte. Sein Magen hatte Pech, es war nichts in Sicht, was nach Essen aussah. Er suchte nach Aragh, fand aber auch von dem Wolf keine Spur.

Es schien wenig sinnvoll, über dem Wald zu schweben, wenn man davon absah, daß es Jim Vergnügen bereitete und daß er Zeit hatte. Ein leichtes Schuldbewußtsein regte sich in ihm. Seit seinem Zusammentreffen mit dem Ritter hatte er kaum mehr an Angie gedacht. Ging es ihr wirklich gut? Vielleicht sollte er sich doch die Mühe machen und es selbst herausfinden.

Unter diesen Gedanken ließ er sich mit den Thermiken treiben, in sich ein Unbehagen, wie eine Erinnerung an das Geschnatter der Sandmerker, das ihm im nachhinein noch eine Gänsehaut verursachte. Die einzige Möglichkeit, dieses Unbehagen loszuwerden, sagte er sich jetzt, war, sich zu versichern, daß es Angie gut ging. Carolinus' Anweisungen, sich vom Verhaßten Turm fernzuhalten, bis er Gefährten gefunden hatte, die ihm helfen würden, die Dunklen Mächte zu überwältigen, ergaben wirklich keinen Sinn. Er mußte doch selbst entscheiden, was zu tun war …

Er entdeckte plötzlich, daß er schon in einer Höhe von mehreren tausend Fuß war und gerade in einen Rückenwind aufstieg, der direkt zu den Sümpfen wehte und zur Küste – also genau in die Richtung, aus der Brian und er gekommen waren. Ja, er segelte schon auf dieser Luftströmung in langem, ansteigendem Gleitflug, der ihn mit der Zeit an dem Punkt zur Erde führen würde, wo der Große Damm ins Meer mündete. Als er das erkannte, hörte er im Geiste das Echo der schnatternden Sandmerker. Dem überlagert war ein messerdünnes Flüstern, das ihn zum Verhaßten Turm rief.

»Jetzt ...«, flüsterte es. »Geh jetzt ... zögere nicht ... geh allein, jetzt ...«

Er zügelte sich mit einem entsetzten Frösteln und ging in eine lange, steile Kurve, die ihn hinunter und zu dem Wald zurückbringen würde, wo er Brian schlafend verlassen hatte. Fast im gleichen Augenblick, in dem er umkehrte, waren das Echo in seiner Erinnerung und das Flüstern verschwunden wie vor kurzem Aragh, so, als wären sie nie dagewesen.

Hatte er das wirklich gehört? Oder hatte er sich die Stimmen nur eingebildet?

Unter Aufbietung seiner Willenskraft schüttelte er diese Fragen ab. Er hatte sich sicher nicht eingebildet, daß er unbewußt zu einer Höhe und einem Wind aufgestiegen war, die ihn direkt zum Verhaßten Turm getragen hätten. Sich selbst für einen Ruf aus dieser Richtung so empfänglich zu finden, vermittelte ihm ein unbehagliches Gefühl. Gestern, noch als er auf den Turm zuwanderte, war es nicht so gewesen. Irgendwie hatte das Geschnatter der Sandmerker eine Verbindung eröffnet, durch die ihn die Dunklen Mächte zu sich rufen konnten. Und wenn das richtig war, dann hatten die Dunklen Mächte mit ihrem Angriff Erfolg gehabt, auch wenn die häßlichen kleinen Geschöpfe vertrieben worden waren.

Oder – war es doch nicht so einfach? Aragh war sicherlich im entscheidenden Augenblick aufgetaucht. War das Zusammentreffen mit der Ankunft der Sandmerker nicht zu schön, um wahr zu sein? Und wenn die Dunklen Mächte gar nie beabsichtigt hätten, ihn von den Sandmerkern vernichten zu lassen? Wenn sie aus unbekannten Gründen nicht wollten, daß Jim Eckert getötet würde, sondern, daß er zu ihrem Turm kam?

Auch dieser Gedanke ließ ihn frösteln.

Jim ertappte sich bei dem Wunsch, Carolinus in der Nähe zu haben und ihn fragen zu können. Aber irgend etwas sagte ihm, daß, wenn er jetzt umkehrte und zum Klingelnden Wasser flog – selbst angenommen, er könnte bis Mittag dorthin gelangen, Carolinus antreffen und wieder zu Brian zurückkehren –, Carolinus nicht erfreut wäre, ihn zu sehen. Carolinus hatte sehr nachdrücklich darauf bestanden, daß Jim dem Weg folgen sollte, der ihm Gefährten brachte, ehe er irgend etwas anderes unternahm.

Gut, dachte Jim, als er wieder in geringer Höhe über die Lynham Woods zur Lichtung zurücksegelte, wo Brian schlief, er hatte zwei der Gefährten gewonnen, bisher zumindest. Brian und Aragh. Jetzt, da er sich entschlossen vom Verhaßten Turm abgewandt hatte, war sein momentaner Verdacht auf Aragh verflogen. War Aragh nicht seit Jahren ein enger Freund von Gorbash? Sicher, er war von Natur aus ein recht finsterer Geselle, aber in seiner Härte war nichts Verstohlenes, Dunkles oder Geheimnisvolles. Was er war, lag an der Oberfläche und war für jedermann sichtbar.

Jim stockte, als er einen kleinen, dunklen Gegenstand auf dem Boden überflog. Er kehrte um, schwebte nach unten und landete schwerfällig daneben.

Es war ein toter Sandmerker. Eindeutig einer der vier, die Aragh in der letzten Nacht getötet hatte.

Jim untersuchte ihn. Hier war in gewisser Weise etwas zu essen; aber er merkte, daß Gorbashs Magen vor diesem Gedanken zurückzuckte. Warum, war nicht klar; aber die Reaktion war unbestreitbar. Als Jim versuchsweise das Maul über dem Kadaver öffnete, überkam den Drachenmagen ein richtiges Ekelgefühl. Anscheinend hatte Aragh gewußt, wovon er redete, als er erwähnt hatte, Sandmerker taugten nicht zum Essen.

Jim überließ den Kadaver einigen Käfern und Fliegen, die ihn zu umschwirren begannen, schwang sich wieder in die Lüfte und fing an, nach der Lichtung zu suchen.

Er brauchte nicht lange, um sie zu finden, aber die Zeit reichte aus, um ihn zu einigen Schlüssen über die Ernährung dieses seines übergroßen Körpers kommen zu lassen.

Der Anfall von Ekel hatte ihn wirksam von seinem früheren Appetit befreit. Dadurch war ziemlich klar, daß es nur Appetit, nicht Hunger gewesen war, was er verspürt hatte. Er und Secoh hatten sich die Kuh geteilt – im Rückblick gab Jim zu, daß er sich den Löwenanteil des Fleisches genommen hatte –, und selbst diese große Mahlzeit hatte Gorbashs Magen nicht richtig gefüllt. Trotzdem hatte er seither nicht Hunger gelitten. Sicher, er konnte bei der ersten Gelegenheit wieder essen, aber er fühlte nicht diese innere Leere und das Unbehagen wie bei wirklichem Hunger. Anscheinend konnten Drachen einige Zeit ohne Essen auskommen und stopften sich nur richtig voll, wenn Nahrung verfügbar war. Der Speiseplan eines Drachen sah offenbar etwa ein riesiges Mahl pro Woche vor. Wenn das stimmte, konnte er wahrscheinlich zumindest noch ein paar Tage auskommen, bis er wirklich Nahrung brauchte. Wenn er dann aber aß, sollte er es richtig tun ...

Inzwischen hatte er die Lichtung wiedergefunden und glitt im Landeanflug auf das Gras zu. Er sah, daß Brian noch hier war und immer noch schnarchte.

Ein Blick zur Sonne verriet Jim, daß bis Mittag noch mindestens drei Stunden fehlten, wenn nicht mehr. Er ging zum Bach, trank ausgiebig, und ließ sich dann ins Gras plumpsen. Sein Ausflug hatte ihn entspannt. Er fühlte sich wohlig ermattet und zufrieden mit der Welt. Er steckte wieder den Kopf unter einen Flügel, ohne weiter darüber nachzudenken, und schlief sofort ein.

Er erwachte von Brians Stimme, der wieder aus vollem Herzen sein musikalisches Versprechen abgab, was die Teichdrachen von einem Neville-Smythe zu erwarten hätten.

Jim setzte sich auf und sah den Ritter nackt im Bach

sitzen und sich unter Gesang mit dem wohl ziemlich kalten Wasser selig abspritzen. Seine Rüstung lag auf dem Gras herum, seine Kleider waren ausgelegt und auf Stöcke gehängt, die im Gras steckten, so daß die Sonne die verschiedenen Stücke bescheinen konnte. Jim stand auf und untersuchte die Kleidungsstücke. Er nahm an, daß Brian sie gewaschen hatte und sie nun trocknen wollte. Aber er fand, daß sie schon trocken waren.

»Flöhe, Sir James«, rief Brian fröhlich. »Flöhe! Verdammt, sie scheinen das Unterhemd unter einer Rüstung mehr zu lieben, um sich darin zu vermehren, als irgendein anderes Kleidungsstück eines Gentleman. Es gibt nichts Besseres als eine schöne, heiße Sonne oder ein schönes, heißes Feuer, um sie aus den Nähten zu treiben, oder?«

»Was …? O ja, Ihr habt recht«, sagte Jim. »Es gibt nichts Besseres, wie Ihr schon sagt.«

Es war Jim nicht in den Sinn gekommen, daß Ungeziefer ein allgemeines Problem in dieser mittelalterlichen Welt sein könnte, ebenso, wie es im Mittelalter seiner eigenen Welt eines gewesen war. Er brauchte eine Sekunde, um für die Tatsache dankbar zu sein, daß seine Drachenhaut offenbar viel zu dick und zäh war, um von diesen lästigen Geschöpfen geplagt zu werden; dann blickte er zur Sonne und sah, daß sie direkt im Zenit stand.

»Aragh schon zurück?« fragte er.

»Er ist nicht hier«, sagte Brian.

»Nicht hier?« brummte Araghs Stimme. Er glitt hinter einem Baum hervor, der eigentlich zu dünn war, um ihn verbergen zu können. »Ich bin schon seit einiger Zeit zurück. Wer sagt, ich sei nicht da?«

»Niemand, Herr Wolf«, sagte Brian fröhlich und stieg aus dem Bach. Er wischte sich mit den Händen das Wasser von Rumpf und Gliedern, ging zu seinen Kleidern und zog sie an, ohne sich noch weiter abzutrocknen. »Wir werden in einem Augenblick reisefertig sein!«

Es dauerte ein klein wenig länger als einen einzigen Augenblick, aber nicht allzuviel, bis Brian sich gepanzert und sein Pferd gesattelt hatte. Er schwang sich in den Sattel.

»Gehen wir?« fragte er.

»Gut«, sagte Jim.

Aragh verschmolz mit dem Wald und verschwand. Jim und Brian folgten dem Wolf Seite an Seite.

Sie fanden ihn zwei Lichtungen weiter, wo er dasaß und auf sie wartete.

»Ich sehe schon«, brummte er. »Das wird eine von diesen sporenstechenden, ewig-und-drei-Tage dauernden Reisen. So wollt ihr es also haben? Gut. Ich kann beim Gehen ebenso gut trödeln wie ihr auch.«

Er blieb auf gleicher Höhe mit ihnen, und sie schritten zusammen weiter.

»Ich habe nicht vor, mein Pferd in der Mittagshitze traben zu lassen, nur um Euch einen Gefallen zu tun«, sagte Brian.

»Warum nicht? Trab ist die einzige Gangart, mit der man vorwärtskommt«, murrte Aragh. »Nun gut, wie's beliebt. Oh, nicht diesen Weg, Herr Ritter. Hier entlang.«

»Ich kenne den Weg zur Burg Malvern recht gut«, sagte Brian steif.

»Ihr kennt einen Weg«, sagte Aragh. »Ich kenne den kürzesten. In dieser Richtung braucht Ihr eineinhalb Tage. Ich kann Euch noch vor Sonnenuntergang hinbringen. Folgt mir – oder laßt es bleiben. Mir ist das egal.«

Er bog nach rechts ab, den Schwanz tief hinter sich herziehend. Jim und Brian blieben stehen und sahen sich an.

»Aber dieser Weg führt zum unteren Abschnitt des Lyn-River«, protestierte Brian. »Die nächste Furt liegt fünfzehn Meilen stromaufwärts.«

»Aber es ist sein Wald«, sagte Jim. »Vielleicht sollten wir ihm vertrauen.«

»Sir James ...«, begann Brian. »Oh, ist schon gut.«

Er wandte den Kopf seines Pferdes in die Richtung, die Aragh genommen hatte, und sie folgten alle zusammen dem Wolf und holten ihn wenig später ein.

Sie ritten ohne Pause durch die heißen Nachmittagsstunden. Der Wald wurde noch lichter, hörte aber nie auf, ein Wald zu sein. Anfangs redeten sie sehr wenig, Aragh und Brian brummten sich mit ›Herr Wolf‹ und ›Herr Ritter‹ an, sobald Jim versuchte, sie in eine Unterhaltung zu ziehen. Aber allmählich entspannte sich die Atmosphäre angesichts der freudigen Entdeckung, daß die beiden wenigstens etwas gemeinsam hatten: den Abscheu vor jemandem namens Sir Hugh de Bois de Malencontri.

»... schickte seine Treiber durch meinen Wald!« schimpfte Aragh. »Meinen Wald! Als ob es sein privates Jagdrevier wäre. Diese Jagd habe ich ihm aber gründlich vermasselt. Habe einem halben Dutzend Pferden die Sehnen durchgebissen ...«

»Also nein. Doch nicht die Pferde!«

»Warum nicht?« sagte Aragh. »Ihr Menschen in Euren Rüstungen sichert euch, indem ihr auf den vier Beinen eines anderen reitet. Schon einmal einen englischen Wolf gesehen, der jemand auf seinem Rücken herumlümmeln läßt?«

»Ein Gentleman braucht ein gutes Streitroß. Allerdings nicht notwendigerweise für die Jagd. Ich selbst steige immer ab, wenn ich mit dem Eberspieß auf den Eber gehe.«

»Ah? Wahrscheinlich zu zwanzigst oder dreißigst auf einmal!«

»Keineswegs. Ich bin schon einige Male ganz allein ins Dickicht gegangen!«

»Nun, das ist immerhin etwas«, sagte Aragh widerwillig. »Ein Eber ist keine Vergnügungstour. Hat zwar keinen Verstand, ist aber auch kein Spaß. Greift alles an. Der einzige Weg, mit ihm fertigzuwerden, ist, zur Seite zu treten und ihn aufzuschlitzen. Wenn möglich, bricht man ihm ein oder zwei Beine.«

»Danke, ich ziehe den Eberspieß vor. Ich fange ihn ab, wenn er angreift. Die Kreuzstange verhindert, daß er an einen herankommt. Dann muß man dranbleiben, bis man einen Augenblick lang loslassen und ihm den Krummdolch in die Kehle stoßen kann.«

»Wie beliebt«, brummte Aragh. »Jedenfalls, den feinen Herren von de Bois gefiel es gar nicht, daß sie zu Fuß gehen mußten. Ich habe zwei getötet und acht verstümmelt, ehe die Hauptgruppe mit den Bogenschützen herankam.«

»Gut gemacht.«

»Nicht wahr? Alles an einem Tag. Ich habe allerdings de Bois selbst verfehlt. Er schlug einen anderen aus dem Sattel, nahm sich dessen Pferd und floh, ehe ich folgen konnte. Macht nichts«, Aragh knurrte leicht vor sich hin, »ich werde ihn schon eines Tages erwischen.«

»Wenn ich ihn nicht zuerst kriege«, sagte Brian. »Beim heiligen Giles! Er hat doch die Unverschämtheit besessen, dem Fräulein Geronde den Hof zu machen. Hah!«

»Der de Chaney …?«

»Genau! Mylady. Ich zog ihn vor neun Monaten, bei der Weihnachtsfeier von Mylord, dem Herzog, beiseite. ›Herr Baron‹, sagte ich, ›nur ein Wort. Laßt Eure Bastardhände von Mylady, oder ich könnte mich gezwungen sehen, Euch an Eurem eigenen Gedärm aufzuhängen.‹«

»Was sagte er darauf?« brummte Aragh.

»Ach, irgendeinen Unsinn, daß seine Waldhüter mir bei lebendigem Leib die Haut abziehen würden, wenn er mich je in der Nähe seiner Ländereien erwischte. Ich habe nur darüber gelacht.«

»Und dann?« warf Jim fasziniert ein.

»Ach, er hat auch gelacht. Es war doch die Weihnachtsfeier von Mylord, dem Herzog – Friede auf

Erden, guter Wille und so weiter –, keiner von uns wollte eine öffentliche Szene machen. Und so sind wir verblieben, als wir uns trennten. Ich war zu beschäftigt mit Teichdrachen und jetzt mit diesem Abenteuer hier, Sir James, um ihm mein Versprechen erfüllen zu können. Aber ich muß es jetzt wirklich einmal tun.«

Und so weiter ... in der gleichen Tonart.

Etwa in der Mitte des Nachmittags kamen sie unvermittelt durch eine Reihe von Bäumen und Büschen an das Ufer des Lyn-River. Ohne zu zögern stieg Aragh ins Wasser und schickte sich an, durch den Fluß zu waten, er reichte ihm beinahe bis zum Rückgrat. Jim und Brian blieben stehen.

»Aber hier ist keine Furt, verdammt noch mal!« sagte Brian.

»Bei dem Wetter im letzten Monat und zu dieser Jahreszeit«, sagte Aragh über die Schulter, »ist eine da, diese und die nächste Woche. Aber wie's beliebt.«

In der Tat war der Wolf jetzt schon fast in der Mitte des Flusses, und sein Hals und sein Kopf überragten noch immer die Wasseroberfläche. Brian grunzte und trieb sein Pferd das Ufer hinunter. Er begann hinüberzureiten.

»Ich glaube, ich fliege lieber«, kündigte Jim mit einem mißbilligenden Blick auf den Fluß an.

Er hatte seine Schwimmversuche in den Sümpfen nicht vergessen.

Er sprang in die Luft, erhob sich mit ein paar Flügelschlägen über die Köpfe der anderen, landete am gegenüberliegenden Ufer und sah Aragh zu, wie der triefend naß aufs Trockene kletterte. Zusammen warteten sie auf Brian.

»Ich muß zugeben, Ihr habt gewußt, wovon Ihr redet«, sagte der Ritter widerwillig zu Aragh, als er an Land kam. »Wenn das hier, auf dieser Seite, der Wald von Malvern ist, was wohl der Fall sein sollte ...«

»Er ist es«, sagte Aragh, als sie alle zusammen in den Wald eindrangen.

»... müßten wir tatsächlich die Mauern der Burg noch vor Einbruch der Nacht sehen«, schloß Brian. »Ich muß sagen, mich hier, auf dem Land von Mylady zu befinden, ist für mich fast wie nach Hause zu kommen. Wenn Ihr bemerken wollt, Sir James, wie friedlich und freundlich hier alles aussieht ...«

Twäng! erklang es da, und plötzlich steckte ein paar Schritte vor ihnen ein Pfeil von einem Meter Länge im Boden.

»Halt!« rief eine hohe Stimme, die entweder einer Frau oder einem Knaben gehören mußte.

»Was, zum Teufel?« fragte Brian, parierte sein Pferd und wandte sich in die Richtung, aus der, wenn man den Winkel im Gras betrachtete, der Pfeil gekommen sein mußte. »Ich werde selbst einigen Bogenschützen die Ohren abschneiden ...«

Twäng! Ein zweiter Pfeil erschien in einem Baumstamm, einen Fuß hinter und etwa fünf Zentimeter rechts von Brians Helm.

»Ich werde einmal nachsehen«, grunzte Aragh mit tiefer Stimme und verschwand.

»Bleibt, wo Ihr seid, Herr Ritter!« rief die Stimme wieder.

»Wenn Ihr nicht wollt, daß ich Euch einen Pfeil ins offene Visier jage – oder in eines deiner Augen, Drache! Rührt keinen Finger, bis ich zu euch komme.«

Jim erstarrte regungslos an seinem Platz. Auch Brian bewegte sich, wie er feststellte, klugerweise nicht.

Sie warteten.

10

ES WAR EIN SONNENGOLDENER Nachmittag. Im Wald von Malvern sangen die Vögel, und eine leichte Brise umwehte Jim und Brian. Die Zeit verging, und nichts passierte.

Ein Hirsch durchquerte die offene Stelle zwischen

zwei Bäumen etwa zwanzig Meter vor ihnen, blieb stehen, um die beiden regungslosen Gestalten interessiert zu mustern und ging weiter, bis er ihren Blicken entschwunden war. Ein Dachs stolzierte vorbei und ignorierte sie vollständig in der zähen, bewußten Art seiner Gattung.

Jim begannen die Füße einzuschlafen, als er einen summenden Laut in der Luft hörte. Eine Hummel surrte in ihrer Nähe, kreiste zweimal und flog dann dem Ritter ins offene Visier. Jim wartete interessiert, seine eingeschlafenen Füße waren vergessen, auf den Ausbruch, der doch unvermeidlich war; aber er hatte Sir Brians Selbstbeherrschung unterschätzt. Der Ritter gab weder einen Laut von sich, noch machte er eine Bewegung, obwohl Jim mit seinem scharfen Drachengehör jetzt das dumpfe Brummen der Hummel innerhalb des Helms hören konnte und die Pausen dazwischen, die anzeigten, daß sie sich für einen Augenblick auf der Lippe, der Nase oder einem Ohr niederließ, um die Lage zu sondieren.

Schießlich flog die Hummel wieder heraus.

»Sir Brian?« erkundigte sich Jim, denn er hatte wirklich begonnen sich zu fragen, ob der Ritter in seiner Rüstung noch bei Bewußtsein war.

»Ja, Sir James?«

»Irgend etwas stimmt hier nicht. Wer immer auf uns geschossen hat, er muß gleich darauf davongelaufen sein. Oder sonst etwas. Wir stehen jetzt seit zwanzig Minuten hier. Warum sehen wir nicht nach?«

»Vielleicht habt Ihr recht.«

Der Ritter griff an sein Visier, schloß es und lenkte sein Pferd hinter den Baum, in dem der Pfeil steckte. Keine weiteren Schüsse kamen in ihre Richtung. Jim folgte ihm; sie hielten immer einige Bäume zum Schutz zwischen sich und dem Punkt, von dem der Pfeil wahrscheinlich abgeschossen worden war, und umkreisten suchend die Stelle.

Der Wald schien ebenso ruhig und unbewohnt wie schon den ganzen Tag, vielleicht hundert Meter weit. Gleich hinter dieser Strecke trafen sie jedoch auf ein schlankes Wesen in braunen Kniehosen und Wams, mit einem Spitzhut auf schulterlangen roten Haaren, das mit einem Langbogen und einem Köcher voll Pfeilen an der Seite auf dem Gras kniete und den pelzigen Nacken einer großen schwarzen Gestalt streichelte.

Die große schwarze Gestalt war Aragh. Er lag auf dem Bauch im Gras, seine lange Schnauze ruhte auf den Vorderpfoten, und seine Augen waren halb geschlossen. Er brummte leise vor sich hin, während schlanke Hände seinen Hals bearbeiteten und ihn hinter den Ohren kraulten.

»Was ist denn das für ein Teufelswerk?« brüllte Brian und zügelte sein Pferd, als er und Jim herankamen.

»Ihr«, sagte die auf dem Gras kniende Gestalt mit einem Blick auf ihn, »hütet Eure Zunge, Herr Ritter! Sehe ich etwa aus wie der Teufel?«

Sie – denn das Wesen in Wams und Kniehosen war offensichtlich kein Knabe – sah eindeutig nicht wie ein Teufel aus. Das Wort ›Engel‹ hätte vielleicht besser zu ihr gepaßt, hätte sie nicht recht harte graue Augen und eine tiefe irdische Bräune im Gesicht und an den bloßen Händen und Unterarmen besessen. Abgesehen von diesen beiden gewöhnlichen Punkten sah sie jedoch fast zu gut aus, um aus gewöhnlichem Menschenmaterial geformt zu sein.

Obwohl sie im Gras kniete, sah man, daß sie fast so groß war wie Jim oder Brian. Ihre Beine waren lang, ihre Taille wespenartig schmal, ihre Schultern zart, aber breit, und die Rundungen ihres Körpers waren so, wie sie ein Künstler in Jims Welt vielleicht für die Illustration der Tagträume eines Werbeagenten gezeichnet haben könnte. Ihr Haar, im Sonnenlicht ein paar Schattierungen dunkler als Brians, zeigte honiggoldene

Glanzlichter. Sie hatte eine zart geschwungene Kinnlinie, einen vollkommenen Mund, eine vollkommene Nase und eben diese Augen, die man – wenn man von ihrer Härte, die Jim schon konstatiert hatte, absah – ebenfalls als vollkommen bezeichnen mußte.

»Nein«, gab Brian zu. »Aber was macht Ihr mit dem Wolf, daß er so brummt?«

»Er brummt nicht«, sagte sie zärtlich und streichelte seinen Nacken. »Er schnurrt.«

Aragh öffnete sein linkes Auge und verdrehte es nach oben, um Brian und Jim anzusehen.

»Kümmert Euch um Eure eigenen Angelegenheiten, Herr Ritter«, krächzte er. »Noch mal hier, hinter den Ohren, Danielle ... Ah!«

Er begann wieder zu brummen.

»Ich dachte, Ihr wolltet einmal nachsehen, was los ist, Herr Wolf!« sagte Brian barsch. »Wißt Ihr eigentlich, wie lange wir dort herumgestanden haben wie die Ölgötzen ...?«

»Der Ritter ist ein Neville-Smythe«, knurrte Aragh dem Mädchen zu und hob den Kopf von den Pfoten. »Der Drache ist ein alter Freund von mir namens Gorbash – glaubt, er sei im Augenblick auch ein Ritter, Sir James von Sowieso. Kann mich nicht an den Vornamen des Neville-Smythe erinnern.«

»Sir Brian«, sagte Brian und nahm seinen Helm ab. »Und der edle Ritter bei mir, der in einen Drachen verwandelt wurde, ist Sir James, Baron von Riveroak, aus einem Land jenseits des Meeres.«

Im Gesicht des Mädchens leuchtete Interesse auf. Sie rappelte sich hoch.

»Verzaubert?« fragte sie, näherte sich Jim und blickte genau in seine Schnauze. »Seid Ihr sicher? Ich sehe in den Tieraugen keine Menschenaugen, wie es immer behauptet wird. Könnt Ihr den Leuten sagen, was Ihr wart, Sir James? Wie war es, als Ihr verzaubert wurdet? Hat es weh getan?«

»Nein«, sagte Jim. »Ich war nur auf einmal ein Drache.«

»Und vorher wart Ihr ein Baron?«

»Nun ja …« Jim zögerte.

»Das dachte ich mir«, sagte sie triumphierend. »Ein Teil des Zaubers hindert Euch daran zu sagen, wer Ihr wirklich wart. Ich meine, Ihr wart zweifellos der Baron von Riveroak, aber wahrscheinlich wart Ihr wesentlich mehr als das. Irgendein Held wahrscheinlich.«

»Aber nein«, sagte Jim bescheiden.

»Woher wollt Ihr das wissen? Das ist aufregend. Oh, ich heiße Danielle. Ich bin die Tochter von Giles o'the Wold; nur lebe ich jetzt allein.«

»Giles o'the Wold?« wiederholte Brian. »Das ist doch dieser Geächtete, nicht wahr?«

»Das ist er jetzt!« blitzte sie ihn an. »Er war einst ein Gentleman von Rang, auch wenn ich niemandem seinen richtigen Namen verraten werde.«

Aragh knurrte.

»Nichts für ungut«, sagte Brian überraschend sanft. »Aber ich dachte immer, Giles o'the Wold sei im King's Forest, oberhalb von Brantley Moor?«

»Das ist schon richtig«, sagte sie. »Dort sind er und seine Männer immer noch. Aber, wie ich schon sagte, ich lebe jetzt getrennt von ihm.«

»Aha«, sagte Brian.

»Selber aha!« sagte sie. »Warum sollte ich mein Leben bei einer Horde von Männern verbringen, die entweder alt genug sind, um meine Väter zu sein, oder ebenso alten Frauen, oder dickschädeligen jungen Bauerntölpeln, die rot werden und zu stottern anfangen, wenn sie mit mir reden? Die Tochter meines Vaters hat etwas Besseres verdient!«

»Schon gut, schon gut«, sagte Brian.

»Und noch einmal, schon gut!« Sie blickte von Brian zu Jim, und ihre Stimme wurde sanfter. »Ich fühle mich zwar nicht genötigt, Verzeihung zu erflehen, Sir James, aber es ist nur gerecht, wenn ich Euch sage, ich hätte nicht auf Euch geschossen, wenn ich gewußt hätte, daß Ihr und dieser Ritter Freunde von Aragh seid.«

»Das macht doch nichts«, sagte Jim.

»Macht überhaupt nichts«, wiederholte Brian. »Wenn Ihr jedoch den Wolf jetzt genug gekrault habt, mein Fräulein o'the Wold, sollten wir drei uns vielleicht wieder auf den Weg machen. Wir wollen zur Burg Malvern kommen, ehe das Tor für die Nacht geschlossen wird.«

Er lenkte sein Pferd in die Richtung, in die sie ursprünglich hatten ziehen wollen, und begann davonzureiten. Nach einem Moment des Zögerns folgte ihm Jim. Eine Sekunde später schlossen sich ihnen nicht nur Aragh, sondern auch Danielle an, Bogen und Köcher über die Schulter geschlungen.

»Ihr geht zur Burg Malvern?« fragte sie. »Warum?«

»Ich muß Geronde, Mylady, um Erlaubnis bitten, Sir James hier bei der Rettung seiner Dame als Gefährte zur Seite zu stehen.«

»Seiner Dame?« Sie wandte sich an Jim. »Ihr habt eine Dame? Wer ist sie?«

»Angela ... äh ... de Farrel, von Trailercourt.«

»Seltsame Namen gibt es jenseits des Meeres«, bemerkte Brian.

»Wie sieht sie aus?« wollte Danielle wissen.

Jim zögerte.

»Sie ist schön«, warf Brian ein, »jedenfalls nach Sir James' Worten zu schließen.«

»Ich bin auch schön«, sagte Danielle. »Ist sie so schön wie ich?«

»Nun ...« Jim geriet ins Stottern. »Ja und nein. Ich meine, Ihr seid ein anderer Typ ...«

»Ein anderer Typ? Was heißt das?«

»Das ist etwas schwierig zu erklären«, sagte Jim. »Laßt mich darüber nachdenken. Wenn ich Gelegenheit hatte, mir das zu überlegen, werde ich es besser erklären können.«

»Gut. Überlegt nur«, sagte Danielle. »Aber ich möchte es wissen. Inzwischen, denke ich, werde ich euch alle zur Burg Malvern begleiten.«

Brian öffnete den Mund. Eine Sekunde lang sah er aus, als wolle er etwas sagen. Aber dann machte er ihn wieder zu.

Sie gingen zusammen weiter. Danielle wies Brians Angebot, sie hinter sich aufsitzen zu lassen, zurück. Sie könne, behauptete sie, es im Laufen jederzeit mit dem schweren weißen Schlachtroß aufnehmen. Auf jeden Fall sei sie weit schneller, wenn es im Schritt ging.

Jim war durch Danielle mehr als nur ein wenig aus der Fassung gebracht. Er hatte sich darauf eingestellt, als Gefährten nur solche aufzunehmen, die ihm nützlich sein konnten. Als Brian dahergekommen war, hatte er sich ein wenig dagegen gesträubt, daß sich der Ritter einfach selbst anbot. Sobald er diesen Gedanken jedoch einmal akzeptiert hatte, war es ihm beinahe natürlich vorgekommen, als Aragh sich angeschlossen hatte. Aber dieses Mädchen – als eine seiner Gefährten, um gegen den Verhaßten Turm und die Dunklen Mächte zu ziehen und Angie zu befreien? Er konnte sich keineswegs vorstellen, daß sie nützlich sein könnte. Zugegeben, vom Bogenschießen verstand sie etwas ...

Er verlor sich in einem geistigen Puzzlespiel, als er versuchte, all die unglaublichen Bestandteile dieser Welt, in die Angie und er geraten waren, miteinander zu vereinbaren. Die Drachen, der Zauberer, die Sandmerker (wenn er das alles im Kino in einer Nachtvorstellung gesehen hätte, er hätte sich darüber lustig gemacht), Aragh, und jetzt diese rothaarige Göttin mit Pfeil und Bogen, die eine Sprache führte wie ein – er wußte nicht was. Nur, daß er immer vorsichtiger wurde, um sich nicht in eine Unterhaltung mit ihr verwickeln zu lassen. Sie hatte eine direkte Art, die ihn buchstäblich in höchsten Schrecken versetzte. Wie kam sie nur dazu, zu glauben, sie könnte jede Frage stellen, die ihr gerade in den Sinn kam?

Natürlich brauchte er keine Antwort zu geben. Aber wenn er nicht antwortete, sah es nur so aus, als wolle er ausweichen. Der springende Punkt war, daß Jim sehr streng dazu erzogen worden war, keine unbequemen Fragen zu stellen; und Danielle hatte in dieser Hinsicht offenbar überhaupt keine Hemmungen.

Wenn sie mich das nächstemal etwas fragt, was ich nicht beantworten will, werde ich ihr einfach sagen, daß sie das nichts angeht ...

»Lächerlich!« hörte er Brian zu Aragh sagen, »ich sage es Euch doch. Von dieser Richtung müssen wir hinter der Burg herauskommen, beim Little Lyn Stream, wo die Außenmauer oben auf einem Felsen steht und es keinen Weg gibt, der hineinführt, selbst wenn mich oben auf der Mauer jemand erkennen sollte.«

»Wir kommen vor dem Tor heraus, ich sage es Euch!« knurrte Aragh.

»Hinten!«

»Beim Tor!«

»Wartet«, sagte Jim, der hastig wieder in seine Rolle als Friedensstifter zwischen den beiden schlüpfte. »Ich werde jemanden von hier fragen. Einverstanden?«

Frieden um jeden Preis.

Er verließ die Marschroute der anderen durch den scheinbar endlosen Wald und suchte nach einem Ortskundigen, der ihm den Weg zeigen konnte. Es würde sicherlich nicht allzu schwierig sein, jemanden zu finden. Zugegeben, es schienen keine anderen Menschen unterwegs zu sein. Aber in dieser Welt schien doch alles der Sprache mächtig – Drachen, Wachkäfer, Wölfe ... Eine Ausnahme mochte die Pflanzenwelt sein. Bisher hatte er noch keine Anzeichen bemerkt, daß Bäume, Blumen oder Büsche sprechen konnten. Aber wenn er nur ein Tier oder ein Insekt finden könnte ...

Ärgerlicherweise war jedoch im Augenblick nichts in

Sicht. Er streifte weiter, auf der Suche nach irgend jemandem: einer Maus, einem Vogel ... Plötzlich stolperte er beinahe über einen Dachs, es war anscheinend ein Zwilling dessen, den sie hatten vorbeistolzieren sehen, als Brian und er auf Danielles Befehl hin unbeweglich gewartet hatten.

»He, warte!« schrie er.

Das Tier schien nicht geneigt, zu warten. Jim schwang sich in die Luft und plumpste wieder zur Erde, diesmal direkt vor dem Dachs.

Er drängte das Vieh mit dem Rücken gegen einen Busch. Es fletschte in Dachsmanier die Zähne. Dachse, hatte einst ein Zoologe, wie Jim sich erinnerte, auf einer ziemlich feuchtfröhlichen Fakultätsparty gesagt, würden mit jedem anbändeln. Dieser wollte offensichtlich den Ruf seiner Gattung nicht ruinieren, trotz der Tatsache, daß Jim-Gorbash ihm vom Gewicht her etwa hundert zu eins überlegen war.

»Reg dich nicht auf«, sagte Jim. »Ich möchte nur eine Auskunft. Wir wollen zur Burg Malvern. Kommen wir auf diesem Weg von hinten heraus oder von vorne?«

Der Dachs zog die Schultern hoch und zischte Jim feindselig an.

»Nein, wirklich«, beharrte Jim. »Ich möchte nur fragen.«

Der Dachs knurrte und machte einen Ausfall auf Jims linken Vorderfuß.

Als Jim den Fuß zurückzog, drehte sich der Dachs mit einer Schnelligkeit um, die für ein Geschöpf von seiner scheinbaren Unbeholfenheit überraschend war, schlüpfte um den Busch herum und verschwand. Jim blieb zurück und starrte ins Nichts.

Er wandte sich ab und sah, daß Brian, Danielle und Aragh alle in einer Reihe hinter ihm standen und ihn höchst erstaunt ansahen.

»Ich wollte nur jemanden nach dem Weg fragen, der es wissen ...«, begann er, aber als er ihre verblüfften Gesichter sah, blieben ihm die Worte im Halse stecken. Sie starrten ihn an, als habe er den Verstand verloren.

»Gorbash«, sagte schließlich Aragh, »hast du wirklich versucht, mit diesem Dachs zu sprechen?«

»Aber ja«, sagte Jim. »Ich wollte nur jemanden, der die Gegend kennt, fragen, ob wir hinter der Burg Malvern oder an ihrer Vorderseite herauskommen würden.«

»Aber Ihr habt mit einem *Dachs* gesprochen!« sagte Danielle.

Brian räusperte sich.

»Sir James«, sagte er, »habt Ihr vielleicht geglaubt, in diesem besonderen Dachs jemand zu erkennen, der Euch bekannt ist und der auch verzaubert wurde? Oder können in Eurem Land die Dachse sprechen?«

»Nun, nein – ich meine, ich habe diesen Dachs nicht erkannt; und nein, in meinem Land können die Dachse nicht sprechen«, sagte Jim. »Aber ich dachte ...«

Die Stimme versagte ihm. Er hatte als Beweis seine Erfahrungen anführen wollen, daß Drachen, Wachkäfer und Wölfe sprechen konnten; aber vor diesen Blicken hatte er unvermittelt das sichere Gefühl, daß er sich gerade eben zum Narren gemacht hatte.

»Durcheinander im Kopf, das ist es!« sagte Aragh barsch. »Nicht seine Schuld.«

»Nun«, sagte Jim zu seiner Verteidigung, »ich kann sprechen, und ich bin ein Drache.«

»Können die Drachen dort, wo Ihr herkommt, nicht sprechen, Sir James?« fragte Danielle.

»Wo ich herkomme, gibt es keine Drachen.«

»Wie kommst du denn auf die Idee, daß sie nicht sprechen können?« wollte Aragh wissen. »Du hast dein Gehirn überanstrengt, Gorbash, das ist es. Versuche, eine Zeitlang nicht zu denken.«

»Wo ich herkomme, gibt es Wölfe« – hielt ihm Jim entgegen –, »und die können nicht sprechen.«

»Wölfe, die nicht sprechen können? Gorbash, du redest wirres Zeug. Wie viele Wölfe kennst du denn?«

»Eigentlich kenne ich gar keine. Aber ich habe sie im … ich meine, auf …«

Jim erkannte blitzartig, daß die Worte ›Zoo‹ und ›Film‹ für die drei vor ihm ebensowenig bedeuten würden, wie vorher das Wort ›Sozialversicherungsnummer‹ eine Bedeutung für den Ritter gehabt hatte. Was für eine Sprache er jetzt auch verwendete, es würden nur bedeutungslose Laute sein.

»Und was ist mit den Wachkäfern?« wollte er verzweifelt wissen. »Als ich mit Carolinus sprach, schüttete er ein wenig Wasser auf den Boden, da kam ein Wachkäfer an die Oberfläche und redete.«

»Kommt, kommt, Sir James«, sagte Brian. »Das war natürlich Zauberei. Es muß Zauberei gewesen sein. Wachkäfer können nicht sprechen, ebenso wenig wie Dachse.«

»Na gut«, sagte Jim kraftlos. Er gab es auf. »Lassen wir das. Wie Aragh schon sagte, wahrscheinlich habe ich zu viel nachgedacht. Wir wollen es vergessen und weitergehen.«

Sie machten sich wieder auf den Weg, und unerwartet ging ein plötzlicher Regenschauer auf sie hernieder. Einen Augenblick lang, als die Regentropfen hart auf sie herunterprasselten, sah sich Jim nach einem Unterschlupf um – dann bemerkte er, daß die anderen drei den Guß überhaupt nicht beachteten. Gleich darauf folgte die Erkenntnis, daß seine eigene, gepanzerte Haut die Feuchtigkeit kaum spürte, und er beschloß, sie ebenfalls zu ignorieren. Nach einer Weile hörte der Regen auf, und die Sonne versuchte wieder durchzukommen.

Sie stand nun am westlichen Himmel, was Jim zu der Schätzung veranlaßte, es sei etwa fünf Uhr nachmittags, eine Stunde, die Brian und Danielle vermutlich als zwischen None und Komplet liegend bezeichnen würden, nach den klösterlichen Gebetszeiten, die im katholischen Mittelalter allgemein gebräuchlich waren. Schnell frischte Jim seine Erinnerung auf, um sich die Zeiten einzuprägen. Die früheste war die Matutin um Mitternacht. Dann kamen die Laudes beim ersten Tageslicht – also etwa um fünf Uhr morgens, je nach Jahreszeit. Dann die Prim bei Sonnenaufgang – etwa um sechs Uhr morgens. Dann die Terz am Vormittag – etwa um neun Uhr. Die Sext am Mittag. Die None am Nachmittag – drei Uhr. Die Vesper bei Sonnenuntergang – fünf Uhr oder später ... Schließlich die Komplet vor dem Schlafengehen; das wäre wahrscheinlich nicht später als etwa eine Stunde nach Sonnenuntergang, besonders, wenn man Mönch war und sich darauf einstellen mußte, vor Mitternacht wieder aufzustehen.

Soweit war er in seinen Überlegungen gekommen, als Aragh plötzlich die Nase in die Luft streckte.

»Ich rieche Rauch«, sagte er.

Jim schnupperte an dem Wind, der von ihnen weg, nicht zu ihnen her blies. Sein Drachengeruchssinn war dem des Wolfes nicht so weit unterlegen, daß er den Rauch, jetzt, da seine Aufmerksamkeit darauf gelenkt worden war, nicht auch gerochen hätte.

Wenn man es sogar riechen konnte, wenn der Wind den Geruch von ihnen wegtrug, dann mußte der Brandherd, was es auch war, ganz nahe vor ihnen liegen.

Aragh fiel in Trab, und Brian spornte sein Pferd an, um Schritt zu halten. Jim beschleunigte seinen Gang, und Danielle rannte leichtfüßig neben ihm her. Sie liefen ein kurzes Stück, kamen aus dem Wald heraus und blieben auf einer Lichtung stehen, die am Ende einer Doppelreihe von Hütten aus lehmbeworfenem Flechtwerk mit strohgedeckten Dächern lag. Einige davon qualmten noch. Auch hier war der kurze Regenschauer niedergegangen, und die bloße Erde zwischen und um die Hütten herum war dunkel und, an zertrampelten Stellen, schlammig vom Wasser. Die Bäume und die Strohdächer tropften noch, und die Luft war weich und feucht. Hier auf der Lichtung war der Brandgeruch sehr intensiv. Der Rauch hing unbeweglich in der Luft, denn der Wind hatte inzwischen aufgehört.

Das Dorf – wenn es eines war – lag still, nichts bewegte sich darin. Abgesehen von den paar Hütten, die Feuer gefangen hatten – das der Regen dann anscheinend wieder gelöscht hatte –, geschah überhaupt nichts. Nur vier oder fünf Leute waren zu sehen, die offensichtlich auf der Straße oder in der Tür der einen oder anderen Hütte eingeschlafen waren. Etwa vier Meter vor Jim, der sich an Brian und Aragh vorbeidrängte, um besser sehen zu können, lag ein halbwüchsiges Mädchen in einem Gewand aus grobem braunen Tuch mit dem Rücken zu ihnen auf der Seite, ihr schwarzes Haar war im Schlamm ausgebreitet.

Jim staunte. Hatten die Leute hier irgendein Fest gefeiert, bei dem sie sich so berauscht hatten, daß sie keinen Finger rührten, um das Feuer zu löschen, das während ihrer Trunkenheit in den ärmlichen Unterkünften ausgebrochen war? Er trat noch einen Schritt auf das Mädchen zu, wollte sie aufwecken und danach fragen – in diesem Augenblick ritten etwa zwölf oder fünfzehn Männer in Eisenhauben, teilweise gepanzert und mit gezogenem Schwert, zwischen den letzten Hütten am anderen Ende des Dorfes hervor und Jim und den anderen entgegen.

Die Szene vor Jims Augen schien plötzlich, wie in einem gerissenen Film, von einem Bild zum nächsten zu springen. Auf einmal sah er das Dorf mit anderen Augen: Die Leute, die da herumlagen, schliefen nicht nur, sie waren tot – umgebracht –, und ihre Mörder waren am anderen Ende der Dorfstraße. Er tat einen dritten Schritt nach vorne, blickte auf das tote Mädchen vor sich, und sah aus einem neuen Blickwinkel heraus, daß an den ausgestreckten Armen keine Hände mehr waren. Sie waren an den Handgelenken abgehackt worden.

Der Brandgeruch schien nun sein Gehirn zu erfüllen.

Er stieß sich ab, erhob sich in die Luft, stieß nach vorne und auf die Berittenen hinunter. Er sah die gezückten Schwerter, die das wäßrige Sonnenlicht reflektierten, als er in sie hineinstürzte, aber er spürte keine Schläge. Drei der Pferde gingen unter dem Anprall seines Körpers zu Boden, und er fegte mit seinen klauenbewehrten Vorderpranken zwei ihrer Reiter zur Seite, spaltete den dritten – der direkt vor ihm war – beinahe mit einem Zuschnappen seiner Kiefer in zwei Teile. Jim war jetzt auf dem Boden und bäumte sich auf, schlug mit Klauen, Zähnen und Flügeln gleichzeitig um sich.

Er sah nur verschwommen, was um ihn herum vorging. Er sah plötzlich einen halben Pfeil aus dem eisernen Brustschild eines Reiters sprießen; er sah, wie zu seiner Rechten blitzendes Metall in den Kampf eingriff. Die Spitze von Brians Lanze hob einen Reiter einfach aus dem Sattel und warf ihn auf einen anderen Berittenen, der ebenfalls vom Pferd stürzte. Dann wurde die Lanze fallengelassen, und Brians Schwert hieb nach rechts und links; während das unbeholfene weiße Streitroß sich plötzlich unter ihm verwandelte, sich aufbäumte, wieherte, mit den Vorderbeinen auskeilte und mit den Zähnen um sich schnappte, um die leichteren Pferde in der Umgebung zu Boden zu werfen.

Links von Jim verschwand plötzlich ein Reiter aus dem Sattel; einen wahnsinnigen Augenblick lang ritt statt dessen Aragh das Pferd, mit grinsendem Maul warf er sich von dem Leder unter sich auf einen anderen der gegnerischen Reiter. Ganz plötzlich war alles vorbei. Zwei oder drei der berittenen Krieger und ebenso viele reiterlose Pferde stürzten davon. Aragh, jetzt wieder auf dem Boden, riß allen die Kehle auf, die noch am Leben waren. Jim fing sich wieder, schnaubte schwer durch die Nüstern und sah sich um.

Weder Aragh noch Brian schienen verletzt. Jim war froh, als er Danielle einige Häuser weiter unten auf der Straße sah; sie kam gemächlich auf sie zu, den Bogen noch in der Hand, einen Pfeil schußbereit, aber nicht auf der Sehne. Sie war anscheinend vernünftigerweise zurückgeblieben und hatte ihre Waffe so eingesetzt, wie es sich gehörte – aus einiger Entfernung.

Jim blickte auf seine Vorderpfoten und seinen Körper hinunter. Er war mit Blut beschmiert, das wahrscheinlich zum Teil sein eigenes war; aber er spürte nichts. In sich war er sich widerstreitender Gefühle bewußt. Der Drache in ihm war heftig enttäuscht, daß es keine Feinde mehr umzubringen gab; dem Menschen war kotzübel.

11

»HALTET STILL!« sagte Danielle. »Wie kann ich Euch denn abwaschen, wenn Ihr Euch dauernd bewegt?«

Er wollte ihr sagen, daß es das Drachenadrenalin war, das ihn immer noch zucken ließ. Aber er wußte nicht recht, mit welchen Worten er ihr das erklären sollte. Zuerst hatte ihn ein rein menschlicher Abscheu beim Anblick des toten Mädchens ohne Hände angetrieben, aber dann war er nur noch Drache gewesen. Oder nicht? Der Einfall ließ ihn innehalten und überlegen. Vielleicht nicht. Vielleicht war er in mancher Beziehung ebenso wild wie Aragh oder Brian, oder wie die Männer, die er getötet hatte.

»So, das wär's«, sagte Danielle, als sie ihn gesäubert hatte. Sie war eine geschickte, aber nicht unbedingt mitfühlende Krankenschwester. »Ihr seid ganz schön zugerichtet, aber es ist nichts Schlimmes. Drei oder vier von den Schrammen könnten etwas Öl und einen Verband vertragen. Aber wenn Ihr sie sauberhaltet, sollten sie auch ohne das gut heilen. Wälzt Euch nicht im Dreck, Sir James.«

»Wälzen? Warum sollte ich mich wälzen wollen ...«, begann Jim, als Brian, der damit beschäftigt gewesen war, seinen Helm und die Handschuhe abzulegen, nachdem er seine Lanze geholt und auf Beschädigungen untersucht hatte, ihn unterbrach.

»Es ist eindeutig«, sagte er, »daß da nichts weniger als ein Angriff auf Burg Malvern stattgefunden hat. Dieses schweinische Pack würde nicht so zu plündern wagen, wenn die Streitkräfte von Malvern nicht mindestens in den Mauern der Burg eingesperrt wären und am Ausbruch gehindert würden. Am besten werfen wir erst einmal vorsichtig einen Blick auf die Burg, bevor wir unsere Anzahl und unseren Aufenthaltsort in der Umgebung bekanntwerden lassen.«

»Ich würde mich einer Burg nie auf andere Weise nähern, da könnt Ihr sicher sein.« Aragh stand in der Nähe. Obwohl seine Worte für ihn typisch waren, war der Ton ungewöhnlich sanft. »Und wenn nun die Burg nicht mehr in den Händen Eurer Dame ist? Sollen wir dann umkehren?«

»Nicht weit«, antwortete Brian gepreßt. Seine Kinnmuskeln waren verkrampft, und die Knochen seines Gesichts schienen scharf unter der Haut hervorzustechen. »Wenn die Burg eingenommen wurde, muß ich Mylady entweder befreien oder Rache für sie nehmen – und das hat Vorrang gegenüber meinem Wunsch, Sir James zu helfen. Wenn die Burg tatsächlich in der Gewalt von Feinden ist, müssen wir für heute nacht einen anderen Platz finden. Es gibt ein Wirtshaus, nicht weit entfernt. Aber zuerst wollen wir nachsehen, wie es um die Burg bestellt ist.«

»Ich kann hingehen und wieder zurückkommen, ohne daß mich jemand sieht«, sagte der Wolf. »Es ist besser, wenn die übrigen hier warten.«

»Die, die uns gerade entkommen sind, könnten mit Verstärkung zurückkehren, wenn wir hierbleiben«, warf Jim ein.

»Nicht jetzt, wo die Nacht kommt«, sagte Brian. »Aber auch für uns ist die Dunkelheit nicht mehr fern. Vielleicht ist es wirklich am besten, wenn Ihr allein als

Späher zur Burg geht, Herr Wolf. Die anderen und ich, wir machen uns auf den Weg zum Wirtshaus, um zu sehen, ob es für uns geöffnet ist oder das gleiche Schicksal genommen hat wie dieses Dorf hier. Aber wartet – Ihr wißt ja nicht, wo das Wirtshaus zu finden ist.«

»Sagt es mir«, sagte Aragh. »Obwohl, ich könnte es auch leicht allein finden, wenn ich ein wenig Zeit dazu habe.«

»Von der Burg aus geradewegs nach Westen liegt ein kleiner Hügel mit einer Gruppe von Buchen, die sich gegen den Himmel abzeichnet. Wenn Ihr von der Kuppe dieses Hügels nach Westen schaut, seht Ihr einen Platz, wo die Bäume sich in einer Mulde zusammendrängen, etwa zwei Pfeilschüsse weit entfernt. Ihr werdet das Wirtshaus selbst nicht sehen können; aber unter diesen Bäumen findet Ihr beides, das Wirtshaus und den Bach, der daran vorbeifließt.«

»Auf bald«, sagte Aragh, und fort war er.

Jim, Danielle und Brian nahmen unter Brians Führung den Weg durch den Wald.

»Das ist alles vertrautes Gebiet für mich«, erklärte er. »Als Knabe war ich hier drei Jahre lang Page, um von Sir Orrin die feinen Sitten zu lernen. Mein Name und ich sind seither über jeden Fußbreit Boden hier entweder gegangen oder geritten.«

Die Sonne ging jetzt langsam unter, und lange Schatten streckten sich von den Bäumen über das Gras. Es waren jedoch keine drohenden Schatten, wie in Lynham Forest in der Nacht zuvor. Über allem lag abendliches Schweigen, und der Himmel über ihnen war zur Hälfte rosa gefärbt; diese Welt hier schien für einen Augenblick eine andere zu sein als die, in der das Dorf lag, das sie gerade verlassen hatten.

Aber der Augenblick verging. Das Licht wurde immer schwächer, und schließlich kamen sie an eine Stelle, wo Brian abrupt stehenblieb und die rechte Hand hob, um auch Jim und Danielle zum Halten zu veranlassen.

»Das Wirtshaus ist gleich hinter diesen Bäumen«, sagte er. »Aber geht und sprecht leise. Der Schall trägt hier weit, wenn kein Wind weht.«

Sie bewegten sich leise vorwärts und spähten aus dem Schatten der Bäume, die der Ritter bezeichnet hatte. Sie sahen eine Schneise, an der schmalsten Stelle vielleicht vierhundert Meter breit. Der Bach, den Brian Aragh gegenüber erwähnt hatte, war so umgeleitet, daß er ein großes, stabiles Blockhaus völlig umfloß, das mitten in der Schneise auf einem grasbedeckten, anscheinend künstlich aufgeschütteten Erdhügel erbaut war. Am anderen Ende des Gebäudes stand eine Art halboffener Schuppen – eigentlich ein Anbau –, in dem man zwei angebundene Pferde sehen konnte, die die Köpfe in eine Art Wandtrog gesteckt hatten und fraßen.

»Die Wirtshaustür ist offen, und die Läden vor den Fenstern sind zurückgeschlagen«, murmelte Brian. »Also werden sie nicht belagert. Andererseits kann es kaum eine Falle sein, mit Männern drinnen, die auf uns warten, da nur zwei Pferde im Stall stehen. Und diese beiden würden nicht so ruhig fressen, wenn man, um uns zu täuschen, andere Pferde in der Nähe im Wald versteckt hätte. Die im Stall würden sich losreißen wollen, um zu ihren Stallgefährten zu kommen. Trotzdem warten wir besser auf Aragh. Ich glaubte eigentlich, er würde vor uns hier sein, so schnell wie er ist.«

Sie warteten. Nach nur ein paar Minuten bemerkten sie eine Bewegung hinter sich – Aragh hatte sich ihnen wieder angeschlossen.

»Eure Befürchtung ist gerechtfertigt, Herr Ritter«, sagte er. »Die Burg ist verbarrikadiert und wird bewacht. Ich konnte auch auf den Mauern vor dem Haupttor Blut riechen, und die Soldaten auf den Mauern sprechen von ihrem Herrn, Sir Hugh.«

»De Bois!« Der Name schien ganz tief in Brians Kehle zu stecken.

»Welcher andere Sir Hugh könnte es wohl sein?«

Araghs rotes Maul grinste im letzten Licht. »Freut Euch, Herr Ritter! Bald werden wir beide ihn zwischen die Finger bekommen.«

»Freuen? Wenn Mylady zweifellos in seinen Händen ist, ebenso wie ihre Burg?«

»Vielleicht ist sie entkommen«, warf Jim ein.

»Sie ist eine de Chaney und hütet die Burg für ihren Vater, der vielleicht tot im Lande der Heiden liegt. Sie würde die Burg verteidigen, bis zu ihrem Tod oder bis zu ihrer Gefangennahme.« Brians Zähne schlugen aufeinander. »Und ich werde nicht an ihren Tod glauben, bis ich einen sicheren Beweis dafür habe. Daher ist sie für mich gefangen.«

»Wie Ihr meint, Herr Ritter«, sagte Aragh.

»Ganz bestimmt, Herr Wolf. Und jetzt müssen wir dieses Wirtshaus genauer untersuchen, um sicherzugehen, daß es keine Falle für uns ist.«

Araghs Maul grinste wieder.

»Habt Ihr geglaubt, ich würde hierherkommen, ohne zuerst einen Blick auf die Kiste da unten zu werfen? Ich schlich mich von hinten ganz nahe heran, bevor ich hierherkam, und lauschte. Der Wirt ist da, seine Familie und zwei Diener. Auch ein Gast. Und das ist alles.«

»Aha«, sagte Brian. »Dann gehen wir hinein.«

Er ging voran, und die anderen folgten ihm, sie marschierten offen im letzten Tageslicht über die Schneise; aber als sie näher an den Graben kamen, der sie von der offenen Vordertür trennte, erschien ein Stirnrunzeln auf Sir Brians Gesicht.

»Das sieht Meister Dick, dem Schankwirt, gar nicht ähnlich, daß er nicht herauskommt, um nachzusehen, wer wir sind und was für Absichten wir haben«, sagte er.

Trotzdem ging er weiter. Seine gepanzerten Füße erzeugten einen hohlen Klang auf den rohbehauenen Bohlen der Brücke, die über den Graben zur Tür des Wirtshauses führte. Er schritt auf die künstliche Insel, auf der das Wirtshaus stand, erstieg den kleinen Abhang und betrat den düsteren Raum, wo man anscheinend nur eine einzige Fackel zur Beleuchtung aufgestellt hatte. Die anderen folgten ihm hinein und fanden ihn unbeweglich einen Schritt innerhalb des Gebäudes.

Er starrte auf eine schlaksige Gestalt, die in einem grobgezimmerten Stuhl saß, die Beine in Kniehosen auf den Tisch davor gelegt. In einer Hand hielt die sitzende Gestalt den längsten Bogen, den Jim je gesehen hatte; die andere Hand hielt einen Pfeil leicht an die Sehne gelegt.

»Und vielleicht sagt Ihr mir jetzt besser, wer Ihr seid«, sagte die Gestalt mit weicher Tenorstimme und einem seltsam musikalischen Akzent. »Ich kann jeden von Euch mit einem Pfeil durchbohren, bevor Ihr auch nur einen Schritt tun könnt, das solltet Ihr wissen. Aber Ihr scheint eine seltsame Reisegesellschaft zu sein, und wenn Ihr etwas habt, was ich wissen sollte, seht Ihr, dann bin ich bereit, es mir anzuhören.«

12

»Ich bin Sir Brian Neville-Smythe!« sagte Brian barsch. »Und Ihr solltet es Euch noch einmal sehr gut überlegen, ob Ihr wirklich uns alle mit Pfeilen durchbohren könnt, ehe einer von uns Euch erreicht. Ich glaube, ich selbst könnte Euch gerade noch erreichen!«

»O nein, Herr Ritter«, sagte der Mann mit dem Bogen. »Glaubt nicht, daß Euch Eure Rüstung zu etwas Besserem macht als die anderen. Aus dieser Entfernung sind das Wams der Dame ebenso wie Euer Eisenpanzer so gut wie nichts für meine Pfeile. Den Drachen könnte ein Blinder nicht verfehlen; und was den Wolf angeht ...«

Er brach plötzlich ab und lachte eine Sekunde lang geräuschlos.

»Das ist also ein schlauer Wolf«, sagte er, »und noch

dazu ein ganz heimlicher. Ich habe nicht einmal gesehen, wie er verschwunden ist.«

»Meister Bogenschütze«, sagte Araghs Stimme unsichtbar hinter der offenen Tür. »Ihr werdet eines Tages dieses Wirtshaus verlassen müssen und durch die Wälder ziehen. Wenn dieser Tag kommt, werdet Ihr keine Kehle mehr zum Atmen haben, noch ehe Ihr Eure Finger um eine Bogensehne schließen könnt, und das wird in einem Augenblick passieren, wo Ihr es am wenigsten erwartet, falls Gorbash oder Danielle o'the Wold etwas zustößt.«

»Danielle o'the Wold?« Der Bogenschütze schaute Danielle neugierig an. »Das muß diese Dame sein, deren Gesicht ich genauso wenig sehen kann wie die Gesichter von euch anderen, weil Ihr das Licht der untergehenden Sonne hinter Euch habt. Solltet Ihr irgendwie verwandt sein mit Giles o'the Wold, mein Fräulein?«

»Mein Vater«, sagte Danielle.

»Tatsächlich! Dann ist er der Mann, und der Schütze – wenn die Berichte wahr sind –, den ich dringend kennenzulernen wünsche.« Der Bogenschütze hob die Stimme. »Seid beruhigt, Herr Wolf. Die Dame hat nichts mehr von mir zu befürchten; weder jetzt noch irgendwann sonst.«

»Warum wollt Ihr meinen Vater kennenlernen?« fragte Danielle scharf.

»Nur, um mit ihm über die Kunst des Bogenschießens zu sprechen«, sagte der Mann am Tisch. »Ich bin Dafydd ap Hywel, seht Ihr, ich schieße mit dem Langbogen, dem gleichen, der ursprünglich in Wales hergestellt und benützt wurde, und den man seither fälschlicherweise eine englische Waffe nennt. Also reise ich herum, um diesen englischen Bogenschützen beizubringen, daß es bei weitem keiner von ihnen mit einem Waliser wie mir selbst aufnehmen kann, sei es beim Zielschießen oder beim Schuß ins Blaue, oder in bezug auf Schußweite oder was auch immer sie mit Bogen, Sehne und Pfeil sonst versuchen wollen – und das nur, weil ich vom Blute der wahren Bogenschützen bin und sie nicht.«

»Giles o'the Wold kann Euch jederzeit doppelt und dreifach beim Schießen besiegen!« sagte Danielle heftig.

»Das glaube ich nun wirklich nicht«, sagte Dafydd sanft und blickte sie eindringlich an. »Aber ich habe den dringenden Wunsch, Euer Gesicht zu sehen, Fräulein …« Er hob die Stimme. »Wirt!« rief er. »Mehr Fackeln her! Und Ihr habt auch neue Gäste, seht Ihr!«

Ein schwacher Klang von Stimmen und Schritten weiter hinten im Gebäude wurde laut; dann drang Licht durch die Tür, und die Gestalt eines vierschrötigen, mittelgroßen Mannes von etwa Vierzig, der in einer Faust eine brennende, in der anderen drei nicht angezündete Fackeln trug, wurde sichtbar.

»Herr Ritter – Fräulein – Drache …«, sagte er ein wenig atemlos und begann, die nicht brennenden Fackeln in die Wandhalter im Raum zu stecken und sie in Brand zu setzen.

Als die neuen Flammen aufloderten, konnte Jim sehen, daß Brians Gesicht wie versteinert war.

»Was soll das, Schankwirt Dick?« sagte er. »Behandelt Ihr Eure alten Freunde immer so, daß Ihr Euch im hinteren Teil Eures Wirtshauses versteckt, bis Euch ein anderer Gast herbeiruft?«

»Sir Brian, ich … vergebt mir …« Schankwirt Dick war offensichtlich nicht daran gewöhnt, sich zu entschuldigen; die Worte gingen ihm mühsam von der Zunge. »Aber nur wegen dieses Gastes habe ich noch ein Dach über dem Kopf und eine Familie, die am Leben ist. Ihr wißt es vielleicht noch nicht, Sir, aber Burg Malvern ist von Sir Hugh de Bois de Malencontri eingenommen worden …«

»Ich weiß«, unterbrach ihn Brian. »Aber Euch scheint man ja verschont zu haben.«

»Verschont wurden wir«, sagte der Wirt und wandte

sich um, nachdem er die Fackel, mit der er die anderen entzündet hatte, in den letzten Wandhalter gesteckt hatte. Das rote Licht machte jetzt alle Gesichter deutlich erkennbar. »Aber nur dank dieses Bogenschützen. Es war vor zwei Tagen, als er hier einkehrte, um zu übernachten; und gestern, in aller Frühe, hörten wir draußen Pferde, gingen beide zur Tür und sahen fünfzehn oder zwanzig Soldaten, die aus dem Wald heraus auf meine Tür zuritten.

›Das gefällt mir gar nicht‹, sagte ich zu ihm, als wir zusammen in der Tür standen.

›Wirklich nicht, mein Gastgeber?‹ antwortete er; und ohne ein weiteres Wort zu mir trat er aus der Tür und rief ihnen zu, sie sollten nicht näherkommen.«

»Es war keine große Sache«, sagte Dafydd vom Tisch her, auf dem immer noch seine Füße lagen, auch wenn er jetzt Pfeil und Bogen beiseite gelegt hatte. »Sie waren ein Viertel des Weges aus dem Wald heraus, und sie hatten keinen einzigen Bogen- oder Armbrustschützen dabei.«

»Selbst dann«, sagte Brian und starrte ihn interessiert an. »Dick sprach von fünfzehn oder zwanzig, und alle beritten. Nicht sehr wahrscheinlich, daß sie auf Euer Wort hin angehalten haben.«

»Das fiel ihnen auch gar nicht ein«, erklärte der Wirt. »Daraufhin tötete er fünf von ihnen in der Zeit, die ich brauche, um einen Atemzug zu tun. Die anderen flohen. Als ich später hinausging, um die Leichen einzusammeln, war jeder Pfeil durch haargenau die gleiche Stelle im Brustpanzer gedrungen.«

Brian pfiff anerkennend.

»Fräulein Danielle«, sagte er, »mir scheint, Euer Vater hat doch eine nicht ganz so leichte Aufgabe vor sich, wenn er diesen Mann mit dem Waliser Bogen im Schießen besiegen will. Ich nehme an, Dick, daß Sir Hughs Kerle seitdem nicht mehr hiergewesen sind?«

»Sie können schon kommen, wenn sie wollen«, sagte

Dafydd milde. »Ich bin kein Mann von vielen Worten, aber ich habe gesagt, sie sollen nicht hereinkommen, und sie werden es auch nicht.«

»Wahrscheinlich nicht«, sagte Brian. »Sir Hugh ist nicht so verrückt, noch mehr Männer aufs Spiel zu setzen, als er schon verloren hat, selbst um ein so wertvolles Wirtshaus wie dieses hier einzunehmen.«

Es war peinlich – und auch nicht beabsichtigt –, aber bei dem Wort ›wertvoll‹ empfand Jim wieder dieses Gefühl, das damals in der Drachenhöhle in ihm aufgekommen war, als man das Wort ›Gold‹ erwähnt hatte. Unglücklicherweise schien die Habgier ein angeborenes Laster der Drachen zu sein. Er zwang sich, nicht mehr daran zu denken. Der Wirt redete noch immer.

»... Aber was wünscht Ihr zu essen und zu trinken, Sir Brian?« sagte er gerade. »Ich habe frisches und eingesalzenes Fleisch, Brot und Früchte der Saison ..., Ale, Bier, und sogar französischen Wein ...«

Jim fühlte eine neue Empfindung in sich aufkeimen.

»Und was darf ich dem Drachen geben?« Der Wirt hatte sich an Jim gewandt. »Ich habe keine Kühe, Schweine oder auch nur Ziegen. Vielleicht würde das gute Tier ...«

»Dick«, sagte Brian streng. »Dieser Gentleman ist Sir James Eckert, Baron von Riveroak, aus einem Land jenseits des Meeres. Er wurde in diese Drachengestalt, in der Ihr ihn jetzt seht, verwandelt.«

»Oh! Vergebt mir, Sir James!« Schankwirt Dick rang die Hände. Jim sah ihm fasziniert dabei zu, weil er das noch nie gesehen hatte. »Wie kann ich meine Dummheit wieder gutmachen? Seit dreiundzwanzig Jahren habe ich jetzt dieses Wirtshaus, und noch nie ist es mir passiert, daß ich einen Gentleman nicht erkannte, sobald er durch meine Tür trat. Ich ...«

»Ist schon gut«, sagte Jim unbeholfen. »Das ist doch ein verständlicher Fehler.«

»Nein, nein, Sir James!« sagte Dick kopfschüttelnd.

»Ihr seid sehr freundlich; aber wenn man ein Wirtshaus hat, macht man keine Fehler, verständlich oder nicht, sonst bleibt man nicht lange in diesem Geschäft. Aber, was darf ich Euch nun zu essen bringen, Sir James? Wollt Ihr bei dem mithalten, was ich den anderen vorsetzen kann? Ich weiß nicht, was man in den Ländern jenseits des Meeres gerne ißt. Mein Keller ist zwar sehr gut sortiert ...«

»Kann ich mich nicht einfach dort unten umsehen?« fragte Jim.

»Ihr habt von ... Wein gesprochen?«

»In der Tat. Wein aus Bordeaux, aus der Auvergne, aus ...«

»Ich glaube, ich hätte ganz gerne einen Schluck Wein.«

Das war eine grobe Untertreibung. Sobald der Wirt das Wort ›Wein‹ erwähnt hatte, war in Jim ein Brennen aufgekommen, das dem Gefühl sehr ähnlich war, das er bei der Erwähnung von Gold empfunden hatte. Zusätzlich zu ihrer Vorliebe für Schätze schienen die Drachen eine unbezähmbare Begeisterung für Wein zu hegen.

»Und ich werde da unten in Eurem Keller auch etwas zu essen finden«, sagte er. »Macht Euch meinetwegen nur keine Umstände.«

»Würdet Ihr dann vielleicht mit mir kommen, Sir James?« fragte Dick und wandte sich zu einer Innentür. »Ich hoffe, Ihr kommt hier bequem durch? Der Kellereingang sollte, nachdem wir Fässer durchbringen müssen, breit genug und die Treppe stabil genug sein, um Euch zu tragen ...«

Weiterredend führte er Jim durch die Tür, einen Gang hinunter, der zwar eng, aber für Jim ausreichend war, und dann in einen großen Raum, offensichtlich die Küche. In der Küchenwand war zu ihrer Rechten eine breite, offene Tür, hinter der Stufen hinunterführten. Jim folgte dem Wirt in den Keller.

Tatsächlich stellte sich heraus, daß der Stolz, den der

Wirt offensichtlich auf seinen Keller empfand, vollauf berechtigt war. Der Keller schien sich die ganze Länge des Gebäudes entlangzuziehen, und in ihm lagerte alles, von dem, was man in einem mittelalterlichen Speicher finden mußte, bis zu dem, was das Lagerhaus einer mittelalterlichen Burg enthalten mochte. Kleidung, Möbel, Kornsäcke, volle und leere Flaschen, Fässer mit Getränken …

»Aha«, sagte Jim.

… und am anderen Ende ein Wald von Haken in den schweren, hölzernen Deckenbalken, an denen schwere Seiten Geräuchertes hingen, einschließlich einer kleinen Wildnis von Schinken von beachtlicher Größe.

»Ja«, sagte Jim und blieb bei den Schinken stehen, »das sollte genügen. Wo war noch der Wein, von dem Ihr vorhin gesprochen habt?«

»Die ganze hintere Wand entlang, Sir James«, sagte Dick und kramte herum. »In den Flaschen – aber vielleicht würdet Ihr lieber den Wein in den Fässern versuchen, davon ist die Auswahl größer …«

Er kramte auf einem dunklen Regal herum – der Keller war unbeleuchtet, abgesehen von der einzigen Fakkel, die der Wirt mit heruntergebracht hatte. Jetzt brachte er einen großen Behälter aus dunklem Leder daher, an dem mit Metallbändern ein Holzgriff befestigt war. Er sah aus, als könne er vielleicht drei Viertel einer modernen amerikanischen Gallone fassen. Der Wirt reichte ihn Jim.

»Warum probiert Ihr nicht die verschiedenen Weine durch – Wein ist hier, an diesem Ende der Reihe, Bier und Ale stehen am anderen Ende –, während ich Sir Brian und den anderen Fleisch und Getränke hinaufbringe? Ich werde bald zurückkommen und hinauftragen, was Ihr Euch ausgesucht habt.«

»Bemüht Euch nicht«, sagte Jim hinterhältig. »Eigentlich sind die Möbel da oben gar nicht so gut für meinen Drachenkörper geeignet. Es ist immer peinlich, wenn man versucht, mit anderen Menschen in ihren natürlichen Körpern zu essen. Warum kann ich denn nicht gleich hier unten essen und trinken?«

»Wir Ihr wünscht, Sir James.«

Dick verschwand, ließ aber rücksichtsvollerweise die mitgebrachte Fackel in einem Halter in der Nähe der Weinfässer stecken.

Jim rieb sich die Vorderpranken und sah sich um …

13

JIM ERWACHTE MIT DEM unbestimmten Gefühl, daß irgendwo, in unmittelbarer Nähe von ihm, eine Unterhaltung stattfand. Zwei Stimmen, beide männlich, schienen bemüht, in gedämpftem Ton miteinander zu sprechen; aber unter dem Druck der Emotionen wurde gelegentlich die eine oder andere Stimme lauter, als es der Sprecher eigentlich beabsichtigte. Jim wurde ein wenig wacher und erkannte, ohne die Augen zu öffnen, die eine als Brians Stimme, die andere als die des Wirts.

Jim hörte träge zu, nahm nur halb auf, was er da vernahm. Er fühlte sich viel zu behaglich, um sich irgendwelche Sorgen zu machen. Zum erstenmal, seit er sich in diesem Körper befand, war sein Magen angenehm gepolstert. Er fühlte keine Neigung, seinem Inhalt noch etwas hinzuzufügen, ganz gleich, was auch in Reichweite verfügbar sein mochte. Und der Wein hatte voll allen Erwartungen eines Drachens entsprochen. Auch gab es keine wahrnehmbaren Nachwirkungen. Vielleicht bekamen Drachen keinen Kater …?

Er trieb, wie er so dalag, allmählich voll ins Bewußtsein zurück. Durch seine Augenlider strahlte etwas, es mußte zusätzliches Fackellicht sein – er erinnerte sich, daß die Fackel, die Dick ursprünglich dagelassen hatte, irgendwann ausgebrannt war, bevor er noch mit Essen und Trinken fertig war; aber sein Drachenkörper fühlte sich in der Dunkelheit ganz heimisch, und zu diesem Zeitpunkt wußte er auch, wo im Keller die Dinge waren, die ihn interessierten. Die beiden Stimmen waren nun völlig verständlich, so daß er der Unterhaltung gegen seinen Willen und trotz der Tatsache folgte, daß die beiden offensichtlich bemüht waren, ihn nicht zu stören.

»... Aber Sir Brian«, sagte der Wirt gerade hilflos. »Gastfreundschaft ist eine Sache; aber ...«

»Der Bogenschütze hat Euch vielleicht vor dieser kleinen Bande von Schurken beschützt«, antwortete Brian streng, »aber wenn Sir Hugh vertrieben werden soll, damit Ihr mit Eurer Familie wieder in voller Sicherheit leben könnt, dann werden es Sir James und ich sein, die Euch diesen Frieden verschaffen. Wie wollt Ihr Euch vor Mylady verantworten, wenn sie einmal wieder im Besitz ihrer Burg ist und hört, daß Ihr einem ihrer Retter ein wenig Essen und Trinken mißgönnt habt?«

»Ein wenig!« Jim konnte sich vorstellen, daß Dick wieder die Hände rang. »Sechsundvierzig der ausgesuchtesten Schinken! Ein Viertelfaß Bordeaux und vielleicht zwei Dutzend Flaschen anderen Weins! Drei solche Mahlzeiten von Sir James, Sir Brian, und ich bin ruiniert!«

»Senkt Eure Stimme!« fauchte Brian. »Wollt Ihr mit Eurem Gejammer und Geschrei den edlen Ritter aufwecken? Schämt Euch, Meister Wirt! Ich begleite Sir James seit zwei Tagen, und er hat bis jetzt nichts gegessen. Es kann wohl sein, daß er nichts mehr zu essen braucht, bis die Burg zurückerobert ist. Aber in jedem Fall habe ich Euch gesagt, daß ich für alle Kosten aufkommen werde, die er verursacht.«

»Ich weiß, Sir Brian. Aber ein Wirt kann seinen hungrigen Gästen nicht nur Euer Versprechen anstelle von Essen vorsetzen, mit der Erklärung, der Keller sei leer. Es dauert seine Zeit, bis man einen solchen Vorrat an Lebensmitteln angelegt hat, wie ich ihn da unten habe –

hatte. Wie die Sache steht, wird allein Schinken bis zur Ostermesse nächstes Jahr ein seltenes Gericht sein ...«

»Still, sage ich! Kommt hier weg!« zischte der Ritter streng.

Die Fackel und das Geräusch von Schritten verschwanden gleichzeitig.

Jim öffnete in völliger Dunkelheit die Augen. Sein Gewissen begann mit scharfen Zähnen an ihm zu nagen. Diese seltsame Welt mit ihren sprechenden Geschöpfen, ihrer Zauberei und ihren Dunklen Mächten hatte diesen Teil von ihm irgendwie eingeschläfert. Jetzt erwachte er, ein Riese mit verdoppelten Kräften. Wie märchenhaft seine Existenz hier auch scheinen mochte, er war doch in einer Welt, in der Menschen auf normale Weise geboren wurden, litten und starben – auch getötet wurden, wie dieses arme Kind mit den abgehackten Händen im Dorf. Er erinnerte sich, wie er sich in seiner alten Welt gewünscht hatte, die modernen Zeiten für eine mittelalterliche Periode einzutauschen, in der die Probleme handfester und realer waren. Nun war er hier, umgeben von handfesten und realen Problemen – selbst wenn die Regeln hier ein wenig anders waren –, und er war weit davon entfernt, diese Handfestigkeit und diesen Realismus zu schätzen, statt dessen benahm er sich, als wäre er in irgendeinem Traum, wo er keine Verantwortung hatte.

Der Wirt hatte recht. Er hatte mehr als recht – er hatte ein ernstes Problem, das daraus entstanden war, daß Jim sich einfach bedient hatte, einfach genommen hatte, was und wieviel von den Vorräten des Mannes seinen Appetit reizte. Das war nicht weniger Diebstahl, als wenn er in seiner eigenen Welt in einen Supermarkt gegangen wäre und sich mit einhundertsechsundzwanzig ausgewachsenen Schinken und zwanzig Kisten Wein davongemacht hätte.

Und die Tatsache, daß sich Brian für die Kosten dieses ungeheuren Mahls verantwortlich erklärt hatte, machte es nicht besser. Erstens war Jim nicht der Meinung, er und der Ritter wären schon so enge Freunde geworden, daß man erwarten konnte, einer von ihnen würde eine solche Verpflichtung für den anderen auf sich nehmen. Schuldbewußt mußte Jim zugeben, daß er bei umgekehrter Situation mit seiner Haltung des zwanzigsten Jahrhunderts gegenüber jemandem, den er erst ein paar Tage kannte, der Meinung gewesen wäre, der andere habe sich selbst diese Suppe eingebrockt, und es sei nun allein seine Sache, sie wieder auszulöffeln …

Unvermittelt überkam Jim eine Eingebung, wie das Licht einer Fackel, die plötzlich in einem pechschwarzen Keller angezündet wird. Einige von Gorbashs Erinnerungen schienen immer noch in dem Körper zu weilen, den jetzt Jim benützte. Vielleicht war auch die Erinnerung dabei, wo Gorbash seinen Hort aufbewahrte, er mußte sie nur heraufbeschwören. Wenn er herausfinden konnte, wo der Hort war, konnte er selber Schankwirt Dick bezahlen und sein Gewissen von dem unbehaglichen Gefühl der Verpflichtung gegen den Ritter befreien.

Jetzt, da er daran gedacht hatte, fühlte Jim sich viel besser. Er erhob sich und schritt, wie jeder Drache, völlig sicher in der Dunkelheit, durch den Keller und die Treppe hinauf in die Küche. Niemand war da, nur eine stämmige Frau, etwa im gleichen Alter wie der Wirt, die, als er erschien, einen Knicks vor ihm machte.

»Äh – hallo«, sagte Jim.

»Guten Morgen, Sir James«, erwiderte die Frau.

Jim ging den Gang hinunter und in die Wirtsstube. Er war ein wenig verlegen bei dem Gedanken, dem Wirt und Sir Brian gegenübertreten zu müssen, aber als er den Raum betrat, war er leer. Wieder war die Vordertür offen – eine natürliche Reaktion auf das Bedürfnis nach Ventilation, erkannte Jim, da die Fenster des Wirtshauses, selbst ohne Läden, nur Schlitze waren – mehr auf Verteidigung als um des Lichts und der Belüftung willen angelegt. Er trat ins Freie und hörte wieder die Stimmen Brians und des Wirts, aber aus einiger Entfernung. Sie waren an dem Ende des Gebäudes, wo der Stall stand, mit Brians weißem Streitroß beschäftigt, das in dem Kampf im Dorf auch ein paar leichte Schrammen davongetragen hatte.

Das Gespräch über die Schrammen des Pferdes erinnerte Jim an seine eigenen. Gestern hatte er sie kaum bemerkt. Heute spürte er sie jedoch – nicht sehr stark, aber doch etwa so, wie er nach einer ungeschickten Rasur ein halbes Dutzend kleiner Kratzer auf seinem Gesicht spüren würde. Sein Gorbashkörper hatte plötzlich das Bedürfnis, sie zu lecken; und er entdeckte, daß er mit seinem biegsamen Hals und seiner langen Zunge jede der Wunden ohne Schwierigkeiten erreichen konnte.

Als er alle Schrammen mit der Zunge gereinigt hatte, sank das Unbehagen, das sie ihm verursachten, auf einen Punkt, wo er es ignorieren konnte. Er setzte sich auf, blickte um sich und entdeckte Aragh, der keine drei Meter von ihm entfernt auf den Hinterbeinen saß und ihn beobachtete.

»Guten Morgen«, sagte Jim.

»Er ist ganz gut«, sagte Aragh. »Hast wohl die ganze Nacht dort drinnen zugebracht?«

»Nun, ja«, antwortete Jim.

»Wie's beliebt«, sagte Aragh grimmig. »Aber du wirst nie erleben, daß ich in eine von diesen Kisten gehe.«

»Bist du überhaupt nicht hineingegangen?«

»Natürlich nicht«, brummte der Wolf. »Dieses Zeug ist nur was für die Menschen. Sind irgendwie weichlich, diese Menschen, Gorbash, selbst wenn sie, wie dieser Ritter und der Bogenschütze durchaus ihren Mann stehen. Ich meine nicht nur körperlich weichlich, sondern im Geist. So ein Mensch braucht zehn Jahre, um selbst für sich sorgen zu können, und darüber kommen sie nie hinweg. Sie erinnern sich daran, daß sie gehätschelt und gefüttert und versorgt wurden; und später versuchen sie, sobald sie die Gelegenheit dazu bekommen, alles so einzurichten, daß sie noch ein wenig mehr verhätschelt und umsorgt werden. Wenn sie dann alt und schwach werden, sind sie sonst zu nichts mehr zu gebrauchen – nur wieder zum Verhätscheln und Versorgtwerden. Nichts für mich, Gorbash! Die erste Warnung, daß ich schwach werde, werde ich bekommen, wenn mir jemand, der dazu eigentlich nicht in der Lage sein dürfte, die Kehle herausreißt!«

Jim zuckte leicht zusammen. Diese Einschätzung der menschlichen Natur im Verein mit seinem Schuldgefühl wegen der Orgie der letzten Nacht traf ihn härter, als es sonst der Fall gewesen wäre. Dann fiel ihm etwas ein.

»Du mochtest es aber doch ganz gerne, als dich Danielle gestern hinter den Ohren gekrault hat«, sagte er.

»Das hat *sie* von sich aus gemacht. Ich habe sie nicht darum *gebeten*«, erwiderte Aragh barsch. »Hah, warte nur, bis sie dich am Wickel hat!«

»Mich am Wickel hat?«

Araghs Maul öffnete sich zu seinem lautlosen Wolfsgrinsen.

»Ich kenne sie. Du mit deinem Unsinn, du habest eine menschliche Dame, Gorbash! Jetzt hast du zwei!«

»Zwei?« fragte Jim. »Ich glaube, das bildest du dir nur ein.«

»Wirklich? Geh und sieh selbst. Sie ist gleich dort drüben, zwischen den Bäumen, zusammen mit dem Bogenschützen.«

Jim blickte in die Richtung, in die Araghs Schnauze wies.

»Das tue ich vielleicht«, sagte er.

»Viel Glück!« gähnte Aragh und legte sich in die Sonne, den Kopf auf den Vorderpfoten, die Augen geschlossen.

Jim ging zu der Stelle, die Aragh ihm bezeichnet hatte. Als er in den Schatten der ersten, großen Bäume trat, sah er niemanden. Dann fingen seine Drachenohren ein wenig weiter weg ein Stimmengemurmel auf, das für seine menschlichen unhörbar gewesen wäre. Er fühlte sich wie ein Lauscher an der Wand, schlich aber doch vorsichtig den Stimmen nach und blieb stehen, sobald die Sprecher in Sicht kamen.

Sie standen in einer kleinen Öffnung zwischen den Bäumen. Das Gras unter ihren Füßen, das Sonnenlicht auf ihnen, und die großen Ulmen rundherum, all das ergab ein Bild, das fast unglaublich vollkommen war. Danielle in ihren Kniehosen und ihrem Wams sah aus, als sei sie gerade einem Sagenbuch entstiegen; und Dafydd, der neben ihr stand, war kaum weniger eindrucksvoll.

Der Bogenschütze hatte seinen Bogen und seinen Köcher voll langer Pfeile bei sich – Jim bekam langsam den Eindruck, daß diese beiden Gegenstände nie mehr als eine Armeslänge von Dafydd entfernt waren, selbst wenn er schlief. Danielle jedoch hatte ihren eigenen Bogen und die Pfeile anderswo gelassen. Sie trug keine Waffe außer dem Messer an ihrem Gürtel; allerdings war dieses mit seiner zwanzig Zentimeter langen Scheide, die eine beinahe ebenso lange Klinge erkennen ließ, sicher nicht zu vernachlässigen.

»... Schließlich«, sagte sie gerade, »seid Ihr nur ein gewöhnlicher Bogenschütze.«

»Nicht gewöhnlich, Fräulein«, sagte Dafydd sanft. »Seht, das müßtet eigentlich selbst Ihr anerkennen.«

Er überragte sie. Danielle war groß, aber Dafydd war noch ein gutes Stück größer. Jim hatte die Größe des Walisers noch nicht richtig einschätzen können, als er ihn sitzend im Wirtshaus sah. Grottwold mochte ebenso groß gewesen sein; aber von der reinen Länge abgesehen gab es keinerlei Ähnlichkeiten zwischen den beiden Männern. Dafydd war ebenso aufrecht und geschmeidig wie sein Bogen, und seine Schultern waren so breit wie die Vordertür des Wirtshauses. Sein Gesicht war eines von denen, die man gewöhnlich als ›gemeißelt‹

beschreibt – gerade Nase, kantiges Kinn, ruhiger Blick, aber alles ohne die schwere Knochenstruktur, wie etwa Brian sie hatte. Seine Stimme war weich und melodisch; und er hatte völlig zutreffend über seine Fähigkeiten als Bogenschütze – oder auf jedem anderen Gebiet – geurteilt. Er war alles andere, nur nicht gewöhnlich.

Jim beobachtete die beiden und kam aus dem Staunen über Danielles Haltung nicht heraus. Wie, fragte er sich, konnte sie jemanden wie ihn – das hieß, wenn Aragh die Wahrheit sagte – diesem mittelalterlichen Supermann vorziehen? Für den Augenblick hatte er völlig vergessen, daß er ja in einem Drachenkörper und nicht in seiner normalen menschlichen Gestalt steckte.

»Ihr wißt schon, wie ich es meine!« sagte Danielle. »Jedenfalls habe ich für mein ganzes Leben genug von Bogenschützen. Außerdem, warum sollte mir an Euch etwas liegen, Bogenschütze oder nicht?«

»Weil ich Euch schön finde, Fräulein«, antwortete Dafydd mit entwaffnender Sicherheit, »und weil ich mich an nichts in meinem Leben erinnern kann, das ich schön gefunden und nicht hätte haben wollen; und sobald ich etwas haben wollte, habe ich nie aufgehört, darum zu kämpfen, bis ich es bekam.«

»So ist das also? Aber ich bin keine Trophäe für Euer Wehrgehenk, Herr Bogenschütze! Zufällig werde ich selbst bestimmen, wer mich bekommt.«

»Das sollt Ihr auch wirklich. Aber sonst niemand, solange ich lebe – und das wißt Ihr jetzt, nachdem ich es Euch gesagt habe.«

»Hmph!« Danielle warf nicht wirklich den Kopf, aber Jim hatte stark das Gefühl, daß sie es für zwei Cents oder das mittelalterliche Gegenstück davon getan hätte. »Wenn ich heirate, werde ich einen Prinzen heiraten. Was könnt Ihr schon gegen einen Prinzen machen?«

»Gegen Prinzen, Könige, Kaiser, Gott oder Teufel – das gleiche, was ich mit jedem Menschen oder jedem Tier machen würde, die sich zwischen mich und die

Dame stellen, die ich begehre. Der eine oder der andere von uns würde dabei zugrundegehen; und wahrscheinlich würde nicht ich derjenige sein.«

»Oh, natürlich nicht!« höhnte Danielle.

Sie drehte sich um und ließ Dafydd stehen. Jim erkannte plötzlich, daß sie gerade auf ihn zukam und ihn im nächsten Augenblick entdecken mußte. Er konnte kaum etwas anderes tun als vorgeben, er sei gerade erst gekommen. Er machte einen Schritt vorwärts, aus den Bäumen heraus.

»Hier seid Ihr, Sir James!« rief Danielle glücklich. »Habt Ihr gut geschlafen? Wie geht es Euren Wunden?«

»Wunden?« wiederholte Jim. Als sie ihn gestern gesäubert hatte, war es ihr gar nicht in den Sinn gekommen, seine Schrammen mit der Bezeichung ›Wunden‹ zu würdigen. »Oh, gut! Ja, ich habe geschlafen wie ein Stein!«

»Lieber Sir James«, sagte sie, als sie ihn erreichte. »Ich habe schon gewartet, daß Ihr aufwacht, damit wir noch ein wenig miteinander reden können. Da sind noch ein paar Dinge, die ich wissen wollte, erinnert Ihr Euch? Wollen wir einen Spaziergang machen, nur wir beide allein?«

»Nun ... sicher«, sagte Jim. Er war mit der festen Absicht in den Wald gekommen, Danielle alle dummen Ideen, die sie in bezug auf ihn haben mochte, auszureden. Aber als er ihr jetzt gegenüberstand, fühlte er, wie sein Selbstvertrauen schwand. »Oh, guten Morgen, Dafydd.«

»Guten Morgen, Sir James«, sagte der Bogenschütze freundlich.

Danielle hatte Jim schon bei der Vorderpfote genommen und führte ihn in den Wald hinein, schräg ab von dem Weg, auf dem er gekommen war.

»Ich werde später mit Euch sprechen«, rief Jim Dafydd über die Schulter zu.

»Ja, wirklich, das werden wir, Sir James.«

Einen Augenblick später war die Lichtung nicht mehr zu sehen. Danielle ging ein Stück weit durch die Bäume voran, verlangsamte aber schon bald ihren Schritt.

»Könnt Ihr Euch inzwischen an etwas erinnern?« fragte sie ihn.

»Erinnern?« wiederholte Jim.

»Daran, wer Ihr wart, außer Baron von Riveroak.«

»Nun, wer könnte ich schon gewesen sein?« sagte Jim. »Ich meine, schon Baron allein ...«

»Kommt, Sir James«, sagte Danielle ungeduldig. »Ein Gentleman ist nicht nur, was sein Titel bedeutet. Außerdem kann er viele verschiedene Titel haben! Ist unser Herzog nicht auch Graf von Piers, Verwalter der East Marshes und eine Menge anderer Dinge? Und was unseren König von England angeht, ist er nicht auch König von Aquitanien, Herzog von Britannien, Herzog von Caraballa, Prinz von Tours, ein Kirchenfürst, Prinz der beiden Sizilien, Graf von hier, Graf von dort, und noch eine halbe Stunde lang so weiter? Baron von Riveroak ist wahrscheinlich der geringste Eurer Titel.«

»Wie kommt Ihr denn darauf?« fragte Jim schüchtern.

»Nun, natürlich, weil man Euch verzaubert hat!« fauchte ihn Danielle an. »Wer würde sich schon die Mühe machen, einen simplen Baron zu verzaubern?«

Ihr Benehmen wurde wieder sanfter. Sie streckte die Hand aus und tätschelte ihm freundlich die Schnauze. Zu Jims Überraschung war ihm die Berührung ihrer Hand sehr angenehm. Er wünschte, sie würde sie wiederholen – und ein kleiner Stich der Eifersucht auf Aragh regte sich in ihm.

»Schon gut, macht ja nichts«, sagte sie. »Der Zauber hindert Euch daran, Euch zu erinnern. Seid Ihr sicher, daß es nicht weh getan hat?«

»Überhaupt nicht«, sagte Jim.

Sie blickte ihn zweifelnd an.

»Wir haben viel über Zauberei gesprochen, im Winter, in der Bande meines Vaters. Von Dezember bis März hatten wir, wenn wir einmal eingeschneit waren, nicht viel anderes zu tun, als ums Feuer zu sitzen und zu erzählen. Natürlich wußte keiner etwas Genaues – aber jeder schien zu glauben, man würde diesen einzigen, plötzlichen, entsetzlichen Schmerz empfinden, wenn man die Gestalt wechselt. Wißt Ihr, genauso, wie wenn einem der Kopf abgeschlagen wird, gerade bevor er auf den Boden rollt und man wirklich tot ist.«

»Bei mir war das nicht so«, sagte Jim.

»Wahrscheinlich habt Ihr es nur vergessen – ebenso wie Ihr vergessen habt, daß Ihr ein Prinz seid.«

»Daß ich ein Prinz bin?«

»Wahrscheinlich«, antwortete Danielle nachdenklich. »Natürlich könntet Ihr auch ein König oder ein Kaiser gewesen sein; aber irgendwie paßt das nicht so gut zu Euch wie ein Prinz. Wie habt Ihr denn ausgesehen?«

»Nun ...« Jim hüstelte verlegen. »Ich war, sagen wir, etwa so groß wie Brian, und hatte ungefähr das gleiche Gewicht. Mein Haar war schwarz und meine Augen grün. Ich bin 26 ...«

»Ja«, sagte Danielle entschieden, »das ist genau das richtige Alter für einen Prinzen. Ich hatte doch recht.«

»Danielle ...«, sagte Jim. Er begann nachgerade zu verzweifeln. »Ich war kein Prinz. Ich weiß zufällig, daß ich kein Prinz war. Ich kann Euch nicht genau sagen, woher ich das weiß; aber Ihr müßt mir glauben. Ich gebe Euch mein Wort – *ich weiß,* daß ich kein Prinz war!«

»Gut, gut«, sagte Danielle. »Regt Euch doch deswegen nicht gleich auf. Das ist ohne Zweifel nur ein Teil Eurer Verzauberung.«

»Was?«

»Daß Ihr zu wissen glaubt, kein Prinz gewesen zu sein. Zweifellos wollte der, der Euch verzaubert hat – wer immer das gewesen sein mag –, nicht, daß Ihr erkennt, wer Ihr wirklich seid. Aber wir wollen jetzt nicht weiter darüber reden, wenn es Euch aufregt. Wißt Ihr zufällig, wie Ihr aus der Verzauberung erlöst werden könnt?«

»Darauf könnt Ihr wetten«, sagte Jim inbrünstig. »Wenn ich Angela – Mylady zurückgewinnen kann, werde ich sofort diesen Drachenkörper verlassen.«

»Nun, das ist also nicht weiter schwierig. Ihr müßt nur Eure Gefährten zusammenbekommen, zum Verhaßten Turm ziehen, diese Dame Angela herausholen und sie dorthin zurückschicken, wo sie hergekommen ist.«

»Woher ...?«

»Ich habe mit Sir Brian gesprochen«, sagte Danielle. »Wie viele Gefährten braucht Ihr noch?«

»Ich weiß es nicht«, antwortete Jim. »Aber Ihr müßt eines wissen, sobald ich Angela befreit habe, werde ich mit ihr zurückkehren.«

»Mit ihr zurückkehren?«

»Ich liebe sie.«

»Nein, nein«, sagte Danielle. »Ihr werdet schon sehen, das ist auch nur ein Teil des Zaubers. Sobald Ihr erlöst seid, werdet Ihr sie sehen, wie sie wirklich ist; und Ihr werdet erkennen, daß Ihr sie überhaupt nicht liebt.«

»Wie sie wirklich ist?« wiederholte Jim verwirrt. »Also seht, Danielle, ich weiß doch genau, wie sie wirklich ist. Sie ... ich ... wir kennen uns jetzt seit eineinhalb Jahren sehr gut.«

»Das läßt Euch auch nur die Verzauberung glauben. Darauf bin ich letzte Nacht plötzlich gekommen. Der Grund, warum Ihr die Frage, die ich Euch stellte, ob sie so schön sei wie ich, nicht beantworten konntet, ist, weil Ihr wegen des Zaubers ... glaubt, daß sie es sei, obwohl Ihr es besser wißt. Niemand ...«, beharrte Danielle, »kann so schön sein wie ich. Aber ich mache Euch keinen Vorwurf, daß Ihr das nicht erkennt, Ihr seid ja schließlich verzaubert.«

»Aber ...«

»Kommt, Sir James. Ihr müßt schließlich einmal den Tatsachen ins Auge sehen. Schaut mich genau an und sagt mir dann, ob Ihr wirklich glaubt, daß diese Angela genauso schön ist wie ich.«

Jim mußte stehenbleiben, um nicht mit ihr zusammenzustoßen. Sie hatte sich direkt vor ihm aufgepflanzt und blickte ihm aus weniger als dreißig Zentimetern Entfernung scharf in die Augen.

Er schluckte. Das absolut Teuflische an der Geschichte war, daß sie recht hatte. So sehr er Angie liebte, diese sonnengebräunte Göttin konnte Angie bei jedem Schönheitswettbewerb schon im Augenblick der Ankündigung den Rang ablaufen. Aber das war unwesentlich. Angie war es, die er wollte, nicht einhundertundsiebzig Zentimeter ...

»Das gehört nicht zum Thema, Danielle«, zwang er sich zu sagen. »Die Dame Angela ist es, um die es mir geht, und ich bin derjenige, um den es ihr geht. Selbst wenn Ihr mich davon überzeugen könntet, daß es anders ist, glaube ich nicht, daß Ihr bei ihr damit Erfolg hättet.«

»Oh? Hmm«, sagte Danielle, und ihre Finger spielten mit dem Griff ihres Messers. »Nun gut. Sie und ich können diese Kleinigkeit untereinander ausmachen, wenn es soweit ist. Aber, Sir James, wollen wir nicht lieber wieder zum Wirtshaus zurückkehren? Die anderen werden sich schon wundern, weshalb Ihr mich die ganze Zeit allein mit Beschlag belegt.«

»Ihr habt recht«, sagte Jim, und sie gingen miteinander zurück.

Erst nachdem sie ein halbes Dutzend Schritte gegangen waren, erkannte er, daß sie ihn schon wieder hereingelegt hatte. Wer hätte sich wohl darüber wundern sollen, weshalb er seine Zeit mit Danielle verbrachte, solange er noch im Körper eines Drachen steckte?

Als sie wieder beim Wirtshaus ankamen, fanden sie einen Tisch und Bänke – ähnlich einem Campingtisch – vor der Eingangstür aufgestellt. Brian und Dafydd saßen dort mit ledernen Trinkbechern und einer Flasche

Wein vor sich. Aragh hockte am Fußende des Tisches auf seinen Hinterbeinen, den Kopf über die Bretter gestreckt.

»Sir James!« rief Brian, als Jim und Danielle aus dem Wald auftauchten. »Kommt, setzt Euch zu uns! Wir müssen einen Plan machen, wie wir die Burg von Mylady zurückerobern wollen.«

Jim hatte ein komisches Gefühl in der Magengrube. Er hatte schon vorher festgestellt, daß Brian die bestimmte Absicht hatte, Sir Hugh de Bois de Malencontri zu vertreiben und seine Geronde zu befreien, aber er hatte nicht ernsthaft darüber nachgedacht, wie der Ritter das anstellen wollte. Jetzt aber, wo es ans Handeln ging, fiel ihm ein, daß es etwas ungünstig für sie aussah, wenn man ihre Zahl und die der wahrscheinlichen Besetzer der Burg miteinander verglich. Diese Diskrepanz hätte ihn nicht allzu sehr beunruhigt, hätte er nicht feststellen müssen, daß Sir Brian ein Mensch war, der seine Entschlüsse auch wirklich auf Biegen oder Brechen ausführen würde.

Jim schleppte sich zum Tisch und setzte sich ans freie Ende, Aragh gegenüber.

»Sir James«, sagte Brian. »Oh, übrigens – möchtet Ihr einen Schluck Wein?«

»J – nein«, sagte Jim eingedenk seiner schon bestehenden Schulden beim Wirt.

»Gut, Sir James. Ich habe einige traurige Neuigkeiten für uns«, fuhr Brian fort. »Unser guter Bogenschütze hier sagt, daß er keinen Grund sieht, sich unserer Streitmacht gegen Sir Hugh anzuschließen, da sein Prinzip ...«

»Was du nicht willst, das man dir tu, das füg auch keinem andern zu«, warf Dafydd ein. »Nicht, daß ich Euch nicht auf jeden Fall den Sieg wünschte. Aber es ist nicht meine Angelegenheit.«

»Ebenso«, fuhr Brian fort, »ist der Herr Wolf hier der Meinung, die Sache mit Mylady und mir gehe ihn nichts an, und er hat mich daran erinnert, daß sein Versprechen, sich uns anzuschließen, sich nur auf Auseinandersetzungen mit Sandmerkern erstreckte.«

»Oh.«

»Daher«, sagte Brian fröhlich, »ist es klar, daß wir beide, Ihr und ich, allein gegen Sir Hugh und seine Männer stehen. Aus diesem Grunde sollten wir die Köpfe zusammenstecken, denn wir werden all unseren Witz brauchen.«

»Na, da hast du es, Gorbash«, sagte Aragh mit grimmiger Befriedigung. »Das kommt davon, wenn man sich für einen Menschen hält. Nur ein Mensch kann auf den Gedanken kommen, eine Burg voll Feinde einnehmen zu wollen, wenn man nur zu zweit und die Burg so gebaut ist, daß sie einer ganzen Armee widerstehen könnte.«

»Es ist sicherlich nicht vernünftig, Sir Brian!« warf Danielle ein, die neben Aragh stand und ihn hinter den Ohren kraulte. »Das müßt Ihr zugeben!«

»Vernünftig oder nicht«, faßte Brian zusammen, und seine Kinnmuskeln spannten sich, »Mylady ist gefangen, und ich werde sie befreien. Allein, wenn es denn nicht anders sein soll. Aber ich glaube, auf Sir James kann ich zählen.«

»Sir James ist nicht verpflichtet, Eure Dame zu befreien!« sagte Danielle. »Seine Pflicht ist es, sich selbst aus seiner Verzauberung zu erlösen, indem er Mylady Angela aus dem Verhaßten Turm herausholt. In der Tat ist es sogar seine Pflicht, sein Leben und diese Rettung nicht aufs Spiel zu setzen, indem er etwas so Törichtes versucht, wie zu zweit mit Euch Burg Malvern einzunehmen.«

»Ich zwinge niemanden«, sagte Brian. Seine brennenden blauen Augen hefteten sich auf Jim. »Sir James, was sagt Ihr dazu? Seid Ihr mein Gefährte in dieser Angelegenheit, oder muß ich allein handeln?«

Jim öffnete schon den Mund, um entschuldigend abzulehnen. Ein Angriff auf die Burg mit Hilfe von Aragh und Dafydd hätte eine gewisse, wenn auch unsichere Erfolgschance geboten. Ohne die beiden aber war ein solcher Angriff nichts als reiner Selbstmord. Es war besser, die Situation jetzt mit Brian zu klären, als später einen Rückzieher machen zu müssen.

Aber seltsamerweise schienen ihm die Worte im Halse steckenzubleiben und wollten nicht heraus. Jim war bestimmt nicht der Tapferste – und er war als Drache nicht besser denn als Mensch, was Mut anbelangte. Andererseits war da Angie … für deren Rettung er, wie Carolinus ihm versichert hatte, Gefährten brauchte – und wenn er Brian jetzt im Stich ließ, konnte er nicht erwarten, daß dieser ihn trotzdem zum Verhaßten Turm begleiten und ihm helfen würde. Auch war da etwas an der Entschlossenheit des Ritters … und auch an dieser verrückten Welt, in die er da geraten war: es schien unglaublich, aber auch in ihm war etwas – im menschlichen, nicht im Drachenteil –, das versuchen wollte, die Burg Malvern einzunehmen, selbst wenn er diesen Versuch mit Brian allein unternehmen müßte.

»Nun, Sir James …?« sagte Brian.

»Ihr könnt auf mich zählen«, hörte sich Jim sagen.

Brian nickte. Dafydd füllte seinen Becher von neuem mit Wein, hob ihn vor Jim und trank ihm schweigend zu.

»Ach ja«, blitzte Danielle den Bogenschützen an. »Ihr wart doch derjenige, der es mit Prinzen, Königen oder Kaisern aufnehmen wollte und so sicher war, er sei nicht derjenige, der unterliegen würde!«

Er sah sie überrascht an.

»Dies hier geht mich, wie ich schon sagte, nichts an«, antwortete er. »Wie kommt Ihr dazu, einen Vergleich zwischen diesem Fall hier und dem zu ziehen, was ich in Eurem Fall um Euretwillen tun würde?«

»Sir Brian braucht Hilfe! Hält sich vielleicht Sir James zurück und sagt, es geht ihn nichts an? Das tut er nicht!

Ich habe mich schon gefragt, wie es wohl wirklich um Euren Mut bestellt ist, bei all den schönen Reden, die Ihr führt. Ich sehe, ich habe mich zu Recht gefragt!«

Dafydd runzelte die Stirn.

»Oh«, sagte er, »so dürft Ihr nicht sprechen. Ich habe ebensoviel Mut wie jeder andere – in der Tat, ich glaube sogar, noch etwas mehr.«

»So?«

Er starrte sie mit gemächlicher Verwunderung an.

»Ihr wollt mich also jetzt da hineinhetzen?« sagte er. »Ja, das wollt Ihr wohl.«

Er wandte sich an Brian.

»Was ich sagte, war nichts weniger als die Wahrheit«, sagte er zu dem Ritter. »Euer Sir Hugh bedeutet mir nichts, so oder so. Auch bin ich kein fahrender Ritter, seht Ihr, der herumzieht und Jungfrauen rettet. Das überlasse ich denen, die daran Gefallen finden. Aber wegen dieser speziellen Jungfrau hier, und wegen keiner anderen, könnt Ihr auf mich zählen, soweit ich Euch helfen kann.«

»Guter Mann ...«, begann Brian, als Aragh ihn unterbrach.

»Ihr habt Besuch, Herr Ritter. Dreht Euch einmal um und seht.« Brian wandte sich um. Alle wandten sich um.

Aus den Bäumen gegenüber dem Wirtshaus trat der erste von einer Gruppe Männer, alle in Eisenhelmen, braunen, grünen oder roten Kniehosen und Lederjacken, auf denen dicke Eisenplatten angebracht waren, sie trugen Schwerter am Gürtel und Langbogen und Köcher mit Pfeilen über die Schultern geschlungen.

»Ist schon in Ordnung, Sir Brian«, sagte Danielle. »Das ist Giles o'the Wold, mein Vater.«

»Euer Vater?« Brian drehte sich schnell wieder um, um ihr einen argwöhnischen Blick zuzuwerfen.

»Sicher!« erklärte Danielle. »Ich wußte, Ihr würdet Hilfe brauchen, also bat ich einen der Söhne von

Schankwirt Dick, letzte Nacht heimlich mit einem der Pferde seines Vaters loszureiten und ihn zu holen. Ich sagte, er solle ihm mitteilen, Ihr würdet gerne jede Beute, die Ihr Sir Hugh und seinen Männern bei der Einnahme der Burg abjagen könntet, aufteilen.«

14

BRIAN STARRTE SIE NOCH eine Sekunde lang an, dann drehte er den Kopf, um den Neuankömmlingen entgegenzusehen, die schon die offene Fläche vor dem Wirtshaus halb überquert hatten. Langsam stand er auf. Auch Dafydd erhob sich nachlässig, die Hand am Köcher. Jim stand ebenfalls auf, und Schankwirt Dick erschien in der Tür und trat zu ihnen heraus. Nur Aragh blieb mit grinsendem Maul sitzen.

Der Mann an der Spitze war ein mageres Individuum, dem Aussehen nach in den Fünfzigern, sein kurzer, lockiger, vorstehender Bart war pfeffer-und-salzfarben, die Haarsträhnen, die unter seinem Helm hervorlugten, waren eisengrau. Abgesehen von einem Hauch von Autorität schien er sich in nichts von den Männern, die hinter ihm kamen, zu unterscheiden, außer, daß er an seinem Gürtel nicht, wie die anderen, das Kurzschwert trug, sondern eine ziemlich lange, zweihändige Waffe wie die Sir Brians.

Er erreichte den Graben, der das Wirtshaus umgab, überquerte die Brücke und blieb vor dem Ritter stehen.

»Ich bin Giles o'the Wold«, sagte er. »Und das sind meine freien Brüder und Waldgefährten. Ich nehme an, Ihr seid Sir Brian Neville-Smythe?«

»Der bin ich«, antwortete Brian steif. »Meister Geächteter, ich war es nicht, der Euch bat, hierherzukommen.«

»Dessen bin ich mir bewußt«, sagte Giles. Über seinem Bart war sein Gesicht so gebräunt, daß es beinahe die Farbe alten Leders hatte, und die Haut zeigte viele kleine verschmitzte Falten. »Meine Tochter hat nach mir geschickt.«

Er blickte kurz an Sir Brian vorbei.

»Mit dir spreche ich später, Mädchen«, sagte er. »Nun, Herr Ritter, was liegt schon daran, wer nach mir geschickt hat. Wenn Ihr Unterstützung braucht, hier bin ich mit meinen Männern, und der Preis für unsere Hilfe wird nicht unvernünftig hoch sein. Setzen wir uns doch wie vernünftige Männer und sprechen wir darüber, oder sollen meine Männer und ich wieder umkehren?«

Brian zögerte eine Sekunde lang – aber nur eine einzige Sekunde.

»Dick«, sagte er, zum Wirt gewandt. »Bringt noch einen Becher für Giles o'the Wold; und fragt auch seine Gefährten, was sie trinken wollen.«

»Ale«, antwortete Dick mit etwas grimmiger Miene, »ist alles, was ich in solchen Mengen vorrätig habe.«

»Also dann Ale«, sagte Brian ungeduldig. »Bringt es her!«

Er setzte sich wieder an den Tisch. Giles ließ sich am anderen Ende der Bank nieder, dort, wo Dafydd vorher gesessen hatte.

Giles sah erst Aragh und dann Jim neugierig an.

»Den Wolf kenne ich – wenn auch nur vom Hörensagen«, sagte er. »Der Drache – meine Tochter ließ mir ausrichten, daß Ihr ein verzauberter Ritter seid?«

»Dies ist der edle Sir James«, erklärte Sir Brian. »Der Bogenschütze neben Euch ist Dafydd ab ... wie war doch Euer Familienname, Meister Bogenschütze?«

»Hywel«, sagte Dafydd mit einem Akzent, den Jims Zunge, wie er wohl wußte, nie fertiggebracht hätte. »Ich bin in England, um den Engländern beizubringen, daß der Langbogen, ebenso wie der Stamm derer, die ihn am besten zu gebrauchen verstehen, aus Wales kommt; und außerdem werde ich Eure Tochter ehelichen, Meister Giles.«

»Das wird er nicht!« rief Danielle.

Giles' bärtiges Gesicht verzog sich zu einem Lächeln. »Wenn Ihr je ihre Einwilligung erlangt«, sagte er zu Dafydd, »dann kommt zu mir, wir reden darüber. Ihr müßt Euch vielleicht nicht nur mit meiner Ansicht darüber auseinandersetzen, sondern mit den Absichten von etwa einem Dutzend jüngerer Mitglieder meiner Bande.«

»Ihr redet wie ein Gelehrter, Meister Geächteter«, sagte Brian, als Dick mit Flaschen und einem Becher für Giles herauskam, gefolgt von seinen zwei Bediensteten, die ein Faß durch die Tür in den Hof rollten.

»Nehmt Eure Helme«, hörten sie ihn zu den Geächteten sagen, die sich jetzt herandrängten. »So viele Becher besitze ich nicht.«

»Auch das war ich einmal«, gab Giles Brian gleichmütig zur Antwort. Er nahm seinen Eisenhelm ab und warf ihn auf den Tisch, füllte dann seinen Becher aus einer der Flaschen und nahm einen tiefen Zug. Sein spärliches Haar bewegte sich ein wenig in der leichten Brise. »Nun, meine Herren Ritter, mein walisischer Freund und Meister Wolf, ich habe jetzt von Euch allen etwas gehört ...«

Sein Blick ruhte eine Sekunde lang auf der ungewöhnlichen Größe des Langbogens, der neben Dafydd am Tisch lehnte.

»... Aber um Zeit zu sparen, ist es vielleicht am besten, wenn Ihr mir von Anfang an alles erzählt, was mit dieser Sache hier zu tun hat, einschließlich der Dinge, die jeden von Euch persönlich betreffen.«

Sie erzählten ihm alles – Jim begann, Brian setzte die Geschichte nach seinem Treffen mit Jim fort, Aragh erzählte weiter von der Niederlage der Sandmerker an, und Danielle, Dafydd und der Wirt fügten ihre eigenen Berichte hinzu. Giles trank und hörte zu.

»Nun, Ihr Herren und Ihr anderen«, sagte er, als sie geendet hatten. »Vielleicht habe ich meine Männer völlig umsonst hergebracht. Die Botschaft meiner Tochter ließ mich glauben, Ihr hättet eine Chance, diese Burg einzunehmen, und Ihr bräuchtet nur ein paar tatkräftige Recken, um den Sieg zu sichern. Aber Ihr seid ein gemischter Haufen – damit will ich niemanden beleidigen –, und ich kenne die Burg Malvern. Sie ist kein Kuhstall, den man in einem Ansturm mit ein paar Schwertstreichen nehmen könnte. Meine Männer sind gute Bogenschützen und können auch, wenn nötig, mit dem Schwert umgehen, aber sie sind keine Soldaten. Wie, zum Teufel, habt Ihr Euch vorgestellt, daß Ihr fünfzig mindestens halbgepanzerten Männern, die auf eine solche Verteidigung spezialisiert sind, einen halben Morgen Steinmauern abnehmen könnt, bitte um Vergebung?«

Brians Gesichtsausdruck verfinsterte sich.

»Ich kenne in der Burg Malvern jeden Winkel«, sagte er. »Fünfzig darin verstreute Männer können nicht mehr ausrichten als zwei miteinander an einem beliebigen Ort. Wir sind hier mindestens drei, vier, wenn der Wolf mitmachen würde – von denen es jeder leicht mit zweien von denen aufnehmen kann, überall und jederzeit.«

»Das will ich gar nicht abstreiten«, sagte Giles. »Aber Ihr müßtet erst einmal innerhalb der Burg sein, um es mit ihnen aufnehmen zu können. Also, eines nach dem anderen, mit welchen Zauberkünsten wolltet Ihr in die Burg eindringen?«

»Malvern hat wahrscheinlich Nahrungsmittel für eine Belagerung gehortet«, sagte Brian. »Aber das ist wohl ziemlich fades Zeug. Hier gibt es besseres Futter. Sir Hugh hat schon versucht, dieses Wirtshaus einzunehmen und ist gescheitert – ohne Zweifel wußte er, daß es hier ausgesuchte Weine und bestes Fleisch gibt. Meine Idee war, mich selbst als Schankwirt Dick zu verkleiden und eine Wagenladung besten Proviants als Friedensangebot zu dem neuen Herrscher von Malvern zu bringen. Der Wolf würde als Wirtshaushund mitfahren, um jeden

Wegelagerer anzuknurren, der sich etwa versucht fühlen könnte, die Leckerbissen zu klauen, ehe sie zu Sir Hugh gelangen. Wenn wir dann einmal in der Burg und hoffentlich vor Sir Hugh selbst wären, würde ich den Baron töten und versuchen, die Gemächer von Mylady zu erreichen, wo man sie wahrscheinlich gefangenhält ...«

»Warum?« fragte Giles.

»Warum was, Meister Geächteter?«

»Warum glaubt Ihr, man würde die Dame Geronde in ihren eigenen Gemächern gefangenhalten?«

»Weil«, sagte Brian, offensichtlich sehr um Geduld bemüht, »Sir Hugh sicher keine Zeit verloren und sofort die Gemächer des Burgherrn in Besitz genommen hat; und außer dem Zimmer von Mylady unter dem Söller gibt es keinen Raum, wo man eine Gefangene wie sie sicher und ohne Schaden für ihre Gesundheit aufbewahren könnte. Man weiß, daß es selbst kräftige Männer kaum mehr als ein paar Tage in den Kerkern ausgehalten haben, von denen es auf Malvern zwei gibt, und nicht gerade die hübschesten. An jedem anderen Ort in der Burg könnte man Mylady nicht von ihren eigenen Leuten abschirmen, die ihr vielleicht zur Flucht verhelfen würden, oder zu einem Fluchtversuch der Art, daß der Tod sie dem Machtbereich ihres Eroberers entziehen würde. Auch könnte man sie nirgends sonst vor Sir Hughs eigenen Männern schützen, von denen wenigstens einige – wie ihr wissen müßtet, Meister Geächteter, der Ihr die Soldaten lange genug kennt – nicht mehr als rohe Tiere sind und die Folgen ihrer Handlungen nicht einschätzen können, wenn sie betrunken sind.«

»Zugegeben«, bestätigte Giles. »Weiter, Sir Brian. Ihr habt Sir Hugh und seine Wachen erschlagen und seid ins Zimmer der Dame vorgedrungen. Was nun?«

»Nun sieht der gute Sir James, der in der Luft wartet, unser Signal vom Altan der Kemenate von Mylady. Er stößt herab und trägt sie fort, in Sicherheit, damit sie im Land eine Streitmacht ausheben kann, um die Burg wieder einzunehmen. Der Wolf und ich, wir brauchen nur noch zu entkommen – so Gott will.«

»Gott?« knurrte Aragh unvermittelt. »Euer Gott, Ritter, nicht der meine! Wenn jemand Aragh rettet, dann er selbst. Als ich erst halb erwachsen war und mir eine ausgewachsene Bärin das rechte Vorderbein brach, so daß ich überhaupt nicht mehr laufen konnte, war es da der Gott der Menschen, der mich gerettet hat? Nein, ich war es – Aragh! Ich stand und kämpfte und grub meine Zähne durch den Pelz und die lose Kehlhaut bis zu der großen Vene in ihrem Hals, bis sie starb und ich am Leben blieb. So war es immer bei einem englischen Wolf – und so wird es immer sein. Behaltet Euren Gott, wenn Ihr wollt, Herr Ritter, aber behaltet ihn für Euch allein!« Er hielt inne, leckte seine Lefzen mit einem schnellen Schwenken seiner roten Zunge und gähnte ausgiebig. »Aber ich vergesse mich«, sagte er. »Ich habe ja schon gesagt, diese Sache mit Eurer Dame und der Burg geht mich nichts an.«

»Also. Was ist nun mit Eurem Plan, Sir Brian?« fragte Giles.

Brian machte ein finsteres Gesicht.

»Meister Geächteter, ich möchte Euch noch einmal daran erinnern – nicht ich habe Euch hergebeten. Wir versuchen hier nicht zu entscheiden, welche Streitmacht wir für die Rettung brauchen, sondern, wie wir es mit den Mitteln schaffen können, die uns zur Verfügung stehen. Wenn wir den Wolf nicht haben, dann haben wir ihn eben nicht, das ist alles.«

»Wie …?« begann Giles. »Nein, mit allem Respekt, Sir Brian, ich glaube, meine Reise war …«

»Einen Augenblick, Vater!« sagte Danielle. »Ich war diejenige, die nach dir geschickt hat.«

Sie wandte sich um und sah Aragh unverwandt an. Aragh öffnete das Maul in stummem Gelächter.

»Ich bin Aragh«, brummte er. »Hast du gedacht, ich sei auch ein liebeskranker Bogenschütze?«

»Nein ...«, erwiderte Danielle, »ich dachte, du seist Aragh, mein Wolfsfreund, der mich niemals im Stich lassen würde, ebensowenig, wie ich Aragh im Stich lassen würde. Als ich nach meinem Vater und seinen Männern schickte, kam es mir gar nicht in den Sinn, daß Aragh seine Freunde, wie Sir James und mich, verraten könnte. Aber nachdem er ...«

Sie wandte sich zum Tisch zurück.

»Ich kann es vielleicht nicht mit zwei Soldaten aufnehmen, höchstens mit dem Bogen und aus sicherer Entfernung«, sagte sie. »Aber ich könnte noch nützlicher sein als der Wolf, um die Aufmerksamkeit von Sir Brian abzulenken, und mit Hilfe der Überraschung könnte ich Euch vielleicht sogar unterstützen, wenn Ihr Sir Hugh tötet und Geronde befreit. Sobald das geschehen ist, kann ich vielleicht nicht so leicht um meine Freiheit kämpfen, aber ich habe einen Vorteil vor Aragh – wie Sir Brian kann auch ich meine Rettung Gott anheimstellen.«

»Mädchen ...«

»Still, Vater! Ich bin jetzt mein eigener Herr. Also. Sir Brian, Sir James, Ihr könnt bei dem Angriff auf die Burg mit mir rechnen.«

Sie blickte zu Aragh zurück. »Und du kannst derweilen in der Sonne schlafen!« fuhr sie ihn an.

Aragh öffnete das Maul, leckte sich die Lefzen und schloß es wieder. Dann tat er etwas, das Jim überraschte: er winselte.

»Nein!« sagte Danielle heftig. »Du hast deine Chance gehabt. Jetzt gehe ich in diese Burg, und du wirst nichts damit zu tun haben!«

Araghs Kopf senkte sich. Er senkte sich immer tiefer, bis die Schnauze beinahe den Boden berührte. Der Wolf kroch fast auf Danielle zu und stieß mit dem Kopf gegen ihre Knie.

Einen Augenblick lang sah sie ihn nur böse an. Dann setzte sie sich, legte die Arme um seinen pelzigen Hals und drückte seinen Kopf an sich.

»Ist schon gut … ist ja schon gut«, sagte sie.

»Ich hätte auch nicht zugelassen, daß Gorbash etwas geschieht«, brummte Aragh unterdrückt in die Wattierung ihres Wamses. »Ich wollte nur warten, bis es Zeit war zu gehen. Wozu bin ich denn gut, wenn ich nicht für meine Freunde töten kann?«

»Ist schon gut.« Sie kraulte ihn hinter den Ohren. »Jetzt ist ja alles wieder in Ordnung.«

»Ich werde sogar diesen Ritter hinterher sicher wieder herausbringen.«

»Das weiß ich«, sagte Danielle. »Aber vielleicht brauchst du das gar nicht.«

Sie blickte zu ihrem Vater auf.

»Nachdem Giles o'the Wold jetzt weiß, daß er drei starke Verbündete innerhalb der Burg haben wird, kann er es vielleicht in Betracht ziehen, sich selbst und seine Männer beim Sturm auf die Burg doch noch nutzbringend einzusetzen?«

»Tochter«, sagte Giles, »du hältst dich auf jeden Fall aus der ganzen Sache heraus.«

»Richtig«, beharrte Aragh und zog den Kopf aus ihrer Umarmung. »Ich gehe. Du nicht, Danielle!«

»Gut«, antwortete sie. »Ich werde nicht in die Burg gehen. Was ich von draußen tun kann, werde ich tun. Vater …?«

Giles füllte seinen Becher von neuem und trank nachdenklich.

»Meine Männer und ich sind nutzlos, wenn wir nicht auch hineinkommen können«, sagte er. »Wenn es einen Weg gäbe, das Tor für uns zu öffnen …«

»Wenn die Burg gestürmt werden soll«, sagte Brian, »kann ich anschließend Mylady und mich selbst in ihrer Kemenate verbarrikadieren. Sir James könnte, anstatt sie fortzutragen, irgendwo innerhalb der Mauern landen und die Aufmerksamkeit auf sich ziehen, derweilen der Wolf hinunterschlüpfen, die Wachen töten und das Tor öffnen kann.«

Er wandte sich an Aragh.

»Innen, an der rechten Seite des Tors, ist eine Seilwinde«, sagte er, »mit der ein Mann den Balken heben kann. Mit Euren Zähnen in diesem Seil sollte er sich leicht heben lassen. Wenn Ihr Euch dann mit Eurem ganzen Gewicht auf den rechten Torflügel werft – wohlgemerkt, Meister Wolf, den rechten Flügel, nicht den linken –, solltet Ihr fähig sein, ihn so weit aufzudrücken, daß die Bogenschützen hereinkommen können.«

»Ganz gut so weit«, sagte Giles. »Aber das Tor wird höchstens einen Augenblick lang offenstehen, meine ich, selbst wenn ein Dutzend Männer auf einmal nötig sind, um den Wolf niederzumachen. Und wir alle zusammen werden, selbst wenn wir aus allen Kräften rennen, mehr als ein oder zwei Augenblicke brauchen, um das offene Gelände zu überqueren, das, soweit ich mich erinnere, vor Burg Malvern liegt. Denn wir müssen auf jeden Fall aus der nächstmöglichen Deckung kommen. Sie werden sicher Späher auf den Zinnen haben, damit niemand ungesehen zu nahe herankriechen kann.«

»Warum erschießt Ihr nicht zuerst die Späher?« schlug Dafydd vor.

Der Waliser war so schweigsam gewesen, daß Jim seine Anwesenheit beinahe vergessen hatte. Jetzt blickten ihn alle erstaunt an.

»Wie denn, Meister Dafydd?« fragte Giles spöttisch. »Wenn nur Kopf und Schultern über der Mauer zu sehen sind, und aus einer Entfernung von beinahe einer halben Meile? Ihr kennt eindeutig die Burg Malvern und das umliegende Gebiet nicht.«

»Ich schaffe es«, sagte Dafydd.

Giles starrte den jungen Mann lange an. Allmählich beugte er sich vor und spähte forschend in Dafydds ruhiges Gesicht.

»Bei den Aposteln«, sagte er leise. »Ich glaube wirklich, Ihr meint, was Ihr sagt!«

»Ich weiß, daß ich das schaffen kann«, sagte Dafydd. »Sonst würde ich es nicht vorschlagen.«

»Wenn Ihr das fertigbringt ...«, sagte Giles und hielt inne.

»Wenn Ihr das fertigbringt ... braucht Ihr mir keinen anderen Beweis für den Bogen und die Männer aus Wales mehr liefern. Ich kenne keinen lebenden Mann und kann mich auch an keinen Bogenschützen erinnern, der fähig gewesen wäre, einen solchen Schuß zu tun und die Wachen zu töten. Es werden mindestens drei, vielleicht auch vier von ihnen auf der vorderen Mauer sein, wenn dieser Sir Hugh ein Soldat ist; und Ihr werdet sie alle beinahe gleichzeitig töten müssen, oder der letzte, der fällt, wird Alarm schlagen.«

»Seht Ihr, ich habe gesagt, was ich schaffen kann«, sagte Dafydd. »Reden wir jetzt von etwas anderem.«

Giles nickte.

»Die Sache scheint wenigstens möglich«, stimmte er zu. Dann wandte er sich an Brian. »Es gibt noch ein paar kleinere Einzelheiten, die uns für den Rest des heutigen Tages und Abends beschäftigen werden. Abend- oder Morgendämmerung wären die günstigste Zeit für einen Überraschungsangriff; vorzugsweise ein Angriff im Morgengrauen, weil wir dann so viele Stunden Tageslicht vor uns haben, wie wir wollen. Also können wir uns mit den Einzelheiten Zeit lassen. Inzwischen sollten wir uns über die Bezahlung für meine Männer und mich einigen. Sir Hughs Männer werden einiges an Waffen und Rüstungen haben, das sollten wir bekommen. Darüber hinaus ist es nur gerecht, daß die Burg Malvern für sich Lösegeld bezahlen sollte – sagen wir hundert Mark in Silber.«

»Wenn Mylady Euch zu belohnen wünscht, nachdem sie und die Ihren frei sind«, sagte Brian, »so ist das ihre Sache. Ich aber habe keine Vollmacht und kein Recht, etwas zu versprechen, was den de Chaneys gehört.«

»Es wird keine de Chaneys mehr geben, wenn Sir Orrin wirklich tot bei den Heiden liegt und die Dame Geronde nicht gerettet wird – dafür braucht Ihr aber unsere Hilfe!«

»Tut mir leid«, sagte Brian.

»Gut denn ...« Die Sonnenfältchen in Giles' Augenwinkeln vertieften sich. »Dann laßt uns Sir Hugh als Geisel. Er wird eine Familie oder Freunde haben, die bereit sind, für seine sichere Rückkehr zu bezahlen.«

»Nein«, sagte Brian. »Ich habe gesagt, er soll sterben. Und er wird sterben. Nicht nur ich, auch der Wolf hat es gelobt. Und Aragh gehört mit dazu, ebenso wie Ihr und Eure Männer.«

»Glaubt nur nicht, daß Ihr diese Kehle meinen Zähnen vorenthalten könnt, Meister Geächteter!« knurrte Aragh.

»Wenn meine Männer ihr Leben riskieren sollen, ist es nicht genug, wenn sie nur ein wenig Eisen und Kriegsgerät bekommen«, sagte Giles. »Wir sind eine Gruppe von freien Männern, und zu diesem Preis werden sie mir nicht folgen, selbst wenn ich es von ihnen verlange.«

Brian und Giles stritten noch eine Weile, ohne zu einer Lösung zu kommen.

»Seht, Meister Giles«, sagte Brian schließlich. »Ich besitze keine hundert Silbermark, die ich Euch geben könnte; aber Ihr werdet von mir gehört haben, daß ich meine Schulden zu bezahlen pflege. Ich gebe Euch mein ritterliches Ehrenwort, daß ich über Euch und Eure Männer mit Mylady sprechen werde, und sie ist nicht so, daß sie geleistete Dienste unbelohnt lassen würde. Wenn jedoch aus irgendeinem Grunde von ihr keine Bezahlung kommen kann, nehme ich es auf mich, Euch zu entlohnen, sowie ich die Summe oder einen Teil davon zusammenbekommen kann, und so lange, bis alles abgegolten ist. Verdammt noch mal, mehr als das kann ich Euch einfach nicht versprechen!«

Giles zuckte die Achseln.

»Ich werde mit meinen Männern reden.«

Er stand auf, sammelte seine Männer und redete auf sie ein, wobei sie sich weit genug entfernten, um die Unterhaltung privat zu führen.

»Keine Sorge, Sir Brian«, sagte Danielle leise zu dem Ritter. »Sie werden einverstanden sein.«

In der Tat, nach etwa fünfzehn Minuten kam Giles zurück und verkündete seine Zustimmung. Hinter seinem Rücken lächelte Danielle den anderen, die um den Tisch herum saßen, zu.

»Also, jetzt zu den Einzelheiten«, fuhr Giles fort und setzte sich wieder. »Sir Brian, Ihr könnt wohl kaum ein Schwert und eine Rüstung tragen, wenn Ihr den Karren mit den Lebensmitteln in die Burg fahrt. Andererseits könnt Ihr, wenn Ihr praktisch nackt seid, nicht viel gegen die Soldaten ausrichten, ganz zu schweigen von Sir Hugh selbst. Wie kann man also Eure Waffen und Eure Rüstung in die Burg bringen? Vielleicht könnte Sir James alles in einem Bündel mitnehmen und Euch hinunterwerfen – aber dann braucht Ihr Zeit, euch anzukleiden, und wenn Sir Hughs Männer einmal gesehen haben, daß ein Drache Eure Sachen gebracht hat ...«

»Wenn wir einmal im Bergfried sind, auf dem Weg zu Sir Hugh, mit nur ein oder zwei Mann Begleitung«, sagte Brian, »können der Wolf und ich die ohne Aufsehen töten und ein paar Minuten gewinnen, in denen ich mich ankleiden und bewaffnen kann. Was meine Waffen und meine Rüstung betrifft, die werde ich im Karren mitnehmen. Ich werde sie unter den Lebensmitteln verbergen, und der Wolf kann oben drauf liegen.«

»Und niemand«, knurrte Aragh, »wird unter mir herumkramen und sie finden – das verspreche ich euch.«

Giles nickte langsam.

»Aber ...«, sagte er zu Brian. »Selbst wenn Ihr als perfekter Wirt oder Wirtshausknecht auftretet, sind Sir

Hugh und seine Leute wahrscheinlich argwöhnisch und vermuten irgendeinen Rettungsversuch für Eure Dame.«

»Na!« sagte Dick, der schon seit einiger Zeit in der Tür seines Wirtshauses stand.

Er drehte sich um und verschwand im dunklen Innenraum.

»Was hat er vor?« sagte Giles mit einem Blick auf den jetzt leeren Eingang.

»Zufällig«, sagte Brian, »habe ich selbst schon daran gedacht, daß Sir Hugh mich verdächtigen könnte. Ich habe eine Lösung dafür ausgearbeitet. Zuerst werde ich heute nachmittag zur Burg gehen. Ich werde so nahe an die Mauern heranreiten, wie ich es gefahrlos tun kann, in voller Rüstung, da er wahrscheinlich Armbrüste auf den Mauern der Burg aufgestellt hat, selbst wenn er es versäumt haben sollte, welche mitzubringen; ich werde ihn auffordern, herauszukommen und die Sache im Zweikampf zu entscheiden.«

»Was ist denn das für ein dämlicher Ritterstrick?« unterbrach Giles. »Bei der Narbe auf Eurem Gesicht, Ihr solltet klüger sein, Sir Brian. Warum sollte Sir Hugh herauskommen und mit Euch kämpfen, wenn er ganz einfach ohne Gefahr in der Burg bleiben und seine Beute unangefochten behalten kann?«

»Genau«, sagte Brian. »Ich rechne damit, daß er genau das tun wird.«

»Aber alles, was Ihr damit erreicht, ist doch, daß er weiß, daß Ihr vor der Burg Malvern seid.«

»Genau. Wenn er dann den Karren mit den Lebensmitteln sieht, den ich fahre, dicht gefolgt von einem Ritter in voller Rüstung auf einem weißen Roß, wird er um so mehr bereit sein, die Tore weit zu öffnen, den Karren einzulassen, und dem Mann, der ihn fährt, Glauben zu schenken.«

»Und wie wollt Ihr das arrangieren, es sei denn, Ihr hättet zwei Rüstungen und einen Zwilling, der eine davon tragen kann? Ganz zu schweigen von der Tatsache ...« Giles unterbrach sich plötzlich. »Übrigens, Sir Brian, kennt Euch dieser Sir Hugh von Angesicht?«

»Ja«, sagte Brian grimmig.

»Was ist dann, wenn er auf der Mauer steht, sobald Ihr vorfahrt? Glaubt Ihr, einfache Kleidung wird ihn davon abhalten, Euch zu erkennen?«

»Schankwirt Dick hat einen falschen Bart unter einigen Sachen, die ein paar Wanderschauspieler, die ihre Zeche nicht bezahlen konnten, einmal hier zurückließen«, sagte Brian.

»Wenn ich damit mein Gesicht zum größten Teil verdecke, habe ich eine Chance; und außerdem – nun, ein gewisses Risiko muß ich nun einmal eingehen.«

»Ein Bart?« Giles zögerte. »Daran habe ich noch nicht gedacht. Dieser Wirt besitzt allerhand. Es könnte gehen.«

»Ein Mann mit einem großen Keller«, sagte Brian. Er schwieg und lauschte, den Kopf gegen die Tür hinter sich geneigt. »Und hier kommt, glaube ich, die Antwort auf Euren Einwand, den Ihr gerade vorgebracht habt ...«

Ein dumpfes Geräusch war aus dem Wirtshaus zu hören. Alle drehten sich um und sahen eine Gestalt in der Tür erscheinen und sie ausfüllen. Es war eine glänzende Gestalt in voller Plattenpanzerung, mit spitzem Helm und geschlossenem Visier; und in der gepanzerten Faust hielt sie eine Keule.

15

»Bei Gott!« rief Giles aus, setzte sich wieder auf die Bank, ergriff seinen Becher und nahm einen tiefen Schluck. Wie die übrigen, außer Brian, war er beim Anblick der Gestalt in der Tür halb aufgestanden. »Ihr werdet doch einen alten Bogenschützen nicht so aus der Fassung bringen wollen, Herr Wirt – wenn Ihr es wirklich seid, in diesem Aufzug. Ihr könntet schon einen Pfeil in Euch stecken haben, ehe man Euch erkennt!«

»Das war auch mein erster Gedanke«, sagte Dafydd.

»Vergebung, Sir James, Fräulein und meine Herren«, dröhnte Dicks Stimme hohl aus dem Helm. »Wie Sir Brian gerade sagte, ist mein Keller groß. Und ein Wirtshaus erwirbt viele Dinge von seinen verschiedenen Gästen – über zwei Generationen hinweg –, denn vor mir hatte schon mein Vater dieses Wirtshaus hier. Aber was meint Ihr, kann ich für einen Ritter durchgehen? Besonders auf einem Pferd und aus einiger Entfernung?«

»Hmm«, sagte Giles und stand wieder auf, um sich den Wirt genauer anzusehen. »Ich würde Euch nicht raten, dieses Eisensortiment in einem wirklichen Kampf zu tragen, Meister Wirt. Wenn ich es so aus der Nähe betrachte, habt Ihr Teile von vier verschiedenen Rüstungen an Euch, von denen keiner so richtig paßt. Könnt Ihr Euren rechten Arm über den Kopf heben?«

Dick versuchte es. Der Arm hob sich knirschend bis zur halben Schulterhöhe und blieb dann rasselnd hängen.

»Ja«, sagte Giles, »das dachte ich mir. Das Achselstück an diesem Arm ist zu groß, und Euer Brust- und Rückenpanzer ist zu schmal für einen Mann von Eurer Schulterbreite. Aber aus der Entfernung ... Aus der Entfernung und auf einem Pferd sitzend könntet Ihr durchgehen.«

»Gut«, sagte Brian lebhaft. »Bringt uns jetzt etwas zu essen, Dick, dann werde ich zur Burg reiten, um Sir Hugh meine Herausforderung zu präsentieren.«

»Ich werde mitkommen«, schlug Jim vor. »Ich möchte gerne, daß Ihr mir zeigt, wo ich innerhalb der Mauern landen soll.«

»Ich gehe auch mit«, sagte Giles, »mit sechs von meinen Männern, von denen jeder fünf bis acht Bogenschützen gegen einen bestimmten Teil der Burg führen wird, sobald wir drinnen sind. Wir alle müssen uns Malvern einmal ansehen und unsere Pläne machen.«

»Und ich«, sagte Dafydd, »werde einen Blick auf die Mauern werfen, auf denen wahrscheinlich die Späher stehen werden.«

»Verdammt, wir können ja gleich ein Picknick daraus machen«, grunzte Brian. »Noch jemand, der mitkommen möchte, wie? Was ist mit Euch, Herr Wolf?«

»Wozu?« erwiderte Aragh. »Ich gehe mit Euch und Gorbash hinein; bleibe bei Euch, töte alles, was ich finden kann, bis es vorbei ist, dann gehe ich wieder hinaus. Dazu brauche ich keine Studien und keine Pläne.«

Das Essen wurde aufgetragen, wie Brian verlangt hatte; und wenig mehr als eine Stunde später standen alle, die hatten mitkommen wollen, in Deckung hinter einer dichten Gruppe Buchen und blickten hinaus auf die breite, gerodete Lichtung um die Burg Malvern. Brian, in voller Rüstung und mit aufgerichteter Lanze in der Hand, ritt auf seinem weißen Streitroß im Schritt bis auf etwa sechzig oder achtzig Meter vor das Burgtor heran. Dort hielt er an und schrie zu den Köpfen hinauf, die für diejenigen, die im Walde standen, über den Schießscharten und Zinnen des Wehrgangs sichtbar wurden.

»Er zieht eine ganz tapfere Schau ab«, sagte einer der Geächteten.

»Das ist bei den Rittern so Brauch, Jack«, erwiderte Giles trocken.

»Ihr hattet tatsächlich nicht unrecht, Meister Giles«, sagte Dafydd. Der walisische Bogenschütze beschattete seine Augen mit einer Hand und spähte zu den Köpfen auf der Mauer hinüber. »Es ist in der Tat knapp eine halbe von euren englischen Meilen. Aber in der Morgendämmerung sollte eigentlich der Wind nachlassen, und wenn keine starke Querbrise weht, sehe ich keine Schwierigkeit bis zu sechs Mann. Ich werde die jedem Eisenhelm, den ich sehe, zunächstliegende

Schießscharte anvisieren, dann erst einen Wächter erschießen und warten, bis die anderen herausschauen, was sie sicher alle tun werden, wenn sie merken, daß ihr Kamerad tot umfällt, und auf dem offenen Gelände niemand in Sicht ist. Ich werde fünf weitere Pfeile vor mir in die Erde stecken, und die fünf, die herausschauen, werden beinahe gleichzeitig sterben. – Still, der Ritter spricht!«

Tatsächlich hatte Brian begonnen, seine Herausforderung vorzutragen. Eine Helmzier, prächtiger als die der anderen, war auf den Zinnen erschienen, und ihr Träger hatte etwas gerufen. Brian antwortete. Die Tatsache, daß er mit dem Rücken zu seinen Gefährten im Wald stand, ließ ein gut Teil dessen, was er sagte, selbst für Jims scharfe Drachenohren verlorengehen. Die Worte jedoch, die Jim hörte, waren beinahe alle Obszönitäten. Er hatte gar nicht gewußt, daß Brian über eine so farbenprächtige Sprache verfügte.

»Jetzt antwortet Sir Hugh«, sagte Giles, denn Brian war verstummt, und die Stimme, die schon vorher gerufen hatte, war wieder zu hören – auch wenn für die Leute am Waldrand kein Wort verständlich war. »Das ist zweifellos Sir Hugh, kenntlich an der hohen Helmzier und dem Visier, das das Licht so spiegelt. Das ist eine Helmzier, wie man sie zum Reiten trägt.«

»Meister Giles«, fragte Dafydd und sah den Geächteten von der Seite an, »habt Ihr vielleicht früher selbst einen solchen Helm und eine solche Rüstung getragen?«

Giles blickte ihn eine Sekunde lang an.

»Wenn Ihr jemals ein Mitglied meiner Familie werden solltet«, sagte er, »könnt Ihr mir diese Frage noch einmal stellen. Bis dahin höre ich solche Fragen nicht.«

»Jetzt kommen die Bolzen«, kommentierte der Geächtete, den Giles mit Jack angesprochen hatte. »Er sollte sich jetzt besser umdrehen und davonreiten. Da – er tut es!«

Brian hatte sein Schlachtroß gewendet und galoppierte von der Burg weg.

»Können denn die Armbrustbolzen auf diese Entfernung durch seine Rüstung dringen?« fragte Jim fasziniert.

»Nein«, sagte Giles. »Aber sie könnten sein Pferd verkrüppeln, und das Tier ist mindestens zwanzig Bauernhöfe wert. Ah, sie haben nicht getroffen ...«

Ein Schwarm von Geschossen, die vor dem blauen Himmel wie kleine schwarze Streichhölzer aussahen, schwirrte um Brian und sein galoppierendes Roß herum. Jim wunderte sich, wieso Giles so sicher sein konnte, daß die Pfeile alle danebengegangen waren, wenn doch anscheinend die meisten davon noch in der Luft waren. Augentraining, vermutete er. In der Tat, als er seine Gedanken zu Ende gedacht hatte, waren die Geschosse alle hinter oder neben dem laufenden Pferd niedergegangen.

»Und das war's!« sagte Jack und spuckte auf die Erde. »Der Herr Ritter wird hier bei uns im Wald sein, ehe sie diese Apparate für einen zweiten Schuß spannen können. Zwei unserer besseren Männer, und dieses Pferd hätte nach zehn Schritten am Boden gelegen – und mit ein wenig Glück der Ritter dazu.«

Dafydd, der sich auf seinen großen Bogen stützte, blickte von der Seite auf Jack hinunter. Einen Augenblick lang schien es, als wolle er etwas sagen, aber dann wandte er seine Aufmerksamkeit wieder dem sich nähernden Sir Brian zu.

»Gut, Meister Waliser«, sagte Giles leise. Er hatte den großen jungen Mann beobachtet. »Eine langsame Zunge verrät einen klugen Kopf.«

Dafydd sagte nichts.

Im nächsten Augenblick kam Brian in den Schatten des Waldes geritten und zügelte sein schnaubendes Streitroß. Er schwang das Pferd herum und schob sein Visier hoch.

»Hätte beinahe gedacht, sie würden hinter mir her einen Ausfall machen«, sagte er. »Aber soviel ich sehe, tun sie es doch nicht.«

Er schwang sich, in Anbetracht der schweren Eisenrüstung, die er trug, mit erstaunlicher Leichtigkeit aus dem Sattel.

»Ihr habt Euch näher an die Armbrüste herangewagt, als ich es getan hätte«, sagte Giles.

»Blanchard von Tours hier«, antwortete Brian und schlug das schweißnasse Pferd liebevoll auf die Schulter, »ist schneller, als ihm die meisten zutrauen würden.«

Er blickte in die Runde.

»Was haltet Ihr von dem, was Ihr gesehen habt?« fragte er.

»Wenn man nach den Köpfen auf der vorderen Mauer geht«, sagte Giles, »hat Euer Sir Hugh mindestens fünfzig Mann bei sich. Aber er hat keine Bogenschützen, sonst hätte er sie gerade eben gegen Euch eingesetzt; und seine Leute an den Armbrüsten waren nichts Besonderes. Zeichnet mir jetzt, wo wir sie vor uns haben, einen Plan der Burg; ich möchte eine Vorstellung bekommen, wohin meine Männer sich wenden sollen, wenn sie einmal drinnen sind.«

Brian zog seinen Dolch aus dem Gürtel, bückte sich steif in der Taille und begann, in die Erde zu kratzen.

»Wie Ihr seht«, sagte er, »ist Malvern breiter als tief. Die Spitze des Bergfrieds ist von hier aus kaum zu sehen. Er ist in der linken Ecke der rückwärtigen Mauer, sein oberer Teil erhebt sich über die Türme in den anderen drei Ecken – das sind nur Wachtürme und Kornspeicher. Die Gemächer des Burgherrn von Malvern sind gleich unter dem früheren Obergeschoß des Bergfrieds, damals war der Bergfried noch nicht höher als die anderen Wachtürme. Der Großvater von Mylady hat den Bergfried um zwei Geschosse und einen neuen Wehrgang aufgestockt, um Sir Orrin und seiner jungen Frau getrennte Schlafgemächer geben zu können, mit einem Söller darüber, wegen der Proportionen, und der neue Wehrgang über dem Söller hat einen Vorrat von schweren Steinen zum Herunterwerfen und Kessel für das siedende Öl, das man auf jeden herunterschüttet, der etwa versucht, die Außenwände des Bergfrieds zu erklettern.«

Sein Dolch ritzte weiter in die Erde.

»Unter und vor dem Bergfried«, erklärte er, »hat man zu Sir Orrins Zeit eine große Halle, zum größten Teil aus Holz, angebaut – die ursprünglichen Wände und Türme der Burg sind, wie man sieht, aus Stein. Das hat viel vom alten Burghof weggenommen. Die Halle schließt sich bis zum ersten Stock an den Bergfried an und diente sowohl als Speisesaal wie als Unterkunft für die große Zahl von Männern, die Sir Orrin von Zeit zu Zeit, wenn er in den Krieg zog, um sich versammelte. Hölzerne Ställe und Nebengebäude wurden ebenfalls innerhalb der Außenmauern errichtet, so daß es sehr viel gibt, was brennen könnte – aber paßt auf, daß Sir Hughs Männer nicht versuchen, Feuer zu legen, um ihre Flucht zu decken, sobald wir drinnen sind und sie merken, daß sie uns unterlegen sind. Von Euren Männern, Meister Geächteter, sollte je eine Gruppe zur Sicherung jedes Turms bereitstehen, eine andere Gruppe, um den Burghof zu halten, und noch eine weitere, starke Gruppe, um durch die große Halle in den Bergfried einzudringen. Ich und vielleicht auch Sir James werden schon in den oberen Stockwerken des Bergfrieds sein, wenn Ihr und Eure Männer durch das Tor kommen – falls wir noch am Leben sind. Jetzt stellt Eure Fragen ...«

Giles, Dafydd und auch einige der anderen Geächteten, die Giles mitgebracht hatte, folgten dieser Aufforderung. Ihre Probleme hatten meistens mit Entfernungen und Winkeln innerhalb der Burg zu tun.

Jims Aufmerksamkeit wurde abgelenkt. Was er selbst

brauchte, dachte er, war ein unmittelbarer Blick auf die Innenseite dieser Mauern – und es gab keinen Grund, warum er das nicht wagen sollte. Wenn er hoch genug flog und in einer geraden Linie, in einer Richtung, die ihn zwar an der Burg vorbei, aber nicht direkt darüber hinwegführte, sollte es ihm mit seinen scharfen Augen möglich sein, einen ziemlich guten Überblick über das Innere der Burg zu bekommen. Wenn er genügend Abstand hielt, bemerkten ihn Sir Hughs Männer vielleicht gar nicht; und falls sie ihn doch entdeckten, hielten sie ihn vielleicht nur für einen großen Vogel.

Selbst wenn sie ihn als Drachen erkannten, sollte ein Drache, der nur vorbeiflog und ihnen anscheinend keine Aufmerksamkeit schenkte, kaum ein Grund zur Aufregung oder für Spekulationen sein. Andererseits würde es wohl nichts schaden, den Flug erst in der Abenddämmerung zu unternehmen, wenn, am Ende des Tages und nach der Abendmahlzeit, die Wahrscheinlichkeit am geringsten war, daß die Wächter von etwas alarmiert wurden, das hoch über ihnen vorbeizog.

Folglich wartete Jim, bis Brian nach besten Kräften die Fragen der anderen beantwortet hatte und sie alle ins Wirtshaus zurückgekehrt waren. Dort angelangt, nahm er jedoch Brian beiseite und erklärte ihm, was er vorhatte.

»Was ich hauptsächlich wissen will«, sagte Jim, »ist, wo ich landen soll, wenn ich hineinkomme.«

»Die Gemächer von Mylady haben einen Altan – aber einen kleinen«, erklärte Brian. »Der Söller darüber hat keinen, aber dafür sehr große Fenster, durch die Ihr direkt hineinfliegen könntet.«

Jim fühlte, wie sich in ihm Zweifel regten.

»Ich weiß nicht recht«, sagte er. »Ich habe im Fliegen nicht so viel Erfahrung.«

»Dann«, sagte Brian, »bleibt nur noch der Wehrgang übrig, die offene, oberste Ebene des Bergfrieds. Das könnte in der Tat der beste Landeplatz für Euch sein, da dort mindestens eine Wache stehen wird und vielleicht noch ein Mann, der zu Sir Hugh im Söller gehört. Wenn Ihr also diese töten könnt und es dann schafft, Euch bis zu Gerondes Stockwerk durchzuschlagen, ist der obere Teil des Bergfrieds völlig sicher; und falls irgend etwas schiefgeht, könnt Ihr sie von dort aus durch die Luft in Sicherheit bringen.«

Im stillen hegte Jim einige Zweifel bezüglich seiner Fähigkeit, das Gewicht eines erwachsenen Menschen zu tragen und dabei noch zu fliegen. Zwar konnten seine Flügel kurzzeitig eine enorme Hubkraft entwickeln, aber er war ziemlich sicher, daß er mit der zusätzlichen Last einer erwachsenen Frau nicht würde segeln können; und wenn er das nicht konnte, wie weit würde er dann allein mit der Kraft seiner Flügel kommen? Um in Sicherheit zu gelangen, müßte er mindestens den Rand des umgebenden Waldes erreichen, der, wie Giles erklärt hatte, eine halbe Meile entfernt war. Aber es hatte keinen Sinn, diese Zweifel Brian aufzuladen. Den mußten schon genug Unsicherheitsfaktoren beunruhigen, auch wenn Jim zugeben mußte, daß Brian kaum Anzeichen zeigte, daß er davon irgendwie überwältigt wurde.

»Ich lasse Euch wissen, was ich sehe«, sagte Jim.

Aber dazu kam es nicht. Eine halbe Stunde später kreuzte Jim in etwa vierhundert Metern Höhe an der Burg vorbei, und seine weitsichtigen Augen entdeckten keinen der Wachtposten, der auch nur aufblickte, geschweige denn in seine Richtung sah. Auch fand er nichts an der Burg, das von Brians Aussagen abwich. Er überprüfte den Wehrgang des Bergfrieds und sah, wie Brian vermutet hatte, nur einen Mann auf Wache. Alles war fast zu vorhersehbar, um noch interessant zu sein.

Er wendete in einiger Entfernung und landete beim Wirtshaus, gerade als die Dunkelheit hereinbrach. Zu seiner Überraschung schliefen die meisten der Geächteten bereits – nur Giles und ein paar seiner Unterführer waren noch wach –, anscheinend hatte das Ale sie schläfrig gemacht. Auch Brian, der nur eine normale Menge Wein intus hatte, schlummerte schon. Ebenso Danielle. Aragh war in den nächtlichen Wald verschwunden und würde wahrscheinlich vor dem Morgen nicht zurückkehren. Selbst Schankwirt Dick und die meisten Mitglieder seiner Familie schliefen schon, auch die Angestellten – außer einer älteren Frau, die Giles Wein servierte und seinen Unterführern Ale.

Verstimmt ließ sich Jim im Hauptraum des Wirtshauses nieder, steckte den Kopf unter einen Flügel und richtete sich auf eine schlaflose Nacht ein …

Es schien ihm, als habe er nur geblinzelt und dann den Kopf wieder unter dem Flügel hervorgehoben, aber er fand sich inmitten eifriger Geschäftigkeit.

Dick, seine Familie und die Dienstboten hasteten umher. Danielle verband Araghs Hals – der Wolf hatte es irgendwie fertiggebracht, sich während der Nacht eine Schramme oder Wunde zuzuziehen. Giles saß an einem Tisch und zeichnete in fünffacher Ausfertigung Pläne der Burg auf dünne Lederstreifen für seine Unterführer; und Dafydd, der so konzentriert arbeitete, daß eine Unterbrechung nicht willkommen schien, hatte eine kleine Balkenwaage aufgestellt und wog ein halbes Dutzend seiner Pfeile ab, einen nach dem anderen, dann korrigierte er leicht, aber peinlich sorgfältig ihre Schäfte und Federn.

Brian saß ein Stück entfernt an einem Tisch und verzehrte ein riesiges Frühstück aus Speck, Brot und kaltem Rindfleisch mit einigen Flaschen Wein.

Draußen war es noch dunkel. Das Morgengrauen war noch weit entfernt, nicht einmal der erste Lichtschein war sichtbar. Jim schätzte die Zeit auf etwa vier Uhr morgens.

Neidvoll betrachtete er Brian. Wer hatte schon so einen Appetit, noch ehe die Sonne aufgegangen war, und das an einem Tag, an dem er erwarten mußte, getötet zu werden?

»Ah, da seid Ihr ja, Sir James«, sagte Sir Brian und schwenkte seinen Becher. »Ein wenig Wein?«

Jim beschloß, daß er einen Schluck verdiente, trotz seiner Schulden bei Schankwirt Dick.

»Ja«, sagte er.

Brian entkorkte eine neue Flasche und reichte sie ihm. Jim packte sie mit einer Klaue, hielt sie an sein Maul und schluckte den Inhalt auf einmal hinunter.

»Danke«, sagte er.

»Dick!« brüllte Brian. »Wein für Sir James!«

Schankwirt Dick kam händeringend herbeigelaufen.

»Bitte, Herr Ritter«, sagte er, »nicht wieder ein Viertelfaß Bordeaux.«

»Unsinn«, sagte Brian. »Natürlich nicht! Nur ein paar Dutzend Flaschen, oder die entsprechende Menge. Nur soviel, um die Kehle des guten Ritters ein wenig anzufeuchten.«

»Oh, in diesem Fall ... natürlich ... natürlich ...«

Dick eilte aus dem Zimmer. Jim hörte ihn nach einem Bediensteten rufen.

Was einige Minuten später zum Vorschein kam, waren nicht einige Dutzend Flaschen vom Besten des Wirts, sondern ein kleines Faß, nicht mehr als zehn Gallonen, von gutem, wenn auch zweitklassigem Wein. Aber das Fäßchen war voll, und Jim, mit einem schnellen, sehnsüchtigen Gedanken an die Jahrgänge, die er im Keller gekostet hatte, gab sich philosophisch mit dem Inhalt zufrieden. Schließlich konnte nicht einmal ein Drache von allem immer nur das Beste haben.

Er setzte sich mit Brian zum Trinken hin und nahm allmählich das geschäftige Treiben in der Umgebung in sich auf. Jedermann war sehr eifrig und sehr sachlich. Er hörte viel Waffenschärfen, letzte Ausbesserungen an der Ausrüstung, Überprüfen von Landkarten, Anweisungen und Befehle. Dementsprechend bemerkte er ein beinahe völliges Fehlen der fröhlichen Neckereien und Hänseleien, die tags zuvor einen bemerkenswerten Teil der Unterhaltung, besonders zwischen den Geächteten, ausgemacht hatten. Jetzt waren alle ernst. Überall qualmten und leuchteten Fackeln. Leute gingen schnell hin und her, jeder mit einer Arbeit beschäftigt, die keine Unterbrechung duldete. Giles war völlig von seinen Unterführern in Anspruch genommen und unnahbar. Aragh ging mit seinem Verband bald hinaus; und Danielle war jetzt nirgends mehr zu sehen. Dick und seine Leute waren wie der Kapitän und die Besatzung eines Schiffs, das gegen einen Hurrikan ankämpft. Schließlich ließ sogar Brian die Weinflaschen stehen und schlug freundlich vor, Jim solle, zum Teufel noch mal, zusehen, daß er wegkomme, einen Spaziergang machen oder sonst etwas, weil es für ihn selbst Zeit sei, sich um Blanchard und seine Waffen zu kümmern …

Jim befolgte den Rat und ging aus dem Wirtshaus hinaus in die tiefe, kühle Dunkelheit vor der Dämmerung. Er fühlte sich sehr einsam und fehl am Platze, wie ein Fremder bei einem großen Familientreffen; und dieses Gefühl wurde verstärkt durch eine Art sanfter Schwermut, hervorgerufen durch den Wein, den er gerade getrunken hatte. Er hatte eigentlich keine Sehnsucht nach seiner eigenen Welt – es war seltsam, aber trotz all der harten, mittelalterlichen Gegebenheiten entdeckte er, daß es ihm hier gefiel – aber nach jemandem, bei dem er vor Anker gehen konnte. Am liebsten bei Angie; aber, da das nicht möglich war, bei jedem, der ihm das Gefühl der Zugehörigkeit vermitteln konnte, damit er sich nicht mehr wie eine verirrte Seele auf Wanderschaft zwischen zwei Welten vorzukommen brauchte.

Er sah sich wieder nach Aragh um und erinnerte sich, daß er gesehen hatte, wie der Wolf, unmittelbar nachdem Danielle ihn verbunden hatte, das Wirtshaus verließ. Aber weder seine Drachennase noch seine Ohren gaben ihm irgendeinen Hinweis, daß der Wolf in der Nähe war; und Jim kannte Aragh nun schon gut genug, um zu wissen, daß seine Chancen gering waren, ihn zu finden, wenn dieser nicht direkt in Sicht war.

Jim gab es auf und setzte sich allein in die Dunkelheit. Hinter ihm waren die Geräusche, die Gerüche und der Lichtschein des Wirtshauses. Vor ihm war die dichte Schwärze der Bäume, und über ihm ein stark bewölkter Himmel, durch den dann und wann, tief im Westen, der schwache Schein des verdeckten Mondes milchig drang. Bald würde der Mond untergehen, und dann würde es gar kein Licht mehr geben.

Es war gut möglich, daß er am Ende dieses Tages, der jetzt kurz vor der Dämmerung stand, nicht mehr lebte. Der Gedanke löste keine besondere Angst in ihm aus, steigerte aber das Gefühl der Schwermut. Wenn er verletzt werden konnte, wie es bei dem Scharmützel im Dorf geschehen war, konnte er auch schwer verwundet oder gar getötet werden. In diesem Fall würde er hier sterben, unmöglich weit entfernt von allem, womit er sich je identifiziert hatte. Niemand würde auch nur von seinem Tod erfahren. Selbst Angie, angenommen sie überlebte den Verhaßten Turm und die Dunklen Mächte, von denen Carolinus gesprochen hatte, würde wahrscheinlich niemals erfahren, was mit ihm geschehen war. Vielleicht wurde er nicht einmal vermißt …

Er versank immer tiefer in einer Art wollüstigen Selbstmitleids, als er bemerkte, daß er nicht mehr auf dem Boden saß. Statt dessen lag er dort, war gerade dabei, sich auf den Rücken zu rollen, die Flügel zu spreizen und sich auf der rauhen, sandigen Erde hin und her zu wälzen. In seinem Bewußtsein erklang das Echo von Danielles Worten und hielt ihn gerade noch zurück: »Wälzt Euch nicht im Dreck, Sir James!«

Damals hatte er sich verwundert gefragt, wie sie auf den Gedanken käme, er würde sich jemals im Dreck wälzen wollen. Jetzt verstand er. Als er an seine

Schrammen dachte, hatte sich auch sein Unterbewußtsein an sie erinnert. Am Tag nachdem er sie empfangen hatte, hatten sie wie kleine Rasierverletzungen gebrannt; aber er hatte sie mit der Zeit nicht mehr beachtet, und so waren sie ihm aus dem Bewußtsein entschwunden. Jetzt erkannte er jedoch, daß sie heilten; und während dieses Vorgangs hatte sich ein neues Gefühl entwickelt: sie juckten.

Ein ordentliches Abschrubben an der rauhen Erde wäre eine befriedigende Möglichkeit, diese juckenden Stellen zu kratzen. Natürlich würden dabei nicht nur die Schrammen aufgerissen, sondern es würden auch Schmutz und infizierende Keime hineingerieben werden.

Er setzte sich wieder auf. Natürlich hatte Danielle recht. Das Schlimme war nur, daß sich das Jucken jetzt, da er es bemerkt hatte, so sehr verstärkte, als sei es bewußt entschlossen, ihn auf teuflische Weise zum Wahnsinn zu treiben. Er zwang seinen Körper auf alle vier Beine. Wenn Brian unbeweglich stehenbleiben konnte, während eine Hummel in seinem Helm herumsurrte, sollte er doch wenigstens fähig sein, das bißchen Jucken zu ignorieren.

Jetzt, da er wieder auf den Beinen stand, konnte er den kommenden Tag riechen – es war kein Duft, der sich genau beschreiben ließ, sondern eine allgemein feuchte, frische Veränderung in dem Nachtwind, der in seine Richtung blies. Seine Ohren vernahmen das schwache Geräusch von Pfoten auf der Erde, und plötzlich stand Aragh vor ihm.

»Alles wach dort drinnen?« brummte der Wolf leise. »Zeit, daß es losgeht!«

»Ich werde Bescheid sagen.«

Jim wandte sich der Wirtshaustür zu; aber im gleichen Augenblick öffnete sie sich, und Giles streckte den Kopf heraus.

»Sir James?« fragte er leise. »Habt Ihr den Wolf gesehen?«

»Hat er«, fauchte Aragh. »Ich bin hier. Warum flüstert Ihr, Herr Geächteter?«

Giles zog den Kopf zurück und schloß die Tür ohne zu antworten. Er hatte eigentlich nicht geflüstert. Nur seine Stimme war gedämpft gewesen – wie Araghs Stimme eine Sekunde zuvor. Fast sofort öffnete sich die Tür wieder, und Giles kam mit seinen Unterführern heraus, gefolgt von Danielle.

»Schankwirt Dick zieht gerade seine Rüstung an und spannt die Pferde ein«, berichtete sie ihrem Vater. »Seine Leute haben den Karren schon beladen. Sir Brian ist noch bei ihm, drüben in den Ställen.«

»Gut. Jack, sag bitte dem Ritter, daß wir bereit sind«, bat Giles. »Die übrigen versammeln ihre Leute.«

Jack ging das Gebäude entlang zu den Ställen; die anderen Unterführer traten in die Dunkelheit hinaus, dorthin, wo die Mannschaften ihr Lager aufgeschlagen hatten.

Fünfzehn Minuten später waren sie unterwegs. Brian auf Blanchard, Giles auf einem der Wirtshausgäule, der im Morgendunst einen seltsamen grauweißen Schimmer hatte, und Jim zu Fuß führten den Zug an. Dahinter kamen Dafydd und Danielle, gefolgt von dem Wagen, den Dick kutschierte, danach kam der Haufen der Geächteten. Aragh war gleich zu Beginn in die Dunkelheit des Waldes verschwunden und hatte gebrummt, er würde sie am Waldrand vor der Burg wieder treffen.

Das Tageslicht begann jetzt sein Versprechen einzulösen. Es war noch eine gute Stunde bis Sonnenaufgang, als sie das Wirtshaus verließen; aber als sie sich zwischen den Bäumen vorantasteten, begannen die größeren Stämme sich aus der Dunkelheit herauszuheben, während sich der Himmel darüber erhellte. Der Wind ließ nach, genau, wie Dafydd es prophezeit hatte, und der Nebel, der die unteren Bereiche des Waldes erfüllte, wurde allmählich sichtbar; sie bewegten sich durch eine Landschaft in Weiß, Schwarz und Grau – ein Land für

Geister und Nachtdämonen. Im Halbdunkel des heraufkommenden Tages war die Erde unter ihren Füßen wie eine dunkle Plattform und der Nebel eine geisterhafte Decke, die doppelt mannshoch in die Bäume hinaufreichte, so daß rechts, links und rundherum alles verborgen war. Selbst der allmählich heller werdende Himmel war von dicken, kalten Wolken wie mit Girlanden verhangen. Sie sprachen kaum, während sie marschierten, der Dunst, die Wolken und die Dunkelheit legten sich wie eine erstickende Decke auf jegliche Begeisterung. Der Wagen, die Waffen und Rüstungen klirrten. Die Hufe der Pferde stampften dumpf auf die Erde. Ihr Atem und der Jims dampften in der feuchtkalten Luft ebenso weiß wie der Nebel. Allmählich wurde aus dem Licht richtiges Tageslicht, und der Nebel wurde dünner; und fast noch bevor Jim dafür bereit war, erreichten sie den Waldrand, der an die Ebene grenzte, auf der Burg Malvern stand. Der letzte Nebel zog sich noch in Schwaden über das offene Land, und die Spitzen der Türme und Steinmauern erhoben sich daraus wie der obere Teil einer Burg, die halb vom Meer überflutet wird. Plötzlich, gerade als sie stehenblieben und schauten, schlüpften die ersten Sonnenstrahlen durch die Baumwipfel im Osten, schnitten eine lange Schneise durch den Nebel und verdünnten ihn noch weiter.

Langsam wurde die Ebene voll sichtbar, alles darauf zeichnete sich scharf ab, bis zu den Steinen am Fuß des Wehrgangs.

Noch einmal blickte Jim zum Himmel auf. Die schwere Wolkendecke begann durch die Höhenwinde an manchen Stellen aufzureißen, obwohl die Luft am Boden immer noch unbewegt war. Es blieben jedoch noch genug niedrig hängende Wolken, so daß ihm zum erstenmal der Gedanke kam, er könne vielleicht nicht sehr hoch fliegen, wenn er sich der Burg näherte. Wenn er während der nächsten halben Stunde auf dem Luftweg die Spitze des Bergfrieds erreichen mußte, würde er wenig mehr als ein paar hundert Fuß hoch fliegen können; und dann würde es den Wächtern auf den Burgmauern und Türmen nicht verborgen bleiben, daß da ein Drache kam – und auch nicht, welches Ziel dieser Drache hatte.

16

»GUT!« SAGTE BRIAN LAUT und fröhlich. »Alles da? Was ist mit dem Herrn Wolf?«

»Kümmert Euch um Euch selbst, Herr Ritter«, antwortete Araghs Stimme. »Ich bin schon lange genug hier, um zwanzig Schafe zu töten.«

»In Ordnung«, sagte Brian. »Macht Euch also bereit, Meister Giles, Ihr kennt Eure Rolle mit dem Bogen und Eure Männer. Ich kenne meine Aufgabe. Ihr übernehmt Eure Bogenschützen einschließlich des Walisers, Sir James, Dick, Wolf – hierher zu mir.«

Der Zug teilte sich in zwei Gruppen.

Dafydd, allein, einige Meter entfernt, wickelte sorgfältig nacheinander die Tücher aus, in die er die Pfeile, an denen Jim ihn im Wirtshaus hatte arbeiten sehen, einzeln eingeschlagen hatte. Er nahm sie vorsichtig bei den Schäften, pflanzte sechs davon mit der Spitze nach unten vor sich in die Erde und ließ die beiden anderen in seinen Köcher gleiten. Dick stieg von dem Pferd, das er hierher geritten hatte, und jetzt im Tageslicht sah Jim deutlich, daß man das hellbraune Tier großzügig mit Mehl oder einer anderen weißen Substanz eingepudert hatte, um es Blanchard in der Farbe ein wenig anzugleichen. Brian schwang sich jetzt von Blanchard und begann, dem kleineren weißgefärbten Pferd den Brustpanzer und die Rüstung anzulegen, die sein eigenes Streitroß gewöhnlich trug.

»Wie der Reiter, so das Roß«, sagte er dabei. »Ihr und Eure Mähre hier paßt zusammen mit euren schlechtsitzenden Rüstungen. Das Kopfzeug ist zu weit für ihren

Schädel, der Halspanzer zu lang. Aber sie kann es ohne zu große Mühe eine Zeitlang tragen. Auch das Brustgeschirr ist zu weit, aber das kann ruhig lose hängen. Andererseits kann ich die Flankenschützer fest um die Vorderbeine und die Schulter schnallen, dann halten sie fast so gut wie bei Blanchard.«

»Es wird trotzdem nicht gut sitzen«, sagte Danielle. »Und die Farbe des Pferdes ist schlecht. Ich verstehe nicht, warum Ihr nicht einfach den Wirt Euer Pferd reiten laßt.«

Brian runzelte die Stirn.

»Wünscht mir kein Pech an den Hals, Fräulein«, sagte Dick fröhlich aus den Tiefen seines Helms. »Ich hatte früher schon solche Pferde im Stall. Ich kann die meisten Tiere reiten, aber ich würde für hundert Pfund Silber keinen Fuß in den Steigbügel eines Pferdes wie Blanchard setzen. Nicht nur, daß er keinen außer seinem Herrn auch nur einen Augenblick lang auf seinem Rücken dulden würde, und nachdem er mich abgeworfen hätte, würde er auch kaum ruhig stehenbleiben. Er würde, wie man es ihn gelehrt hat, mit Hufen und Zähnen auf mich losgehen, bis er mich entweder getötet hätte oder ich entkommen könnte.«

»Ganz richtig«, sagte Giles und wandte sich von seinen Männern ab. »Der Ritter weiß schon, was er tut, Danielle. Wie wär's denn, wenn du wenigstens einmal versuchtest, nicht jedermann herumzukommandieren. Pferde wie Blanchard wären nicht das Lösegeld für einen Herzog wert, wie sie es sind, wenn man sie auf jedem Bauernhof finden könnte. Ich möchte wetten, Sir Brian hat für dies hier eine ganz schöne Summe bezahlt.«

»Mein gesamtes Erbe«, grunzte Brian, schwer damit beschäftigt, die Riemen des zweiten Pferdes zu befestigen. »Die Rüstung habe ich von meinem Vater; aber alles andere, was ich geerbt habe, ging für Blanchard drauf. Habe nie etwas Vernünftigeres getan. Er stellt sich Lanzen, Streitäxten, Keulen und Schwertern und verteidigt mich gegen jeden Menschen und jedes Tier, wenn ich am Boden liege. Ich kann ihn allein mit den Knien reiten, wenn meine beiden Hände mit Schild und Waffe beschäftigt sind. Und verdammt wenige andere Streitrosse können es an Gewicht oder Kraft mit ihm aufnehmen.«

Er blickte den Wirt an. »Nichts für ungut, Freund Dick«, sagte er. »Aber selbst wenn Blanchard Euch auf seinem Rücken dulden würde, würde ich es nicht zulassen. Er gehört mir allein.«

»Keine Angst, Sir Brian. Ich fühle mich auf Bess hier auf jeden Fall wohler.« Dick zögerte. »Aber wollt Ihr nicht wenigstens ein Kettenhemd unter Eurem Tuchkittel tragen?«

»Ein Kettenhemd allein hilft sowieso nichts, wenn mich Sir Hugh in voller Rüstung angreift«, antwortete Brian. »Er ist zwar ein Hurensohn, aber er versteht zu kämpfen. Und wenn es einem seiner Männer einfallen sollte, mich frühzeitig zu durchsuchen, und er findet das Panzerhemd, dann wird vorzeitig Alarm ausgelöst. Nein, lieber gehe ich das Risiko ein und rüste mich später.«

»Ihr seid auch nicht der überzeugendste Wirt«, bemerkte Danielle.

Da, dachte Jim, hatte sie recht. Sir Brian war in enge lederne Reithosen gekleidet, mit Gürtel und Messer daran, die ursprünglich Dicks Sohn gehört hatten, dazu trug er einen losen grauen Kittel und einen unförmigen, dicken dunklen Mantel. Mit den Kleidern an sich war alles in Ordnung. Sie hätten zu jemandem wie Dick gepaßt – vorausgesetzt, man hätte die Hosen um die relativ umfangreiche Taille des Wirts befestigen können. Die Schwierigkeit bei Brian war die Art, wie er sie trug. Jims erster Eindruck von dem Ritter waren durchdringende blaue Augen, eine aufrechte Haltung vom Leben im Sattel und vom Tragen von Rüstungen, und ein aggressiv vorgerecktes Kinn gewesen. All das war immer noch unverkennbar, trotz der elenden Kleidung, die der Ritter jetzt trug.

»Ich habe den Bart hier«, sagte Dick und zog ihn unter der Ladung im Wagen hervor. »Er paßt zwar nicht genau zu Eurem Haar, Sir Brian; aber es ist nicht unmöglich, daß ein Mann mit Eurer braunen Haarfarbe einen Bart hat, der ins Rötliche geht. Diese Fäden werden über Euren Kopf gezogen und unter Eurem eigenen Haar befestigt ... und wenn Ihr dann Euer eigenes Haar nach vorne kämmt, damit es sich an der Stirn mit dem Bart vermischt, wie es mir der Schauspieler gezeigt hat ... Laßt mich Euch helfen, Sir Brian ...«

Gemeinsam brachten sie den Bart an Ort und Stelle. Er trug tatsächlich viel dazu bei, den Ritter unkenntlich zu machen, indem er ihm ein ungepflegtes, liederliches Aussehen verlieh und die blauen Augen nur mehr schurkisch wirken ließ.

»Ihr könntet versuchen, Euch ein wenig krumm zu halten«, sagte Danielle.

»Etwa so?« fragte Brian.

Er versuchte es – mit geringem Erfolg.

»Verdammt, ich bin kein Schalksnarr, wißt Ihr!« fauchte er sie schließlich alle an. »Hört auf damit! Ich werde Sir Hugh entweder wie ein Karnickel fangen oder nicht, so Gott es will!«

Er stieg auf den Sitz des Wagens und nahm die Zügel der beiden angeschirrten Pferde auf.

»Fertig?« wollte er wissen.

»Fertig, Sir Brian«, sagte Dick, der schon auf der weißgepuderten und gepanzerten Bess saß.

»Gebt mir jetzt einen guten Vorsprung, damit man nicht sieht, wie Ihr Bess zurückhalten müßt, damit sie mich nicht einholen kann.«

»Ja, Sir Brian.«

»Und Ihr, Giles, vergeßt nicht, eine Gruppe am Tor zu lassen. Wenn Sir Hugh gewarnt wird und aus seinem

Fenster sieht, daß innerhalb der Mauern gekämpft wird, dann wird er sich vor allem anderen bewaffnen und rüsten. Sobald er sich in voller Rüstung zeigt, versichert Euch, daß die Leute am Tor sich zurückhalten und nur versuchen, ihn an kein Pferd zu lassen, bis ich selbst ...«

»Oder ich«, unterbrach Aragh.

Brian funkelte ihn ungeduldig an.

»Herr Wolf«, sagte er, »was könnt Ihr schon mit einem Mann in voller Rüstung anfangen?«

Aragh knurrte leise, sprang hoch und ließ sich im Wagen nieder.

»Herr Ritter«, sagte er, »das werde ich Euch vielleicht eines Tages zeigen.«

»Auf jeden Fall«, fuhr Brian fort und wandte sich zu Giles zurück, »haltet das Tor und laßt Sir Hugh nicht auf ein Pferd.«

»Keine Sorge, Sir Brian«, sagte Giles. »Ich verstehe schon ein wenig von diesen Dingen.«

»Zweifellos. Aber es ist sicherer, wenn man es ausdrücklich noch einmal sagt.« Brian schnalzte mit den Zügeln und setzte so seine Wagengäule in Bewegung. »Nun – für Gott und Mylady!«

Er kutschierte aus dem Wald hinaus.

Draußen, auf der kleinen Ebene rund um die Burg, war jetzt der letzte Nebel verschwunden, und das klare gelbe Licht des frühen Tages erwärmte die grauen Steinmauern. Brian trieb die Wagengäule mit der Gerte erst im Trab, dann in einem schwerfälligen Galopp den Weg entlang, der zum Burgtor führte.

»Noch nicht, Meister Wirt! Noch nicht ... Jetzt!« rief Giles; und Dick brachte Bess mit den Fersen in Bewegung, sie klapperte aus der Deckung der Bäume schon beinahe im Galopp.

Giles blickte Jim an.

»Ja«, sagte Jim. »Ich mache mich jetzt wohl auch besser auf den Weg.«

Er wäre nur zu gerne geblieben, um abzuwarten, ob

man Brian und Aragh das Tor öffnen würde, und ob Dick es schaffte zu wenden und heil zurückzukommen. Aber er mußte fort, in die entgegengesetzte Richtung, um sich der Burg aus einem Winkel und einer Höhe zu nähern, wo man ihn nicht sofort entdecken würde.

Also wandte er sich um und lief ein Stück in den Wald hinein, bevor er in die Luft sprang und sich gerade über die Baumwipfel erhob. Als er über die Schulter zurückblickte, sah er, daß er jetzt weit genug von der Burg entfernt war, so daß ihn die Bäume vor den Spähern auf dem Wehrgang verbargen, und er begann in einem weiten Bogen auf die Rückseite von Malvern zuzusteuern.

Kurz darauf erreichte er eine erste schwache Thermik. Als er mit ihr nach oben kreiste, fand er sich gerade unterhalb der Wolkenbank, die hier noch zusammenhängend war, aber Öffnungen nach Norden und Westen zeigte. Impulsiv beschloß er, durch die Wolken zu fliegen und zu sehen, ob es möglich war, über sie hinauszugelangen.

Es stellte sich heraus, daß es möglich war, auch wenn er beinahe zwölfhundert Fuß hoch steigen mußte, um es zu schaffen. Sobald er einmal über den Wolken war, steuerte er direkt auf die Burg zu und suchte nach einer Lücke in den weißen Massen unter sich, durch die er sich orientieren konnte. Er fand eine, schwebte darauf zu und blickte in einem Winkel hindurch, der ihn gleichzeitig die Ebene und Malvern erkennen ließ. Kein Wagen und keine berittene, gepanzerte Gestalt war in Sicht, aber im Westen der Burg war ein Sonnenfleck auf der Erde, der einen weiteren Riß in den Wolken irgendwo darüber andeutete.

Jim hob den Kopf, suchte von oben nach diesem anderen Riß und fand ihn auch nicht allzuweit entfernt. Er segelte darauf zu, sah die Burg aus einem spitzeren Winkel unten liegen und erkannte das Dach des Bergfrieds. Er war etwa eine Dreiviertelmeile davon entfernt und etwa tausend Fuß darüber. Er ging in Sturzflug, nicht durch den Riß, sondern durch die Wolken gleich daneben, direkt über der Burg.

Einen langen Moment war er von Wolkendunst eingehüllt und geblendet. Dann war er plötzlich wieder im Freien, und die Burg lag genau unter ihm. Er faltete seine Flügel halb zusammen und fiel, wie ein Stein von einer Schleuder, im Bogen auf sein Ziel zu. Im letzten Augenblick fing er sich ab und knallte unter dem Donnerschlag der komprimierten Luft unter seinen Flügeln auf die Spitze des Bergfrieds.

Nur ein Wächter empfing ihn. Der Mann starrte ihn mit offenem Munde an, drehte sich um und verschwand in dem steinernen Treppenhaus, das zum darunterliegenden Söller führte. Jim stürzte hinter ihm her, erreichte den Söller und duckte sich rechtzeitig, um einem geschleuderten Speer auszuweichen. Instinktiv holte er mit einem Flügel aus, und dieses kraftvolle Glied riß den Soldaten von den Beinen und schmetterte ihn gegen eine Wand, wo er niederfiel und sich nicht mehr bewegte.

Das Drachenblut von Jim – oder Gorbash; unter diesen Umständen war es unmöglich festzustellen, wessen Blut es war – kam in Wallung und kochte.

Er hörte, wie unter ihm Eisen auf Eisen krachte, und stürzte die nächste Treppe hinunter, wo er einen kurzen, flüchtigen Blick auf eine große, schlanke junge Frau in Weiß erhaschte, die einen kurzen Spieß trug und vor einer offenen Tür stand. Er strich an ihr vorbei, sie schrie etwas, was er nicht verstehen konnte, und versuchte, ihn mit dem Spieß zu treffen. Aber er war schon durch die Tür und in einem kurzen Gang, wo Brian, nur mit einem Helm auf dem Kopf, den Rest seiner Rüstung auf einem Haufen zu seinen Füßen, drei Soldaten mit seinem Schwert in Schach hielt.

Jim krachte in die drei hinein, und sie gingen zu Boden.

»Danke!« keuchte Brian. »Bitte haltet die untere Treppe, Sir James. Und helft dem Wolf, wenn es nötig ist. Er hat jetzt entweder das Tor geöffnet, oder sie haben ihn getötet. Sagt mir, wie es steht – wenn Ihr könnt.«

Schnaubend, die lange rote Zunge im geöffneten Maul hin- und herschnellend, die Flügel halb erhoben, stürzte sich Jim die letzte Treppe hinunter. Unten entdeckte er eine große, düstere Halle zu seiner Rechten, mit Vorhängen unterteilt, durch die Kampflärm und Schreie von Männern drangen. Zu seiner Linken war eine Tür, die ins offene Sonnenlicht führte. Er stürmte hindurch.

Nun sah er zu seiner Rechten, am anderen Ende einer gekrümmten Wand aus verwitterten Balken, einen Innenhof und das Burgtor, dessen eine Hälfte ein Stück nach innen offenstand. Im Hof waren zwei Kämpfe im Gange. Der eine wurde drüben, neben einigen offenen Schuppen mit Pferden, ausgetragen, wo fünf von Giles' Männern mit Schwertern gegen ebenso viele von Sir Hughs Soldaten kämpften. Gleich innerhalb des Tores drängte ein schreiender Halbkreis von etwa zwölf Soldaten Aragh gegen die Zinnen. Anscheinend war keiner von ihnen allzu erpicht darauf, als erster auf den Wolf loszugehen, aber sie versuchten alle, mit Schwertfinten und Gesten seine Aufmerksamkeit solange abzulenken, bis einer einen Schlag landen konnte.

»ARAGH!« donnerte Jim mit seiner vollsten Drachenstimme.

Er tauchte in den Halbkreis ein, der sich bei dem Aufprall zerstreute. Sofort kämpfte er gegen vier Männer, Aragh tötete drei andere, und die übrigen flohen.

»Wo ist Giles?« schrie Jim dem Wolf zu, während er drei seiner vier Gegner erledigte und sah, wie sich der letzte umdrehte und davonlief.

»In der Halle«, keuchte Aragh, »da habe ich ihn jedenfalls zuletzt gesehen.«

»Sir Hugh?«

»Keine Spur von ihm.«

»Im Bergfried ist er nicht!« sagte Jim. »Von dort komme ich. Brian steigt gerade in seine Rüstung. Ich werde den Rest der Burg absuchen.«

Er sprang in die Luft und hob sich mit einem Flügelschlag auf die Mauer. Links und rechts sah er mehrere Soldaten regungslos am Boden liegen, jedem ragte ein einziger Pfeil aus der Brust. Der Wehrgang war, abgesehen von den Toten, völlig verlassen.

Jim fragte sich, wo wohl Dafydd steckte. Immer noch im Wald? Oder war er hereingekommen und hatte sich Giles' Männern angeschlossen, die in der Halle oder an anderen Plätzen kämpften?

In diesem Augenblick quollen aus einer Tür am anderen Ende des Bergfried plötzlich Soldaten, die die gleichen kurzen Spieße trugen, wie das Mädchen einen geschwungen hatte. Sie steuerten auf das ziemlich ausgewogene Gefecht zwischen einigen ihrer Kameraden und den Geächteten in der Nähe der Ställe zu.

Jim war nun völlig von Drachenwut besessen. Er sprang von der Wand herunter auf diese neue Gruppe von Feinden. Von denen hatte keiner nach oben geblickt, daher fuhr er wie ein Blitzschlag zwischen sie hinein. Plötzlich war er mitten in der Schlacht, zischend, brüllend; er kämpfte gleichzeitig mit Zähnen, Klauen und Flügeln, wie ein gigantischer Raubvogel auf den Hinterbeinen balancierend.

Um ihn herum schwanden die Feinde dahin. Es war, als würde er gegen Strohmänner mit Waffen aus Zuckerstangen kämpfen. Die Spieße brachen, sobald er sie berührte; er schleuderte die Männer, die sie führten, wie Puppen herum. Ein wildes Machtgefühl flammte in ihm auf. Aus den Augenwinkeln sah er, daß Aragh von neuem von einer frischen Gruppe von Sir Hughs Gefolgsleuten eingekreist war, und nahm sich vor, dem Wolf zu Hilfe zu eilen, sobald er seine eigenen Angelegenheiten erledigt hatte. Wie hatte Aragh doch gesagt, er würde dafür sorgen, daß Jim heil zurückkäme? Aber Jim brauchte keine Hilfe. Wer konnte schon einem Drachen widerstehen? Kein Lebewesen. Er war unbesiegbar, und wenn das hier vorüber war, würde er die anderen alle daran erinnern – Wolf, Geächtete, Ritter … Dann plötzlich begannen die Soldaten, die ihn bisher angegriffen hatten, zu schreien und ein Triumphgeheul anzustimmen.

»Gorbash!« heulte Aragh. »Gorbash!«

Rief der Wolf etwa um Hilfe? Jim schaute zu ihm und sah, daß Aragh zwar bedrängt, aber keineswegs schwer verwundet oder in Schwierigkeiten war.

»Die Halle, Gorbash!« schrie Aragh.

Jim blickte zwischen den Spießen hindurch, die plötzlich mit neuer Energie auf ihn zugeschossen kamen. Die Haupttüren der Halle taten sich langsam auf; und noch während er zusah, ritt eine gewichtige Gestalt in spiegelblanker Rüstung, schon zu Roß, mit der langen Lanze in der gepanzerten Hand, langsam durch die Öffnung heraus.

Die Gestalt in der Rüstung schien es nicht eilig zu haben. Sie ritt in die Mitte des Hofes, wandte den Kopf in Richtung auf den Wolf, blickte zu Jim, trieb dann das Roß in einen langsamen Trab und ritt – nicht auf einen von den beiden zu, sondern zum Burgtor hinaus.

Ein vorwurfsvolles Wutgeheul trat an die Stelle der Triumphschreie der Soldaten. Sie wichen von Jim und Aragh zurück. Einige ließen die Waffen fallen und versuchten davonzulaufen. Aragh war sofort über denen, die vor ihm wegrannten, warf sie von hinten zu Boden; aber Jim beachtete die vor ihm Flüchtenden gar nicht.

»Du räumst hier auf, Aragh!« brüllte er dem Wolf zu. Das Gefühl unwiderstehlicher Macht loderte in ihm, und er konnte es nicht erwarten, an die gepanzerte Gestalt zu kommen, die er gerade gesehen hatte. »Ich hole ihn zurück!«

»Nein! Bleibt! Halt, Sir James!«

Eine andere Gestalt in voller Rüstung brach schreiend aus demselben Ausgang des Bergfrieds, den auch Jim benützt hatte. Brian, endlich voll gerüstet und bewaffnet, rannte schwerfällig zu den Ställen, wo die Pferde, verstört durch die Aufregung um sie herum, immer noch wieherten und an ihren Haltestricken zerrten.

»Zu spät!« donnerte Jim freudig erregt. »Ich habe zuerst Anspruch auf ihn erhoben!«

Er bewegte seine Flügel, hob ab und flog über die Mauer. Draußen hatte die gepanzerte Gestalt auf dem Pferd schon drei Viertel des Weges zum Waldrand zurückgelegt.

»Ergebt Euch, Sir Hugh!« schrie Jim mit voller Lautstärke. »Ich kriege Euch sowieso.«

Er hatte eigentlich erwartet, daß der fliehende Ritter, besonders nachdem er bewiesen hatte, daß er sich nicht scheute, seine Männer dem sicheren Tod zu überlassen, um sich selbst zu retten, beim Klang einer Drachenstimme und beim Anblick von Drachenflügeln, die hinter ihm herflatterten, sofort von Panik befallen seinen schweren Rotschimmel zum Galopp anspornen würde. Zu Jims Überraschung zügelte Sir Hugh jedoch sein Pferd, wendete und senkte die Lanze in Angriffsstellung. Dann trieb er das Pferd zu schnellerer Gangart an und ging geradewegs auf Jim los.

Jim mußte beinahe lachen. Der Mann mußte den Kopf verloren haben. Oder er hatte sich damit abgefunden, daß Niederlage und Tod unausweichlich waren, und sich entschlossen, kämpfend unterzugehen. Gleichzeitig war es seltsam; und Jim hatte einen plötzlichen, sinnlosen Gedankenblitz, eine Erinnerung an Smrgol, wie er die anderen Drachen in der Höhle gefragt hatte: »Wie viele von euch hier möchten auch nur einem einzigen Georg in seiner Schale gegenüberstehen, der sein Horn auf euch gerichtet hat?«

Dann trafen er und Sir Hugh mit einem Krach aufeinander, mit einem unglaublichen Aufprall, der in einem blendenden, schmerzdurchschossenen Augenblick Jims Sehvermögen, sein Denken, seine Erinnerung und alles andere ausschaltete …

17

»MEIN JUNGE …«, sagte Smrgols Stimme gebrochen. »Mein Junge …«

Es schien jetzt schon sehr lange her, seit Jim sich der Gestalten bewußt war, die sich um ihn herum bewegten, der abwechselnden Perioden von Licht und Dunkelheit, der Stimmen, die kamen und gingen – vertraute und fremde Stimmen. Aber er hatte ihnen wenig Aufmerksamkeit geschenkt, so verloren war er in einem Meer von Schmerz, das ihn immer wieder in die dunklen Wasser der Bewußtlosigkeit einsog, um ihn dann wieder halbwegs in die Wirklichkeit zurückkehren zu lassen. In letzter Zeit war der Schmerz für ihn die ganze Welt geworden. Er füllte seinen Geist völlig aus. Er löste seinen Körper in Empfindungen auf. Nicht ein einzelner Teil von ihm litt; es war sein gesamtes Sein. Und diese Situation hatte gedauert und gedauert …

Aber jetzt, nachdem er Smrgols Stimme erkannt hatte, wichen die Wasser des Schmerzensmeeres ein wenig zurück. Die Verminderung des Unbehagens ließ ihn sich beinahe behaglich fühlen – es war beinahe ein Genuß. Der verbleibende Schmerz war wie eine alte Wunde, die im Lauf der Jahre zum Gefährten geworden war, etwas, das man vermissen würde, wenn es auf einmal völlig verschwände. Er versuchte, die große, schattenhafte Gestalt neben sich in den Blick zu bekommen.

»Smrgol …?« fragte er.

Die Stimme, die aus seiner Kehle drang, war eine Geisterstimme, ein Geist des Drachenvolumens, mit dem er vertraut geworden war, seitdem er das erste Mal in Gorbashs Körper in dieser anderen Welt aufgewacht war.

»Er hat mit mir gesprochen!« Es war also Smrgol. »Lob sei den Feuern! Er wird leben! Wolf, rufe die anderen! Sag ihnen, er wird nun doch am Leben bleiben. Sag ihnen, sie sollen schnell kommen!«

»Ich gehe ja schon«, knurrte Araghs Stimme. »Aber habe ich es nicht gesagt? Habe ich nicht gesagt, er würde am Leben bleiben?«

»Ja, ja ...« Smrgols Stimme klang erstickt. »Aber ich bin ein alter Drache und habe schon so viele gesehen, die den Hörnern der George unterlegen sind ... Gorbash, wie fühlst du dich? Kannst du sprechen?«

»Ein wenig ...«, flüsterte Jim. »Was ist geschehen?«

»Du warst ein Idiot, Junge, das ist geschehen!« Smrgol versuchte, streng zu sein, hatte aber nicht allzuviel Erfolg damit. »Wie bist du nur auf die verrückte Idee gekommen, du könntest einen Georg in Schale angreifen – noch dazu einen zu Pferd – allein?«

»Ich meine«, krächzte Jim, »was ist mit mir passiert?«

»Du bist von einem Horn, eine Lanze nennen sie es, durchbohrt worden, das ist passiert. Jeder außer einem Drachen wäre tot gewesen, noch ehe er den Boden erreicht hätte. Jeder außer einem aus unserer Familie wäre innerhalb einer Stunde gestorben. Bei dir steht es so, daß du jetzt seit acht Tagen auf der Kippe stehst; aber nachdem du nun soweit bist, daß du mir antworten kannst, ist alles in Ordnung. Du wirst am Leben bleiben. Ein Drache, der nicht sofort getötet wird, überlebt – so sind wir, mein Junge!«

»Überlebt ...«, wiederholte Jim. Das Wort hatte einen seltsamen Klang in seinen Ohren.

»Natürlich! Wie ich sage, so sind wir. Noch drei Tage, und du bist wieder auf den Beinen. Danach noch ein paar Tage, und du bist derselbe wie immer!«

»Nein«, sagte Jim. »Nicht derselbe ...«

»Was redest du denn da? Unsinn! Ich sage, du wirst

so gut wie neu sein, und das wirst du auch! Jetzt widersprich mir nicht. Ich sage dir, es ist so!«

Der alte Drache redete weiter, aber Jims Gedanken glitten wieder in die dunklen Wasser. Er würde nicht mit Smrgol streiten. Es hatte keinen Sinn. Aber das hieß nicht, daß er sich von dem alten Drachen überzeugen lassen würde. In ihm war eine Veränderung vorgegangen; und er würde nie wieder derselbe sein.

Diese Erkenntnis einer Veränderung blieb ihm in den folgenden Tagen erhalten. Wie Smrgol vorhergesagt hatte, erholte er sich schnell; und während er auf dem Wege der Genesung war, begann er auf die Besucher zu reagieren, die zu ihm kamen. Von ihnen erfuhr er stückweise, was mit ihm seit dem Augenblick geschehen war, als er und Sir Hugh vor den Burgmauern aufeinandergeprallt waren.

Er verstand jetzt auch, warum die Drachen, die doch so großartige Tiere waren, mit Recht einen Ritter in Rüstung fürchteten, besonders, wenn er zu Pferd und mit einer Lanze bewaffnet war. Über eine Tonne von Pferd, Mann und Metall – mit einer Geschwindigkeit von mehr als zehn Meilen pro Stunde, und diese ganze Masse konzentriert auf den spitzen Punkt eines sechzehn Fuß langen Schafts –, das ergab eine eindrucksvolle Durchschlagskraft. In Jims Fall hatte die Lanze das Herz und beide Lungenflügel verfehlt, sonst hätte ihn nicht einmal Gorbashs Konstitution retten können. Die Spitze der Waffe war hoch in der Brust eingedrungen, wo der massive Brustmuskel des linken Flügels nicht so dick war, hatte ihn geradewegs durchbohrt und war neben dem linken Schulterblatt etwa sechzehn Zentimeter weit mit Spitze und Schaft wieder ausgetreten. Zusätzlich waren noch die hinteren zwölf Fuß der Lanze abgebrochen, so daß ein kurzer Stumpf des dickeren Schafts aus dem Einstichpunkt in seiner Brust hervorragte.

Zuerst hatten die anderen ihn für tot gehalten. Sicherlich hatte Sir Hugh de Bois das geglaubt; denn er war, ohne sich noch einmal zu versichern, wieder auf sein Pferd gestiegen – das war beim Zusammenprall gestürzt – und davongeritten, ehe ihn Brian auf einem der Burgpferde verfolgen konnte.

Die anderen hatten sich auf der Ebene um Jim versammelt, wo er bewegungslos lag; und Aragh hatte als erster festgestellt, daß er noch atmete, wenn auch nur sehr schwach. Sie hatten nicht gewagt, ihn fortzubringen, da er eindeutig am Rande des Todes schwebte. Also hatten sie eine notdürftige Hütte aus Stämmen und Zweigen über ihm errichtet, ihn mit Tüchern bedeckt und in dem Unterstand ein Feuer angefacht, um ihn warmzuhalten, während der Wolf S. Carolinus holte.

Carolinus war gekommen, begleitet von Smrgol, den die Nachricht irgendwie erreicht hatte. Auf Anweisung des Zauberers hatte der alte Drache seine Kraft eingesetzt, um das zu tun, wozu die anderen keine Möglichkeit gesehen hatten, selbst wenn sie es hätten wagen wollen. Smrgol hatte vorsichtig den abgebrochenen Schaft herausgezogen.

Als die Wunde frei war, hatte Jim eine Zeitlang stark geblutet, aber schließlich war die Blutung zum Stillstand gekommen; und Carolinus hatte verkündet, daß man, nachdem Jim bis jetzt überlebt habe, nichts mehr für ihn tun könne. Der Zauberer hatte sich zum Gehen angeschickt.

»Aber es muß doch etwas geben, was man tun kann!« hatte Danielle hartnäckig behauptet.

»Warten«, fauchte Carolinus, »und hoffen.«

Er ging.

Sie bauten die Hütte etwas dauerhafter. Smrgol und Aragh saßen abwechselnd bei Jim, gelegentlich leisteten ihnen Danielle, Brian oder ein anderer der Menschen Gesellschaft; und sie warteten. Schließlich war der Tag gekommen, an dem er Smrgol geantwortet hatte.

Jetzt kamen alle vorbei, um mit ihm zu sprechen und ihm ihre Befriedigung darüber zu zeigen, daß er überlebt hatte. Jeder hatte seine eigene Art, dies zu tun: Smrgol belehrte ihn. Aragh knurrte ihn mißmutig an. Danielle erklärte immer wieder, daß er ein Narr gewesen sei, fand es aber gleichzeitig sehr prinzlich von ihm, daß er sich in den beinahe sicheren Tod gestürzt hatte; sie lehnte es schroff ab, Mitgefühl zu zeigen, war aber sehr sanft, wenn sie seine Verbände wechselte, die sie keinen anderen auch nur berühren ließ. Giles wollte wissen, welchen Kampfstil Sir James in seinem eigenen Körper anzuwenden pflegte, und deutete beinahe an, Jim müsse doch noch einen Trumpf im Ärmel gehabt haben, sonst hätte er es von vornherein nie gewagt, einen Frontalangriff auf Sir Hugh durchzuführen. Dafydd kam, setzte sich, arbeitete an seinen Pfeilen und sagte gar nichts.

Geronde de Chaney (sie war die junge weißgekleidete Frau mit dem Spieß im Bergfried gewesen) kam vorbei und versprach ihm Rache. Sie trug selbst einen Verband auf ihrer rechten Wange.

Es stellte sich heraus, daß Sir Hugh ursprünglich mit einem halben Dutzend Gefolgsleuten angeritten war und Einlaß in die Burg erlangt hatte, weil er behauptete, er habe Nachricht vom Tode ihres Vaters. Sobald er in der Burg war, hatten seine Männer die Torwächter überwältigt und den Rest seines Gefolges eingelassen. Als er dann die Burg in seiner Gewalt hatte, gab er zu, nichts von ihrem Vater zu wissen; aber da er beabsichtigte, Malvern zu bekommen, so sagte er ihr, erwarte er von ihr, daß sie ihn unverzüglich heirate. Als sie sich weigerte, hatte er gedroht, sie schrittweise zu verstümmeln, indem er zuerst ihre rechte Wange zerschneiden würde, dann drei Tage später die linke, ihr drei Tage danach die Nase abschneiden und dann ein Auge nach dem anderen ausstechen würde, bis sie nachgäbe. Sie hatte ihm getrotzt und würde jetzt für den Rest ihres Lebens die

Narbe auf der Wange tragen. Sie war eine zierliche, ziemlich ätherisch aussehende Jungfrau mit aschblondem Haar und detaillierten Plänen, Sir Hugh auf kleinem Feuer zu schmoren, sobald sie seiner habhaft werden konnte.

Brian brachte Wein, setzte sich zu Jim und trank mit ihm, erzählte seine schlechten Witze und endlosen Geschichten, von denen einige anscheinend sogar wahr – laut Aragh und Smrgol –, die aber alle unglaublich waren.

Schankwirt Dick schickte seinen letzten Schinken, um Jims Appetit anzuregen.

Tatsächlich merkte Jim zum erstenmal, seitdem er in dem Drachenkörper steckte, daß er keinen Appetit hatte. Der Wein rann ihm angenehm durch die Kehle, aber selbst der lockte ihn nicht, höchstens in für einen Drachen sehr geringen Mengen. Trotzdem genas er. Er ging dazu über, draußen in der Sonne zu sitzen, und das klare, helle Licht des Frühherbstes wärmte seinen Körper, wenn es auch nicht die innerliche Kälte erreichte, die sich in ihm festgesetzt hatte. Die Wahrheit war, daß ihm der Tod, in Gestalt von Sir Hughs Lanze, zu nahe gekommen war. Der abgebrochene Speer war zwar aus seinem Körper entfernt worden und der Schmerz größtenteils verschwunden, aber es gab immer noch ein tiefes, allgemeines, inneres Unbehagen, das ihn nie verließ, und eine seelisch-geistige Niedergeschlagenheit förderte. Die Dinge hatten ihre Farbe verloren, die Leute um ihn herum ihre Einzigartigkeit und ihren Wert. Selbst der Gedanke an Angie verlor an Bedeutung. Sein Geist enthielt nur einen übermächtigen Gedanken: Nie wieder würde er kopfüber einen gepanzerten Ritter angreifen. Mehr noch, er würde überhaupt nichts und niemanden mehr angreifen, es sei denn, es wäre ganz einfach und gefahrlos. Wichtig war nur, zu überleben; es zählte nicht, wie man es schaffte, zu überleben, nur daß man es tat …

Vielleicht, der Gedanke kam ihm erst viel später, vielleicht hätten die anderen die Veränderung in ihm wahrnehmen können und sich bemüht, sie rückgängig zu machen, wenn sie ihn nicht, gerade zu dieser Zeit, sobald es ihm gut genug ging, in ihre Diskussionen über das weitere Vorgehen einbezogen hätten.

»... Die Entscheidung«, sagte Brian schließlich entschlossen, »muß bei Euch liegen, Sir James. – Geronde, er hat uns seine Unterstützung gegeben, um Euch aus Sir Hughs Händen zu befreien, und deshalb bin ich in seiner Schuld. Wenn er zuerst ausziehen will, um seine Dame zu retten – Gott, wie kann ich dagegen sein, nachdem er mir geholfen hat, die meine wiederzugewinnen –, muß ich mit ihm gehen. Ihr wißt das doch, Mylady.«

»Aber natürlich«, sagte Geronde schnell.

Sie saßen alle – außer Smrgol, der in eigener Sache zur Drachenhöhle zurückgeflogen war – nach dem Abendessen am hohen Tisch des Burgsaales, und Jim stillte gerade seinen Weindurst, der wieder sehr gewachsen war. Geronde saß, von Jim aus gesehen, an Brians anderer Seite, und sie beugte sich nun an dem Ritter vorbei, um dem Drachen direkt in die Augen zu sehen.

»Ich stehe ebenso in Sir James' Schuld wie Ihr, Brian«, sagte sie, »und bin wie Ihr dazu verpflichtet, seine Entscheidung zu respektieren. Aber, Sir James, ich möchte nur, daß Ihr einmal überlegt, welche Vorteile es hätte, gerade jetzt gegen Sir Hugh de Bois zu ziehen.«

»Vorteile für Euch vielleicht«, brummte Aragh sie an. Der Wolf fühlte sich innerhalb eines Gebäudes niemals sehr wohl, und das machte seine Laune noch schlechter als gewöhnlich. »Ich habe keine Verwendung für eine Burg. Und du solltest auch keine haben, Gorbash!«

»Aber Ihr wünscht ebenso wie wir, daß es mit Sir Hugh aus ist«, sagte Geronde zu ihm. »Ihr solltet ihn also jetzt auch verfolgen wollen, genau wie wir.«

»Ich werde ihn töten, wenn ich ihn finde; aber ich werde ihn nicht jagen. Ich jage nach Nahrung – nicht, wie ihr Menschen, nach allem, was kalt oder warm, naß oder trocken ist, und wonach es euch gelüstet«, knurrte Aragh. »Und Gorbash ist wie ich, nicht wie ihr.«

»Gorbash mag wohl so sein wie Ihr«, gab Geronde zurück. »Sir James ist es nicht. Und eines Tages wird Sir James wieder in seinem eigenen Körper sein. Wenn dieser Tag kommt, könnte er vielleicht eine Burg gut gebrauchen. Nach dem Gesetz kann ich Sir Hughs Land und seine Burg nicht erwerben, solange Zweifel besteht, ob mein Vater noch am Leben ist oder nicht; und die Burg Malvern geht mit ihren Ländereien bei unserer Heirat auf jeden Fall an Sir Brian als meinen Gatten. Inzwischen brauchen wir, sobald Sir Hugh gefangengenommen ist, einen verläßlichen Nachbarn; und der Bois de Malencontri ist kein schlechter Besitz, sogar für eine Person« – sie blickte kurz den langen Tisch hinunter zu Danielle –, »die vielleicht von beträchtlichem Rang ist.«

»Ich sage es noch einmal, Burgen und Ländereien bedeuten mir nichts«, knurrte Aragh. »Wofür sind kalte Steine und trockene Erde gut? Und ich sage auch das noch einmal, daß sie dir nichts bedeuten sollten, Gorbash. Wenn Smrgol hier wäre, würde er dir das ebenfalls sagen. Auf jeden Fall bin ich mit dir gegangen, um dir den Rücken freizuhalten, und um zusammen mit dir gegen die dunklen Mächte zu kämpfen, aber nicht, um dir zu helfen, menschliches Spielzeug zu gewinnen. Wenn du anfängst, nach solchen Dingen zu streben, dann trennen sich unsere Wege, Gorbash!«

Er erhob sich auf alle vier Beine, wandte sich um und trabte aus dem Saal, und die Bewohner der Burg rückten beiseite, wenn er ihnen zu nahe kam.

»In der Tat«, stimmte Dafydd zu, als der Wolf gegangen war, »er könnte damit recht haben. Sich verteidigen ist eine Sache, auszuziehen, um jemanden zu töten, ist eine andere, seht Ihr, gleichgültig, wie gute Gründe auch vorliegen mögen.«

»Hört nicht auf sie, Sir James«, sagte Danielle. »Ihr

braucht sie sowieso nicht. Wenn Ihr diese Burg nicht einnehmt, tut es ein anderer. Stimmt es nicht, Vater?«

»Nachdem dort etwas zu holen ist, könnt Ihr auch auf mich und meine Männer zählen«, sagte Giles zur Dame Geronde. Er wandte sich an Danielle. »Aber es ist das Geschäft – nur das Geschäft –, was uns dahin zieht. Darüber hinaus läßt du mich aus dem Spiel.«

»Ich habe Euch und Eurer Bande die Hälfte der Schätze versprochen, die auf Burg Malencontri zu finden sind«, versicherte ihm Geronde. »Ihr wißt, daß es sich für Euch lohnen wird, denn Sir Hugh hat seit Jahren seine kleineren Nachbarn ausgeplündert.«

»Und ich habe eingewilligt«, sagte Giles. »Von mir braucht Ihr keine Zustimmung mehr. Sir James ist es, der überzeugt werden muß.«

Jim wollte schon die Achseln zucken, als ihm einfiel, daß sein Drachenkörper darauf nicht eingerichtet war. Carolinus hatte ihm versichert, Angie würde nichts geschehen, während sie darauf wartete, von ihm gerettet zu werden. Ein paar Tage mehr, dachte er jetzt, aus seiner neuen, inneren Niedergeschlagenheit heraus – sogar eine oder zwei zusätzliche Wochen –, sollten keinen allzugroßen Unterschied machen. Außerdem, falls Carolinus es nicht schaffen sollte, sie beide zurückzuschicken, wohin sie gehörten, wäre es nicht schlecht, eine Burg zu Ländereien zu besitzen. Die Notwendigkeit von Verpflegung und Unterkunft – gutem Essen und bequemer Wohnung – war in dieser Welt hier ebenso eine Realität wie der Schmerz. Und Realitäten sollte man keinesfalls außer acht lassen.

»Warum nicht?« fragte er. »In Ordnung, ich bin dafür, jetzt gegen Sir Hugh de Bois de Malencontri und seinen Besitz zu ziehen.«

In dem Augenblick, als er das aussprach, schien eine seltsame Wellenbewegung durch die Luft im Saal zu gehen, etwa wie das kurze Flimmern einer Hitzewelle, und das niedergeschlagene Gefühl in ihm weitete sich

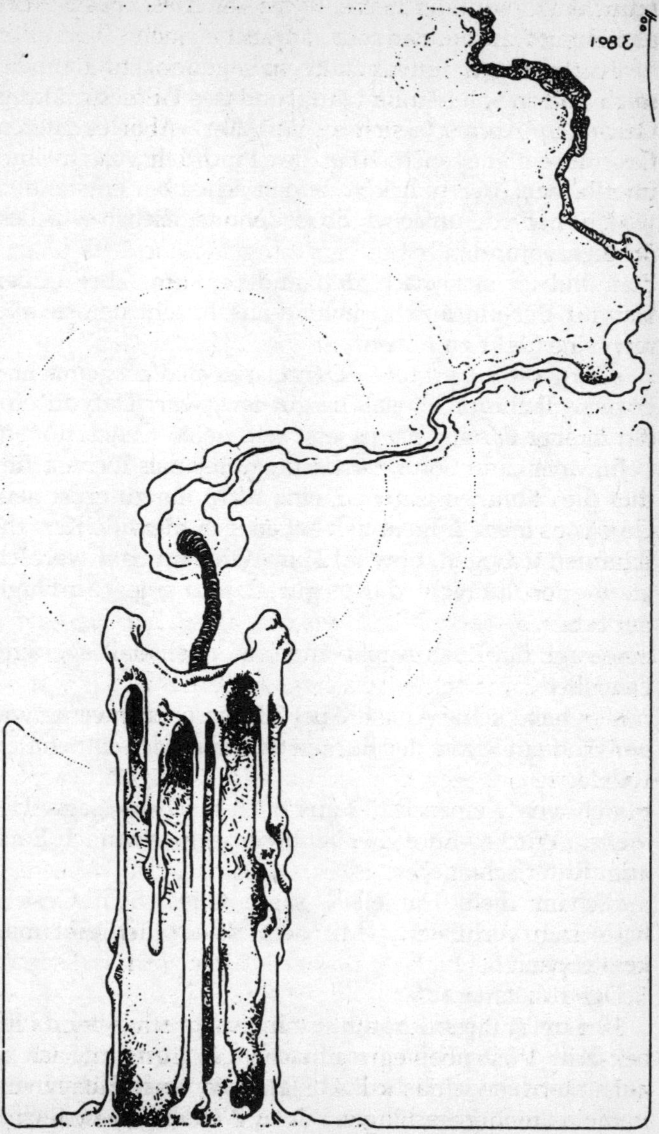

zu einem Gefühl der Leere, so als wären Gorbashs Körper und er zusammen nur eine Schale, die überhaupt nichts umschloß. Jim blinzelte, halb geneigt zu glauben, seine Augen spielten ihm aufgrund des Weines und der rauchigen Atmosphäre des von Kerzen beleuchteten Raumes einen Streich. Aber der Eindruck verschwand im gleichen Augenblick, indem er scheinbar entstanden war; Jim wurde unsicher, ob er denn eigentlich wirklich etwas empfunden hatte.

Er blickte sich nach den anderen um, aber außer Dafydd, der ihn durchdringend ansah, schienen sie alle nichts bemerkt zu haben.

»Gut«, sagte Geronde. »Dann ist es also ausgemacht.«

»Ich glaube nicht, daß es gut ist«, warf Dafydd ein. »In meiner Familie hat es jetzt seit vielen Generationen, vom Vater zum Sohn, von der Mutter zur Tochter, immer die Fähigkeit gegeben, eine Warnung zu erkennen. Und vor einem Augenblick haben sich hier alle Kerzenflammen gebogen, obwohl kein Wind im Saal war. Ich glaube absolut nicht, daß es gut ist, jetzt gegen Sir Hugh zu ziehen.«

»Aragh hat Euch Angst eingejagt, das ist alles«, sagte Danielle.

»Ich habe keine Angst. Aber ich bin ebensowenig wie der Wolf ein Ritter, der Burgen besitzen oder einnehmen sollte.«

»Ich werde einen Ritter aus Euch machen«, sagte Danielle. »Wird es Eure Zweifel beseitigen, wenn ich Euch zum Ritter schlage?«

»Schäm dich, Danielle!« sagte Giles. Sein Gesicht hatte sich verdüstert. »Mit dem Rittertum treibt man keine Scherze.«

Dafydd stand auf.

»Ihr treibt Euren Spott mit mir«, sagte er. »Aber da Ihr bei dem Unternehmen mitmachen wollt, werde ich es auch tun, denn ich liebe Euch. Jetzt aber werde ich hinaus in die reine Luft und in die reinen Wälder gehen, allein.«

Auch er verließ den Saal.

»Nun, nun«, sagte Brian fröhlich. »Jetzt ist aber Schluß mit den üblen Prophezeiungen! Füllt Eure Becher! Wir sind uns einig. Auf den baldigen Sieg über Sir Hugh und seine Burg!«

»Und auf Sir Hugh selbst, der dem Feuer einen Tag näher ist«, sagte Geronde.

Sie tranken.

Sie brachen am nächsten Morgen früh auf, ohne Aragh, aber dafür waren Giles' Geächtete mit vierzig Mann verstärkt worden, die man von der Burg Malvern und anderen Besitztümern der de Chaneys abgezogen hatte. Geronde selbst war äußerst begierig gewesen mitzukommen; aber ihr Pflichtgefühl gegenüber der Burg und den Ländereien ihres Vaters vermochte sogar ihren Rachedurst zu übertreffen. Also hatte sie sich einverstanden erklärt zurückzubleiben. Sie sahen sie auf der Burgmauer stehen und ihnen nachblicken, bis die Bäume des Waldes ihnen die Sicht nahmen.

Am Morgen war es ebenso bedeckt wie an dem Tag, an dem sie die Burg Malvern von Sir Hugh zurückgewonnen hatten. An diesem Tag jedoch lichteten sich die Wolken nicht. Statt dessen verdichteten sie sich, und bald setzte ein leichter, stetiger Nieselregen ein.

Der Weg führte abwechselnd durch Wald und offenes Land, aber als der Morgen fortschritt, nahmen die Bäume überhand, der Boden wurde tiefliegend und feucht. Sie kamen in ein Gebiet mit vielen kleinen Seen und Mooren, und die Wagenspur, der sie folgten, wurde bald schlammig und schlüpfrig. Der Zug zerstreute sich, teilte sich in Gruppen und zog sich eine halbe Meile weit auseinander.

Aber der graue Tag beeinflußte mehr als nur die Art zu reisen. Die dumpfe Feuchtigkeit der Atmosphäre schien auch eine trübsinnige Laune zu erzeugen. Diejenigen, die, wie die Geächteten und die vierzig Mann von den Ländereien Malverns zu Fuß waren, stapften mit auf das seichte Wasser gesenkten Köpfen einher, die Bogensehnen umwickelt, die Waffen eingehüllt. Die sonst üblichen rauhen Scherze und freundschaftlichen Beleidigungen unter den Geächteten waren verschwunden. Wenn sie redeten, dann drückten sie mißmutig ihre Unzufriedenheit mit dem Wetter aus, mit dem Weg und den wahrscheinlichen Kosten – an Menschenleben und Verwundungen – bei dem Kampf um die Burg, die sie überfallen wollten. Alte Streitigkeiten zwischen einzelnen wurden wieder ausgegraben, und die Stimmung wurde gereizt.

Selbst die Leiter der Expedition schienen von dem allgemeinen Stimmungswechsel angesteckt. Giles war grimmig, Danielle scharfzüngig und Dafydd überhaupt nicht ansprechbar. Es war, als habe die ganze Gesellschaft irgendwie das Gefühl, daß etwas nicht stimmte.

Jim flüchtete sich schließlich an die Spitze der Kolonne, wo sich die einzige Ausnahme von der allgemeinen Mißstimmung befand: Brian auf Blanchard war unverändert. Der Ritter hatte eine fröhliche, spartanische, unnachgiebige Art. In seiner persönlichen Welt waren seit langem alle wesentlichen Fragen und Unsicherheiten beigelegt. Mochte die Sonne scheinen, mochte Schnee fallen, Wein fließen oder Blut vergossen werden – all das waren nur oberflächliche Abwandlungen, die man gewöhnlich als unbedeutend ignorierte. Brian vermittelte den Eindruck, als würde er noch auf der Folterbank mit seinen Peinigern scherzen.

Jim erzählte ihm, wie sich die anderen, besonders die Führer, verhielten.

»Das sollte Euch nicht beunruhigen«, sagte Brian.

»Aber es ist doch wichtig, daß alle weiterhin zusammenarbeiten, nicht wahr? Was wäre zum Beispiel, wenn Giles sich plötzlich entschließen würde, mit seiner ganzen Bande auszusteigen? Dann hätten wir nur noch die vierzig Mann von Malvern, und von denen sieht die

Hälfte so aus, als hätte sie von Kämpfen nicht die geringste Ahnung.«

»Ich glaube nicht, daß Giles das tun würde«, sagte der Ritter.

»Er weiß, daß in Sir Hughs Festung Reichtümer auf ihn und seine Männer warten. Außerdem hat er sich einverstanden erklärt mitzukommen – und er war einmal ein Gentleman, das ist unverkennbar, auch wenn er es jetzt nicht mehr zugeben will.«

»Nun, auch wenn Giles selbst zuverlässig sein sollte«, fuhr Jim fort, »könnte es Schwierigkeiten zwischen Danielle und Dafydd geben, die schließlich auch ihren Vater beeinflussen könnten. Dafydd wird mit jeder Meile wortkarger, und Danielle läßt nicht von ihm ab. Eigentlich sollte sie sowieso nicht dabei sein, aber niemand scheint genug Courage gehabt zu haben, ihr zu sagen, sie solle nicht mitkommen.«

»Ohne sie wäre der Waliser nicht mitgezogen.«

»Das stimmt«, räumte Jim ein. »Aber Ihr müßt zugestehen, daß sie kein Krieger ist …«

»Seid Ihr dessen so sicher?« fragte Brian. »Habt Ihr sie je schießen gesehen?«

»Nur das eine Mal, als uns ihre Pfeile entgegenflogen. Und in dem geplünderten Dorf. Nun gut, sie kann mit einem Bogen umgehen …«

»Nicht nur mit *einem* Bogen«, sagte der Ritter. »Sie hat einen Langbogen mit hundert Pfund Zugkraft, wie die Hälfte der Bogenschützen in der Bande ihres Vaters.«

Jim blinzelte überrascht. Vor Jahren, im College, hatte er sich einmal flüchtig für das Bogenschießen interessiert. Bei den Übungen im Zielschießen hatte er mit einem vierzigpfündigen Bogen begonnen und war dann zu einem Sechzigpfünder übergegangen. Für ihn waren sechzig Pfund die Grenze gewesen – und er betrachtete sich nicht als Schwächling.

»Woher wißt Ihr das?« fragte er.

»Ich sah sie nach Eurer Verwundung schießen, als bei

der Einnahme der Burg Malvern noch stellenweise gekämpft wurde.«

»Sie war in der Burg?« fragte Jim entsetzt. »Ich dachte, sie sei im Wald geblieben. Aber wie konntet Ihr das feststellen, wenn Ihr sie nur beim Schießen gesehen habt?«

Brian sah ihn, während sie weitergingen, neugierig von der Seite an.

»Das muß ein seltsames Land sein, da jenseits des Meeres, wo Ihr herkommt, James«, sagte er. »Natürlich, indem ich beobachtete, wie der Pfeil von ihrem Bogen schnellte.«

»Ihren Pfeil beobachten?«

»Um zu sehen, wie weit er sich hebt, wenn er die Sehne verläßt«, erklärte Brian. »Als ich sie beobachtete, hielt sie immer noch unter das Ziel, und das bei einem Abstand von 10 Ruten. Ich selbst schieße nur mit einem achtzigpfündigen Bogen. Ich bin natürlich auch kein Bogenschütze. Aber Fräulein Danielle ist bestimmt kein Schwächling.«

Jim stapfte eine Zeitlang neben Blanchard und seinem Reiter her und verdaute das Gehörte schweigend.

»Wenn sie schon mit einem Hundertpfünder schießt, was benützt denn dann Dafydd?«

»Gott, wer weiß das? Einen Hundertfünfziger? Einen Zweihunderter? Noch mehr? Der Waliser ist kein gewöhnlicher Typ. Ihr habt gesehen, daß er sein eigener Pfeil- und Bogenmacher ist – und er ist in diesen beiden Künsten selten geschickt. Ich möchte wetten, in Giles' Bande gibt es nicht einen Schützen, der nicht für diesen Bogen von Meister Dafydd – vorausgesetzt, er könnte ihn spannen, wenn er ihn bekäme – den Verdienst von zehn Jahren hingäbe. Ihr müßt wissen, beim Langbogen liegt das ganze Geheimnis in der Krümmung zu den Enden der Bogenstange hin. Selbst wenn man die Kraft des Mannes in Betracht zieht, erreicht er seine Schußweiten und seine Zielgenauigkeit nicht nur dadurch, daß sein Bogen schwerer und länger geschnitten ist. In dieser Waffe steckt eine Geschicklichkeit und eine Kunst, die über die Fähigkeiten eines gewöhnlichen Bogenmachers hinausgehen. Ihr habt gehört, was Giles sagte, als Meister Dafydd anbot, die Wachen auf der Burgmauer vom Waldrand aus zu töten. Und natürlich gilt das gleiche für die Pfeile, die der Waliser macht. Jeder dieser Geächteten würde zweifellos die Hälfte seiner Zähne für einen Köcher voll davon hergeben.«

»Ich verstehe«, sagte Jim.

Die Information drang in sein Bewußtsein ein und lag dort schwer wie Blei. Einstmals, so erkannte er, vor seinem Zusammenstoß mit Sir Hugh, hätte er so etwas faszinierend gefunden. Jetzt empfand er dabei nur einen leisen Groll – gegen Dafydd, der ein solches Wissen und Können besaß, und gegen Brian, wegen der Herablassung, die er in der Stimme des Ritters zu hören glaubte, als dieser ihm alles erklärte.

Er sagte nichts mehr; und nachdem Brian noch einige Bemerkungen gemacht hatte, um die Unterhaltung fortzusetzen, gab er es auf, wendete Blanchard und trabte in der Wagenspur zurück, um nach dem Rest der Gesellschaft zu sehen. Jim blieb allein und schleppte sich weiter, kaum darauf achtend, wohin er ging. Er merkte zwar, daß er jetzt allein wanderte, aber das paßte zu seiner gegenwärtigen Stimmung. Er hatte kein Bedürfnis nach Gesellschaft – besonders nicht nach der Gesellschaft dieser mittelalterlichen Typen, seien es nun Menschen oder Tiere.

Ja, als er sich jetzt selbst umblickte, konnte er weder Menschen noch Pferde entdecken, noch eine Andeutung der Wagenspur, der sie bisher gefolgt waren. Zweifellos hatte die Spur wieder eine ihrer sinnlosen Biegungen gemacht – wie ein Fußpfad war sie offensichtlich entlang des Weges des geringsten Widerstandes entstanden. Die Spur war keineswegs als Straße angelegt, mit dem Ergebnis, daß sie oft weite Kurven schlug, um eine

Gruppe von Büschen zu umgehen, die ein Mann mit einer Axt in ein oder zwei Stunden hätte beseitigen können. Wahrscheinlich war sie abgebogen; und er, in seine Gedanken vertieft, hatte unbewußt die gerade Linie weiterverfolgt – nun, in diesem Fall würde er binnen kurzem wieder auf die Spur treffen, sobald sie sich wieder in die eigentliche Richtung zurückkrümmte.

Inzwischen, so sagte sich Jim, war die Einsamkeit nicht unwillkommen. Er hatte genug von seltsamen Welten, sprechenden Geschöpfen, Blut, Kampf, Übermenschen und übernatürlichen Kräften – all das in Verbindung mit einer unentwickelten Technologie und einer primitiven Gesellschaftsform.

Wenn man der Sache auf den Grund ging, dachte er, so stellte sich heraus, daß man nur bis zu einem gewissen Punkt mit Tieren zusammenleben konnte. Smrgol und Aragh waren, wie auch die übrigen Drachen, Tiere, trotz der Tatsache, daß sie sprechen konnten. Übrigens waren die Menschen, die er kennengelernt hatte, nicht besser – menschliche Tiere, die aufgrund von Bräuchen, Instinkten oder Emotionen handelten, aber nie aufgrund zivilisierten Denkens. Trotz all ihrer Schönheit war Danielle nicht mehr als ein fellbekleidetes Weibchen aus der Steinzeit. Ähnlich hätte Dafydd, trotz seiner handwerklichen Geschicklichkeit, direkt aus einer Gruppe von Jägern des Cro-Magnon stammen können. Giles war ein schlauer, alter Verbrecher, sonst nichts; Brian war eine schmerzunempfindliche Tötungsmaschine, die mit den Muskeln dachte. Was Geronde anging – sie war eine reine Wilde mit ihrer glücklichen Vorfreude auf die Qualen, die sie ihrem Feind zufügen wollte, sobald sie ihn einmal in ihre Gewalt bekommen hatte.

Was hatte ihn nur auf die Idee gebracht – dort, in der Sauberkeit und Bequemlichkeit der Welt des zwanzigsten Jahrhunderts, wohin er gehörte –, daß er es jemals attraktiv, geschweige denn angenehm finden könnte, unter solchen Leuten und Bedingungen zu leben? Die Eigenschaften, die einen mit ihrem sonstigen Wesen hätten versöhnen können, waren nicht vorhanden. Jede Verpflichtung oder Zuneigung, die er vielleicht ihnen gegenüber zu entwickeln glaubte, war nur ein Produkt falscher Romantik.

An diesem Punkt seiner Gedanken angelangt, brach er ab, um zu erkennen, daß er nun schon einige Zeit dahinwanderte und immer noch nicht auf die Wagenspur oder auf irgendein Zeichen von der übrigen Gesellschaft gestoßen war. Vielleicht hatte die Wagenspur einfach aufgehört? Vielleicht waren die übrigen auf einen anderen Weg abgebogen? Vielleicht hatten sie sogar beschlossen, für heute Rast zu machen, weil der Regen inzwischen recht stark geworden war. Nun, sie konnten auf jeden Fall auf sich selbst aufpassen; er würde morgen wieder zu ihnen stoßen. Er hatte kein Bedürfnis nach ihrer Gesellschaft; und mit seiner drachenhaften Unempfindlichkeit gegenüber Temperatur und Unbilden der Witterung machte es ihm kaum etwas aus, daß es recht feucht und kühl geworden war.

Ja, nun, wo er darüber nachdachte, paßte es eigentlich ganz gut zu seiner Stimmung, daß der Tag frühzeitig und grau zu Ende ging, und daß es wie aus Eimern auf die triefenden Bäume und die durchweichte Erde um ihn herum goß.

Trotzdem blickte er sich um, wählte eine kleine Baumgruppe und ging dorthin. Es war einfach, einige der größeren Schößlinge mit den Wurzeln herauszuziehen und ihre Spitzen wie bei einem Indianerzelt aneinanderzulehnen, so daß sie einen notdürftigen Unterstand bildeten. Die ineinander verflochtenen Spitzen, die noch nicht von Blättern besetzt waren, boten ihm einigen Schutz gegen den herabfallenden Regen.

Jim rollte sich in diesem Unterstand sehr befriedigt zusammen. Der Tag wich jetzt langsam der Dämmerung. Er hatte keine Ahnung, wo die anderen waren, er konnte sie nicht finden, selbst wenn er das gewollt hätte, und so sollte es auch sein. Sie konnten ihn auch nicht finden – und auch *das* sollte so sein …

Er wollte gerade den Kopf unter einen Flügel stecken, als er sich eines Geräusches bewußt wurde, das er undeutlich gehört, das aber seit einiger Zeit ganz allmählich an Lautstärke gewonnen hatte. Eine Sekunde lang weigerte sich sein Verstand, es zu identifizieren; und dann kam die Erkenntnis, klar und unmißverständlich.

Sandmerker – im Anzug.

18

NOCH EHE JIM ERKANNTE, daß er sich bewegte, war er schon aus dem Unterstand heraus – und im Begriff davonzulaufen. Was ihn zurückhielt, war der gleiche Instinkt, der ihn schon bei seiner ersten Begegnung mit den Sandmerkern gewarnt hatte: Die wortlose Einsicht, daß der Versuch, vor ihnen davonzulaufen, der Anfang vom Ende war. Es war ein Wissen, das aus den tiefsten Schichten von Gorbashs Gehirn kam.

Jim blieb stehen, wo er war, in der wachsenden Dunkelheit, mit geöffnetem Maul und hinein- und hinausschnellender Zunge. Sein Atem schnarrte in der Kehle. Wenn er nur eine Ahnung hätte, in welcher Richtung er Brian und die anderen finden könnte, hätte es vielleicht einen Sinn zu rennen. Wenn er sie erreichen konnte, waren sie eventuell durch ihre Anzahl geschützt. Warum das so sein sollte, dessen war er sich nicht sicher; aber der Eindruck hielt an, instinktiv. Außerdem wußte er, daß es die Sandmerker bei weitem vorzogen, ein hilfloses und zahlenmäßig unterlegenes Opfer anzugreifen. Vielleicht konnten Menschen und Tiere zusammen in einer Gruppe der Angst widerstehen, die die Sandmerker ins Bewußtsein derer einzupflanzen suchten, die sie vernichten und verschlingen wollten. Wenn die Opfer widerstehen konnten, waren sie vielleicht fähig, ihrerseits die Sandmerker anzugreifen. Wie er gesehen hatte, war es unwahrscheinlich, daß sich die Sandmerker denen gegenüber behaupteten, die keine Angst vor ihnen hatten – Beweis: Die Geschwindigkeit, mit der sie geflohen waren, als Aragh sie vertrieben hatte.

Aber wohin sollte er sich wenden, um die Expedition gegen Sir Hugh zu finden? Wie er früher schon überlegt hatte, waren sie vielleicht schon vor einiger Zeit vom Pfad abgewichen, oder sie hatten ein Nachtlager aufgeschlagen. Sie mochten sogar umgekehrt sein. Wenn er zu rennen begann und es sich herausstellte, daß er in die falsche Richtung lief, würde er genau den Sandmerkern in die Falle gehen.

Eines war sicher: diesmal hatte er keinen Aragh, der ihm zu Hilfe kommen konnte. Selbst wenn sich der Wolf noch lange genug bei Malvern herumgetrieben haben sollte, um zu sehen, ob Jim nun wirklich mit der Expedition gehen würde, waren seine schlimmsten Befürchtungen seit langem bestätigt; und er hatte wohl den Weg zu seinem heimischen Wald eingeschlagen. Er war sicher meilenweit entfernt und konnte niemals die Stimmen hören, die jetzt immer näher auf Jim zukamen.

Eine Mischung aus Furcht und Zorn flackerte wie eine lebendige Flamme in Jim auf. Wieder schnarrte der Atem in seiner Kehle. Sein Kopf zuckte unwillkürlich nach rechts und links, wie bei einem gehetzten Tier, das die Geräusche der Treiber von allen Seiten auf sich zukommen hört. Es mußte einen Ausweg geben. Irgendeinen Ausweg …

Aber es gab keinen.

Das krampfhafte, instinktive Zucken seines Kopfes wurde langsamer und hörte schließlich auf. Sein Zorn erlosch. Jetzt hatte er nur noch Angst, und die Angst erfüllte ihn völlig.

Schließlich stellte er sich der Tatsache, daß seine

Angst berechtigt war: Er wäre nicht normal, wenn er sich nicht fürchten würde. Es war der Tod, den er da herankommen hörte – sein eigener Tod.

Er stand in der regennassen Dunkelheit, hörte das Geschnatter der Sandmerker, wie es näher und näher kam. Es konnte jetzt nur noch Minuten dauern, bis sie ihn eingekreist hatten. Es gab keinen Ort, zu dem er fliehen konnte; und sobald sie einmal da waren, würde es zur Flucht zu spät sein. Er tauchte in die tiefsten Tiefen der Verzweiflung ein und darüber hinaus in eine Art grenzenloser, farbloser Klarheit.

Er sah sich selbst jetzt ganz deutlich. Er hatte sich von den anderen entfernt, hatte im Geiste alles aufgezählt, was er an Brian und den anderen auszusetzen hatte. Aber die Argumente, die er gegen sie zusammengesucht hatte, sollten nur das vernebeln, was mit ihm selbst nicht in Ordnung war. Es waren nicht Brian, Smrgol, Aragh und die anderen, die so viel weniger wert waren als er, sondern er war es, der so viel weniger wert war als sie. Wenn ihn nicht der Zufall in diese mächtige Hülle gesteckt hätte, in der er jetzt weilte, wäre er ein Nichts. In seinem eigenen Körper wäre er nicht einmal als das geringste Mitglied in Giles' Bande aufgenommen worden. Konnte er einen hundertpfündigen Langbogen bedienen, geschweige denn, mit einem Pfeil irgend etwas treffen? Konnte er, selbst mit der besten Rüstung der Welt und auf dem besten Streitroß sitzend, sich einbilden, einem Gegner wie Brian oder Sir Hugh auch nur zwei Minuten lang standzuhalten?

Er wußte es jetzt besser. Es war Zucker für das Ego, wie eine Granate in einen Haufen Soldaten hineinzuplatzen, die ein Fünftel seines Gewichts hatten, und sie auseinanderzuschleudern. Es war sehr angenehm, den Leuten, die in einer Gesellschaft mit starrer, sozialer Schichtung lebten, zu erzählen, er sei ein Baron, und sie vermuten zu lassen, er sei vielleicht sogar ein Prinz. Aber was war geschehen, als ihn dann wirklich eine

echte Lanze durchbohrt hatte? Ganz plötzlich hatte ihm das Spiel keinen Spaß mehr gemacht. Er war bereit gewesen, seine Murmeln einzusammeln und wieder nach Hause zu gehen.

Jetzt, da er allein war und ihm die Sandmerker auf den Leib rückten, und er sich endlich selbst erkannte, sah er, daß die Welt, in der Angie und er gelandet waren, keine verweichlichte Welt war. Es war eine harte Welt; und alle, die er hier kennengelernt hatte – Smrgol, Brian, Aragh, Giles, Dafydd, Danielle, sogar Secoh und Schankwirt Dick –, waren von Kämpfen gezeichnete Überlebende. Sie hatten überlebt, weil sie den Mut hatten, den man zum Überleben brauchte. Diesen Mut hatte er ihnen verübelt, als er in die Lanzenspitze von Hugh de Bois geflogen war und erkannt hatte, daß er genau wie jeder andere getötet werden konnte. Diese Entdeckung hatte ihn erkennen lassen, wie wenig ihm diese Art von Mut – in seiner eigenen Welt – bisher abverlangt worden war.

Jetzt war es nicht mehr von Bedeutung, ob er mutig sein konnte oder nicht, weil er sowieso sterben würde. Die Sandmerker waren gleich hinter den Bäumen, die ihn umringten; und die Panik, die ihr Geschnatter hervorrief, begann an seinem Verstand zu nagen. Diesmal konnten sie seiner sicher sein. Er hatte nicht einmal ein Lagerfeuer, um sie in einigem Abstand zu halten. Listigerweise waren sie wieder einmal in einer regnerischen, wolkenbedeckten Nacht gekommen, in der ein Drache sich nicht in die Luft erheben konnte aus Angst, blind in einen Baum oder einen Felsen hineinzufliegen; und in der er, wie jedes gewöhnliche, erdgebundene Tier, die Flucht nur zu Fuß versuchen konnte. Der einzige Unterschied zum letzten Mal war, daß er schließlich mit sich ins reine gekommen war – ein einziger, kleiner Triumph, der allein ihn von einem einfachen Drachenopfer unterschied.

Der Atem stockte ihm in den Lungen. Einen Augenblick lang waren sogar die Stimmen der Sandmerker vergessen. Er hatte wenigstens eine letzte Wahl. Er würde in jedem Fall sterben, aber er konnte sich immer noch aussuchen, wie. Was hatte er doch zu Carolinus gesagt, damals, als sie sich kennenlernten? »... Aber ich bin kein Drache!«

Und er war auch keiner. Gorbash mochte in dieser Lage keine Wahl haben, aber er war Jim Eckert, und er konnte wählen. Er konnte unterliegen, er konnte sterben, aber immer noch in dem Bemühen, den Verhaßten Turm zu erreichen und Angie zu retten – allein, wenn nötig –, aber nicht als hilfloses Mahl für die Sandmerker.

Es mochte sein Tod sein, wenn er zu fliegen versuchte, aber er zog diesen Tod dem Hierbleiben vor. Er öffnete das Maul und brüllte die Sandmerker an. Er duckte sich und sprang nach oben, hinein in Regen und Dunkelheit; und das Schnattern wurde schnell schwächer, verstummte und verlor sich, weit unten, weit hinter ihm.

Mit den Flügeln schlagend bemühte er sich, an Höhe zu gewinnen. Es war ein aussichtsloses Unterfangen, die Wolkendecke für niedrig genug zu halten, um darüber hinaus zu fliegen. Und selbst wenn es möglich war, wo sollte er, über diesen Wolken, im Regen, in einer solchen Nacht eine Thermik finden, auf der er segeln konnte? Ein kräftiger Wind könnte ihn retten – aber bei solchem Wetter gab es keine starken, gleichmäßigen Winde über einer Schicht von Regenwolken. Wenn er nicht segeln konnte, würden seine Flügel früher oder später ermüden, und er würde an Höhe verlieren. Danach wäre der Sturz auf die Erde unvermeidlich.

Aber im Augenblick hatte er noch Kraft. Er kämpfte sich durch die Regenwolken nach oben. Dunkelheit umgab ihn – vorne, hinten, oben, unten. Es war, als hinge er bewegungslos in einer nassen, lichtlosen Leere und spanne alle seine Kräfte an, ohne vorwärtszukommen. Der Regen hörte keinen Augenblick lang auf, kein

Spalt öffnete sich in der Dunkelheit dort oben, um ein Stück Sternenhimmel erkennen zu lassen.

Nach der Höhe zu urteilen, die er früher immer während der ersten paar Minuten des Steigens erreicht hatte, glaubte er, inzwischen leicht mehr als fünftausend Fuß hoch zu sein. Er versuchte sich zu erinnern, was er über Regenwolken wußte. Meist kamen die Niederschläge, so erinnerte er sich undeutlich, einmal gelernt zu haben, aus Nimbostratus-, Altostratus- oder Kumulonimbus-Wolken. Kumulonimbus waren tiefhängend, aber die beiden anderen Arten lagen in mittlerer Höhe – bis etwa zwanzigtausend Fuß. Er konnte bestimmt nicht über zwanzigtausend Fuß hoch fliegen. Seine Lungen waren wie die eines jeden an die Planetenoberfläche angepaßten Tieres. In dieser Höhe würde ihm der Sauerstoff ausgehen – selbst wenn er nicht in der Kälte der höheren Luftschichten erfrieren würde.

Ein schwacher, aber gleichmäßiger Wind trieb den Regen in seiner jetzigen Höhe vorwärts; Jim war instinktiv hineingeflogen, um Auftrieb zu bekommen. Er wagte es jetzt, spreizte die Flügel in Segelstellung, während er den Atem anhielt. Er hatte keinen sichtbaren Beweis, daß er an Höhe verlor, aber er konnte den Luftdruck an der Unterseite seiner Flügel spüren; und dieses Gefühl signalisierte seinem Drachengehirn deutlich, daß er jetzt in flachem Gleitflug auf die Erde zusteuerte. Er wagte nicht, den Gleitflug fortzusetzen. Vielleicht würde er schneller als er glaubte an Höhe verlieren.

Er gebrauchte wieder seine Flügel, und seine Druckpunkte signalisierten, daß er wieder Höhe gewann, wenn auch langsam. Sein Verstand, der seit dem Augenblick, als er beschlossen hatte, die Sandmerker auf der Erde zurückzulassen, ständig auf Hochtouren arbeitete, warf ihm jetzt aus dem letzten Winkel seiner angelesenen Erfahrungen etwas zu: Einen Abschnitt aus einem sehr alten Buch, das von jemandem handelte, der sich unter Wasser verirrt hatte und nicht einmal mehr wußte, wo es hinauf an die Oberfläche ging. Er hatte, als er diesen Abschnitt las, gedacht, was man in einer solchen Situation brauche, sei eine Art eingebautes Echolot für Taucher. Diese Erinnerung setzte in seinem Bewußtsein den Einfall frei, daß nicht nur seine Drachenstimme ein ungewöhnliches Volumen hatte, sondern daß auch sein Gesichts- und Gehörsinn empfindlicher als bei einem Menschen waren. Fledermäuse konnten nachts blind fliegen, oder sogar – wie Forscher entdeckt hatten – wenn die Tiere physisch geblendet worden waren, wegen ihres Echolots – ihres Sonars. Wenn er so etwas auch fertigbrächte?

Jim öffnete den Mund, nahm seine ganze Lungenkraft zusammen und ließ einen unartikulierten Schrei in den Regen und die Dunkelheit um sich herum erschallen.

Er lauschte ...

Er war nicht sicher, ob er irgendein Echo hatte zurückschallen hören.

Er brüllte wieder und lauschte ... und lauschte ... strengte sein Gehör an.

Diesmal glaubte er, so etwas wie ein Echo zu hören.

Noch einmal brüllte er und noch einmal lauschte er. Dieses Mal kam klar ein Echo zurück. Etwas war unter ihm, auf der rechten Seite.

Er senkte den Kopf nach unten, gegen die Erde, und brüllte wieder.

Sein Drachengehör lernte offensichtlich schnell dazu. Diesmal konnte er nicht nur ein allgemeines Echo ausmachen, sondern auch einige Unterschiede in den Bereichen, aus denen die Echos kamen. Weit rechts war der Widerhall gedämpft, nahe zu seiner Rechten war er scharf, und weit links wurde er wieder gedämpft. Wenn das irgendeine Bedeutung hatte, mußte es eine harte Oberfläche beinahe genau unter ihm signalisieren.

Er überprüfte diesen Gedanken. Es war nicht so wahrscheinlich, daß die Echos eine harte Oberfläche anzeigten, eher eine reflektierende. Das konnte bedeuten, daß direkt unter ihm ein Stück offenes Gelände war, während rechts und links Baumbewuchs das Zurückkommen des Echos störte.

Er hörte auf zu experimentieren und flog weiter, während er dies überdachte. Das eigentliche Problem, sagte er sich, bestand darin herauszufinden, ob er die Abstände zwischen sich und der Quelle eines Echos bestimmen konnte. Eine Art Freude durchströmte ihn. Nicht daß er, selbst jetzt, wirklich an die Möglichkeit glaubte, sich retten zu können – einen völligen Sieg über die Sandmerker zu erringen. Aber er tat immerhin etwas gegen seine Situation.

Er flog eine Weile dahin und versuchte dabei wieder bewußt, Höhe zu gewinnen – genug, um nach dem, was er hörte, sagen zu können, ob es einen wirklichen Unterschied gab zwischen den Echos, die er auf einer tieferen Ebene aufgefangen hatte. Erneut spreizte er seine Flügel in Segelstellung und schickte seinen Schallimpuls in die regendurchtränkte Dunkelheit.

Die Echos kamen zurück – und zum erstenmal keimte Hoffnung in Jim auf. Denn was er hörte, war im wesentlichen die gleiche Verteilung von starken und schwachen Echos – Anzeichen für stark reflektierende Flächen, die sich an schwach reflektierende anschlossen – in der gleichen Richtung wie vorher, mit deutlicher Abschwächung der Echos, offensichtlich ein Zeichen, daß die Stärke eines Echos als Index für seine eigene Flughöhe dienen konnte.

Er war nun ganz in seine Tätigkeit vertieft. Ein fieberhafter Optimismus brannte in ihm. Die Chance, rechtzeitig etwas zu lernen, was ihm zu einer sicheren Landung verhelfen konnte, war immer noch ziemlich gering, aber vorher waren schließlich die Chancen in astronomischer Höhe gegen ihn gewesen.

Er fuhr fort, abwechselnd zu fliegen und zu segeln, wobei er auf wechselnden Höhen experimentierte. Daß es um Leben und Tod ging, half ihm beim Lernen: Seine

Fähigkeit, das, was er hörte, zu interpretieren, steigerte sich sprunghaft. Sein Gehör wurde nicht nur empfindlicher, sondern auch selektiver; dadurch konnte er nicht nur zwei Typen von Oberflächen unter sich unterscheiden, sondern vielleicht ein halbes Dutzend – einschließlich eines dünnen Streifens eines scharfen, beinahe metallischen Echos, das einen Bach oder einen Fluß andeuten mochte.

Auch steigerte sich, Schritt für Schritt, seine Geschicklichkeit in der Auswertung der Informationen, die ihm die Echos vermittelten. Allmählich baute sich in seinem Gehirn, wie das Negativ eines Fotos, ein Bild des unter ihm liegenden Gebiets auf. Er konnte jetzt zwei Geräusche ignorieren, die ihn – hätte er sie früher in Betracht gezogen – vielleicht abgehalten hätten, das Experiment zu wagen: Das Geräusch des fallenden Regens, das um ihn herum zischte, und das stetige Trommeln, wenn die Tropfen unten auf dem Boden aufschlugen. Anscheinend war sein Drachengehör durch bewußte Willensanstrengung kontrollierbar.

Einen Augenblick lang schoß es Jim durch den Sinn, daß Drachen vielleicht mehr mit Fledermäusen gemeinsam hatten, als man gemeinhin annahm. Ihre Flügel ähnelten auf jeden Fall entfernt riesigen Fledermausflügeln. Wenn er fähig war, das zu tun, was er im Augenblick tat, so konnte das möglicherweise jeder Drache; es war überraschend, daß die meisten Drachen glaubten, sie könnten bei Nacht nicht fliegen, außer bei hellem Mondschein.

Natürlich, erinnerte er sich, hatten die Drachen offensichtlich im Dunkeln einen anderen Orientierungssinn als Menschen. Er erinnerte sich, wie ihm in den Drachenhöhlen zumute gewesen war – er hatte nicht die leiseste Spur von Klaustrophobie verspürt. Als Drache machte es ihm nichts aus, unter der Erde zu sein, oder von Dunkelheit umgeben. Ähnlich hatte ihn im Keller von Schankwirt Dick die Tatsache, daß die Fackel ausgegangen war, während er noch aß, völlig ungerührt gelassen. Dunkelheit als solche, und die Unfähigkeit zu sehen, hatten für ihn keine Schrecken. Es leuchtete ihm jetzt ein, daß der wirkliche Grund, warum die anderen Drachen Angst hatten, bei Nacht zu fliegen, wenn sie nicht sehen konnten, darin zu suchen war, daß sie den oberirdischen Bereich für ein fremdes und möglicherweise gefährliches Gebiet hielten; der Mangel an Fluglicht war eine gute Entschuldigung, sich nicht dorthin zu begeben. Gorbash, erinnerte sich Jim, galt als ein fast anomaler Drache, weil er soviel Zeit über der Erde verbrachte. Jetzt eröffnete Gorbashs ungewöhnliche Einstellung, ergänzt durch Jims normal menschliche Haltung, daß die Erdoberfläche ein guter Aufenthaltsort sei, eine ganz neue Dimension für die Nachtreisen von Drachen.

Inzwischen hatte Jim, obwohl er seine Lage mehr und mehr in den Griff bekam, immer noch keine Möglichkeit, seine Höhe zu schätzen. Es half nichts, zu wissen, daß er dem Boden näher und näher kam, wenn er nicht einschätzen konnte, wie das Näherkommen plötzlich in das Dortsein umschlug!

Ihm fiel ein, daß es nur eine Lösung gab: Er konnte zu den stärkeren Echos hinunterfliegen, sich ihrem Ausgangspunkt nähern, soweit er es wagte, und hoffen, daß es, wenn er ihm sehr nahe kam, hell genug sein würde – selbst in dieser dunklen Nacht –, um sich im letzten Augenblick abzufangen. Es würde ein wenig wie Russisches Roulette sein; aber welche andere Wahl hatte er schon?

Er brachte sich in die flachste Gleitposition und begann zu sinken. Während er das tat, kam ihm ein zweites Mal eine Eingebung. Er erinnerte sich an den Streifen besonders scharfen Echos und an seine Vermutung, es müsse sich dabei um einen Fluß oder Bach mit einer stark reflektierenden Oberfläche handeln. Er änderte leicht seine Richtung und orientierte sich an diesem besonderen Echo. Wenn er schon zu einer Bruchlandung verdammt war, blieb ihm doch mehr Hoffnung, wenn er auf dem Wasser niederging, anstatt auf der Erde oder in einem Gehölz mit scharfen Zweigen an den Bäumen.

Er setzte den Sinkflug fort und schickte unterwegs Schallimpulse aus. Die Echos kamen zurück, immer deutlicher, immer schneller. Er strengte seine Augen an und spähte nach vorne; aber alles, was er sehen konnte, war Schwärze. Er kam näher, näher – und er konnte immer noch absolut nichts sehen.

Unvermittelt bremste er ab; und dabei platschte sein Schwanz, den er hinter sich herunterhängen ließ, durch Wasser. Einen Sekundenbruchteil später stieg er wieder und verfluchte dabei seine eigene Dummheit.

Verdammt, natürlich! Stimme, Ohren – er hatte die Nase völlig vergessen. Plötzlich hatte er Wasser *gerochen!* Sein Drachenriechorgan konnte sich vielleicht nicht mit Araghs überragendem Riechinstrument messen, aber es war doch weit empfindlicher als das eines Menschen. Er hörte instinktiv auf zu steigen und ging wieder in flachen Gleitflug über, noch einmal in Richtung auf das Wasserecho unter ihm. Aber diesmal achtete er auf die Gerüche, die ihm in die Nase stiegen.

Bewußtes Erkennen, dachte er, war doch etwas Wunderbares. Was er jetzt durch die Nasenlöcher feststellte, das hätte ihm schon vorher auf dem Weg nach unten auffallen sollen, aber weil er nicht darauf eingestellt gewesen war, seinen Geruchssinn zur Orientierung zu verwenden, hatte er nicht darauf geachtet. Jetzt, da er bewußt schnüffelte, roch er nicht nur Wasser, sondern auch Gras, Kiefernnadeln, Blätter und sogar feuchte Erde.

Als er über dem, was er jetzt als Wasser erkannte, herunterkam, roch er rechts und links davon Erde. Er hatte recht gehabt: Es war ein kleiner Fluß, vielleicht fünfzig Meter breit. Er ließ sich sinken, bis sein Schwanz das Wasser berührte, dann stieg er ein wenig und trieb auf den Erdgeruch zu seiner Rechten zu. Er glitt im Winkel darauf zu und …

Wupps! Gerade noch rechtzeitig bremste er ab, als er eine Gruppe Ulmen roch, die sich, gerade in seiner Richtung, dreißig Fuß hoch über dem rechten Ufer in die Luft erhoben. Dahinter roch es nach Gras und Erde. Er glitt wieder über dem Uferrand hinunter, jenseits der Bäume, schwenkte gleich daneben über das Wasser, noch einmal …

Und plumpste in die Flüssigkeit unter sich.

Jim machte eine gewaltige Bauchlandung. Aber das Wasser neben dem Ufer erwies sich für ihn als nur schultertief – für einen Menschen war es vielleicht mannstief. Er stand einen Augenblick lang im Fluß, das kühle Wasser umströmte ihn langsam, und er genoß das einfache Gefühl, wieder sicher auf der Erdoberfläche zu sein.

Nach kurzer Zeit normalisierte sich sein rasender Herzschlag, er wandte sich um und kletterte aus dem Wasser auf das Ufer, schwindlig im Bewußtsein seines Erfolgs. Quälend kam ihm der Gedanke, daß er es sogar hätte schaffen können, auf dem Ufer selbst sicher zu landen. Dann wies er den Gedanken zurück. Auf festem Boden zu landen war mehr als nur ein wenig riskant. Es war klüger, damit zu warten, bis er seine neue, nächtliche Kunst noch etwas mehr geübt hatte.

Das Schwindelgefühl begann zu verfliegen. Es war großartig, am Leben und den Sandmerkern entronnen zu sein, aber er war noch immer ohne Gefährten und ohne einen Plan.

Er war keine verläßliche Stütze für Angie, für ihre Hoffnung auf Rettung, dachte er jetzt schuldbewußt; aber er war alles, was sie hatte. Er überlegte kurz, ob er den Morgen abwarten und dann aus der Luft versuchen sollte, Brian und die übrigen zu finden. Dann fiel ihm ein, daß er ihnen schon versprochen hatte, zuerst beim Sturm auf die Burg von Hugh de Bois mitzuhelfen.

Seine Meinungsänderung wäre wahrscheinlich für die Truppe Entschuldigung genug, sich von jeder Verpflichtung, ihm bei Angies Rettung zu helfen, frei zu fühlen. Selbst wenn dem nicht so sein sollte, er erkannte jetzt, wie weit er davon entfernt war, seine seltsamen neuen Freunde zu verstehen. Alle von ihnen, sogar die Menschen, dachten und handelten nach Maximen, die von den seinen völlig verschieden waren. Es war ein ernüchterndes Beispiel dafür, wie man dieselbe Sprache wie ein anderer sprechen konnte, ohne auf derselben geistigen Wellenlänge zu sein.

Er mußte sich jetzt darüber klar werden, wie seine mittelalterlichen Freunde dachten und fühlten, bevor er bei ihnen und in ihrer Welt noch mehr Fehler machte; und die naheliegendste Person, die ihm dabei helfen konnte, war Carolinus.

Er hob den Kopf. Es hatte beinahe zu regnen aufgehört, während seiner Landung und dieser schweren Gedanken. Ja, sogar die Wolken schienen sich ein wenig zu lichten. Er glaubte hinter einem Wolkenfleck einen milchigen Schein zu sehen. Das konnte das Mondlicht sein, das sich bemühte, durch die Wolkendecke zu dringen.

Wenn der Mond herauskam – oder sogar, dachte er jetzt, wenn er es nicht tat –, müßte er eigentlich fähig sein, sobald er in der Luft war, das Klingelnde Wasser wiederzufinden. Seine Flugmuskeln, die ein wenig lahm geworden waren, als er versucht hatte, die Echos zu deuten, die er vom Boden herauf hörte, schienen nun wieder ausgeruht – wieder ein Beispiel für die erstaunliche Kraft und Ausdauer der Drachen. Es war zu schade, daß die Drachen nicht von kompetenten Physiologen und Zoologen untersucht werden konnten, um herauszufinden, woher sie diese physischen Gaben hatten.

Jim brach auf mit einem Sprung in die jetzt regenlose Luft – und wenig später, während er in eine Richtung segelte, in der er hoffte, Carolinus' Häuschen zu finden, kam der Mond heraus und enthüllte die silbrigschwarze Landschaft etwa neunhundert Fuß unter ihm. Fünf Minuten später war der Himmel beinahe klar, und er befand sich auf einer langen Gleitbahn zu den Wäldern, in denen sich das Klingelnde Wasser befand, das er jetzt, weniger als zwei Meilen entfernt, vor sich sah. Er war in seiner Schätzung nur fünf Kompaß-Striche von der Richtung abgelegen.

19

ZWISCHEN FLECKEN VON WEISSEM Mondlicht und tiefschwarzen Schatten landete Jim mit dumpfem Schlag auf dem Kiesweg vor Carolinus' Haustür. Weit entfernt im Wald gluckste irgendein schlaftrunkener Vogel so laut, daß Jims Drachenohren es erfaßten. Sonst herrschte völlige Stille.

Jim zögerte. Aus den Fenstern des Hauses kam nicht der kleinste Lichtschein; und jetzt, da er hier war, widerstrebte es ihm, den Zauberer zu wecken.

Während er noch unentschlossen dastand, begann in ihm die Überzeugung aufzukommen, daß das Haus nicht nur für die Nacht verschlossen, sondern unbewohnt war. In der kleinen Lichtung herrschte eine Atmosphäre von Verlassenheit und Leere.

»Da ist er also!« brummte eine Stimme.

Jim wirbelte herum.

»Aragh!« rief er.

Der Wolf trat aus den Schatten am Rande der Lichtung. Jim war so froh, ihn zu sehen, daß er ihn hätte umarmen mögen. Hinter dem hageren Wesen mit den funkelnden Augen erschien eine größere, vertraute Drachengestalt.

»Smrgol!« sagte Jim.

Er hatte bis zu diesem Augenblick nicht erkannt, was er mittlerweile für diese beiden empfand, und für Brian und die anderen. Es wurde ihm klar, daß der Abstand zwischen unterschiedlichen Lebensformen in dieser Welt nicht so groß war wie in der, die er verlassen hatte. Leben und Tod wohnten hier Tür an Tür; auch Liebe und Haß waren einander so nahe wie zwei Türen am Ende eines Korridors, und wenn man jemanden nicht innerhalb kurzer Zeit hassen lernte, so lernte man ihn lieben.

»Was tut ihr beide hier?« fragte er.

»Auf dich warten«, knurrte Aragh.

»Auf mich warten? Aber woher wußtet ihr denn, daß ich hierherkommen würde?«

»Der Zauberer wußte es«, sagte Smrgol. »Er ließ mich gestern durch einen Felsspatzen hierherrufen, der mir seine Botschaft brachte. ›Drache‹, sagte er, als ich hierherkam, ›James Eckert, den du als Gorbash kennst, und ich haben jeder eine lange Reise vor uns – allein. Wenn ich meine Reise antrete, werde ich euch alle beisammen finden, später. Wenn James auf seine Reise geht, wird er hierherkommen und nach mir suchen. Warte auf ihn und teile ihm mit, was ich dir gerade gesagt habe. Sage ihm auch, daß die Stunde nahe und der Kampf größer ist, als ich dachte. Mehr als eine Ebene ist darin verwickelt – kannst du dieses Wort wiederholen, Drache?‹

›Ebene‹, sagte ich. Und dann: ›Was bedeutet es, Zauberer?‹

›Sehr gut‹, sagte er. ›Und mach dir keine Gedanken, was es bedeutet. James wird es verstehen. Mehr als eine Ebene ist betroffen, und wenn wir zusammen kämpfen können und verhindern, daß sich diese Krankheit überall ausbreitet, dann sind unsere Chancen um so besser. Aber wenn wir nicht zusammen kämpfen können, obliegt es immer noch jedem von uns, allein weiterzukämpfen, so gut er eben kann; denn wenn unsere Gegner siegen, wird für keinen von uns mehr etwas übrig bleiben … Hast du das alles mitbekommen, Drache?‹

›Ich kann alle Legenden vom Ersten Drachen an aufsagen …‹, wollte ich ihm gerade erzählen, aber er schnitt mir gleich das Wort ab.

›Und kümmere dich gerade jetzt nicht um Legenden, wenn ich dich darum bitten dürfte, Smrgol‹, sagte er. ›Sag auch diesem Wolf …‹

›Aragh?‹ fragte ich. ›Kommt er auch hierher?‹

›Natürlich. Er wird wissen wollen, was in James gefahren ist. Und jetzt hör auf, mich ständig zu unterbrechen!‹ sagte er. ›Sag dem Wolf, er soll den Ritter, den Bogenschützen, den Geächteten und seine Tochter suchen und ihnen allen ausrichten, daß sie für die letzte Schlacht benötigt werden. Auch, daß es keinen Wert hat, wenn sie weiter nach Malencontri ziehen. Sir Hugh und seine Männer sind schon abgebogen, um dem Ruf der Dunklen Mächte im Verhaßten Turm zu folgen, in deren Diensten sie jetzt stehen. Selbst wenn Sir Brian und die anderen jetzt Burg Malencontri einnehmen sollten, wäre sie für sie wertlos. Denn wenn die Dunklen Mächte siegen, wird Sir Hugh sie mit einem einzigen Schwertstreich gegen das Tor und einem einzigen Armbrustbolzen über die Mauern zurückerobern. Sag ihnen, sie werden mich vor dem Verhaßten Turm sehen, falls ich von meiner Reise zurückkomme. James werden sie ebenfalls treffen, falls er von der seinen heil zurückkehrt. Und also lebe wohl!‹«

»›Und also lebe wohl‹?« wiederholte Jim. »War das auch ein Teil der Botschaft?«

»Ich weiß es nicht. Aber es waren seine letzten Worte«, sagte Smrgol. »Dann verschwand er – du weißt schon, nach Art der Zauberer.«

»Wohin führte dich deine Reise, Gorbash?« fragte Aragh.

Jim öffnete den Mund und schloß ihn wieder. Es würde nicht einfach sein – und auch nicht angenehm –, diesen beiden seine erst kürzlich erfolgte innere Pilgerfahrt zu Selbstprüfung und Selbsterkenntnis zu erklären, die Carolinus mit irgendwelchen Zaubermitteln vorhergesehen zu haben schien.

»Eines Tages«, sagte er, »könnte ich vielleicht fähig sein, dir das zu erzählen. Aber nicht gerade jetzt.«

»Ach, eine von diesen Reisen«, knurrte Aragh und beließ Jim in dem unbehaglichen Zweifel, wieviel der Wolf wirklich verstand oder wußte. »Nun gut, du bist hier. Wollen wir also zu diesem Verhaßten Turm gehen und die Sache in Ordnung bringen!« Beim letzten Wort klappten seine Zähne aufeinander.

»Gorbash und ich werden gehen«, sagte Smrgol. »Du vergißt, Wolf, daß du eine Botschaft für den Ritter und seine Begleiter hast. Eigentlich solltest du wahrscheinlich sofort gehen, als ich es dir sagte.«

»Mir hat keiner Befehle zu geben«, sagte Aragh. »Ich wollte noch hierbleiben, um zu sehen, ob Gorbash heil von dieser Reise zurückkehrt, und genau das habe ich getan.«

»Du solltest jetzt besser gehen«, beharrte Smrgol.

»Ha!« fauchte der Wolf. »Nun gut, ich gehe. Aber hebe mir ein paar von diesen Dunklen Mächten auf, Gorbash. Ich werde dich einholen.«

Die Schatten schienen ihn zu verschlucken; dann war er verschwunden.

»Kein übler Kerl – für einen Wolf«, sagte Smrgol und blickte eine Sekunde lang in die Dunkelheit zurück. »Aber empfindlich. So sind sie schließlich alle. Nun, Gorbash, sobald es dämmert, wollten wir uns schleunigst auf den Weg zum Turm machen. Also sieh zu, daß du dich etwas ausruhst nach der langen Reise, von der der Zauberer gesprochen hat.«

»Ausruhen?« fragte Jim. »Ich bin nicht müde.«

Und tatsächlich, noch während er mit diesen Worten herausplatzte, erkannte er, daß sie zutrafen. Er fühlte sich wohl.

»Vielleicht glaubst du nicht, daß du Erholung brauchst, mein Junge«, sagte Smrgol streng. »Aber ein erfahrener Drache weiß, daß er, um in guter Kampfkondition zu bleiben, Schlaf und Essen braucht ...«

»Essen?« fragte Jim plötzlich ganz interessiert. »Hast du etwas zu essen?«

»Nein«, erwiderte Smrgol. »Ein Grund mehr, warum du fünf oder sechs Stunden anständigen Schlaf einplanen solltest.«

»Ich könnte jetzt nicht schlafen.«

»Könntest nicht schlafen ...? Ein Drache, der nicht schlafen kann? Genug mit diesen verrückten Geschichten, Gorbash! Jeder Drache, besonders einer aus unserer Familie, kann essen, trinken oder schlafen, wann immer er will.«

»Warum brechen wir denn nicht sofort auf?« fragte Jim.

»In der Nacht fliegen?«

»Der Mond scheint hell«, sagte Jim. »Du hast mich doch gerade eben herfliegen sehen.«

»Und das war mehr als tollkühn. Junge Kerle wie du riskieren immer gerne etwas. Sie kommen auch neunhundertneunundneunzig von tausend Malen davon. Dann, eines Tages, wendet sich das Glück, und dann wären sie froh, wenn sie auf die anderen gehört hätten. Aber dann ist es zu spät. Und was ist, wenn du in der Luft bist, und der Himmel bewölkt sich, ehe du es begreifst, und plötzlich merkst du, daß du den Boden nicht mehr sehen kannst?«

Jim öffnete das Maul, um dem älteren Drachen zu erzählen, was er über das Fliegen in völliger Dunkelheit und bei Regen herausgefunden hatte, dann entschloß er sich, es lieber sein zu lassen.

»Also komm«, sagte Smrgol barsch. »Schluß mit diesem Unsinn! Wir brauchen beide Schlaf.«

Etwas an Smrgols Beharrlichkeit berührte die neuerdings sehr empfindlichen, gefühlsmäßigen Wahrnehmungen Jims. Er sah Smrgol so genau an, wie er konnte, ohne sich den Anschein zu geben, daß er den älteren

Drachen offen studierte. Er sah, daß an dem mächtigen Körper irgend etwas anders war, was sich schwer definieren ließ, aber was trotzdem unleugbar anders war als das letzte Mal, als er Gorbashs Großonkel gesehen hatte. Plötzlich begriff er, was es war.

Smrgols linkes Augenlid war halb geschlossen. Es hing über das lange, schmale Auge. Auch Smrgols linker Flügel hing herab, leicht, aber sichtbar; und wenn der alte Drache auf allen vieren stand, schien sein Gewicht hauptsächlich auf den beiden rechten Beinen zu ruhen. Jim hatte diese physischen Anzeichen früher schon einmal gesehen – wenn auch nicht bei einem Drachen. Sein Großvater hatte, nach seinem ersten Schlaganfall vor drei Jahren, ähnliche Symptome einer körperlichen Entstellung der einen Körperhälfte gezeigt.

Aber Drachen bekamen doch ... Jim dachte den Gedanken nicht zu Ende. Offensichtlich war es doch möglich, wenn sie alt genug oder sonst irgendwie anfällig waren. Auf jeden Fall war es unwichtig, ob es nun möglich war oder nicht. Von Bedeutung war nur, daß Smrgol jetzt verkrüppelt war; und ob er nun genau verstand, was mit ihm passiert war, oder nicht, er war im Augenblick nicht in der Lage zu fliegen.

»In Ordnung«, sagte Jim. »Ich denke, ich kann noch bis zum Morgen warten.«

Smrgol würde es am Morgen nicht besser gehen, aber Jim hatte jetzt ein paar Stunden Zeit, sich auszudenken, wie er sich in dieser Situation verhalten sollte. Er steckte den Kopf unter den Flügel und gab vor zu schlafen. Seine Ohren fingen, wie er glaubte, einen Seufzer der Erleichterung auf, und als er ein paar Minuten später unter seinem Flügel hervorspähte, hatte auch Smrgol den Kopf daruntergesteckt und begann gerade leicht zu schnarchen.

Jim schlief ein, während er noch überlegte, was zu tun sei, aber als er dann aufwachte, hatte er die Antwort schon im Geiste parat.

»Smrgol«, sagte er, als sie beide in der Dämmerung des neuen Tages erwacht waren, »ich habe nachgedacht.«

»Braver Junge!«

»Äh – ja«, sagte Jim. »Und mir ist folgendes eingefallen. Ich sollte wahrscheinlich so schnell ich kann zum Verhaßten Turm fliegen. Wenn Carolinus recht hat und Sir Hugh und seine Männer wirklich dorthin unterwegs sind, dann sammeln wahrscheinlich die Dunklen Mächte im Augenblick all ihre Streitkräfte. Wer weiß, was sie noch alles aus der Tasche ziehen? Tausende von Sandmerkern – oder sonst etwas! Warum gehst du nicht inzwischen heimlich zu Fuß zurück zu den Drachenhöhlen und planst, ohne daß jemand davon weiß, die Mobilisierung der anderen Drachen, rufst sie alle zusammen.«

Smrgol hüstelte verlegen.

»Mein Junge«, sagte er. »Ich wollte schon mit dir darüber sprechen. Also, die Sache ist die … nun, die anderen wollen nicht kommen.«

»Sie wollen nicht kommen?«

»Sie haben dagegengestimmt. Ich habe getan, was ich konnte, aber …«

Smrgols Stimme verklang.

Jim bedrängte ihn nicht. Er konnte sich vorstellen, warum die anderen Drachen dagegengestimmt hatten, wenn Smrgol damals schon der Schlag getroffen hatte, als er versuchte, sie zum Mitkommen zu überreden. Ein alter und verkrüppelter Führer war nicht der Geeignete, um ein Gefolge mit Kampfesmut zu erfüllen. Außerdem hatte Jim inzwischen durch Gorbashs Körper und Gehirn und durch seine Beziehung zu Smrgol und die anderen genug über die Drachen erfahren, um zu wissen, daß sie im Grunde konservativ waren. ›Wir wollen uns still verhalten, vielleicht bläst der Wind an uns vorbei‹, wäre eine grundlegende Drachenmaxime.

»Nun, das ist noch besser!« sagte Jim schnell. »Das bedeutet, du bist ungebunden und kannst zu den Sümpfen wandern, während ich hinfliege, und du kannst als Verbindungsmann zu denen von unserer Seite fungieren, die du am Boden triffst.«

»›Verbindungsmann‹?« sagte Smrgol argwöhnisch. »Ist das ein Wort, das du von Carolinus oder von diesem Ritter aufgeschnappt hast?«

»Nein ... na, vielleicht. Auf jeden Fall bedeutet es ...«

»Ich weiß, was es bedeutet«, sagte Smrgol traurig. »Es ist nur, daß diese Art von Worten zu sehr nach Georg klingt, als daß du sie verwenden solltest, mein Junge. Gut, gut. Nützt es dir wirklich, wenn ich zu Fuß zu den Sümpfen wandere?«

»Ich glaube, es wäre nicht schlecht«, antwortete Jim. »Dann kann ich geradewegs zum Turm fliegen, und du kümmerst dich um ... nun, um alles andere.«

»Das ist richtig.« Smrgols Blick flog einen Moment zu seiner linken Seite. »Vielleicht sollte ich das wirklich so machen ...«

»Gut!« sagte Jim. »Nachdem das nun geregelt ist, breche ich sofort auf.«

»Viel Glück, Gorbash!«

»Viel Glück auch für dich, Großonkel!«

Bei dem letzten Wort leuchteten Smrgols Augen freudig auf.

»Na, na Neffe – steh nicht herum. Du hast gesagt, du willst aufbrechen. Also ab mit dir!«

»Jawohl!« antwortete Jim und sprang in die Luft.

Der neue Morgen war ebenso frei von Regen und Wolken, wie der vorhergehende voll davon gewesen war. Ein steifer Wind blies auf die Sümpfe zu. In etwa sechshundert Fuß Höhe spreizte Jim seine Flügel in Segelstellung und ritt wie ein Adler auf dem Luftstrom. Er war jedoch kaum fünf Minuten geflogen, als sich der Wind unerklärlicherweise um volle einhundertachtzig Grad drehte und anfing, von den Sümpfen her landeinwärts zu blasen, ihm entgegen.

Er versuchte es mit verschiedenen Höhen, um wenigstens eine Ebene zu finden, auf der dieser Gegenwind nicht wehte; aber er schien überall zu sein. Jim kämpfte einige Zeit dagegen an und kam dabei nur langsam vorwärts. Wenn das so weiterging, hätte er ebensogut zusammen mit Smrgol zu Fuß zu den Sümpfen wandern können. Ja, wenn sich die Lage nicht besserte …

Der Wind hörte unvermittelt auf. Plötzlich war kein Lüftchen mehr zu spüren. Jim war völlig unvorbereitet und verlor beinahe fünfhundert Fuß an Höhe, bevor er sich den neuen Verhältnissen anpassen konnte und eine neue Thermik aufspürte.

Was kommt jetzt wohl? fragte er sich.

Aber es kam nichts mehr. Die Luft blieb totenstill, und er flog weiter, hangelte sich von Thermik zu Thermik, stieg mit der einen hoch, glitt vorwärts, um eine neue zu erwischen und stieg auf dieser weiter. Es ging schneller als Laufen, aber es war immer noch nicht die schnellste Art, um vorwärts zu kommen. Als er schließlich die Sümpfe erreichte, war es später Vormittag. Er entdeckte die Linie des Großen Damms und begann, sich eine Flugroute auszuarbeiten, die in nur etwa ein paar hundert Fuß darüber hinwegführte.

Die Landseite des Großen Damms war ziemlich dicht mit Bäumen und Büschen bewachsen, so daß sie dem Waldgebiet hinter den Mooren und jenseits der Sümpfe recht ähnlich sah. Die Pflanzen standen mit unbewegten Blättern und Zweigen unter der klaren Herbstsonne, als Jim abwechselnd darüber hinwegsegelte und -flog. Unter oder zwischen den Bäumen war nichts, was Jim erkennen konnte. Kein menschliches oder tierisches Leben – nicht einmal ein Vogel oder ein Schwarm von Insekten – zeigte sich dort unten. Die Leere der Szene war gleichzeitig bedrohlich und beruhigend. Jim ließ sich einlullen, bis er beinahe vergaß, wozu er hergekommen war. Unmotiviert kam ihm ein Gedichtfragment in den Sinn, an dem er sich in seinen Studententagen versucht hatte, bevor er sich vernünftigerweise entschlossen hatte, Lehrer zu werden:

›Stund' um Stunde … noch 'ne Stund',
Ich sehe keinen Unterschied.
Wie Kind auf Kind an einer Wand
Von hier bis ins Unendliche.‹

»Jim Eckert! Jim Eckert!«

Eine winzige Stimme, aus weiter Ferne rufend, riß ihn aus seinen Gedanken. Er blickte sich um, konnte aber nichts entdecken.

»Jim Eckert! Jim Eckert!«

Ein Schauder lief ihm den Rücken hinunter und breitete sich aus, als die Stimme lauter wiederkam, bis er am ganzen Körper zitterte; und jetzt konnte er auch ausmachen, wo sie herkam, irgendwo, weiter vorne auf dem Damm mußte es sein.

»Jim Eckert! Jim Eckert!«

Es war nun volle Lautstärke, eine Drachenstimme, aber sie hatte nicht das Volumen eines Smrgol oder Bryagh.

Jim starrte nach vorne, durchkämmte den Damm mit seinen scharfen Augen. Schließlich entdeckte er etwas Graues, das sich weit oben, in einem Büschel hohen Grases, umgeben von Büschen und Bäumen, schwach bewegte. Er stieß darauf hinunter. Als er näherkam, sah er, was er fast schon als Urheber der Schreie vermutet hatte. Es war Secoh, auf dem Boden liegend, die Flügel auf beiden Seiten weit über das Gras gespreizt, wie ein gefangener Vogel, den man grausam ausgestreckt zur Schau stellen wollte. Der Teichdrache hob von Zeit zu Zeit fast resigniert den Kopf, um zu rufen.

Jim war jetzt beinahe über dem Teichdrachen. Secoh hatte ihn offenbar nicht herankommen sehen – das war nicht überraschend, wenn man in Betracht zog, daß sein

Gesicht in die andere Richtung schaute. Jim überlegte schnell. Es war unheimlich, daß er bei seinem richtigen Namen gerufen wurde; und da war noch mehr – die seltsame Strecklage Secohs hatte etwas Unnatürliches –, was schon den Gedanken, Secoh zu antworten, unangenehm machte.

Jim zögerte; und noch während er zögerte, trug ihn der Schwung seines Gleitfluges über Secoh hinweg, und der Teichdrache erblickte ihn.

»Jim Eckert! Jim Eckert!« schrie Secoh. »Geht nicht fort! Kommt zurück und hört mir erst zu! Ich muß Euch etwas sagen. Bitte kommt zurück! Oh, helft mir doch! Helft, Euer Hochwürden. Ich bin nur ein Teichdrache ...«

Jim glitt weiter, verschloß seine Ohren vor den Schreien, die hinter ihm verhallten; aber in ihm tobte ein Kampf. Irgend jemand hatte Secoh beigebracht, ihn bei seinem richtigen Namen zu rufen. Das bedeutete, daß der Teichdrache entweder wirklich etwas entdeckt hatte, oder daß ihn die Dunklen Mächte als Mittelsmann benützten. Waren die Dunklen Mächte etwa bereit, über Angies Freilassung zu verhandeln?

Er hielt die Hoffnung, die bei dem letzten Gedanken in ihm aufkam, fest im Griff. Verhandlungen waren eine Möglichkeit – und andererseits, wenn Secoh nur etwas entdeckt hatte, wäre es dumm von Jim, diesen Vorteil nicht zu nutzen. Außerdem, obwohl er den Gedanken, daß Emotionen irgendeinen starken Einfluß auf seine Entschlüsse, welche auch immer, ausüben könnten, energisch unterdrückte, war Jim durch den verzweifelten Klang von Secohs Stimme und durch den inbrünstigen Hilferuf des Teichdrachen gerührt.

Verbissen ging Jim in eine Kurve, schlug mit den Flügeln, um Höhe zu gewinnen, und begann zurückzugleiten.

Secoh war am selben Fleck, seine Stellung war unverändert. Er stieß eine Serie von Freudenschreien aus, als er Jim wieder auf sich zukommen sah.

»Oh, danke Euer Hoheit! Danke, danke …«, stammelte er, als Jim schlitternd auf dem Gras neben ihm landete.

»Hör auf mit dieser Danksagerei!« fauchte Jim. »Was hast du mir zu sagen?«

Er brach ab, denn er hatte gerade den Grund für Secohs unnatürliche, wappenadlerartig gespreizte Lage erkannt. Geschickt im Gras verborgen hatte man Pfähle in die Erde getrieben, an denen Secohs Flügelspitzen und Zehen mit Ledergurten festgeschnallt waren.

»Halt, Drache!« schrie eine Stimme.

Jim blickte auf. Eine Gestalt in blanker Rüstung, die er zuletzt gesehen hatte, als sie zu Pferd, mit der Lanze in der Hand, auf ihn zugestürmt war, trat aus der Deckung der Bäume zu seiner Rechten heraus; und im Kreis um Jim war, Schulter an Schulter, ein massiver Ring von Armbrustschützen erschienen, deren Waffen gespannt und schußbereit waren, die Bolzen auf Jims Brust gerichtet.

Secoh winselte.

»Vergebt mir, Euer Erhabenheit!« schrie er. »Vergebt mir! Ich konnte nichts dagegen tun. Ich bin nur ein Teichdrache, und sie haben mich gefangen. Die Dunklen sagten ihnen, Ihr würdet kommen, und sie könnten Euch fangen, wenn sie mich zwängen, Euch mit diesem Namen zu rufen. Sie haben versprochen, mich gehen zu lassen, wenn ich Euch dazu brächte, herzukommen. Ich bin nur ein Teichdrache, und um mich kümmert sich niemand. Ich muß selbst auf mich aufpassen. Ich mußte es, versteht Ihr das nicht? Ich mußte es einfach …!«

20

DIE GEPANZERTE GESTALT schritt unerschrocken vorwärts, bis sie weniger als drei Schritte vor Jims Maul stand. Sie schob das Visier hoch, und Jim sah ein eckiges, fröhlich brutales Antlitz vor sich, mit einer großen Nase und blassen, kalten grauen Augen.

»Ich bin Sir Hugh de Bois de Malencontri, Drache«, sagte der Ritter.

»Ich kenne Euch«, sagte Jim.

»Ich will verdammt sein, wenn ich sehe, inwiefern du anders sein sollst als irgendein anderer Drache«, sagte Sir Hugh. »Aber was soll man streiten, wenn es SIE glücklich macht. Bindet ihn, Männer. Er ist zu schwer für die Pferde, aber wir werden einen Schlitten bauen und ihn darauf in den Turm schleifen.«

»Bitte, Herr Ritter, Euer Lordschaft, würdet Ihr mich jetzt losbinden?« rief Secoh. »Ihr habt ihn. Würdet Ihr nur diese festen Riemen durchschneiden und mich gehen lassen …«

Sir Hugh blickte zu Secoh hinüber und lachte. Dann wandte er sich zurück und betrachtete Jim.

»Herr Ritter! Herr Ritter!« Secoh zitterte am ganzen Leibe. »Ihr habt es versprochen! Ihr habt versprochen, Ihr würdet mich gehen lassen, wenn ich ihn dazu brächte, herzukommen. Ihr würdet doch Euer ritterliches Wort nicht brechen, nicht wahr, Euer königliche Hoheit?«

Sir Hugh sah den Teichdrachen wieder an und brach in brüllendes Gelächter aus.

»Hört nur! Hört nur den Drachen! Ritterehre sagt er! Ritterehre gegenüber einem Drachen?«

Das Gelächter brach unvermittelt ab.

»Nun, Drache«, sagte er zu Secoh. »Ich will deinen Kopf für meine Burgmauer! Für was für einen gottverdammten Narren hältst du mich eigentlich? Glaubst du wirklich, ich ließe dich frei?«

Er wandte sich ab; und als er das tat, ging ein tödlicher Schauer vom klaren Himmel nieder – ein Regen von ellenlangen Pfeilen pfiff ihnen um die Ohren. Ein halbes Dutzend der Armbrustschützen fiel. Die übrigen, einige davon hatten Pfeile in sich stecken, rannten schreiend unter die Bäume in Deckung. Vier Pfeile fielen rund um Sir Hugh, und ein langer Pfeil drang durch den oberen Rand seines linken Brustschildes und klirrte laut auf dem darunterliegenden Brustharnisch, ohne jedoch die zweite Eisenschicht zu durchbohren.

Sir Hugh fluchte, ließ sein Visier herunterfallen und rannte ebenfalls schwerfällig auf die Bäume zu. Ein zweiter Pfeilhagel ging in einem großen Kreis zwischen eben diesen Bäumen nieder, aber es war Jim unmöglich festzustellen, welchen Schaden sie angerichtet hatten. Er hörte die Geräusche davonlaufender Füße, eines Gepanzerten, der sein Pferd bestieg und davongaloppierte. Dann war Stille. Er und Secoh waren unverletzt, aber allein, abgesehen von den toten und sterbenden Armbrustschützen auf dem Boden in ihrer Umgebung.

Secohs Wimmern lenkte Jims Aufmerksamkeit zu dem Teichdrachen zurück. Er ging zu ihm, trieb die Klauen seiner Vorderpranke nacheinander in die Pfähle, die Secoh am Boden hielten, und zog sie heraus. Sie boten seinen Muskeln kaum Widerstand. Secoh setzte sich sofort auf und begann, die Lederriemen durchzubeißen, die die Pfähle an seinen Zehen festgehalten hatten.

»Warum hast du die Pfähle nicht selbst herausgezogen?« fragte Jim den Teichdrachen. »Ich weiß, das ist nicht einfach, wenn man so ausgestreckt liegt, aber jeder Drache …«

»Sie hatten all diese Bogen und Schwerter und sonstiges Zeug«, sagte Secoh. »Ich bin nicht so tapfer wie Ihr, Euer Großmut. Ich konnte nichts dafür, ich hatte einfach Angst; und ich dachte, wenn ich täte, was sie wollten, würden sie mich vielleicht gehen lassen.«

Er hörte auf, an den Riemen zu nagen, und duckte sich. »Ich verstehe natürlich, was Euer Ehrwürden jetzt empfinden. Ich hätte Euch nicht zum Landen auffordern dürfen …«

»Vergiß es!« sagte Jim barsch.

Secoh nahm ihn beim Wort und ging wieder an seine Lederriemen.

Jim drehte eine kleine Runde um die gefallenen Armbrustschützen. Aber für keinen von ihnen konnte man etwas tun. Die, die am Boden lagen, waren entweder schon tot oder würden es in ein paar Minuten sein; keiner davon war noch soweit bei Bewußtsein, um zu erkennen, daß jemand sich über ihn beugte. Jim wandte sich gerade rechtzeitig ab, um zu sehen, daß Secoh sich zum Wegfliegen anschickte.

»Warte einen Augenblick!« sagte er scharf.

»Warten? Ach ja, natürlich – warten. Ich verstehe, Hoheit!« japste Secoh. »Ihr habt geglaubt, ich wollte wegfliegen. Aber ich habe nur meine Flügel gestreckt, um die Steifheit ...«

»Du fliegst nirgendwo hin«, sagte Jim, »also setz dich und beantworte mir einige Fragen! Wer hat dir gesagt, du sollst mich Jim Eckert nennen?«

»Das sagte ich doch schon!« protestierte Secoh. »Der Georg – der Ritter – hat es mir befohlen. Und ihm haben es die Dunklen gesagt.«

»Hmm. Und wie haben sie dich eigentlich gefangen?«

Secoh blickte unglücklich drein.

»Sie – sie haben ein schönes Stück Fleisch als Köder ausgelegt«, sagte er. »Eine Hälfte von einem großen Eber – herrliches, fettes Fleisch.«

Eine Träne tropfte aus dem Auge an der Jim zugewandten Kopfseite.

»So herrliches, fettes Fleisch«, wiederholte Secoh. »Und dann haben sie mich nicht einmal ein kleines Stück davon fressen lassen. Keinen einzigen Bissen! Sie legten nur die Armbrüste auf mich an und fesselten mich.«

»Sagten sie, warum?« fragte Jim. »Haben sie irgendeinen Grund angegeben, warum sie vermuteten, ich würde hierherkommen, so daß du mich überhaupt rufen konntest?«

»O ja, Euer Ehrwürden. Sie sprachen viel darüber. Der Ritter sagte, Ihr würdet gerade zu dieser Zeit kommen, und nachdem sie Euch gefangen hätten, müßten Euch sechs Männer, die er dafür bestimmt hatte, unverzüglich zum Turm bringen; er würde sie mit den übrigen unterwegs einholen.«

»Einholen?« Jim runzelte die Stirn.

»Ja, Euer Wichtigkeit.« Secohs Augen zeigten plötzlich viel mehr Gerissenheit, als Jim je in ihnen gesehen hatte. »Dieser Ritter wollte zurückbleiben und dem anderen Georg – Eurem Freund – eine Falle stellen. Und das war etwas, was er eigentlich nicht durfte: Die Dunklen hatten ihn nämlich nur ausgeschickt, um Euch zu fangen, dann sollte er sofort zurückkommen. Aber er hat wirklich einen schrecklichen Zorn auf Euren Freund, wißt Ihr, auf den, der dauernd auf der Jagd nach uns Teichdrachen ist. Also wollte dieser Ritter Euren Freund fangen, gegen den Willen der Dunklen …«

Secoh hielt inne und erschauerte.

»Das ist ja das Schlimme mit diesen Georgen«, fuhr er fort. »Keiner schafft es, daß sie tun, was ihnen befohlen wird, nicht einmal die Dunklen. Sie kümmern sich um gar nichts, so lange sie in ihren harten Schalen herumreiten und ihre spitzen Hörner in arme Teichdrachen wie mich oder jeden anderen, der ihnen gefällt, stecken können. Man stelle sich vor, ein anderer ginge einfach her und täte, was er wollte, nachdem ihm die Dunklen ihre Befehle gegeben hätten!«

»Ich frage mich aber doch, wohin sie alle gegangen sind, nachdem sie von hier fortrannten«, überlegte Jim.

»Der Ritter, der hier war, und diese Armbrustschützen?« Secoh nickte zum Festlandende des Großen Damms hinüber. »Da drüben, links, ist ein Sumpf, in dem Ihr sofort ertrinken würdet, wenn Ihr nicht fliegen könntet, Euer Hoheit. Aber die Dunklen haben dem Ritter einen Weg da hindurch gezeigt. Er und seine Männer sind dorthin gegangen, und sie werden einen Bogen schlagen und hinter Euren Freunden, die gerade all die Pfeile hierhergeschossen haben, wieder auf den Damm kommen. Ich weiß das, weil der Ritter zu seinen Männern sagte, so würden sie Eure Freunde überraschen und gefangennehmen, nachdem man Euch zum Turm geschleppt hätte.«

»Das heißt, sie haben uns vom Festland abgeschnitten ...«, begann Jim, als ihm bewußt wurde, daß er seit einigen Sekunden auf das Geräusch nahender Pferdehufe lauschte; und einen Moment später ritt Brian auf die Lichtung.

»James!« rief der Ritter freudig. »Da seid Ihr ja! Ich habe mich wie ein siebenfacher Schurke gefühlt, weil ich versuchte, Euch zu diesem Angriff auf Malencontri zu überreden. Nachdem Ihr gestern verschwunden wart, kam ich ins Grübeln, und mir fiel ein, daß wir Euch vielleicht von Euren Pflichten abgehalten hätten; und Ihr hättet Euch entschlossen, schließlich doch allein zu gehen. Ich sprach darüber mit Giles, Dafydd und Danielle; und der Blitz möge mich treffen, wenn sie nicht alle den gleichen Gedanken hatten. Zuerst der Wolf fort, dann Ihr. Schlechte Vorzeichen sind das für eine Gruppe von Gefährten, wie? Wir hatten uns also schon in Richtung auf die Sümpfe hier gewandt, als uns der Wolf letzte Nacht einholte – Hallo! Ist das nicht einer von unseren einheimischen Drachen?«

»Secoh, Euer Mächtigkeit«, japste der Teichdrache hastig. »Nur Secoh, das ist alles. Ich kenne Euch gut, Euer Georgschaft, und ich habe Euch aus der Ferne oft bewundert! Solche Schnelligkeit, solchen Schneid ...«

»Wirklich?«

»Solche Freundlichkeit, solche Sanftheit, solche ...«

»Aber doch nicht all das. Eigentlich ...«

»Ich sagte mir, ein solcher Ritter würde niemals einem armen Teichdrachen wie mir etwas antun.«

»Ja, natürlich«, sagte Brian. »Ich hätte es aber doch

getan, weißt du. Hätte dir den Kopf abgeschlagen, wenn ich dich hätte erwischen können, wie jedem anderen Drachen auch. Aber ich nehme an, du bist jetzt auf unserer Seite, nachdem ich dich hier mit James sehe.«

»Eurer ...? O ja, Herr. Ich bin auf *Eurer* Seite.«

»Dachte ich mir. Fiel mir sofort auf, als ich dich hier bemerkte, du siehst aus wie ein Kämpfer. Hager, mit harten Muskeln, tödlich – nicht wie die meisten der anderen, einheimischen Drachen, die ich gesehen habe.«

»O ja, Euer Ritterschaft. Hager ...«

Secoh, der seine Flügel schon halb ausgebreitet hatte, als wolle er noch einmal versuchen davonzufliegen, brach mitten in der Bewegung ab und starrte den Ritter an. Brian hatte sich jedoch wieder an Jim gewandt.

»Die anderen werden jeden Moment hier sein ...«, hatte er gerade angesetzt.

»Falsch«, sagte eine verdrießliche Stimme. »Ich war schon hier, ehe Ihr angeritten kamt. Aber ich war damit beschäftigt, unsere Feinde aufzuspüren. Sie haben sich in einen Sumpf neben dem Damm verzogen. Ich hätte sie auch dort verfolgen können, aber ich habe mich entschlossen, zurückzukommen und zu sehen, wie es Gorbash geht. Alles in Ordnung, Gorbash?«

»Wunderbar, Aragh«, sagte Jim, denn es war der Wolf, der mit diesen Worten auf die Lichtung getreten war.

Aragh blickte Secoh an und grinste boshaft.

»›Mit harten Muskeln‹ und ›tödlich‹?« sagte er.

»Laßt das doch jetzt, Herr Wolf«, sagte Brian. »Wichtig ist, daß wir wieder alle beisammen sind, denn der nächste Schritt braucht ein wenig Planung. Sobald ... Ah, da sind sie ja.«

Dafydd, Giles und Danielle zusammen mit den übrigen Geächteten waren tatsächlich seit dem Augenblick, als Aragh erschienen war, auf die Lichtung gekommen. Die Bogenschützen waren schon bei den Leichen der gefallenen Armbrustschützen und holten sich ihre Pfeile zurück. Dafydd blieb in der Mitte der Lichtung stehen und blickte sich um.

»Hat meinen Pfeil mitgenommen, so muß es wohl sein«, sagte der Bogenschütze zu Jim. »War er also doch verwundet?«

»Das war Euer Pfeil, der Hugh de Bois getroffen hat? Ich hätte es wissen müssen«, sagte Jim. »Er ging durch einen Teil seiner Rüstung, aber nicht durch das Ganze.«

»Es war ein blinder Schuß«, sagte Dafydd, »mit einem nach unten geneigten Pfeil, wegen der Bäume dazwischen. Aber ich bin doch nicht sehr glücklich zu hören, daß ich ihn erwischt habe, ohne ihm Schaden zuzufügen.«

»Seid friedlich!« sagte Danielle. »Selbst mit der Fürsprache des heiligen Sebastian hättet Ihr aus dieser Entfernung mit einem solchen Schuß nicht mehr ausrichten können. Warum gebt Ihr immer vor, daß Ihr das Unmögliche vermögt?«

»Ich gebe überhaupt nichts vor. Und ›unmöglich‹, so etwas, wie das ›Unmögliche‹ gibt es nicht, es gibt nur Dinge, die man noch nicht gelernt hat.«

»Laßt das jetzt, sage ich!« unterbrach Brian. »Wir sind wieder mit Sir James beisammen und müssen zu einer Entscheidung kommen. Nachdem uns Sir Hugh und seine Armbrustschützen hier entkommen sind, haben sie in einem Sumpf Zuflucht gesucht. Sollen wir ihnen folgen, eine Streitmacht postieren, um sie an der Rückkehr zu hindern, oder sollen wir schnell weiter zum Turm ziehen und sie hinter uns lassen? Ich selbst würde nicht allzu gerne Feinde hinter mir lassen, die ungehindert meiner Nachhut folgen können.«

»Und sie sind nicht nur im Sumpf«, sagte Secoh laut und unerwartet. »Inzwischen sind sie wieder auf den Damm gekommen.«

Alle drehten sich um und sahen den Teichdrachen an; der zappelte nervös und war nahe daran, sich vor soviel

Aufmerksamkeit zu ducken, aber schließlich richtete er sich doch auf und starrte zurück.

»Was soll das heißen?« fragte Giles.

»Hugh de Bois und seine Männer kämpfen unter dem Befehl der Dunklen Mächte im Turm«, sagte Jim. »Secoh hier sagte mir, die Dunklen hätten Hugh gezeigt, wie man sicher durch den Sumpf und wieder zurück auf den Damm gelangen kann. Das heißt, sie sind irgendwo zwischen uns und dem Festland auf sicherem Boden.«

»Dann gibt es keine Diskussion mehr«, sagte Brian. »Der Turm vor uns und diese Armbrustschützen im Rücken, das ist keine wünschenswerte Lage. Wir kehren um und stellen uns ihnen entgegen.«

»Ich weiß nicht«, sagte Jim. Er hatte ein unangenehmes Gefühl in der Magengrube. »Ihr könnt Euch allen denen entgegenstellen, wenn Ihr das für das Beste haltet. Ich muß weiter zum Verhaßten Turm. Irgendwie habe ich das Gefühl, daß die Frist abläuft.«

»So?« sagte Brian und wurde plötzlich nachdenklich. »Das Gefühl kam gestern über mich, als ich merkte, daß Ihr fort wart. In gewisser Weise habe ich es immer noch in mir. Vielleicht gehen wir beide am besten miteinander weiter zum Turm, James, und dem entgegen, was uns dort erwarten mag. Die übrigen können hierbleiben und sich um Sir Hugh und seine Männer kümmern, wenn die versuchen vorbeizumarschieren.«

»Ich gehe mit Gorbash«, sagte Aragh.

»Und ich auch«, sagte Dafydd unerwartet. Er begegnete Danielles Blick. »Seht mich nicht so an. Ich sagte, der Überfall auf die Burg wäre nicht meine Sache – und so war es auch. Aber als sich auf Burg Malvern alle Flammen bogen, ohne daß ein Wind ging, verspürte ich eine Kälte. Diese Kälte ist immer noch da, und ich bin überzeugt, sie wird nicht mehr von mir weichen, bis ich ihren Ursprung gefunden und mitgeholfen habe, ihn zu vernichten.«

»Nanu, Ihr seid ja doch ein Ritter«, sagte Danielle.

»Spottet nicht«, sagte der Walliser.

»Spotten? Nein, ich verspotte Euch nicht. Ich werde Euch sogar begleiten.«

»Nein!« Dafydd blickte über ihren Kopf hinweg Giles an. »Ihr müßt sie dazu bringen, daß sie hierbleibt!«

Giles grunzte.

»Warum bringt Ihr sie nicht dazu?« sagte der Ältere.

Danielle legte die Hand auf das Messer an ihrem Gürtel.

»Niemand befiehlt mir zu bleiben – oder zu gehen – oder sonst etwas«, sagte sie. »Bei dieser Sache bin ich mit dabei.«

»Giles«, warf Brian ein, ohne sie zu beachten, »könnt Ihr Sir Hugh und seine Männer allein aufhalten?«

»Ich bin nicht ganz allein ...«, sagte Giles trocken. »Ich habe doch meine Männer hier. Und die Recken von Burg Malvern! Sir Hugh und seine Truppe kommen eher in den Himmel als an uns vorbei.«

»Dann laßt uns gehen, in Gottes Namen!«

Brian bestieg wieder sein Pferd und ritt den Damm hinunter. Jim schloß sich neben dem weißen Streitroß an.

»... noch irgendwelche Einwände?« forderte Danielle Dafydd heraus.

»Nein«, antwortete der Bogenschütze traurig. »Tatsächlich bestand ein Teil des Kältegefühls darin, daß Ihr bei mir sein werdet, wenn es zum Letzten kommt. Wohin die Schatten zeigen, dahin wendet sich der Tag. Laßt uns denn gehen.«

Die beiden folgten Jim und Brian, und ihre Stimmen dämpften sich zu einem leisen, vertraulichen Tonfall, zwar nicht so leise, daß Jim nicht mit Hilfe seiner Drachenohren hätte hören können, was sie sich zu sagen hatten, aber leise genug, daß er ihnen den Eindruck des Ungestörtseins vermitteln konnte, indem er sie nicht beachtete. Aragh trabte an der anderen Seite von Blanchard daher.

»Warum seid Ihr so trübsinnig, Ritter, Gorbash?« sagte er. »Heute ist ein schöner Tag zum Töten.«

»Bei diesem Turm und allen, die drinnen sind«, sagte Brian kurz, »ziehen wir gegen etwas, das unsere Seelen zutiefst berührt.«

»Ein um so größerer Narr seid Ihr, wenn Ihr so nutzlose, hinderliche Dinge habt«, brummte Aragh.

»Herr Wolf«, sagte Brian grimmig, »davon versteht Ihr nichts, und ich habe keine Lust, Euch zu belehren.«

Sie setzten ihren Weg schweigend fort. Es blieb windstill, und der Tag schien trotz fortschreitender Zeit kaum seine normalen Veränderungen zu durchlaufen. Allmählich wurde der Horizont, wo das Land auf das Meer traf, als graublaue Linie vor ihnen sichtbar, immer noch einige Meilen entfernt. Jim blickte verwundert zum Himmel auf.

»Wie spät ist es, was glaubt Ihr?« fragte er den Ritter.

»Kurz vor Prim, würde ich sagen«, antwortete Brian. »Warum fragt Ihr?«

»Prim ...?« Jim mußte sich erst besinnen, daß Prim Mittag bedeutete. »Seht nur, wie dunkel es wird!«

Brian sah sich um und richtete ebenfalls den Blick gen Himmel, bevor er wieder zu Jim hinuntersah. Im Westen, über ihnen, schien, obwohl die Sonne noch an einem scheinbar wolkenlosen Himmel stand, eine Art Dunkelheit der Luft die Farben des Himmels und der Landschaft zu trüben. Brian blickte scharf nach vorne.

»Hallo!« sagte er. »Seht mal, da vorne!«

Er deutete mit dem Finger darauf. Jim schaute. Vor ihnen wuchs jetzt auf dem Damm nur noch ab und zu ein Baum oder eine Buschgruppe, vermischt mit dem hohen Sumpfgras. Irgendwo dort vorne – es war unmöglich genau abzuschätzen, wie weit entfernt – wurde das Gras entlang einer scharfen Linie, die sich quer über den Damm zog und auf beiden Seiten hinaus in den Sumpf führte, niedergedrückt. Hinter dieser Linie sah alles kalt und grau aus, als sähe man es unter einem frostigen Winterhimmel.

»Es bewegt sich in unsere Richtung«, sagte Aragh.

Das tat es.

Jim brauchte ein paar Sekunden, um es zu erkennen, aber wenn man beobachtete, wie sich das Gras bog und wieder aufrichtete, konnte man sehen, daß die Linie, was immer sie auch sein mochte, langsam vorwärtskroch. Es war, als würde eine schwere, unsichtbare Flüssigkeit langsam und zäh über den Damm fließen und die Teiche und Inseln der Marsch überfluten. Jim fühlte, wie ihm, während er zusah, ein Frösteln langsam den Rücken hinaufkroch.

Unwillkürlich hielten Jim und der Ritter an, während sie die Erscheinung beobachteten; und als Aragh das sah, blieb auch er stehen. Er setzte sich und grinste die beiden an.

»Seht mal nach oben, westlich«, sagte er.

Sie gehorchten. Eine Sekunde lang flammte Hoffnung in Jim auf, als er etwas sah, was er für eine Drachengestalt hielt, die etwa vierhundert Fuß über dem Damm auf sie zu segelte. Aber dann registrierte er langsam einen Unterschied. Das war kein Drache, es war von der Größe her mit keinem Drachen vergleichbar, auch wenn es für einen schwebenden Vogel zu groß war. Es hatte etwa die eineinhalbfache Spannweite eines Adlers, aber eine seltsame, kopflastige Silhouette, die eher an einen Geier erinnerte. Jim blinzelte angestrengt zum Himmel, aber die seltsame Dunkelheit der Luft vereitelte seine Bemühung, die fliegende Gestalt in Einzelheiten zu erkennen.

Es kam geradewegs im Gleitflug auf sie zu. Ganz plötzlich, als das Flugwesen näher kam, begann Jim, die Züge dieses klobigen, fremdartigen Kopfes zu analysieren. Bald sah er ihn deutlich – und sein Blick trübte sich, seine Augen weigerten sich, das zu akzeptieren, was sein Gehirn aufnahm. Es war ein riesiger, schwärzlicher

braunner Vogel – bis auf den Kopf. Der war der Kopf einer Frau, ihr bleiches Gesicht starrte nach vorne auf Brian und Jim herunter, mit geöffneten Lippen, die spitze weiße Zähne sehen ließen.

»Harpyie!« sagte Brian neben ihm und zog langsam den Atem ein.

Es kam heran.

Bestimmt, dachte Jim, würde es im letzten Augenblick abschwenken; aber es stieß direkt auf die beiden zu. Jetzt sah Jim auch, warum seine Augen sich geweigert hatten, dieses weiße Gesicht zu fixieren. Es war nicht nur, weil es menschlich und weiblich war. Schrecklicher war noch, daß es vollständig wahnsinnig war. Die gefrorenen Züge des Irrsinns standen über den Schwingen des riesigen geflügelten Geschöpfes, das auf sie herabstieß …

Plötzlich war es über ihnen und ging auf Jims Kehle los; alles schien sich in einem einzigen Augenblick abzuspielen.

Ein dunkler Schatten schoß in die Luft und auf die Harpyie zu, gerade bevor sie Jim erreichte. Lange Kiefer knackten ins Leere, wo vor einem Sekundenbruchteil noch das weiße Gesicht gewesen war, und die Harpyie kreischte abscheulich, schlug nach der Seite aus und stieß beinahe den Ritter von Blanchards Rücken, ehe die langen Flügel wieder Luft unter sich hatten, und das Tier nach oben in Sicherheit trugen.

Aragh knurrte leise vor sich hin. Brian richtete sich im Sattel wieder auf. Die Harpyie, deren Stoß fehlgegangen war, flog nun fort von ihnen, durch die Luft zum Turm zurück.

»Ihr hattet Glück, daß der Wolf sie verjagte«, sagte Brian nüchtern. »Ihr Biß ist giftig. Ich gebe zu, dieses Höllengesicht hat mich völlig erstarren lassen und in seinen Bann geschlagen.«

»Sie soll es nur noch einmal versuchen«, sagte Aragh angriffslustig. »Zweimal beiße ich nicht daneben.«

Eine Stimme drang zu ihnen, die aus dem stillen Sumpfwasser zu ihrer Linken herauswinselte.

»Nein! Nein! Kehrt um, Ehrwürden! Kehrt um! Es ist sinnlos. Dort oben erwartet Euch alle der Tod!«

Sie wandten die Köpfe.

»Verdammt noch mal!« rief Brian aus. »Das ist doch Euer Teichdrache.«

»Nein«, sagte Aragh, während er mit der Nase die Witterung prüfte. »Ein anderer. Verschiedener Geruch.«

Ein Teichdrache, der Secoh so ähnlich sah, daß er sein Zwillingsbruder hätte sein können, hockte unsicher auf einem kleinen Fleck halbüberfluteten Bodens mit Sumpfgras, etwa vierzig Fuß neben dem Damm.

»Oh, bitte!« schrie er, streckte die Flügel aus und wedelte damit, um auf dem Büschel das Gleichgewicht zu halten. »Ihr werdet nichts ausrichten können; und wir alle werden dafür büßen müssen. SIE sind jetzt aufgewacht im Turm, und Ihr werdet SIE nur erzürnen, wenn Ihr dort hingeht!«

»SIE?« rief Jim. »Meinst du damit die Dunklen Mächte?«

»SIE – SIE!« winselte der Teichdrache verzweifelt. »SIE, die den Verhaßten Turm gebaut haben und darin leben, SIE, die uns vor fünfhundert Jahren die Seuche geschickt haben. Fühlt Ihr denn nicht, wie SIE dort auf Euch warten? Riecht Ihr SIE nicht? SIE, die niemals sterben, SIE, die uns alle hassen. SIE, die alles Schreckliche, Verderbliche an sich ziehen …«

»Komm her«, sagte Jim. »Komm hierher auf den Damm. Ich will mit dir sprechen.«

»Nein … nein!« wimmerte der Teichdrache. Er warf einen erschrockenen Blick auf die Linie, die sich über das Gras und das Wasser näherte. »Ich muß fliegen – nur fort von hier!« Er schlug mit den Flügeln und erhob sich unbeholfen in die Luft. »Sie sind wieder ausgebrochen, und jetzt sind wir alle verloren … verloren …!«

Ein Windstoß aus der frostigen Kälte jenseits der sich

bewegenden Linie schien den Teichdrachen zu erfassen und ihn fort, in den Himmel zu wirbeln. Er flog mit schwerfälligen Bewegungen zurück zum Festland, mit dünner, verzweifelter Stimme schreiend.

»Verloren … verloren … verloren …!«

»Na also«, sagte Brian. »Was habe ich Euch über die Teichdrachen gesagt? Wie kann ein Gentleman Ruhm und Ehre erlangen, wenn er so ein Tier erschlägt …?«

Mitten im Satz erstarben ihm die Worte auf der Zunge. Während sie mit dem Teichdrachen gesprochen hatten, war die Linie herangekommen; und noch während Brian sprach, zog sie unter ihren Füßen vorbei. Die kalten Winterfarben jenseits von ihr schlossen sie ein, und der Ritter und Jim sahen sich mit jetzt aschfarbenen, verkniffenen Gesichtern an.

»In manus tuas, domine«, sagte der Ritter leise und bekreuzigte sich.

In ihrer Umgebung lagen alle Dinge unter einem trostlos grauen, winterlichen Licht. Das Wasser der Sümpfe erstreckte sich ölig und unbewegt zwischen den stumpfgrünen Grasbüscheln. Eine leichte, kalte Brise ging durch die Spitzen der Schilfkolben, ließ sie mit trockenem, leisem Geräusch rasseln, wie wenn man alte Knochen in einen aufgelassenen Friedhof zusammenrecht. Die Bäume standen still und hilflos, mit Blättern, die jetzt vertrocknet und verwelkt waren, wie Menschen, die vor ihrer Zeit gealtert sind; und überall drückte eine Atmosphäre der Schwermut – wie von erstorbener Hoffnung – auf alles Lebendige nieder.

»Sir James«, sagte der Ritter in seltsam förmlichem Ton und mit Worten, die Jim nie vorher von ihm gehört hatte, »Ihr wisset wohl, daß wir zu dieser Stunde keine kleine Aufgabe zu erfüllen haben. Weswegen ich von Euch die Gnade erflehe, solltet Ihr allein es sein, der zurückkehrt, und sollte ich den Tod finden, so wollet Ihr Mylady nicht verlassen, noch jene meines Stammes, die über mein Ende in Unwissenheit leben.«

»Es – es wird mir eine große Ehre sein, sie zu benachrichtigen«, antwortete Jim unbeholfen mit trockener Kehle.

»Ich danke Euch für Eure höchst edle Großmut«, sagte Brian, »und ich werde im umgekehrten Falle für Euch dasselbe tun, sobald ich ein Schiff finden kann, das mich in das Land jenseits des Meeres bringt.«

»Sagt – sagt es nur Angie. Mylady Angela, meine ich«, sagte Jim. »Sonst braucht Ihr Euch um niemanden zu kümmern.«

Vor seinem geistigen Auge stand plötzlich das Bild des fremden, tapferen, aufrichtigen Mannes neben ihm, wie er tatsächlich Heim und Familie verließ, um sich auf eine Reise über beinahe dreitausend Meilen unbekannten Meeres zu begeben, damit er ein einem beinahe Fremden gegebenes Versprechen erfüllen konnte. Das Bild ließ Jim innerlich zusammenzucken, als er es mit dem verglich, das er von sich selbst hatte.

»Das werde ich tun«, sagte Brian – und gleich darauf kehrte er zu seinem normalen Verhalten zurück und schwang sich aus dem Sattel zu Boden. »Blanchard geht keinen Schritt weiter, verdammt! Ich werde ihn führen müssen …«

Er brach ab und sah an Jim vorbei.

»Wo sind der Bogenschütze und Fräulein Danielle geblieben?« fragte er.

Jim wandte sich um. Brian hatte recht. Soweit das Auge reichte – kein Zeichen von den beiden, die ihnen, wie sie glaubten, gefolgt waren.

»Aragh?« fragte Jim. »Wo sind sie?«

»Sie sind vor einiger Zeit zurückgeblieben«, sagte der Wolf. »Vielleicht haben sie es sich anders überlegt und wollen nicht mehr mitkommen. Sie sind irgendwo dort hinten. Wenn nicht die Bäume und Büsche wären, könnte man sie noch sehen.«

Ein kurzes Schweigen folgte.

»Dann gehen wir eben ohne sie weiter«, sagte Brian.

Er zog Blanchard am Zügel. Widerwillig machte das weiße Pferd einen Schritt, dann noch einen. Sie gingen weiter. Aragh und Jim schlossen sich seitlich an.

Während sie weiterwanderten, tötete die allgemeine Trostlosigkeit, die um sie herum herrschte und sich auch auf sie herniedersenkte, schließlich jedes Gespräch. Unter ihrem Einfluß schien es schon eine Anstrengung zu erfordern, nur zu existieren, und jede Bewegung des Körpers setzte eine bewußte Willensanstrengung voraus; die Arme und Beine waren wie Bleigewichte, die man schwer und widerwillig zu jedem langsamen, notwendigen Schritt bringen mußte. Aber die Wirkung der Stille war noch verheerender, denn durch sie isolierten sie sich voneinander, jeder tauchte allein in den dunklen Teich seiner eigenen Gedanken. Sie bewegten sich wie in einem bleichen Traum, sprachen nur dann und wann ein paar Worte, schwiegen wieder.

Nach einiger Zeit verengte sich der Damm. Von vierzig Metern Breite schrumpfte er auf zehn. Auch die Bäume wurden niedriger und verkrüppelter – gekrümmter und knorriger –, und das spärlicher werdende Gras unter ihren Füßen enthüllte eine andere Erde, der die fette Schwärze des Marschbodens in der Nähe des Festlandes fehlte. Hier war sie sandig, von einer unfruchtbaren, unerbittlichen Härte. Sie knirschte unter ihrem Gewicht und unter Blanchards Hufen und war gleichzeitig unnachgiebig und trügerisch.

Das weiße Streitroß blieb plötzlich stehen. Es warf den Kopf hoch und versuchte zurückzuweichen, anstatt weiter vorwärtszugehen.

»Was, zum Teufel!« explodierte Brian und zerrte an den Zügeln. »Was ist denn jetzt in ihn gefahren?«

»Hört«, sagte Jim, der auch stehengeblieben war.

Einen Augenblick lang glaubte Jim beinahe, er habe nur geträumt, was er gerade gehört hatte. Aber dann ertönte es wieder und begann an Lautstärke zuzunehmen. Es war gerade vor ihnen und kam immer näher. Es war das Geschnatter von Sandmerkern.

Die Lautstärke stieg sprunghaft an. Unverkennbar waren die Sandmerker nicht nur vor ihnen, sondern auf allen Seiten. Die dunklen Räuber hatten einfach nicht alle gleichzeitig Laut gegeben, aber jetzt war der Chor vollzählig. Jim fühlte, wie das Geräusch wieder zu den alten, primitiven Zonen seines Stammhirns vordrang. Er sah Brian an und erblickte das Gesicht des Ritters im offenen Visier seines Helms; es sah blutleer aus, die Haut eingeschrumpft bis auf die Knochen, wie das Gesicht eines Mannes, der seit zehn Tagen tot ist. Das Geschnatter steigerte sich zu einem Crescendo, und Jim fühlte, wie ihm die Fähigkeit zu denken entglitt.

Neben ihm lachte Aragh sein stummes Lachen.

Der Wolf warf den Kopf zurück, öffnete sein langes Maul und heulte – ein langgezogenes Heulen, das wie ein Rasiermesser in das Geräusch der Sandmerker einschnitt. Es war nicht bloß nächtliche Wolfsmusik von einer mondhellen Hügelkuppe, die Aragh da produzierte, sondern ein Ruf, der mit einem tiefen Grollen begann und sich in Höhe und Lautstärke steigerte, bis er das ganze Geschnatter übertönte; dann fiel er wieder, fiel ... fiel ins Nichts. Es war ein Jagdgeheul.

Als es aufhörte, herrschte Schweigen. Nur Schweigen. Aragh lachte wieder.

»Sollen wir weitergehen?« sagte er.

Brian bewegte sich wie jemand, der aus einem Traum erwacht, und zog an den Zügeln. Blanchard tat einen Schritt vorwärts. Auch Jim bewegte sich; und noch einmal machten sie sich auf den Weg.

Die Sandmerker nahmen ihr Geschnatter nicht wieder auf. Aber als der Ritter, der Drache und der Wolf weitergingen, konnte Jim unzählige kleine, plätschernde Geräusche im Wasser und Geraschel in den Bäumen, Büschen und im Schilf hören, die sie umgaben – Geräusche, die ihren Weg begleiteten und mit ihnen Schritt hielten, als wenn ihnen eine kleine Armee großer Ratten das Geleit gäbe. Er bemühte sich nach Kräften, das Geraschel aus seinem Bewußtsein zu verdrängen. Allein die Geräusche dieser Füße und Körper flößten ihm ein instinktives Entsetzen ein, und er mußte doch noch auf andere Schrecken gefaßt sein.

Aber das Aufpassen wurde immer schwieriger.

»Es wird dunkler, nicht?« sagte Jim schließlich. »Und neblig.«

Sie waren vielleicht eineinhalb Meilen gegangen, seitdem sie die Linie überschritten hatten. Und der Himmel hatte sich wirklich verdüstert. Es war keine natürliche Dunkelheit, sondern eine Art Verdichtung der Luft, eine vorzeitige Nacht, die über sie zu kommen schien. Begleitet wurde sie von niedrigen Wolken über ihren Köpfen und von Nebelbänken, die sich über den Wassern auf beiden Seiten des Damms bewegten. Unvermittelt scheute Blanchard wieder. Sie hielten an. Aber um sie herum begann sich das Geräusch der Sandmerker zu einer Raserei unsichtbarer Bewegung zu steigern. In ihrer verrückten Aktivität lag etwas Triumphierendes. Unerwartet ertönte vor ihnen, neben dem Damm, ein einziges lautes Platschen, wie es ein schwerer Körper erzeugt, der sich aus dem Wasser an Land hievt. Araghs Nase hob sich ruckartig, und er knurrte tief in der Kehle.

»Jetzt«, sagte er.

»Was ist jetzt? Was kommt?« wollte Brian wissen.

»Meine Sache«, knurrte Aragh. »Macht Platz!«

Steifbeinig ging er ein paar Schritte nach vorne und blieb dann stehen, sein Schwanz hing in niedrigem Bogen, der Kopf war ein wenig gesenkt, das Maul leicht geöffnet, er wartete. Seine Augen glühten rot im düsteren Licht.

Jetzt stieg der Geruch dessen, was Aragh gewittert hatte, auch in Jims Nase. Der Duft war seltsam vertraut – und dann erkannte er, daß es die gleiche Witterung war, wie er sie von den Sandmerkern aufgenommen hatte, die sie begleiteten. Nur war diese hier viel stärker und viel widerlicher. Jetzt erfaßten auch seine Ohren das Geräusch eines schweren Körpers, der sich ihnen vom Damm her näherte – ein Geschöpf, das lieber durch Büsche brach als um sie herumzugehen.

Brian zog sein Schwert. Aragh drehte den Kopf nicht, aber seine Ohren zuckten bei dem schabenden Geräusch von Metall auf Metall.

»Meine Sache«, sagte er wieder. »Bleibt zurück! Geht, wenn ich es sage.«

Jeder Muskel von Jim war gespannt, seine Augen schmerzten fast vor Anstrengung, durch das Dämmerlicht zu erspähen, was da kam. Dann war es ganz plötzlich sichtbar, bewegte sich auf sie zu: ein großes schwarzes, vierbeiniges Wesen, das anliegende Fell noch feuchtglänzend vom Wasser, das es gerade verlassen hatte. Es machte keine Anstrengungen, sich zu verstecken, sondern ging weiter, bis es weniger als seine dreifache Körperlänge von Aragh entfernt war. Dann bäumte es sich auf, und aus seiner Kehle ertönte ein widerwärtiges, glucksendes Lachen, eine tiefere Version des Geschnatters, das die drei Eindringlinge hier schon früher gehört hatten.

»Die Apostel mögen uns beschützen!« murmelte Brian. »Ist das ein Sandmerker ...?«

Es war ein Sandmerker, aber von der vielfachen Größe der kleineren Geschöpfe, die jetzt schon dreimal Urängste in Jim erweckt hatten. Dieses Wesen war so groß wie ein ausgewachsener Grizzlybär; ja, beinahe von der Größe eines der riesigen Bären von Kodiak Island. Aragh, der vorwärts geneigt dastand und es herausforderte, schien im Vergleich von der Größe eines Ponys auf die eines kleinen Hundes zusammengeschrumpft zu sein.

Aber der Wolf schien keinen Schritt zurückweichen

zu wollen. Aus seiner Kehle drang das stetige, langsame Gepolter eines Knurrens, unveränderlich und anhaltend. Einen langen Augenblick stand das Ungeheuer von einem Sandmerker ein wenig schwankend auf seinen Hinterbeinen und gluckste sein Baßgeschnatter. Dann bewegte es sich immer noch aufrecht vorwärts – und plötzlich hatte der Kampf begonnen. Es war ein Wirbel von Bewegungen, so schnell, daß kein menschliches und auch kein Drachenauge Einzelheiten verfolgen konnte. Trotz seiner Größe konnte der riesige Sandmerker seinen Körper und seine Beine mit sinnverwirrender Geschwindigkeit bewegen. Nur – Aragh war schneller. Er war hinten, vorne, auf den Seiten, oben und unten an der gewaltigen schwarzen Gestalt, so schnell und ausdauernd, daß Jim es aufgab, seinen Bewegungen mit den Augen zu folgen.

Und ebenso plötzlich, wie sie aneinandergeraten waren, trennten sich die beiden. Aragh trat mit gesenktem Kopf zurück und ließ sein stetiges Knurren hören, während der riesige Sandmerker keuchte und auf den schweren Hinterbeinen schwankte; sein schwarzes Fell war da und dort mit roten Strichen gezeichnet.

Araghs Knurren brach jetzt ab, obwohl er seinen Gegner weiterhin gespannt beobachtete und ihn keinen Moment aus den Augen ließ.

»Geht!« sagte er, ohne den Kopf zu drehen. »Die anderen werden euch nicht folgen, solange ich ihre Mutter in Schach halte. Und sie werden sich nicht gegen mich zusammenrotten, um ihr zu helfen, weil sie wissen, daß die ersten fünf, die mich erreichen, sterben werden, und keiner von ihnen will unter diesen sein.«

Jim zögerte. Brian sprach für sie beide.

»Herr Wolf«, sagte er, »wir können nicht zulassen, daß Ihr Euch dieser Übermacht allein entgegenstellt.«

Aber noch ehe die letzten Worte aus seinem Mund waren, hatte der Kampf wieder begonnen. Wieder erfolgten die Bewegungen zu schnell, als daß man ihnen hätte folgen können; aber diesmal dauerte es länger – bis schließlich ein plötzliches, häßliches, brechendes Geräusch ertönte und Aragh zurücksprang; er stand auf drei Beinen, das linke Vorderbein hing kraftlos herab.

»Geht!« knurrte er wütend. »Ich sage es doch – geht!«

»Aber dein Bein …«, begann Jim.

»Habe ich dich um Hilfe gebeten?« Araghs Stimme bebte vor Zorn. »Habe ich jemals um Hilfe gebeten? Damals, als mich die Bärin erwischte und ich noch klein war und allein und nur drei Beine gebrauchen konnte, tötete ich sie. Ich werde diese Mutter der Sandmerker ebenfalls töten, auf drei Beinen und allein. Geht!«

Das Ungeheuer zeigte nun ein ausgedehntes Muster von roten, blutigen Kratzern am ganzen Körper. Aber obwohl es heiser keuchte, schien es nicht geschwächt oder langsamer zu sein. Trotzdem schien an Araghs Entscheidung, allein zu kämpfen, eindeutig nichts zu ändern; und es war undenkbar, das bewußte Opfer des Wolfs abzulehnen. Wenn er getötet wurde, war es sicher nur eine Frage der Zeit, bis die Sandmerker auch die beiden anderen erledigen würden.

Brian blickte Jim an.

»Gehen wir«, sagte Jim.

Der Ritter nickte. Er zog an Blanchards Zügeln und führte das Pferd weiter. Sie entfernten sich, während der Wolf und die gigantische Urmutter der Sandmerker wieder zu kämpfen begannen.

Die Kampfgeräusche hinter ihnen erstarben bald. Die Dunkelheit und der Nebel hüllten sie ein. Aber Aragh hatte in einem recht gehabt: keiner der kleineren Sandmerker folgte ihnen. Die beiden schleppten sich vorwärts; und lange Zeit sprach keiner von ihnen ein Wort. Dann wandte Brian seinen Kopf zu Jim.

»Ein sehr tapferer Wolf«, sagte er langsam.

»Wenn dieser große Sandmerker ihn tötet …«, begann Jim und hörte, wie ihm der Satz im Munde erstarb.

Er war im Begriff gewesen, Rache zu schwören an

dem Mörder, und dann war ihm aufgegangen, daß er nichts tun konnte. Wenn das riesige schwarze Wesen Aragh töten sollte, gab es keine Möglichkeit, wie er es wiederfinden konnte; und wenn er es doch fand, gab es keine Aussicht für ihn, es zu töten, ehe es selbst und seine Legion von Kindern ihn zur Strecke brachten. Er war kein englischer Wolf, dem die schnatternden Stimmen nichts anhaben konnten.

Es fiel Jim schwer, der Tatsache ins Auge zu sehen, daß er einem grausamen Unrecht wehrlos gegenüberstand. Er hatte sein gegenwärtiges Alter erreicht, ohne jemals daran zweifeln zu müssen, daß jede Ungerechtigkeit mit der Zeit gesühnt und jede Benachteiligung im Leben am Ende ausgeglichen werden müsse. Jetzt mußte er die Schulden, die ihm Araghs mögliches Selbstopfer auferlegte, in dem Wissen akzeptieren, daß er sie vielleicht niemals zurückzahlen konnte. Er marschierte langsam in der unheimlichen, unnatürlichen Dunkelheit dahin, die das Sumpfland umfangen hielt, und vergaß in dem inneren Kampf um einen Weg, mit diesen Schulden zu leben, für den Augenblick, wo er war, und was noch alles mit ihm geschehen konnte.

Es war hart, Illusionen aufzugeben, die man gehegt hatte; aber es blieb ihm keine andere Wahl. Allmählich, während er sich der Tatsache stellte, lockerte sich sein krampfhaftes Festhalten an dem Glauben, das Leben müsse fair sein, sonst könne man es nicht ertragen, und er fühlte, wie wieder eine Fessel fiel, die die Kraft seines individuellen Geistes hinderte, und in den Wassern des Vergessens verschwand.

»Es wird dunkler, nicht?« Brians Stimme riß Jim aus seinen Gedanken.

Jim blickte sich um. Seit sie Aragh und die Sandmerker zurückgelassen hatten, waren sie vielleicht eineinhalb Meilen gegangen; und tatsächlich hatte sich die Luft weiter verdichtet, während gleichzeitig der Nebel auf beiden Seiten des Damms eine feste Mauer bildete.

»Wenn das noch lange so weitergeht«, sagte Jim, »müssen wir stehenbleiben.«

Es war jetzt beinahe unmöglich, auf beiden Seiten weiter als bis zum Rand des Wassers zu sehen, nach vorne reichte die Sicht nicht weiter als ein Dutzend Meter. Sie sogen die kalte, zähflüssige Luft in ihre Lungen, und sie schien sich dort zu setzen und eine Pfütze zu bilden, an der sie zu ersticken drohten. Das Gehen war noch mühsamer geworden, da der Wille unter dem Gefühl der Bedrückung nachgab, das ohne Unterlaß auf ihnen lastete. Das Geräusch ihrer Schritte und der Hufe auf dem sandigen Boden erreichte ihre Ohren fast nicht mehr; und selbst ihre Stimmen klangen schwach, dünn und weit entfernt.

»Brian?« rief Jim und tastete in die Dunkelheit.

»Hier, James ...« Der schwache Umriß des gepanzerten Ritters bewegte sich auf Jim zu und prallte mit ihm zusammen, als sie beide stehenblieben.

»Ich glaube, wir können nicht mehr weiter«, sagte Jim.

»Ich glaube auch nicht«, gab Brian zu. »Wir werden wohl bleiben müssen, wo wir sind.«

»Ja ...«

Sie standen sich gegenüber, aber keiner konnte mehr die Gesichtszüge des anderen erkennen; sie waren in undurchdringlicher Dunkelheit verloren. Und diese Finsternis wurde noch schwärzer, bis jede letzte Andeutung von Licht verschwunden und die Schwärze vollständig war. Jim fühlte, wie kalte Eisenfinger nach seiner linken Schulter griffen.

»Wir wollen uns aneinander festhalten«, sagte Brian. »Dann wird uns alles, was auf uns zukommt, gleichzeitig treffen.«

»Ja«, stimmte Jim zu.

Sie standen schweigend in der Lichtlosigkeit und warteten, ohne zu wissen worauf; und bald drang die Schwärze noch stärker auf sie ein, jetzt, da sie isoliert waren, und nagte an ihrem Verstand. Aus dem Nichts kam nichts Greifbares, aber aus dem Inneren Jims krochen nacheinander, wie blinde weiße Maden aus einer bodenlosen Grube, alle seine inneren Ängste und Schwächen, alle die Dinge, derer er sich jemals geschämt und die er zu vergessen versucht hatte, alle Würmer seiner Seele …

Er öffnete den Mund, um mit Brian zu sprechen – etwas zu sagen, irgend etwas, nur um den schwarzen Bann zu brechen, der auf ihm lag. Aber er erkannte, daß in ihm schon ein Gift am Werk war. Er vertraute dem Ritter nicht länger: denn er wußte, daß das Böse auch in Brian sein mußte, wegen des Bösen, das er in sich selbst wiederentdeckt hatte. Langsam, verstohlen, begann er, sich aus dem Griff des anderen zu lösen …

»Seht!« Plötzlich drang Brians Stimme zu ihm, schwach und fremd, wie die Stimme eines Menschen, der sich weit entfernt hat. »Seht einmal den Weg zurück, den wir gekommen sind!«

Jim wandte sich um. Wie er die richtige Blickrichtung fand, in diesem Nichts, das konnte er niemals sagen. Aber er wandte sich um; und er sah, weit entfernt – so weit entfernt, daß es wie das Glitzern eines Sterns jenseits zahlloser Lichtjahre schien – einen winzigen, schwachen Lichtpunkt.

»Was ist das?« keuchte er.

»Weiß nicht«, erwiderte die verzerrte, wie mechanische Stimme des Ritters. »Aber es kommt auf uns zu. Seht nur, wie es größer wird!«

Langsam, ganz, ganz langsam, wuchs das ferne Licht und kam näher. Es war wie ein Schlüsselloch zum Tageslicht, das sich erweiterte, je näher es kam. Die Minuten tickten vorbei, Sekunde für Sekunde durch Jims Herzschläge abgezählt. Schließlich streckte sich das Licht, verlängerte sich, kam daher wie ein Messerschlitz in einem Tuch aus Finsternis.

»Was ist das?« schrie Jim wieder.

»Ich weiß es nicht ...«, wiederholte der Ritter.

Aber beide empfanden, daß das, was da kam, gut war. Es war wieder Leben und Mut; es war eine Macht gegen die Kraft der dunklen Hilflosigkeit, die gedroht hatte, sie zu überwältigen. Als es herankam und immer strahlender wurde, fühlten die beiden, wie ihre Kraft zurückkehrte; und Blanchard regte sich neben ihnen, stampfte mit den Hufen auf den harten Sand und wieherte.

»Hierher!« rief Jim.

»Hierher!« schrie Brian.

Das Licht schoß plötzlich nach oben, griff nach dem Himmel, als sei es durch den Klang ihrer Stimme lebendig geworden. Wie ein großer Stab kam es daher, aufrecht, auf sie zu, wurde breiter, als es sich näherte. Die Dunkelheit wich zurück, hob sich. Das Schwarz wurde wieder zum dichten grauen Zwielicht, dann verdünnte sich das Zwielicht, zerstreute sich. Das scharrende Geräusch von sich nähernden Füßen drang an ihre Ohren, sie hörten langsames Atmen, und auf einmal ... Es war wieder Tag.

Und Carolinus stand vor ihnen, in seine Gewänder gekleidet, einen hohen, spitzen Hut auf dem Kopf, und hielt aufrecht vor sich – als sei es Klinge und Schild, Speer und Rüstung in einem – einen großen, geschnitzten Holzstab.

»Bei den Mächten!« sagte er, als er die beiden ansah. »Da bin ich ja gerade zur rechten Zeit zu Euch gekommen!«

Jim und der Ritter sahen sich an wie zwei Männer, die man gerade vom Rand eines Abgrunds zurückgerissen hat. Blanchard warf seinen angeschirrten Kopf und stampfte wieder mit den Füßen, wie um sich zu versichern, daß er wieder auf dem festen Boden einer Welt stand, die er kannte.

»Zauberer«, sagte Brian. »Meinen Dank!«

»Das Gewebe von Zufall und Geschichte wurde diesmal zu Euren Gunsten gestreckt«, sagte Carolinus. »Sonst hätte ich niemals rechtzeitig bei Euch sein können. Seht!«

Er hob den Stab und steckte ihn mit der Spitze nach unten in den Sand zu seinen Füßen. Der Stab bohrte sich hinein und stand aufrecht wie der entästete Stamm eines Baumes. Carolinus deutete auf den Horizont, und sie sahen sich um.

Die Dunkelheit war verschwunden. Die Sümpfe lagen offen, weit und breit, erstreckten sich zurück, woher sie gekommen waren, und nach vorne, vielleicht noch eine halbe Meile weit, bis dahin, wo sie auf die dünne, dunkle Linie des Meeres trafen. Auch der Damm war höher geworden; da, wo sie standen, waren sie vielleicht zwanzig Fuß über dem Gelände ringsum. Weit vorne, im Westen, brannte der Himmel im Feuer des Sonnenuntergangs. Sein Schein erleuchtete alle Sümpfe, die Teiche und den Damm mit einer roten Glut, die wie Blut auf der Erde, dem Gras und den verkrüppelten Bäumen lag; und er floß vor ihnen, hinter einen niedrigen Hügel, auf einer Anhöhe von hundert Fuß oder mehr über der Küste zusammen, wo berührt, aber nicht getönt von diesem vergehenden Licht über allem, zwischen großen, durcheinanderliegenden Felsbrocken die dunkle, zertrümmerte Ruine eines Turmes dräute, der so schwarz war wie die Nacht.

21

So viel und noch ein wenig mehr erblickten sie in der kurzen Minute, in der das Licht noch anhielt, denn die Sonne stand direkt am Rande des Meereshorizonts und ging unter, noch während sie zusahen. Die Nacht – wirkliche Nacht diesmal – kam mit schnellem Schritt aus dem Osten heran.

Carolinus hatte sich über etwas neben seinem Stab

auf dem Boden Liegendes gebeugt. Jetzt sprang unter seinen Händen eine kleine Flamme auf; er ging ein wenig zur Seite und brachte einige trockene Zweige, die von einem der Zwergbäume am Rande des Damms abgefallen waren. Er warf sie auf die Flamme, und ein Feuer loderte auf, das ihnen Licht und Wärme spendete.

»Wir sind noch immer im Bannkreis des Verhaßten Turms«, sagte der Zauberer. »Entfernt Euch nicht weiter als zehn Schritte vom Zauberstab, wenn Euch an Eurer Sicherheit gelegen ist!«

Er raffte sein Gewand zusammen und setzte sich mit gekreuzten Beinen ans Feuer.

»Legt Euch hin, Herr Ritter«, sagte er, »und auch Ihr, mein verzauberter Freund. Wenn diese Sonne wieder aufgeht, werdet Ihr merken, daß Ihr alle Ruhe brauchen werdet, die Ihr finden konntet.«

Brian gehorchte nur zu gern, aber Jim ließ sich widerwillig neben dem Feuer auf die Erde nieder.

»Was ist mit Angie?« fragte er. »Wir haben von Bryagh keine Spur gefunden. Glaubt Ihr ...?«

»Euer Mädchen ist im Turm«, unterbrach ihn Carolinus.

»Dort drin?« Jim fuhr in die Höhe. »Ich muß ...«

»Setzt Euch! Sie ist völlig in Sicherheit und wohlauf, das verspreche ich Euch«, sagte Carolinus giftig. »Die Kräfte, die dort im Streit liegen, konzentrieren sich nicht auf sie – jedenfalls im Moment nicht.«

Er zuckte zusammen und griff in sein Gewand, um eine Feldflasche und einen kleinen Becher aus trübem Glas hervorzuholen. Er goß eine weiße Flüssigkeit aus der Flasche in den Becher und nippte daran.

»Was, zum Teufel ...?« sagte Brian verwundert.

»Woher wißt Ihr das?« wollte Jim von dem Zauberer wissen. »Wieso könnt Ihr behaupten ...?«

»Bei den Mächten!« sagte Carolinus bissig. »Ich bin ein Meister der Künste! Woher ich das weiß? Fürwahr!«

»Verzeiht mir«, sagte Brian, immer noch mit Verwunderung in seinen blauen Augen. »Ist das *Milch*, was Ihr da trinkt, Zauberer?«

»Ein wenig sympathetische Magie, Herr Ritter, für einen Ulkus-Dämon, der mich seit einiger Zeit plagt.«

»Sagt es mir!« bat Jim wieder.

»Ich dächte, es bestünde die Gefahr, daß Ihr Durchfall bekommt«, sagte Brian stirnrunzelnd. »Also bei Kindern ...«

»Ich werde Euch gar nichts sagen!« explodierte Carolinus. »Habe ich sechzig Jahre gebraucht, um meinen Titel zu erwerben, nur damit man mich wegen jeder Kleinigkeit um Rechenschaft für meine Methoden angehen kann? Wenn ich sage, daß Saturn im Aufstieg ist, dann ist er im Aufstieg. Und wenn ich sage, die Jungfrau ist völlig in Sicherheit und wohlauf, dann ist die Jungfrau völlig in Sicherheit und wohlauf. Bei den Mächten!« Er schnaubte gekränkt. »Hört zu, junger Freund«, fuhr er zu Jim gewandt fort, trank dabei seinen Becher leer und verstaute ihn zusammen mit der Flasche wieder in seinem Gewand. »Ihr habt vielleicht ein paar Anfängerkenntnisse in den Künsten und Wissenschaften, aber laßt Euch deswegen nicht einfallen zu glauben, Ihr würdet etwas verstehen. Ihr seid zu einem bestimmten Zweck hier, der morgen, nach Sonnenaufgang, aktuell wird – das gleiche gilt für diesen Ritter.«

»Für mich auch, Zauberer?« erkundigte sich Brian.

»Glaubt Ihr vielleicht, Ihr seid ganz zufällig mit unserem gemeinsamen Freund hier zusammengetroffen?« fragte Carolinus. »Ihr Laien haltet den Zufall immer für einen ganz willkürlich arbeitenden Faktor. Unsinn! Die Operationen des Zufalls folgen den strengsten Regeln im ganzen Universum. Der Zufall ist unveränderlich vorherbestimmt durch den Punkt der größten Spannung zwischen den anderen Primärfaktoren, wie z. B. Geschichte und Natur – besonders Geschichte und Natur, möchte ich sagen, nachdem jeder Narr weiß, daß besonders der Konflikt zwischen diesen beiden beinahe stündlich Veränderungen in der Struktur verursacht. Sonst würde das Universum so geordnet, daß wir alle aus reiner Langeweile sterben würden. Hört mir also zu …« Er deutete mit seinem langen, knochigen Zeigefinger auf Jim. »Die Natur arbeitet immer daran, ein Gleichgewicht der Faktoren zu erreichen, das die Arbeit der Geschichte ebenso unermüdlich und ständig zu zerstören sucht. Der Haken bei der ganzen Sache ist, daß dieses neue Gleichgewicht immer in mehr als einem Punkt errichtet werden kann, und in der Bestimmung des genauen Punktes kommt der Zufall – als kompensierendes Element – in die Gleichung hinein. Diese Wahrheit ist die Basis, auf der alle Magie, als Produkt von Kunst und Wissenschaft errichtet ist. Versteht Ihr jetzt die Situation, die wir hier haben?«

»Nein«, sagte Jim.

»Oh, geht schlafen!« schrie Carolinus und warf erbittert die Arme hoch.

Jim blinzelte …

… Und es war Morgen.

Er setzte sich erstaunt auf und ertappte sich beim Gähnen. Auf der anderen Seite des Stabes – oder Zauberstabes, wie Carolinus ihn genannt hatte – setzte sich gerade auch Brian mit überraschtem Gesicht auf. Carolinus war schon auf den Beinen.

»Was ist geschehen?« fragte Jim.

»Ich habe Euch eingeschläfert. Was habt Ihr denn gedacht, was geschehen ist?« konterte Carolinus. Er holte seine Feldflasche und seinen Becher hervor, goß sich ein wenig Milch ein und schüttete sie mit einer Grimasse hinunter. »Schön langsam verabscheue ich dieses Zeug«, brummte er und ließ die Utensilien wieder verschwinden. »Immerhin gibt es keinen Zweifel, daß es wirkt. Kommt jetzt!«

Er wandte sich bissig an Jim und Brian.

»Auf die Beine, los! Die Sonne ist schon vor eineinhalb Stunden aufgegangen, und unsere Kräfte sind am stärksten, wenn die Sonne im Aufstieg begriffen ist – das bedeutet, wir haben die besten Siegeschancen vor Mittag.«

»Warum habt Ihr uns dann nicht früher geweckt?« fragte Jim und erhob sich gleichzeitig mit Brian.

»Weil wir warten mußten, bis uns die anderen einholen konnten.«

»Die anderen? Welche anderen?« fragte Jim. »Wer soll uns einholen?«

»Wenn ich genau wüßte, wer«, sagte Carolinus und nagte an seinem Bart, »hätte ich schon gesagt, wer. Ich weiß nur, daß die Situation heute morgen impliziert, daß sich unserer Gruppe noch vier Leute anschließen. – Oh, die sind es also!«

Er starrte Jim über die Schulter. Jim wandte sich um und sah, daß sich die Gestalten von Dafydd und Danielle näherten, gefolgt von zwei Drachen, ein wenig weiter hinten auf dem Damm.

»Sehr gut – Meister Bogenschütze!« sagte Brian herzlich, als Dafydd herankam. »Und Fräulein Danielle! Guten Morgen!«

»Ein Morgen ist es, aber ob er gut ist oder nicht, möchte ich nicht raten«, sagte Dafydd. »Wo ist der Wolf, Herr Ritter?«

Ein Schatten flog über Brians Gesicht.

»Ihr habt ihn nicht gesehen?« fragte Jim. »Ihr müßt an ihm vorbeigekommen sein. Einige normal große Sandmerker und ein besonders riesiger erwischten uns, und er blieb zurück, um mit dem großen zu kämpfen. Ihr müßt an dem Platz vorbeigekommen sein, wo wir sie kämpfend zurückgelassen haben.«

»Zurückgelassen?« schrie Danielle.

»Der Wolf hat es verlangt«, sagte Brian grimmig. »Sonst wären wir nicht gegangen – ich denke, das könntet Ihr wissen, Fräulein!«

»Wir haben weder ihn, noch eine Spur von Sandmerkern oder Kampf gesehen«, sagte Dafydd.

Jim stand unbeweglich. Es war, als müsse er einen harten Schlag in den Magen einstecken, als er das hörte, auch wenn er geglaubt hatte, er hätte sich tags zuvor mit der Tatsache abgefunden, daß er Aragh vielleicht niemals lebend wiedersehen würde.

»Nur weil er Euch darum bat«, sagte Danielle heftig, »mußtet Ihr ihn doch nicht allein mit diesem ...«

»Danielle«, unterbrach Carolinus. Sie wandte sich ihm zu.

»Zauberer«, sagte sie. »Ihr seid hier? Aber Ihr wart doch schon hundert Jahre alt, als ich noch klein war. Ihr solltet nicht hier sein!«

»Ich bin, wo ich sein muß«, sagte Carolinus. »Ebenso wie Euer Wolf, ebenso wie Sir James und Sir Brian. Klagt sie nicht an. Es war Araghs Aufgabe zu bleiben und allein zu kämpfen, damit diese beiden zu dieser Zeit an diesen Ort gelangen konnten. Das ist alles, und mehr ist dazu nicht zu sagen!«

Seine alten Augen ruhten auf ihr. Ihre füllten sich mit Trauer, und sie wandte sich von ihm ab.

»Ich werde nach ihm suchen«, sagte Jim halb zu sich selbst. »Sobald das hier alles vorüber ist, werde ich gehen, und ich werde ihn finden.«

»Vielleicht«, sagte Carolinus trocken. Er sah wieder an Jim vorbei. »Guten Morgen, ihr Drachen!«

»Secoh!« rief Brian aus. »Und – wer ist das?«

»Smrgol, Georg!« schmollte der alte Drache. Er kam mit deutlichem Hinken heran, seinen linken Flügel hatte er auf den Rücken des Teichdrachen gelegt. Sein linkes Augenlid war jetzt fast völlig geschlossen. »Laßt mich einen Augenblick lang verschnaufen! Bin auch nicht mehr so jung, wie ich einmal war; aber in einer Minute bin ich wieder in Ordnung. Seht mal, wen ich da mitgebracht habe!«

»Ich – ich war nicht allzu scharf darauf mitzukommen«, sagte Secoh stotternd. »Aber wie Euer Ehr – ich meine, wie Ihr wißt, kann Euer Großonkel ziemlich überzeugend argumentieren.«

»Das stimmt!« dröhnte Smrgol, der offensichtlich, während der Teichdrache sprach, wieder ziemlich zu Atem gekommen war. »Und du nennst mir niemanden mehr ›Euer Ehrwürden‹. So einen Unsinn habe ich noch nie gehört!«

Dann wandte er sich an Jim.

»Und er läßt auch noch einen Georg da hingehen, wo er sich selbst nicht hinwagt. ›Junge‹, sagte ich zu ihm, ›komm mir nicht mit dem Unsinn, daß du nur ein Teichdrache bist! Der Teich hat nichts damit zu tun, was du für ein Drache bist! Wie sähe es denn in der Welt aus, wenn wir alle herumliefen und solches Zeug schwatzten!‹«

Smrgol versuchte jemanden nachzuäffen, der mit sehr hoher Stimme sprach, konnte aber sein Organ nur in mittlere Baßhöhen heben.

»Oh, ich bin nur ein Feld-, Wald- und Wiesendrache. Ihr müßt mich entschuldigen. – Ich bin nur ein Halb-auf-dem-Hügel-Drache … ›JUNGE!‹ sagte ich zu ihm, ›du bist ein DRACHE! Begreif das endlich, ein für allemal! Und ein Drache HANDELT wie ein Drache, oder er handelt überhaupt nicht.‹«

»Hört, hört!« sagte Brian.

»Hast du das gehört, Junge?« fragte Smrgol den kleineren Drachen. »Selbst dieser Georg da begreift diese Tatsache des Lebens.«

Er wandte sich an Brian.

»Glaube nicht, daß wir uns schon kennengelernt haben, Georg.«

»Brian Neville-Smythe«, sagte Brian. »Ritter.«

»Smrgol. Drache«, sagte Gorbashs Großonkel. Er blickte beifällig auf Brians Rüstung und seine Waffen. »Guter Harnisch! Wette, Ihr tragt Euren Schild ziemlich hoch, wenn Ihr zu Fuß kämpft.«

»Stimmt tatsächlich. Aber woher wißt Ihr das?«

»Ein glänzender Fleck hier auf der hinteren Schiene, wo die Ellbogenspitze dagegengescheuert hat. Gute Schildhaltung gegen einen anderen Georg, aber ich würde Euch nicht raten, es damit bei mir zu versuchen. Ich hätte innerhalb einer Sekunde meinen Schwanz zwischen Euren Beinen und Euch auf dem Boden.«

»Ist das Tatsache?« fragte Brian deutlich beeindruckt. »Bemerkenswert sportlich von Euch, mir das zu sagen! Ich werde daran denken. Aber macht Ihr es dem nächsten Drachen, den ich bekämpfe, nicht sehr hart, falls nicht Ihr selbst es seid?«

»Nun, ich will Euch etwas sagen«, polterte Smrgol und räusperte sich. »Vergebung – ich denke schon seit einiger Zeit darüber nach, daß vielleicht ihr George und wir Drachen mit dem Kämpfen Schluß machen und uns zusammentun sollten. Wir sind uns wirklich in vielen Dingen sehr ähnlich ...«

»Wenn es dir nichts ausmacht, Smrgol«, mischte sich Carolinus mißmutig ein. »Wir haben nicht gerade übermäßig viel Zeit zum Plaudern. Es wird Mittag in ...«

Er wurde seinerseits durch einen Schrei von Danielle unterbrochen. Die übrigen drehten sich um und sahen, wie sie den Damm hinunterlief. Ihr entgegen humpelte langsam, auf drei Beinen – Aragh.

Danielle erreichte ihn, warf sich neben dem Wolf auf die Knie und umarmte ihn. Er streckte seine lange Zunge heraus und versuchte, ihr linkes Ohr zu lecken, das, so wie sie ihn hielt, der nächste Körperteil war, den er erreichen konnte. Nach einem Augenblick löste er sich jedoch aus ihrem Griff und ging zu den übrigen, obwohl sie sich bemühte, ihn zum Hinlegen zu bewegen und sein gebrochenes Bein untersuchen zu lassen. Erst als er sich der Gruppe angeschlossen hatte, legte er sich nieder und ließ sie gewähren.

»... Du solltest doch klüger sein und darauf nicht auch noch laufen!« sagte sie.

»Ich bin nicht darauf gelaufen«, knurrte Aragh. Sein Maul grinste sie alle bösartig an. »Ich bin davor weggelaufen.«

»Du weißt genau, was ich meine!« blitzte ihn Danielle an.

»Du solltest mit diesem Bein nicht gehen.«

»Was hätte ich denn sonst tun können?« knurrte er. »Ich habe zwar die Mutter getötet, aber die Jungen sind alle um uns herum. Sie wollen euer Fleisch, wenn die im Turm mit euch fertig sind. Sie brauchen eine ganze Menge Fleisch, um damit eine neue Mutter aufzufüttern. Außer mir kann keiner mit ihnen fertig werden. Wenn ich an eurer Seite bin, werden sie Abstand halten.«

»Wir glaubten Euch tot«, sagte Brian düster.

»Tot, Herr Ritter?« Aragh starrte ihn wütend an. »Haltet einen englischen Wolf niemals für tot, ehe Ihr nicht seine Gebeine in der Sonne bleichen seht.«

»Genug geschwatzt!« fauchte Carolinus. »Die Zeit eilt weiter, und Zufall und Geschichte verändern sich beide. Wie ich schon sagte, es wird Mittag in ... Wann wird es Mittag sein, Ihr?«

»Vier Stunden, siebenunddreißig Minuten, zwölf Sekunden beim zweiten Gongschlag«, erwiderte die unsichtbare Stimme. Es gab eine kurze Pause, dann klang ein weicher Glockenton durch die Luft. »Glockenschlag, meine ich«, korrigierte sich die Stimme.

Carolinus murmelte etwas vor sich hin. Dann sprach er sie alle an.

»Kommt jetzt!« befahl er. »Bleibt hintereinander. Und bleibt hinter mir.«

Er zog den Stab aus dem Boden; und sie setzten sich alle in Richtung auf den Turm in Marsch, Brian jetzt wieder in Blanchards Sattel, nachdem das Pferd seinen Widerstand gegen das Vorwärtsgehen aufgegeben zu haben schien.

Bei den ersten Schritten begann jedoch der Tag, der

ebenso hell, klar und normal gedämmert hatte wie jeder andere Tag an jedem anderen Ort, sich zu bewölken und zu verdunkeln, und die Luft begann sich wie tags zuvor zu verdichten. Diesmal brach der Nebel schnell über die Meeresseite und die Wasser auf beiden Seiten des Damms herein. Die Wolken zogen sich zu einer kompakten Bank zusammen, senkten sich, bis sie die Spitze des Turms berührten, und hingen buchstäblich nicht mehr als hundert Fuß über den Köpfen der Herausforderer. Die trostlose, düstere Kälte des vorigen Tages senkte sich auf die Gruppe und belastete wieder Jims Gemüt.

Er blickte um sich.

Überraschenderweise zeigte keiner in diesem zusammengewürfelten Haufen von Individuen, die seine Gefährten waren, irgendwelche Anzeichen, daß sie von dieser neuerlichen Machtdemonstration derer, die im Verhaßten Turm wohnten, beeinflußt wurden. Aragh humpelte auf drei Beinen daher und versicherte Danielle bärbeißig, er würde sich sofort niederlegen und liegenbleiben, damit sie das gebrochene Bein einrichten und schienen konnte. Carolinus, an der Spitze des Zuges, sah aus, als befände er sich nur auf einem flotten Spaziergang, und sein Zauberstab sei nur ein Spazierstock, der ihm als Stütze dienen sollte.

Dafydd entknotete sorgfältig die Bänder, die einen Behälter zusammenhielten, der wie ein Plastikrohr aussah und die Sehne seines Bogens vor der Nachtfeuchtigkeit geschützt hatte. Nach sekundenlangem Nachdenken erkannte Jim plötzlich, daß es ein Stück Tierdarm sein mußte – wahrscheinlich vom Schwein oder Schaf –, den man sorgfältig gereinigt, getrocknet und dann zu diesem Zweck verwendet hatte.

Smrgol marschierte ganz tapfer daher, sein kranker Flügel und ein Teil seines Gewichts lasteten auf dem Teichdrachen neben ihm. Auf der anderen Seite des alten Drachen ritt Brian, und die beiden befanden sich jetzt in einer ernsten Unterhaltung.

»… Wegen dieser Sache, daß sich Drachen und Menschen zusammentun sollten«, sagte Brian. »Das klingt interessant – muß ich zugeben. Aber kaum durchführbar, was meint Ihr? Wir würden zwangsläufig auf eine ganze Menge eisenharter Vorurteile stoßen, auf beiden Seiten.«

»Irgendwann muß einmal ein Anfang gemacht werden, Georg«, sagte Smrgol. »Es gibt Zeiten, da würde sich eine Zusammenarbeit auszahlen, jetzt zum Beispiel. Nicht, daß Ihr natürlich nicht recht hättet. Ihr werdet beispielsweise bemerken, daß ich keinen einzigen Drachen aus unserer Höhle dazu bringen konnte, sich mir anzuschließen.«

»Ach ja«, sagte Brian und nickte.

»Nicht, daß sie furchtsam wären, versteht mich recht, Georg. Das glaube ich keine Minute lang. Aber wenn man ein paar hundert Jahre lebt – das heißt, wenn man Glück hat –, dann hat man keine Lust, bei der erstbesten Gelegenheit alles zu riskieren. Ich entschuldige sie nicht, Ihr versteht mich schon richtig; nur, so sind wir nun einmal. Fahrendes Rittertum mag für Euch, George, einen Sinn ergeben. Fahrendes Drachentum würde für uns überhaupt keinen Sinn ergeben.«

»Aber wo seht Ihr dann eine Hoffnung?«

»Die Hoffnung liegt bei uns – Euch und mir, Georg – und natürlich bei Gorbash, dem Zauberer, dem jungen Secoh hier neben mir, diesem Bogenschützen und diesem weiblichen Georg, den er bei sich hat, dem Wolf und so weiter. Wenn wir das hier schaffen – das heißt, wenn wir die Dunklen Mächte überwinden und einen Sieg erringen –, dann gibt das eine Geschichte, die man sich während der nächsten fünfhundert Jahre erzählen wird. Also, ich weiß ja nicht, wie das bei euch Georgen ist, aber wir Drachen lieben Geschichten. Wißt Ihr, das tun wir monatelang in unseren Höhlen, wir liegen herum und erzählen uns gegenseitig Geschichten.«

»Monatelang? Wirklich?« sagte Brian. »Das kann ich mir kaum vorstellen – monatelang?«

»Monatelang, Georg! Gebt einem Drachen ein paar Goldstücke und Juwelen zum Spielen, ein gutes Faß Wein zum Trinken und eine gute Geschichte zum Zuhören – und er ist glücklich. Ach, wenn ich zählen könnte, wie oft ich die Geschichte zum besten gegeben habe, wie ich den Unhold von Gormely Keep erschlug, vor all den Jahren – ach, die jüngeren Drachen seufzen und jammern natürlich alle, wenn ich es erwähne; aber sie rollen sich zusammen, füllen ihre Krüge und hören dann doch zu, auch wenn sie es schon x-mal von mir gehört haben.«

»Hmm«, murmelte Brian. »Jetzt, wo ich darüber nachdenke, auch wir Menschen sitzen ganz gerne herum und hören alten Geschichten zu. Besonders im Winter, wißt Ihr, wenn man nur schwer hinaus kann und es auch dann nicht viel zu tun gäbe, wenn man es könnte. Beim heiligen Denis, ich habe mich an einigen dieser alten Geschichten richtig festgebissen – sie waren einer der Gründe, warum ich unbedingt ein Ritter werden wollte.«

»Genau«, sagte Smrgol. »Genauso ist es bei uns Drachen! Jeder Drache, der die Geschichte hört, wie wir hier beim Turm die Dunklen Mächte besiegen, wird selbst Lust bekommen auszuziehen und sich mit einigen Georgen und vielleicht einem Wolf oder sonstwem zusammenzutun und ein ähnliches Abenteuer zu bestehen. Von dort aus ist es nur noch ein Schritt bis zur Zusammenarbeit ...«

»Sagt mir eines«, sagte Jim zu Carolinus und verließ die Unterhaltung zwischen Ritter und Drache, um sich dem Zauberer anzuschließen und einen halben Schritt hinter ihm zu gehen. »Welchen Preis muß man für den Zauber bezahlen, den Ihr gestern angewandt habt, um die Finsternis zu vertreiben?«

»Das ist schon bezahlt«, erwiderte Carolinus. »Der erste, der einen Zauber heraufbeschwört, trägt die Kosten. Der Gegenzauber gleicht nur die Buchhaltung aus. Anders ist es mit ...«

Er hob den Stab und schüttelte ihn vor Jims Augen leicht in der Luft.

»Ich mußte lange warten, um den zu bekommen«, erklärte er.

»Und ich mußte den Kredit eines ganzen Lebens bei der Revisionsabteilung verpfänden, um die Reise zu machen. Wenn wir hier verlieren sollten, bin ich als Zauberer erledigt. Aber wenn wir verlieren, sind sowieso alle erledigt.«

»Ich verstehe«, sagte Jim sachlich. Er überlegte eine Minute lang. »Was ist es eigentlich genau, was da im Verhaßten Turm lebt?«

»Was jetzt gerade dort lebt, weiß ich nicht – nicht mehr als Ihr auch. Was dort *ist* – weder lebendig noch tot, sondern nur an diesem Ort gegenwärtig –, ist die Verkörperung des Bösen selbst. Es gibt nichts, was wir oder jemand anders tun könnten, um uns davon zu befreien. Man kann das Böse nicht vernichten, ebensowenig, wie die Geschöpfe des Bösen das Gute vernichten können. Alles, was man tun kann, ist, das eine oder das andere im Zaum zu halten, wenn man stark genug ist, und es in seiner eigenen Situation wirkungslos zu machen.«

»Was können wir denn dann überhaupt gegen die Dunklen Mächte tun ...?«

»Nichts – wie ich eben schon sagte. Aber wir können die Geschöpfe zerstören, die Werkzeuge, mit denen das Böse zur Zeit seinen Willen durchsetzt. Ebenso, wie die Geschöpfe des Bösen zum gleichen Zweck versuchen werden, uns zu zerstören.«

Jim fühlte einen kalten Klumpen in seiner Kehle. Er schluckte.

»Ihr müßt aber doch eine Vorstellung haben«, sagte er dann, »was für Geschöpfe es sein werden, die versuchen sollen, uns zu vernichten.«

»Wir kennen schon einige von ihnen«, antwortete Carolinus. »Sir Hugh und seine Männer zum Beispiel. Auch die Sandmerker. Darüber hinaus ...«

Er hörte so unvermittelt zu sprechen und zu gehen auf, als sei er ein Automat, den man plötzlich abgeschaltet hatte. Auch Jim stockte und starrte auf den Turm. Die Fenster gleich unter den zerstörten Zinnen quollen über von Gestalten – mindestens ein paar Dutzend großflügelige, kopflastige Gestalten waren es – die kreischend rund um die Turmspitze auf und nieder flatterten.

Eine Sekunde lang schwärmten sie dort herum, wie eine Wolke von riesigen Mücken. Dann stieß eine der Gestalten auf die Gefährten hernieder ...

Und stürzte ab wie ein Körper, den man von einer Klippe geworfen hat, durchbohrt von einem schlanken Pfeil. Die Gestalt schlug schwer, leblos vor Jims Füßen auf dem Damm auf, das Frauengesicht war in einem stummen, wahnsinnigen Schrei erstarrt.

Jim wandte sich um und sah, daß Dafydd schon einen frischen Pfeil auf der Sehne hatte. Das Gekreisch hatte aufgehört, plötzlich und vollständig. Jim blickte hoch und sah, daß der um den Turm kreisende Schwarm verschwunden war.

»Es wird wirklich keine Schwierigkeiten geben, wenn sie alle diese Größe und Geschwindigkeit haben«, sagte Dafydd, als er vortrat und seinen Pfeil aus der getöteten Harpyie zog. »Auf diese Entfernung könnte nicht einmal ein Kind fehlen!«

»Täuscht Euch nicht, Meister Bogenschütze«, sagte Carolinus im Weitergehen über die Schulter hinweg. »Bei den anderen wird es keinesfalls mehr so einfach sein.«

Während er sprach, hatte er den Kopf nach Westen gewandt, und wieder brach er ab und blieb unvermittelt stehen. Er starrte auf einen Grasbüschel nieder, in dem anscheinend etwas verborgen war. Über dem Bart wurde sein altes Gesicht hart und verbissen. Jim trat vor, um zu sehen, wodurch die Reaktion des Zauberers hervorgerufen worden war.

Eine Welle von Übelkeit erfaßte ihn, und er drehte den Kopf wieder weg, gerade als die anderen herbeikamen und sehen wollten, was los war. Im Gras vor ihnen lag etwas, das früher einmal ein Mann in einer Rüstung gewesen war.

Jim hörte, wie der Ritter auf Blanchard tief einatmete.

»Ein höchst grausiger Tod«, sagte der Ritter leise, »höchst grausig ..., höchst grausig ...«

Der Ritter stieg von Blanchard herab, ließ sich auf seine gepanzerten Knie neben den Leichnam im Gras nieder und faltete seine Hände in den Eisenhandschuhen zum Gebet. Die Drachen schwiegen. Dafydd und Danielle standen bei Aragh, keiner sprach ein Wort.

Als einziger Mensch richtete Carolinus seine glühenden alten Augen auf die Szene vor ihnen, und außer Entsetzen drückten sie noch etwas anderes aus. Mit seinem Stab stocherte der Zauberer in einer breiten Schleimspur, die um den Körper herum und über ihn hinweg zum Turm zurück führte. Es war eine Spur, wie sie Gartenschnecken hinterlassen; nur hätte die Schnecke, um so eine Spur zu produzieren, dort, wo sie den Boden berührte, zwei Fuß breit sein müssen.

»Ein Wurm ...«, sagte Carolinus zu sich selbst. »Aber es war kein Wurm, der diesen Mann auf diese Weise tötete. Ein Wurm hat keinen Geist. Etwas mit großer Kraft und Ausdauer zerrte und quetschte in dieser langsamen Art ...«

Er starrte plötzlich Smrgol an; und Smrgol wackelte seltsam verlegen mit seinem wuchtigen Kopf hin und her.

»Ich habe nichts gesagt, Zauberer«, protestierte der alte Drache.

»Es wird am besten sein, wenn keiner von uns etwas sagt, ehe wir nicht sicher sind«, gab der Zauberer zurück. »Kommt jetzt weiter!«

Brian erhob sich von der Leiche; machte eine kleine, hilflose Handbewegung über ihr, als wolle er ihr die

Glieder ausstrecken, sähe aber, daß es völlig vergeblich wäre, so etwas wie Ordnung in die Überreste bringen zu wollen; und er kletterte wieder auf Blanchard. Die Gruppe ging weiter, den Damm hinauf bis etwa hundert Meter vor dem Turm; und hier blieb Carolinus stehen und trieb wieder seinen Zauberstab in die Erde, so daß er aufrecht stand.

Aragh stürzte keuchend und legte sich hin; Danielle ließ sich neben ihm auf die Knie nieder und begann, sein Bein einzurichten und zu schienen, wozu sie einige trockene, abgefallene Äste von einem nahen verkrüppelten Baum und einen in Streifen geschnittenen Ärmel ihres Wamses benützte.

»Jetzt«, sagte Carolinus; und das Wort dröhnte in Jims Ohren wie der Klang einer Glocke.

Der Nebel hatte sie eingeschlossen. Auf allen Seiten und dicht über ihnen war alles weiß. Nur die winzige Ebene unter den herabgestürzten Felsbrocken des Turmhügels, auf der sie standen, die Felsbrocken selbst und der Turm waren frei davon. Oder doch nicht? Nebelfinger trieben unterhalb der Wolken darüber hin, und irgend etwas an dem Licht und der Luft, die durch die Wolken sickerten, narrte die Augen und erschwerte es ihnen, sich auf irgend etwas einzustellen.

»Solange mein Zauberstab und ich stehen«, sagte Carolinus, »haben sie keine Macht, uns Licht, Atemluft und Willenskraft völlig zu entziehen. Aber ihr müßt innerhalb des Bereichs bleiben, den der Stab freihält, sonst können er und ich euch vielleicht nicht mehr schützen. Laßt unsere Feinde hierher zu uns kommen.«

»Wo sind sie?« fragte Jim um sich blickend.

»Geduld«, sagte Carolinus grimmig, »sie kommen noch früh genug; und nicht in der Gestalt, in der Ihr sie vielleicht erwartet.«

Jim richtete seinen Blick auf das Ende des Damms: da waren die Felsbrocken und der Turm. Aus dem Nebel bewegte sich kein Windhauch. Die Luft war drückend still. Nein, nicht wirklich still: sie schien leise zu zittern, ein unnatürliches Beben wie in einer Atmosphäre, die von wabernden Hitzewellen flirrt. Nur war hier alles düster, frostig und kalt. Als Jim dieses Zittern der Luft bemerkte, drang an seine Ohren – er wußte nicht, woher – ein hohes, schwindelerregendes Singen, wie es manchmal im Delirium oder bei hohem Fieber auftritt.

Als er wieder den Turm ansah, schien es ihm, als werde das Aussehen des Gebäudes selbst durch dieses Geschehen verzerrt. Obgleich der Turm nur wie das uralte, zerstörte Gerippe eines Bauwerks ausgesehen hatte, hatte er sich scheinbar zwischen zwei Herzschlägen verändert. Jim glaubte beinahe, aber nicht ganz, ein paar flüchtige Blicke auf den unzerstörten, mit Leben erfüllten Turm zu erhaschen, der von halb erahnten Gestalten umdrängt wurde. Jims Herz pochte stärker; und der Damm und der Turm darauf schienen mit jeder Kontraktion seiner Brust mitzuschwingen, schienen scharf zu werden und wieder zu verschwimmen, scharf und verschwommen … scharf und verschwommen …

Dann erblickte er Angie.

Er wußte, daß er viel zu weit entfernt vom Turm war, um sie so klar sehen zu können, wie er es jetzt tat. Auf diese Entfernung und bei dieser Beleuchtung sollte es eigentlich schwierig sein, ihr Gesicht zu erkennen. Aber er sah sie gleichzeitig aus der Entfernung und wie von ganz nahe, scharf, vollkommen deutlich. Sie stand in dem leichten Schatten einer zerstörten Tür, die in halber Höhe des Turms auf einen Balkon führte. Ihre Bluse bewegte sich im langsamen Rhythmus ihres Atems. Ihre ruhigen blauen Augen blickten ihn streng an. Ihre Lippen waren halb geöffnet.

»Angie!« schrie er.

Er hatte nicht gewußt, wie sehr er sie vermißte. Er hatte nicht verstanden, wie sehr er sie brauchte. Er trat nun einen Schritt nach vorne und fand den Weg versperrt von etwas, das ebenso unnachgiebig war wie eine in Betonpfosten eingegossene Eisenstange. Er blickte nach unten. Es war der Zauberstab, den der alte Carolinus im Arm hielt, aber er war eine Barriere, die zu überwinden Jims Kräfte nicht ausreichten.

»Wo?« wollte Carolinus wissen.

»Dort! Auf dem Balkon des Turms, dort! Seht Ihr?« Jim deutete hin; und die anderen hoben die Köpfe, um dorthin zu spähen, wohin er zeigte. »In der Tür! Könnt Ihr nicht sehen? Dort oben, an der Seite des Turms, in der Tür!«

»Ich sehe gar nichts!« sagte Brian barsch und ließ die Hand sinken, mit der er seine Augen beschattet hatte.

»Vielleicht«, sagte der Teichdrache unsicher. »Vielleicht ... dort hinten, im Schatten. Ich bin mir wirklich nicht völlig sicher ...«

»Jim«, sagte Angie.

»Da!« schrie Jim. »Hört ihr sie?«

Er stieß wieder gegen den hinderlichen Stab. Aber es half nichts.

»Ich kann dich hören, Angie!« rief er.

»Du brauchst deine Stimme nicht zu heben«, antwortete sie leise. »Ich kann dich auch so hören, Jim, es ist schon gut. Es sind nur all die anderen, die nicht hierhergehören. Wenn du allein kommst und mich holst, kann ich fort, und wir können nach Hause, und alles wird gut werden.«

»Ich kann nicht!« schrie Jim beinahe schluchzend, denn Carolinus' Stab ließ ihn noch immer nicht vorbei. »Sie wollen mich nicht gehen lassen!«

»Sie haben kein Recht, dich aufzuhalten, Jim. Frag den Zauberer, mit welchem Recht er dich zurückhält, dann wird er dich gehen lassen müssen. Frag ihn, und dann komm allein hier herauf und hole mich.«

Rasend vor Wut wandte sich Jim an Carolinus.

»Mit welchem Recht ...?« begann er.

»HALT!« Wie ein Kanonenschlag dröhnte Carolinus' Stimme in Jims Ohren.

Sie machte ihn schwindlig, taub und halb blind, so daß Augen und Ohren wie durch dicke, weiche Barrieren blockiert waren. Er konnte Angie nicht mehr so unnatürlich scharf sehen und hören, aber er konnte sich einbilden, sie zu erblicken – wie einen Schatten im Schatten der Tür, hinter einem Balkon auf dem Turm.

»Warum?« ging Jim wütend auf Carolinus los.

Der Zauberer wich keinen Fußbreit zurück. Seine dunklen Augen glitzerten über seinem weißen Bart.

»Bei den Mächten!« rief er, und *seine* Worte drangen sehr deutlich an Jims Ohren. »Wollt Ihr blindlings gleich in die erste Falle laufen, die SIE für Euch aufgestellt haben?«

»Was denn für eine Falle?« wollte Jim wissen. »Ich habe doch nur mit Angie gesprochen ...«

Der Satz blieb ihm auf den Lippen hängen, als Carolinus seinen Stab schwang und damit deutete. Am Fundament des Turms, zwischen dem Gebäude und den Felsbrocken am Abhang, hatte sich gerade der bösartig aussehende Kopf eines Drachen erhoben, der ebenso groß war wie Jim selbst.

Smrgols donnerndes Gebrüll durchbrach das seltsame Singen in der Luft.

»Bryagh! Verräter! Dieb – Raupe! Komm herunter!«

Der Drache in der Ferne öffnete das Maul. Sein Antwortgebrüll rollte zu ihnen herab.

»Erzähle uns doch von Gormely Keep, du alter Knochensack!« donnerte er. »Alter Lehmwelpe, fette Eidechse, mach uns angst mit deinem Gefasel!«

»Warte, du ...« Smrgol stürzte nach vorne.

»Halt!« donnerte Carolinus, und Smrgol bäumte sich hoch auf, als er abbremste, seine schweren Vorderklauen gruben sich tief in die sandige Erde, als sein massiger Körper auf dem Boden aufschlug.

»Richtig ...«, polterte er mit blutunterlaufenen Augen.

»Alter Leguan! Leg dich doch in der Sonne schlafen!« versuchte ihn Bryagh zu reizen. Aber jetzt wandte sich

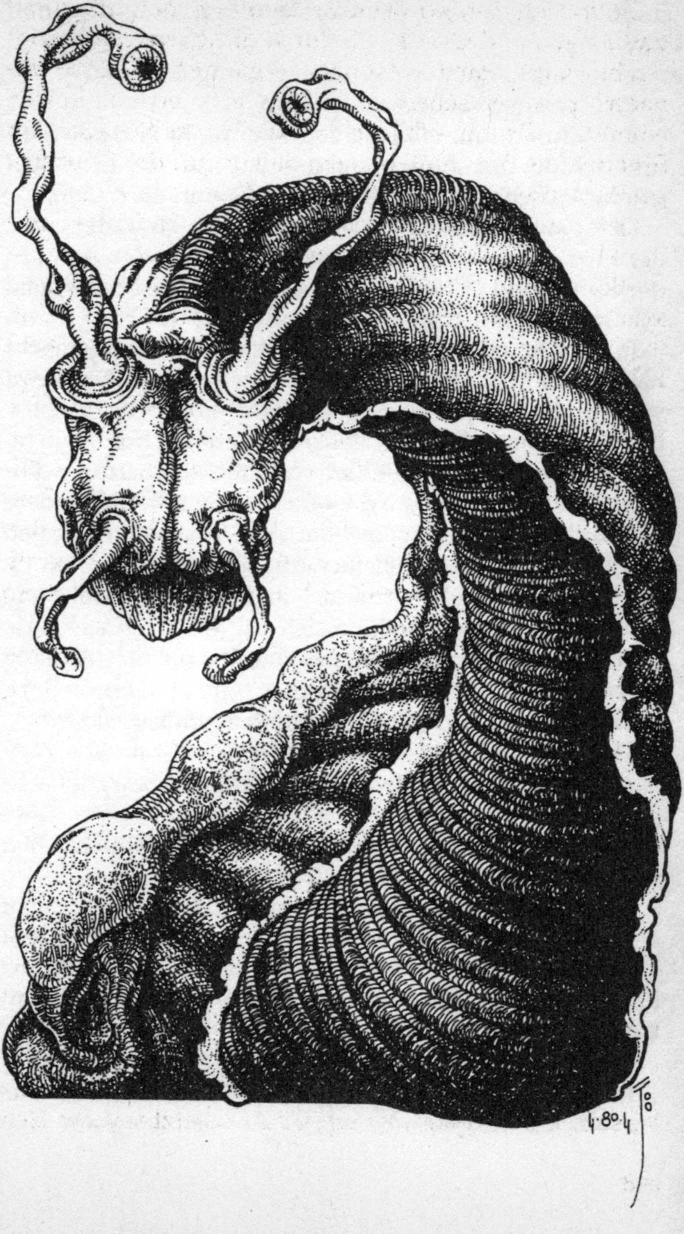

der alte Drache ohne ein Wort von ihm ab und an den Zauberer.

»Was steckt dahinter, Zauberer?« fragte er.

»Wir werden sehen.«

Carolinus' Stimme klang angespannt. Er hob den Stab und schlug mit dem Ende dreimal auf die Erde. Bei jedem Aufschlag schien der ganze Damm zu erzittern.

Oben zwischen den Felsen wankte ein besonders großer Brocken und rollte beiseite. Jim stockte der Atem in der Kehle, und er hörte Brian hinter sich heiser grunzen. Secoh schrie mit hoher, schriller Stimme auf.

In dem Raum, den der losgelöste Brocken freigemacht hatte, hob sich ein riesiger, schneckenähnlicher Kopf vom Boden. Er hob sich, während sie noch zusahen, immer höher, gelbbraun war er im grellen Sonnenlicht, die beiden fleischigen Fühlerpaare suchten herum, während der Oberkörper von einer Seite auf die andere schwankte und einen leichten Außenpanzer erkennen ließ, aus Plättchen, mit einer nur angedeuteten, winzigen Spitze. Die Fühler zuckten, und die Augen am Ende des vorderen Paares stellten sich auf die unten stehende Gruppe ein. Langsam begann das Wesen den Abhang herunter und auf sie zuzukriechen, eine glitzernde Spur auf den Felsen und dem Sand hinter sich lassend.

»Der Wurm«, sagte Carolinus leise.

»... der getötet werden kann«, brummte Smrgol nachdenklich.

»Wenn auch nicht ganz einfach. Verflucht, ich wünschte, es wäre Bryagh allein!«

»Aber auch mit diesen beiden ist es noch nicht getan.« Wieder schlug Carolinus dreimal auf die Erde.

»Kommt hervor!« schrie er, und seine Greisenstimme piepste hoch in der zitternden Luft. »Bei den Mächten! Kommt hervor!«

Und dann sahen sie es.

Hinter der großen Barrikade von riesigen Felsen nahe der Kuppe des Turmhügels erhob sich langsam eine kahle, glänzende Halbkugel aus haarloser grauer Haut. Allmählich ließen sich zwei völlig runde, blaue Augen erkennen, unter denen sich keine richtige Nase ausmachen ließ, sondern statt dessen zwei nebeneinanderliegende Luftschlitze, als wäre dieser ganze ungeheure, nackte Schädel einfach mit einem Laken aus dicker Haut überzogen. Als das Wesen sich weiter erhob, zeigte dieser unnatürliche Kopf – groß wie ein Wasserball – seinen breiten, idiotisch grinsenden Mund, völlig lippenlos und mit zwei Reihen gezackter, aber aufeinander passender spitzer Zähne.

Mit einer schwerfälligen, einstudierten Bewegung erhob sich die Kreatur auf die Beine und stand aufrecht zwischen den Felsbrocken. Die Gestalt war entfernt menschenähnlich, aber die menschliche Rasse hatte sie eindeutig niemals hervorgebracht. Gute zwölf Fuß maß sie in der Länge, ein grobes Flickwerk aus ungegerbten Fellen, besetzt mit Knochen, Metallstückchen und Bündeln winziger Farbpunkte, vielleicht Edelsteinen, und zu einem Kilt verarbeitet, der die dicke Taille umschloß.

Aber das waren nicht die einzigen Unterschiede zur menschlichen Rasse. Das Wesen hatte erstens überhaupt keinen Hals. Sein unnatürlicher, haarloser, beinahe gesichtsloser Kopf balancierte wie ein Apfel auf völlig eckigen Schultern mit grauer, körnig aussehender Haut. Der Rumpf war ein gerader Stamm, aus dem Arme und Beine in unverhältnismäßigem Umfang und seltsamer Rundheit sproßten und wie Rohre aussahen. Die Knie waren durch den Kilt, und die Waden durch die Felsen verborgen; aber die Ellbogen der übergroßen Arme hatten unnatürliche Scharniere, die Unterarme waren beinahe ebenso lang wie die Oberarme und hatten so gut wie keine Handgelenke, die Hände selbst waren ungeschlachte, dickfingrige Karikaturen der menschlichen Extremitäten, mit nur drei Fingern, von denen einer ein gegenstehender Daumen mit nur einem Gelenk war.

Die rechte Hand hielt eine mit rostigen Metallbändern

beschlagene Keule, die sicher nicht einmal ein solches Monster heben konnte. Und doch vermochte eine der krummfingrigen Hände sie leicht zu schwingen, so mühelos, wie Carolinus seinen Stab getragen hatte.

Das Monster öffnete den Mund.

»He!« machte es. »He! He!«

Der Klang ließ einen erschauern. Es war ein unglaublich tiefes, humorloses Kichern, wenn man sich so etwas überhaupt vorstellen kann. Und obwohl der Ton etwa der tiefsten Note einer Tuba mit drei Ventilen entsprach, kam er deutlich aus der Kehle und dem Kopf des Ungeheuers. Nachdem das Monster seine Stimme hatte ertönen lassen, verfiel es in Schweigen und beobachtete den Vormarsch der großen Schnecke mit seinen runden hellblauen Augen.

Jim merkte, daß sein Drachenmaul offenstand und er wie ein Hund nach einem langen Lauf hechelte. Neben ihm bewegte sich Smrgol langsam.

»Ja«, polterte er traurig, fast als rede er nur mit sich selbst. »Das habe ich befürchtet. Ein Unhold.«

In dem darauf folgenden Schweigen stieg Sir Brian von Blanchard und begann die Sattelgurte festzuziehen.

»Ja, ja, Blanchard«, brummte er leise. Aber das große weiße Pferd zitterte so heftig, daß es nicht stillstehen konnte. Brian schüttelte den Kopf, und seine Hände ließen die Sattelgurte fahren. »Ich muß, scheint es, zu Fuß kämpfen«, sagte er.

Die übrigen sahen Carolinus an. Der Zauberer lehnte auf seinem Stab und sah wirklich sehr alt aus; die Falten in der verwitterten Haut seines Gesichts wirkten noch tiefer. Er hatte den Unhold beobachtet, aber jetzt wandte er sich wieder Jim und den anderen beiden Drachen zu.

»Ich hatte immer noch gehofft«, sagte er, »daß es nicht so weit kommen müßte. Jedoch ...« – er deutete mit der Hand auf den sich nähernden Wurm, den jetzt schweigenden Bryagh und den lauernden Unhold – »wie man sieht, bewegt sich die Welt niemals so, wie wir es wollen, sondern sie muß am Zügel gehalten und geführt werden.«

Er zuckte zusammen, zog seine Reiseflasche und den Becher hervor und nahm einen Schluck Milch. Dann steckte er die Utensilien wieder weg und wandte sich an Dafydd.

»Meister Bogenschütze«, sagte er beinahe formell. »Die Harpyien sind jetzt wieder im Turm, aber wenn die anderen angreifen, werden auch sie erneut herauskommen. Seht nur, wie die Wolken dort oben von der Höhe des Turms herabsinken.«

Er zeigte nach oben. Es stimmte: Die Wolkendecke bauchte sich jetzt wie eine brüchig gewordene Decke in einem uralten Zimmer. Der dichte, die Augen narrende Dunst hing weniger als dreißig Fuß hoch über ihren Köpfen.

»Die Harpyien werden blitzschnell aus dieser Schicht herabstürzen«, sagte der Zauberer, »und Euch fast keine Zeit zum Schießen lassen, ehe sie über Euch sind. Glaubt Ihr, sie unter diesen Bedingungen mit Euren Pfeilen treffen zu können?«

Dafydd schielte nach oben.

»Wenn die Wolken nicht noch tiefer kommen ...«, begann er.

»Das können sie nicht«, sagte Carolinus. »Die Macht meines Stabes hält sie in dieser Entfernung.«

»Dann«, erwiderte Dafydd, »vorausgesetzt, sie kommen nicht schneller als die, die ich vorhin erschossen habe, stehen meine Chancen recht gut, seht Ihr. Ich sage nicht, daß mir nicht eine durchschlüpfen könnte, denn ich bin schließlich auch nur ein Mensch, auch wenn es Leute gegeben hat, die mich, was Pfeil und Bogen angeht, für etwas mehr hielten. Aber es besteht eine gute Chance, daß ich jede einzelne mit einem Pfeil durchbohre, ehe sie uns Schaden zufügen kann.«

»Gut!« sagte Carolinus. »Keiner von uns kann mehr als eine gute Chance verlangen. Vergeßt aber nicht, daß ihr Biß giftig ist, auch dann noch, wenn die Harpyie schon tot ist.«

Er wandte sich wieder an Brian.

»Ich würde vorschlagen, Sir Brian«, sagte er, »besonders, nachdem Ihr zu Fuß kämpfen müßt, daß Ihr den Wurm übernehmt. Auf diese Weise seid Ihr am nützlichsten. Ich weiß, Ihr würdet diesen abtrünnigen Drachen vorziehen, aber der Wurm ist für die anderen, die keine Rüstung haben, die größere Gefahr.«

»Schwierig zu töten, nehme ich an?« forschte der Ritter, hielt beim Befestigen des Armriemens an der Innenseite seines Schilds inne, um den Hang hinauf zu der nahenden Schneckengestalt zu schielen.

»Die lebenswichtigen Organe liegen tief im Inneren«, erklärte Carolinus, »und nachdem er keinen Verstand hat, wird er noch lange weiterkämpfen, auch nachdem er tödlich verletzt ist. Wenn Ihr könnt, schneidet ihm zuerst diese Augenfühler ab, damit blendet Ihr ihn.«

»Was ...«, begann Jim, dann merkte er, daß seine Stimme durch die Trockenheit seiner Kehle beinahe versagte. Er mußte schlucken, ehe er weiterreden konnte. »Was soll denn ich tun?«

»Natürlich gegen den Unhold kämpfen, Junge! Kämpfe gegen den Unhold!« brüllte Smrgol; und der unmenschliche Riese auf dem Abhang hörte ihn und wandte seine runden Augen von dem Wurm ab, um sie auf den alten Drachen zu richten. »Und ich werde diese Laus von Bryagh übernehmen. Der Georg hier wird den Wurm in Stücke hauen, der Bogenschütze kümmert sich um die Harpyien, der Zauberer wehrt die bösen Einflüsse von uns ab, der Wolf hält die Sandmerker in Schach – und das wäre alles!«

Jim öffnete den Mund, um Gorbashs Großonkel von seinem scheinbar schweren Anfall von falschem Optimismus zu kurieren – dann erkannte er plötzlich, daß diese Ansicht keineswegs zutraf. Smrgol versuchte bewußt, die Angelegenheit zu verharmlosen, um Jim Mut einzuflößen. Und das, obwohl der alte Drache doch selbst halb tot und sicherlich kein Gegner für den starken, jungen Bryagh war.

Auf einmal war es Jim, als würde ihm das Herz in der Brust umgedreht. Er blickte sich nach den anderen um. Wenn der alte, verkrüppelte Smrgol keinen ebenbürtigen Gegner für Bryagh abgab, war denn Brian ein besserer Gegner für diesen abscheulichen Wurm, der jetzt nur mehr etwa dreißig Meter entfernt war? War es denn ein fairer Kampf, Aragh auf drei Beinen, trotz seiner Gleichgültigkeit gegenüber dem Geschnatter, gegen die Horde kleiner Sandmerker, die noch am Leben geblieben waren? Und Dafydd, auch wenn er ein Wunderschütze war, wie konnte er hoffen, unfehlbar die Harpyien zu treffen, die sich blitzartig auf ihn stürzen mochten? Und schließlich, war es fair, von dem alten Zauberer zu erwarten, daß er allein all das ungreifbare Böse an diesem Ort niederhielt, solange die Kämpfe andauerten?

Jim selbst hatte einen guten Grund für seine Anwesenheit an diesem Ort: Angie. Aber die anderen waren in erster Linie seinetwegen hier, waren durch seine Schuld in einen Kampf verwickelt, in dem sie nicht die geringste Chance hatten. Gewissensbisse regten sich tief in Jim und machten ihn unsicher. Er wandte sich an den Ritter.

»Brian«, sagte er. »Ihr und die anderen, Ihr seid zu nichts verpflichtet ...«

»Gott, ja!« erwiderte der Ritter, mit seiner Ausrüstung beschäftigt. »Würmer, Unholde – das sind so Sachen, mit denen man eben kämpft, wenn man auf sie trifft, wißt Ihr.«

Er betrachtete seine Lanze und legte sie beiseite.

»Nein, nicht, solange ich zu Fuß kämpfen muß«, murmelte er vor sich hin.

»Smrgol«, sagte Jim und wandte sich an den Drachen, »siehst du denn nicht? Bryagh ist viel jünger als du. Und du bist nicht gesund ...«

»Äh …«, stammelte Secoh hastig und stockte, anscheinend aus Verlegenheit und Verwirrung.

»Lauter, mein Junge!« polterte Smrgol.

»Nun …«, stotterte der Teichdrache, »es ist nur – was ich sagen wollte, ich könnte mich wohl nicht dazu überwinden, gegen diesen Wurm oder diesen Unhold zu kämpfen. Das könnte ich bestimmt nicht. Irgendwie breche ich einfach zusammen, wenn ich mir vorstelle, daß einer von denen in meine Nähe kommt. Aber ich könnte, nun, ich könnte mit einem anderen Drachen kämpfen. Das wäre nicht ganz so schlimm – nicht so entsetzlich, meine ich – wenn mir der Drache dort oben den Hals brechen würde …«

Er blieb stecken und stammelte nur mehr unzusammenhängendes Zeug. »Ich weiß, es klingt dumm, was ich daherrede …«

»Unsinn! Du bist ein prima Kerl!« dröhnte Smrgol. »Freue mich, dich dabeizuhaben! Ich selbst kann mich im Augenblick nicht so richtig in die Luft schwingen – bin noch ein wenig steif. Aber wenn du oben drüber fliegen und diese See-Echse hierher treiben könntest, wo ich sie in die Finger kriegen kann, dann machen wir Kleinholz daraus.«

Er gab dem Teichdrachen einen fürchterlichen Klaps mit dem Schwanz als Zeichen seiner Anerkennung, und warf ihn damit beinahe um.

Jim wandte sich wieder an Carolinus.

»Einen Rückzug gibt es nicht«, sagte der Zauberer, noch ehe Jim sprechen konnte. »Das ist ein Schachspiel, bei dem alle Figuren auf einer Seite fallen würden, wenn auch nur eine sich zurückzieht. Haltet diese Geschöpfe auf, ihr alle, und ich werde die Mächte in Schranken halten; denn die Geschöpfe werden mich erledigen, wenn ihr unterliegt, und die Mächte euch, wenn ich ausgeschaltet werde.«

»Also, paß auf, Gorbash!« schrie Smrgol Jim ins Ohr. »Dieser Wurm ist beinahe hier. Laß dir noch ein paar

Tips zum Kampf mit Unholden geben, die auf Erfahrung beruhen. Hörst du auch zu, mein Junge?«

»Ja«, sagte Jim betäubt.

»Ich weiß, daß du gehört hast, wie mich die anderen Drachen einen alten Windbeutel genannt haben, wenn ich nicht dabei war. Aber ich habe tatsächlich einen Unhold besiegt – ich als der einzige von unserer Rasse, der das seit achthundert Jahren geschafft hat. Die anderen haben das nie gemacht. Also paß auf, wenn du deinen Kampf gewinnen willst.«

Jim nickte. »In Ordnung«, sagte er.

»Nun, das erste, was du wissen mußt« – Smrgol warf einen Blick auf den ankommenden Wurm und senkte die Stimme zu einem vertraulichen Flüstern –, »ist die Verteilung der Knochen im Körper eines Unholds.«

»Keine Einzelheiten«, sagte Jim. »Sag mir nur, was ich *tun* muß.«

»Eine Sekunde, eine Sekunde ...«, antwortete Smrgol. »Nur nicht aufregen, Junge. Ein aufgeregter Drache ist ein Drache, der verliert. Also, zu den Knochen in einem Unhold. Du darfst nicht vergessen, daß sie groß sind – tatsächlich bestehen die Arme und Beine hauptsächlich aus Knochen. Also ist es zwecklos, wenn du versuchst, sie einfach durchzubeißen. Was du erwischen mußt, sind die Muskeln – die sind auch noch zäh genug – und die Kniesehnen. Das ist der erste Punkt.«

Er unterbrach sich, um Jim bedeutungsvoll anzusehen. Jim brachte es mit Anstrengung fertig, den Mund zu halten und geduldig zu sein.

»Jetzt zu Punkt zwei«, fuhr Smrgol fort. »Auch in Verbindung mit Knochen. Beachte die Ellbogen von diesem Unhold. Sie sind anders als die von einem Georg. Sie haben, könnte man sagen, Doppelgelenke. Warum? Einfach weil sie, bei den schweren Knochen, die sie bewegen müssen und den Muskeln daran niemals einen Knochen weiter als bis zur halben Höhe abbiegen könnten, bevor der untere Teil an den oberen stieße, wenn sie

Gelenke wie ein Georg hätten. Also, das Wesentliche dabei ist, daß ein Unhold, wenn er seine Keule schwingt, das mit diesem Ellbogen nur in einer Richtung tun kann. Das heißt, nach oben und nach unten. Wenn er sie seitwärts schwingen will, muß er das aus der Schulter heraus tun. Wenn du ihn folglich erwischen kannst, sobald er die Keule unten hat und an einer Körperseite, bist du im Vorteil; er braucht zwei Bewegungen, um sie wieder hinauf und in die richtige Richtung zu lenken – statt nur eine, wie ein Georg.«

»Ja, ja ...«, sagte Jim und beobachtete unbehaglich das Vorrücken des Wurms.

»Nicht ungeduldig werden, Junge. Bleib kühl! Also, seine Knie haben dieses Doppelgelenk nicht, wenn du ihn also zu Boden werfen kannst, hast du einen wirklichen Vorteil. Aber versuche es nicht, wenn du nicht ganz sicher bist, daß du es auch schaffst, denn wenn er es einmal fertigbringt, dich mit seinen Armen zu umschlingen, bist du weg vom Fenster. Die einzige Art mit ihm zu kämpfen ist vor und zurück – schnell. Warte auf seinen Schwung, weiche ihm aus, geh dann an ihn heran, während sein Arm unten ist, reiß ihn auf und ziehe dich wieder zurück. Verstanden?«

»Verstanden«, sagte Jim dumpf.

»Gut! Was du auch tust, denke immer daran, er darf dich nicht zu fassen kriegen. Und kümmere dich nicht darum, was mit uns anderen geschieht, ganz gleich, was du aus den Augenwinkeln zu sehen oder zu hören glaubst. Sobald es einmal losgeht, ist jeder auf sich allein angewiesen. Konzentriere dich nur auf deinen eigenen Gegner. Und, Junge ...«

»Ja?« antwortete Jim.

»Behalte einen klaren Kopf!« Die Stimme des alten Drachen klang beinahe flehentlich. »Was du auch tust, laß deine Dracheninstinkte nicht dazwischenkommen, laß dich nicht von ihnen fortreißen. Deswegen haben nämlich die George die ganzen Jahre her ständig über

uns gesiegt. Vergiß nicht, du bist schneller als dieser Unhold, und dein Verstand wird für dich siegen, wenn du auf Abstand bleibst, einen kühlen Kopf behältst und nichts übereilst. Ich sage dir eines, Junge ...«

Er wurde durch einen plötzlichen Freudenschrei von Brian unterbrochen, der in den Körben hinter Blanchards Sattel herumgekramt hatte.

»Was sagt man nun dazu«, rief Brian und lief, in Anbetracht seiner schweren Rüstung mit überraschender Leichtigkeit und Beweglichkeit, auf Jim zu. »Der wunderbarste Glücksfall! Seht nur, was ich gerade gefunden habe!«

Er wedelte mit einem dünnen weißen Stoffstreifen vor Jims Nase herum.

»Was denn?« fragte Jim mit hüpfendem Herzen.

»Gerondes Liebespfand! Und auch noch gerade im rechten Augenblick! Tut mir den Gefallen, bitte«, fuhr Brian zu Carolinus gewandt fort, »und bindet es mir um die Armschiene, hier, am Schildarm ... Danke, Zauberer.«

Carolinus warf ihm einen wütenden Blick zu, klemmte sich aber dennoch seinen Stab in die Armbeuge und befestigte mit den jetzt freien Händen das Tuch am Panzer von Brians rechtem Unterarm. Brian drehte sich um, trieb seine Lanze in den Boden und befestigte Blanchards Zügel daran. Dann ergriff er seinen Schild, drehte sich wieder um und zog mit der anderen Hand sein Schwert. Die blanke Schneide glänzte selbst in diesem trüben Licht. Er neigte sich nach vorne, um das Gewicht seiner Rüstung vor sich zu bringen; und dann stürmte er auf den Wurm zu, der jetzt kaum mehr als ein paar Meter entfernt war.

»Ein Neville-Smythe! Ein Neville-Smythe! Geronde!« schrie er, als sie aufeinandertrafen.

Jim hörte den Zusammenprall, konnte ihn aber nicht beobachten, denn jetzt geschah alles auf einmal. Oben auf dem Hügel kreischte plötzlich Bryagh wütend auf und schlitterte den Abhang herunter und in die Luft, mit ausgebreiteten Flügeln setzte er wie ein großer Bomber zu einer Bruchlandung an. Hinter Jim war das wilde Flattern ledriger Flügel zu hören, als Secoh sich in die Luft schwang, um auf Bryagh loszugehen – aber das wurde übertönt von einem plötzlichen, kurzen grunzenden, tief aus der Brust kommenden Schrei, einer Art wortlosem Zuruf. Der Unhold war mit erhobener Keule aus den Felsbrocken herausgetreten und kam mit schweren, weitausgreifenden Schritten geradewegs den Abhang herunter.

»Viel Glück, Junge!« sagte Smrgol Jim ins Ohr. »Und noch etwas, Gorbash …«

Irgend etwas in der Stimme des anderen veranlaßte Jim, den Kopf zu wenden und ihn anzublicken. Die furchteinflößende Mundhöhle und die riesigen Reißzähne waren ganz nahe, aber dahinter, in den dunklen Drachenaugen, entdeckte Jim einen Ausdruck ungewöhnlicher Zuneigung und Besorgnis.

»Vergiß nicht«, sagte Smrgol beinahe weich, »daß du ein Nachkomme von Ortosh und Agtval bist, und von Gleingul, der die Seeschlange auf den Flutbänken der Gray Sands tötete. Deshalb sei tapfer. Aber denke auch daran, daß du mein einziger noch lebender Verwandter und der letzte unserer Familie bist – deshalb sei vorsichtig!«

Die Stimme des alten Drachen geriet ins Schwanken und versagte ihm. Er schien einen Augenblick lang zu kämpfen, ehe er weitersprach.

»Und … äh … viel Glück für Euch … äh … James!«

Dann wurde der Kopf herumgerissen, als Smrgol herumschwang, um Secoh und Bryagh entgegenzutreten, die ineinander verbissen beinahe auf seinen Rücken krachten. Jim wandte sich zum Turm zurück und hatte gerade noch Zeit, sich selbst in die Luft zu schwingen, bevor der heranstürmende Unhold ihn erreichte.

Er war ohne nachzudenken geflogen, wie es sein Dracheninstinkt bei einem Angriff verlangte. Er bemerkte den Unhold vor sich, der jetzt stehenblieb und seine riesigen grauen Füße tief in die Erde grub. Die mit rostigen Eisenbändern beschlagene Keule blitzte vor Jims Augen auf, und er fühlte einen heftigen Schlag hoch oben an der Brust, der ihn rückwärts durch die Luft schleuderte.

Jim wedelte mit den Flügeln, um das Gleichgewicht wiederzufinden. Das übergroße Idiotengesicht grinste ihn nur ein paar Meter entfernt an. Die Keule holte nach oben zu einem neuen Schlag aus.

In Panik warf sich Jim mitten in der Luft zur Seite, wich zurück, und sah, wie der Unhold einen Schritt vorwärts schwankte. Wieder holte die Keule aus – schnell! Wie konnte ein Wesen, das so groß und unbeholfen aussah, so flinke Hände haben? Jim fühlte, wie er aus der Luft zu Boden geschmettert wurde, und ein scharfer Schmerz schoß wie eine Lanze durch seine rechte Schulter. Eine Sekunde lang dräute ein dickhäutiger Arm über ihm, und seine Zähne bissen unwillkürlich hinein.

Jim wurde durchgeschüttelt wie eine Ratte von einem Terrier, dann weggeschleudert. Er schlug mit den Flügeln, um wieder sichere Höhe zu gewinnen, und fand sich sechzehn Fuß hoch über dem Boden wieder, wie er auf den Unhold hinunterstarrte, der grunzte und die Keule verlagerte, um nach oben zu schlagen. Jim schöpfte Luft mit seinen Flügeln, warf sich rückwärts und wich dem Schlag aus. Die Keule pfiff durch die unempfindliche Luft; und Jim stieß nach vorne und riß mit den Zähnen an der großen Schulter, bevor er sich wieder freikämpfte. Immer noch grinsend drehte sich der Unhold um und sah ihn an. Aber jetzt quoll dort, hoch an der Schulter, wo Jims Zähne zugebissen hatten, Blut heraus und tröpfelte herab.

Unvermittelt kam Jim eine Erkenntnis.

Seine Panik war verschwunden. Er fürchtete sich nicht mehr. Er hing in der Luft, gerade außer Reichweite des Unholds, lauerte auf irgendeine Öffnung in der

Deckung, die ihm irgendeinen Vorteil verschaffen könnte, und ein mächtiger Strom von Energie, der alle seine Sinne schärfte, durchfloß ihn. Er entdeckte, daß bei einem Kampf – wie bei sehr vielen ähnlichen Dingen – nur das schlimm war, was davor lag. Sobald die Schlacht begonnen hatte, übernahmen Instinkte, die einige Millionen Jahre alt waren, das Kommando, und man hatte keine Zeit und keinen Gedanken mehr für irgend etwas anderes außer der Konfrontation mit dem Feind.

So war es auch jetzt.

Der Unhold drang wieder auf ihn ein, und das war seine letzte verstandesmäßige Wahrnehmung in diesem Kampf; alles andere ging unter in den Anstrengungen, die jeden Augenblick notwendig waren, um zu verhindern, daß man getötet wurde, oder zu ermöglichen, daß man selbst den anderen tötete.

Es war eine lange, nebelhafte Zeitspanne, an die er sich später nur undeutlich erinnern konnte. Die Sonne wanderte den weiten Himmelsbogen hinauf, überschritt den Mittelpunkt und sank wieder hinab. Auf dem aufgerissenen, sandigen Boden des Damms bewegten sich der Unhold und er selbst hin und her, täuschten, schmetterten und schlugen aufeinander los. Manchmal war Jim in der Luft, manchmal auf der Erde. Einmal hatte er das Monster auf ein Knie niedergerungen, konnte aber seinen Vorteil nicht ausbauen. Ein anderes Mal hatten sie sich halb den Abhang zum Turm hinaufgekämpft, und der Unhold hatte Jim in einer Spalte zwischen zwei riesigen Felsbrocken eingeklemmt. Die Keule wurde zum letzten Schlag geschwungen, der Jims Schädel zertrümmern sollte. Aber er hatte sich irgendwie freigewunden, war direkt zwischen die Beine seines Gegners geraten; und der Kampf ging weiter.

Dann und wann erhaschte Jim während des Kampfes kurze, kaleidoskopartige Ausschnitte von den Schlachten, die um ihn herum tobten: Brian, eingewickelt von dem blinden Körper des Wurms, dessen Augenfühler inzwischen abgehackt waren, kämpfte schweigend darum, seinen Schwertarm und sein Schwert zu befreien, die durch die Umschlingung des Wurms an seinen Körper gepreßt wurden. Oder ein wirrer, brüllender Knäuel aus flatternden, ledrigen Flügeln und schlangenartigen Körpern tauchte kurz in Jims Blickfeld auf: Smrgol, Bryagh und der Teichdrache. Ein paarmal erhaschte Jim auch einen flüchtigen Blick auf Carolinus, der immer noch aufrecht stand, den Stab in der Hand, den langen weißen Bart vorne über dem Gewand wallend, wie ein alter Seher in der Stunde von Armageddon. Dann drängte sich der unförmige Körper des Unholds wieder dazwischen, löschte alles andere aus, und für Jim existierte nur noch, was direkt vor ihm war.

Der Tag ging zu Ende. Vom Meer her drückte Nebel landeinwärts und schwebte in kleinen Streifen und Fetzen über das Schlachtfeld. Jims Körper schmerzte, und seine Flügel waren schwer wie Blei. Aber der ewig grinsende Unhold und seine schwingende Keule schienen weder schwächer noch langsamer zu werden. Jim zog sich einen Augenblick in die Luft zurück, um Atem zu schöpfen; in dieser Sekunde hörte er den Ruf einer Stimme.

»Die Zeit ist kurz!« rief es in brüchigen Tönen. »Unsere Zeit läuft ab. Der Tag ist beinahe vorbei!«

Es war Carolinus' Stimme.

Niemals zuvor hatte Jim sie so verzweifelt gehört. Sobald er sie erkannte, fiel ihm auf, daß sie deutlich an sein Ohr gedrungen war – und daß schon seit einiger Zeit auf dem Damm alles ruhig war, abgesehen von ihm selbst und dem Unhold.

Er war den Abhang hinuntergetrieben worden bis zu der Stelle, wo der Kampf begonnen hatte. Seitlich von Jim hingen die abgerissenen Enden von Blanchards Zügel schlaff an der in die Erde gesteckten Lanze, an die Brian das Pferd gebunden hatte, ehe er auf den Wurm losgegangen war. Ein Stück neben dem Lanzenschaft – von dem sich das verängstigte Pferd offensichtlich losgerissen hatte – stand Carolinus, schwer auf seinen Stab gestützt, sein altes Gesicht war eingesunken, es sah beinahe mumifiziert aus, so als wäre fast alles Leben aus ihm gewichen.

Jim wandte sich zurück und sah, daß der Unhold ihn schon beinahe wieder erreicht hatte. Die schwere Keule holte aus, dunkel und gewaltig schien sie im sterbenden Licht des Tages. Jim empfand in seinen Gliedern und Flügeln eine Schwäche, die ihn hinderte, rechtzeitig auszuweichen; und mit aller Kraft nahm er sich zusammen, sprang statt dessen unter der niedersausenden Waffe des Ungeheuers auf und warf sich in dessen Arme, die den Umfang von Kanonenrohren hatten. Die Keule glitt an Jims Rückgrat ab, und er fühlte, wie ihn die Arme des Unholds umschlangen, wie die doppelte Triade der knochendicken Finger nach seinem Hals suchte. Er war gefangen, aber sein Ansturm hatte den Unhold umgeworfen. Miteinander rollten sie auf dem sandigen Boden hin und her, der Unhold nagte mit seinen spitzen Zähnen an Jims Brust und bemühte sich, ihm das Rückgrat zu brechen oder den Hals umzudrehen, während Jim ziellos mit dem Schwanz um sich schlug.

Als sie gegen die aufgerichtete Lanze rollten und sie auseinanderbrachen, bekam der Unhold Jims Hals zu fassen und begann, ihn herumzudrehen, wie in Zeitlupe den Hals eines Huhns.

Eine wilde Verzweiflung durchströmte Jim. Er war von Smrgol gewarnt worden, es nie zuzulassen, daß der Unhold ihn mit den Armen umschlang. Er hatte diesen Rat mißachtet, und jetzt war er verloren, war die Schlacht verloren. Bleib weg von ihm! hatte Smrgol gewarnt, gebrauche deinen Verstand …! Aber plötzlich flackerte in Jim die wilde Hoffnung auf eine vage Chance auf. Sein Kopf war nach rückwärts über die Schulter gedreht, und er konnte nur den immer düsterer werdenden Nebel über sich sehen; aber er hörte auf, sich gegen den Unhold zu wehren und tastete mit seinen Vorderpranken umher.

Eine Ewigkeit lang fand er nichts – dann stieß etwas Hartes gegen seine rechte Vorderklaue, ein Schimmer von blankem Metall blitzte vor seinen Augen auf. Er ergriff, was er da berührt hatte, klammerte sich so fest daran, wie es nur seine ungeschickten Klauen gestatteten …

Und mit jedem Quentchen Kraft, das ihm noch verblieben war, trieb er die abgebrochene Hälfte der geknickten Lanze dem Unhold tief mitten in den nun über ihm liegenden Leib.

Der riesige Körper bäumte sich auf und erzitterte. Ein wildes Kreischen brach aus dem Idiotenmund neben Jims Ohr. Der Unhold ließ Jim los, taumelte nach hinten hoch, kam schwankend auf die Beine und überragte Jim so, wie das steinerne Gebäude sie beide überragte.

Wieder schrie der Unhold, stolperte umher wie ein Betrunkener, tastete ungeschickt nach dem abgebrochenen Lanzenende, das aus seinem Leib herausragte. Er riß an dem Schaft, kreischte wieder; senkte seinen unnatürlichen Kopf und schnappte danach wie ein verwundetes Tier. Die Lanze splitterte zwischen seinen Zähnen. Langsam, wie ein schlechter Schauspieler in einem alten Film, rollte er auf die Seite und zog wie im Kampf die Beine an. Ein allerletzter Schrei wurde durch ein Gurgeln in seinem Halse erstickt; schwarzes Blut rann ihm aus dem Mund. Er lag still.

Unsicher rappelte Jim sich hoch und blickte sich um. Seltsamerweise zogen sich jetzt die Nebel vom Damm zurück, und das schwache Licht des späten Nachmittags dehnte sich weit über den felsigen Abhang, den Turm darüber, die klare Ebene darunter. Im rötlichen Licht sah Jim, daß der Wurm tot war, buchstäblich entzweigehauen. Aragh lag grinsend da, mit einer Schiene an seinem gebrochenen Bein. Brian, in blutiger, verbeulter Rüstung, stützte sich erschöpft auf sein verbogenes Schwert. Er war nur ein paar Schritte von Carolinus entfernt. Dafydd lag am Boden, sein Hemd war ihm halb vom Leibe gerissen, eine Harpyie bedeckte weit ausgestreckt, bewegungslos seine Brust. Danielle stand über ihm, immer noch einen Pfeil auf der Sehne ihres eigenen Bogens schußbereit. Als Jim sie ansah, senkte sie langsam die Waffe, warf sie beiseite und ließ sich neben dem Waliser nieder.

Ein wenig weiter entfernt hob Secoh gerade seinen blutigen Kopf von den unbeweglichen, ineinander verbissenen Körpern Smrgols und Bryaghs. Der Teichdrache starrte Jim benommen an. Mühsam ging Jim zu ihm hinüber.

Er blickte auf die beiden riesigen Drachen nieder und sah, daß Smrgol seine Kiefer in Bryaghs Kehle geschlagen hatte. Das Genick des jüngeren Drachen war gebrochen.

»Smrgol ...«, krächzte Jim.

»Nein ...«, ächzte Secoh. »Hat keinen Sinn! Es ist vorbei mit ihm ... Ich habe ihm den anderen zugetrieben. Er bekam ihn zu fassen – und dann ließ er nicht mehr los ...« Der Teichdrache brach in Schluchzen aus und senkte den Kopf.

»Sie haben alle tapfer gekämpft«, krächzte eine fremde, mißtönende Stimme.

Jim wandte sich um und erblickte neben seiner Schulter den Ritter. Brians Gesicht war so weiß wie Meerschaum unter dem jetzt unbedeckten, zerzausten braunen Haar. Sein Gesicht schien über den Knochen eingeschrumpft zu sein, er sah aus wie ein alter Mann. Er schwankte.

»Wir haben gesiegt«, sagte Carolinus. »Aber um welchen Preis!«

Er wandte sich Danielle zu. Jim und der Ritter begleiteten ihn. Sie war immer noch neben Dafydd; aber sie hatte die Harpyie von seinem Oberkörper weggezogen und auch die Fetzen seines Hemds entfernt. Brians Helm, jetzt mit Wasser gefüllt, das sie aus den Pfützen neben dem Damm geholt hatte, stand neben ihr, und sie wusch sanft ein rotes Rinnsal ab, das von Dafydds Halsgrube über seine linke Schulter bis zu den mittleren Rippen lief.

Jim, der Zauberer und der Ritter stellten sich zusammen zu den beiden. Ohne Hemd wirkte Dafydds Oberkörper doppelt so mächtig wie angekleidet. Für einen Bildhauer war dieser Brustkorb eine Entdeckung: die Schultern waren zurückgezogen, gerade, und hatten unglaublich breite Knochen, dicke Muskelstränge zogen sich quer über den hageren Rumpf des Bogenschützen von der Brust zum Bauch, wie von einem Anatomen für ein Vorführmodell geformt. Aber jetzt war der Körper schlaff und bewegungslos.

»Wirklich«, sagte Dafydd zu Danielle, so schwach, daß ihn die drei Zuschauer nicht hätten verstehen können, wäre nicht jetzt um sie her völlige Stille gewesen. »Ihr verlangt das Unmögliche. Wie der Zauberer sagte, ist der Biß tödlich, und ich fühle den Tod in mir.«

»Nein«, sagte Danielle und tupfte die zerfetzte Schramme ab, die die Zähne der Harpyie ihm zugefügt hatten.

»Aber es ist so«, beharrte Dafydd, »auch wenn ich wünschte, daß es anders wäre, weil ich Euch nämlich liebe. Aber zu jedem Bogenschützen kommt einmal der Tod. Das habe ich immer gewußt, und ich bin es zufrieden.«

»Ihr seid nicht mehr nur ein Bogenschütze.« Danielles Stimme war fest und ruhig. »Ich habe Euch zum Ritter gemacht, und Ihr seid ein Ritter; und für einen Ritter ziemt es sich nicht, daß Ihr Euch ohne meine Erlaubnis davonmacht. Und ich will nicht, daß Ihr geht. Ich werde Euch nicht gehen lassen!« Mit einer Kraft, die Jim überraschte, obwohl ihm Brian erzählt hatte, daß sie einen hundertpfündigen Bogen spannen konnte, hob Danielle Dafydds Oberkörper mühelos in ihren Armen hoch, legte seinen Kopf an ihre Schulter und drückte ihn an sich.

»Ich habe Euch«, sagte sie; und obwohl ihre Augen völlig trocken waren und ihre Stimme recht ruhig, fast sachlich, schnitt ihr Ton Jim ins Herz, »und ich werde Euch niemals jemand anderem überlassen, nicht einmal dem Tod, außer wenn Ihr selbst von mir gehen wollt. Ihr müßt mir sagen, daß Ihr mich verlassen wollt, sonst könnt Ihr nicht sterben.«

Dafydd lächelte schwach.

»Tatsächlich ...«, sagte er; und in dem darauf folgenden Augenblick, in dem er nichts sagte, glaubte Jim, dieses eine, schwach gehauchte Wort sei sein letztes gewesen.

Aber der Bogenschütze redete weiter.

»Dann ist es also wahr, Ihr wünscht wirklich, daß ich am Leben bleibe. Wenn das so ist, dann muß mich der Tod gegen meinen Willen holen, und ich glaube, das kann er so wenig wie irgend jemand sonst, denn, seht Ihr, ich wurde noch nie zu etwas gezwungen, und das soll auch jetzt nicht geschehen.«

Er schloß die Augen, drehte den Kopf ein wenig, legte ihn an ihre Brust und sagte nichts mehr. Aber sein Brustkorb hob und senkte sich weiterhin regelmäßig.

»Er wird am Leben bleiben«, sagte Carolinus zu Danielle. »Er hat keine Bezahlung dafür gefordert, daß er hierher mitgekommen ist, und jetzt, wo er mitgeholfen hat, diesen Tag mit einem Sieg zu beenden, kann nicht einmal die Revisionsabteilung einen Preis von ihm fordern.«

Das Mädchen gab dem Zauberer keine Antwort, sondern neigte den Kopf über Dafydds sich leicht bewegende Brust und saß da, mit ihm in den Armen, als wolle sie, wenn nötig, für immer so sitzenbleiben. Jim, Brian und der Zauberer wandten sich zu Aragh und Secoh, der den Ausbruch seines Schmerzes überwunden hatte und jetzt ruhig neben Smrgols Leiche saß.

»Wir haben gesiegt«, sagte Carolinus. »Zu unseren Lebzeiten wird dieser Ort niemals wieder genug Kräfte sammeln können, um die Welt anzugreifen.«

Er wandte sich an Jim.

»Und jetzt, James«, sagte er. »Ihr wolltet nach Hause. Der Weg ist frei.«

»Gut«, sagte Jim.

»Nach Hause?« fragte Brian. »Jetzt?«

»Jetzt«, sagte Carolinus. »Er hat sich von Anfang an gewünscht, in seine Heimat zurückzukehren, Herr Ritter. Habt keine Angst, der Drache, der der eigentliche Besitzer dieses Körpers ist, den James innehatte, wird sich an alles erinnern, was hier geschehen ist, und er wird Euer Freund bleiben.«

»Angst?« Irgendwie schaffte es Brian, noch einen Funken Energie aufzubringen, den er auf Arroganz verwenden konnte. »Verdammt, ich fürchte mich vor keinem Drachen! Es ist nur ... ich werde Euch vermissen, James!«

Jim starrte Brian an und entdeckte verblüfft, daß die Augen des Ritters randvoll mit Tränen standen. Er hatte vergessen, was er während seiner Studien des europäischen Mittelalters gelernt hatte, daß nämlich die Menschen damals ebenso ungezwungen weinten wie sie lachten; sein eigenes, gehemmtes Ich des zwanzigsten Jahrhunderts empfand bei diesem Anblick nur peinliche Verlegenheit.

»Ja, wißt Ihr ...«, murmelte er.

»Gut, gut, James«, sagte Brian und wischte sich mit einem herabhängenden Ende von Geronde de Chaneys Liebespfand über die Augen. »Was sein muß, muß sein! Auf jeden Fall werde ich, aus Respekt vor diesem alten Knaben hier« – er nickte zu dem toten Smrgol hinüber – »zusehen, was man in dieser Angelegenheit eines Bündnisses zwischen Menschen und Drachen tun kann, also werde ich den, der Euren Körper dann besitzt, recht oft treffen, und es wird ein wenig so sein, als wenn Ihr noch da wäret, auf jeden Fall.«

»Er war großartig!« platzte Secoh heraus und starrte auf die Leiche des alten Drachen zu seinen Füßen. »Er hat mich stark gemacht – zum erstenmal in meinem Leben. Was immer er wollte, ich würde es tun!«

»Dann komm mit mir und verbürge dich für die Drachenseite«, sagte Brian. »Ja, James, ich glaube, dann müssen wir Lebewohl sagen ...«

»Angie!« schrie Jim, als er sich plötzlich erinnerte. »Oh, Verzeihung, Brian. Aber es ist mir gerade eingefallen. Ich muß sie doch aus dem Turm holen.«

Er wirbelte herum.

»Wartet!« sagte Carolinus.

Der Zauberer wandte sein Gesicht dem Gebäude zu; und hob seinen Zauberstab.

»Gebt frei!« schrie er. »Ihr seid besiegt! Gebt frei!«

Sie warteten.

Nichts geschah.

22

WIEDER SCHLUG CAROLINUS mit dem Ende seines Zauberstabes auf den harten Boden.

»Gebt frei!« schrie er.

Wieder warteten sie. Langsam dehnten sich die Sekunden zu Minuten.

»Bei den Mächten!« Plötzlich schien neue Kraft in S. Carolinus zurückgeströmt zu sein. Seine Stimme war wieder volltönend, und er wirkte zehn Zentimeter größer. »Will man uns verhöhnen? Revisionsabteilung!«

Da geschah etwas, was Jim niemals vergessen sollte. Das Denkwürdige daran war nicht, was geschah, sondern wie sich das Ereignis vollzog. Mit einemmal sprach die ganze Erde – sprach das Meer – sprach der Himmel! Und sie alle sprachen mit derselben, einzigen Baß-Stimme, die in Jims Anwesenheit schon früher Carolinus aus dem Nichts geantwortet hatte. Diesmal jedoch hatte die Stimme nichts Entschuldigendes oder Humorvolles an sich.

»GEBT FREI!« sagte sie.

Beinahe in derselben Sekunde kam rasch etwas Dunkles aus dem schwarzen, zu ebener Erde gelegenen Torgewölbe des Turms. Es trieb scheinbar schwebend den Abhang herab auf sie zu; aber es erreichte sie schneller, als man aufgrund seiner gemächlichen Geschwindigkeit angenommen hätte. Es war eine Matratze aus ineinander verflochtenen Kiefernzweigen, an denen noch frische grüne Nadeln hingen; und auf dieser Matratze lag Angie mit geschlossenen Augen.

Die Matratze erreichte sie und sank zu Jims Füßen auf die Erde.

»Angie!« rief er aus und beugte sich über sie.

Einen Augenblick lang hatte sich eine tiefe Angst in ihm geregt; aber dann sah er, daß sie regelmäßig und ruhig atmete, so als ob sie nur schliefe. Ja, während er sie noch ansah, öffnete sie die Augen und blickte zu ihm auf.

»Jim!« sagte sie.

Sie rappelte sich auf, warf die Arme um seinen schuppigen Hals und preßte sich an ihn. Jims Herz schlug in seiner Brust einen Purzelbaum. Sein Gewissen bearbeitete ihn wie eine Kreissäge, weil er während der letzten Tage nicht öfter an sie gedacht, weil er es nicht geschafft hatte, sie früher herauszuholen.

»Angie ...«, murmelte er zärtlich – und dann fiel ihm etwas auf. »Angie, woher wußtest du denn, daß ich es bin und nicht irgendein anderer Drache?«

Sie ließ ihn los und blickte lachend zu ihm auf.

»Woher ich weiß, daß du es bist?« rief sie aus. »Wie könnte ich mich denn da irren, nach all dieser Zeit in deinem Kopf ...«

Sie brach plötzlich ab und starrte an sich hinunter.

»Oh, ich bin wieder in meinem eigenen Körper! Das ist gut. Das ist sehr gut!«

»Kopf? Körper?« Jims Verstand schwankte zwischen zwei unglaublichen Fragen hin und her; und wählte schließlich die, die bedrohlicher klang. »Angie, in wessen Körper bist du gewesen?«

»In deinem natürlich«, sagte sie. »Das heißt, ich war in deinem Geist, der in deinem Körper war – oder in Gorbashs Körper, um genau zu sein. Zumindest war ich dort – wenn ich jetzt nicht träume. Nein, da sind sie ja alle, genau wie es sein sollte: Brian, Dafydd, Danielle und alle die übrigen.«

»Aber wie konntest du in meinem Geist sein?« wollte Jim wissen.

»Die Dunklen Mächte, oder wie immer sie sich nennen, haben mich dorthin versetzt«, sagte Angie. »Ich habe es zuerst nicht begriffen. Gleich nachdem Bryagh mich hierhergebracht hatte, wurde ich schläfrig und legte mich auf diese Kiefernzweige. Das nächste, an was ich mich erinnere, war, daß ich mich in deinem Kopf befand – und alles mitbekam, was so passierte. Ich konnte verstehen, was du dachtest, und ich konnte auch beinahe mit dir sprechen. Zuerst glaubte ich, ein Unfall sei geschehen; Grottwold habe vielleicht versucht, uns zurückzuholen, und diesmal uns beide durcheinandergebracht. Dann erst kapierte ich.«

»Kapieren?«

»Daß mich die Dunklen Mächte dorthin versetzt hatten.«

»Die Dunklen Mächte?« fragte Jim.

»Natürlich«, sagte Angie ruhig. »Sie hofften, ich würde es so eilig haben, gerettet zu werden, daß ich dich ständig drängen würde, hierher zum Verhaßten Turm zu kommen, und zwar allein. Als ich etwa halb eingeschlafen war, glaubte ich irgendeine Stimme zu hören, die mit Bryagh darüber sprach, wie man dich dazu bewegen könnte, mir zu folgen, ohne Gefährten, die dir helfen konnten.«

»Woher wußten sie?« Jim runzelte die Stirn.

»Das weiß ich nicht, aber sie wußten es jedenfalls«, sagte Angie. »Als ich mich also daran erinnert hatte, war es nicht mehr allzu schwierig zu erraten, wer mich in deinen Geist versetzt hatte und warum. Wie ich schon sagte, ich konnte nicht wirklich mit dir sprechen, aber ich konnte dich so empfinden lassen, wie ich empfand, wenn ich dir hart genug zusetzte, geistig, meine ich. Kannst du dich noch daran erinnern, wie Brian dir sagte, er müsse Gerondes Erlaubnis einholen, ehe er dein Gefährte sein könne, und ihr müßtet beide zuerst zur Burg Malvern? Weißt du noch, daß du dich plötzlich schuldig fühltest, weil du dich vom Turm abwandtest und mich dort ließest? Nun, das war ich, in deinem Geist. Ich war gerade dort aufgewacht und verstand nicht, wieso. Dann kam mir der Gedanke, daß du vielleicht ganz schön in Gefahr geraten könntest, wenn du allein zum Turm gingest, nachdem doch Carolinus darauf bestanden hatte, daß du Gefährten gewinnen müßtest, ehe du es versuchen könntest; und mir fiel ein, was ich gehört hatte, bevor ich einschlief. Ich zählte zwei und zwei zusammen und hörte auf, mir zu wünschen, du solltest kommen und mich retten. Sobald ich das tat, merkte ich, daß du leichteren Herzens mit Brian zur Burg Malvern gingst.«

Sie hörte auf zu sprechen. Jim starrte sie ratlos an, er hatte zu viele Fragen auf dem Herzen und konnte nicht entscheiden, welche er zuerst stellen sollte. Jetzt, da er einen Augenblick lang Zeit hatte, erkannte er, daß Angie bei der Versetzung in diese andere Welt offenbar gewachsen war. Er hatte Danielle für groß gehalten, aber jetzt sah er, daß Angie ihr nicht nachstand. Nicht, daß sie wegen ihrer neuen Größe weniger gut ausgesehen hätte. Ganz im Gegenteil …

Carolinus schnalzte mit der Zunge.

»Zwei Persönlichkeiten in einem Körper!« sagte er kopfschüttelnd. »Höchst ungewöhnlich! Äußerst ungewöhnlich! Selbst für die Dunklen Mächte ist das ein Risiko. Konnte man machen, natürlich; aber …«

4·80·3

»Aber warte mal!« Jim hatte die Sprache wiedergefunden. »Angie, du sagtest, auch Gorbash sei in meinem Geist gewesen? Wie war denn das möglich?«

»Ich weiß es nicht, aber er war da«, sagte Angie. »Er war schon da, als ich kam. Aber ich konnte mit ihm keine Verbindung aufnehmen. Du hattest ihn irgendwie eingesperrt.«

Jim zuckte innerlich zusammen. Jetzt, da Angie Gorbash als die andere Persönlichkeit im Hintergrund von Jims Bewußtsein identifiziert hatte, konnte er den ursprünglichen Besitzer des Drachenkörpers sehr intensiv fühlen. Gorbash war offensichtlich damals in seinen eigenen Kopf zurückgekehrt, in dem Augenblick in den Drachenhöhlen, als Jim – allein mit Angie – durch irgendeine unsichtbare Kraft so gut wie k. o. geschlagen worden war. Jetzt konnte Jim ihn deutlich fühlen – er wollte wieder die Herrschaft über seinen eigenen Körper.

»Drei!!« sagte Carolinus gerade und staunte Jim an.

»Was meinst du mit ›eingesperrt‹?« fragte Jim Angie und empfand Gewissensbisse gegenüber dem Drachen.

»Ich weiß nicht, wie man es sonst beschreiben könnte«, sagte Angie. »Du hast irgendwie seinen Geist mit dem deinen unterdrückt – das ist die beste Erklärung, die ich geben kann. Ich habe nichts davon *gesehen,* verstehst du, ich konnte ja nur fühlen, was geschah. Er konnte nichts tun, außer, wenn du dich über irgend etwas gefühlsmäßig erregt und ihn darüber einen Augenblick lang vergessen hast.«

»Drei!« wiederholte Carolinus. »Drei Persönlichkeiten in einem einzigen Schädel! Nein, das geht wirklich zu weit. Dunkle Mächte oder nicht! Revisionsabteilung, habt ihr das alles notiert ...«

»Nicht ihre Schuld«, sagte die Stimme aus dem Nichts.

»Nicht ...?«

»Nicht die Schuld der Dunklen Mächte, daß Gorbash

auch dort war«, erklärte die Revisionsabteilung. »Sie versetzten zwar die Angie-Persönlichkeit mit zu der James-Persönlichkeit, aber die Verantwortung für die Anwesenheit der Gorbash-Persönlichkeit liegt nicht im Bereich unserer Abteilung.«

»Aha. Also eine verwickelte Geschichte, nicht?« fragte Carolinus.

»Ganz entschieden! Kompliziertes Räderwerk. Wenn du das so bald als möglich in Ordnung bringen würdest ...«

»Ihr könnt mit mir rechnen«, sagte der Zauberer. Er wandte sich wieder an Jim und Angie. »Also, was ist nun? Was habt ihr vor? Soll ich euch beide zurückschicken?«

»Jawohl«, sagte Jim. »Gehen wir!«

»Sehr gut«, sagte Carolinus. Er blickte Angie an. »Und Ihr, wollt Ihr auch zurückkehren?«

Sie sah Jim einen Augenblick lang an, ehe sie antwortete.

»Ich will das, was Jim will«, sagte sie dann.

Jim starrte sie verwirrt an.

»Was ist denn das für eine Antwort?« fragte er. »Was willst du damit sagen?«

»Ich meine, was ich sagte«, erwiderte Angie mit einer Andeutung von Starrsinn in der Stimme. »Ich will, was du willst, das ist alles.«

»Nun, ich will natürlich zurück. Ich habe es doch gerade gesagt.«

Sie sah ihn nicht an.

»Nun gut«, stimmte Carolinus zu. »Wollt ihr beide dann zu mir kommen ...«

»Wartet!« sagte Jim. »Nur einen Augenblick!«

Er wandte sich Angie zu.

»Was soll das alles?« wollte er wissen. »Natürlich werden wir zurückkehren – so schnell wir können. Was können wir denn sonst tun? Wir haben doch in dieser Angelegenheit gar keine Wahl!«

»Natürlich habt ihr eine Wahl«, sagte Carolinus gereizt. Jim sah den Zauberer an. Der alte Mann machte den Eindruck, als sei er müde und verstimmt.

»Ich sagte, *natürlich habt ihr eine Wahl!*« wiederholte Carolinus. »Ihr habt jetzt bei der Revisionsabteilung genügend Kredit für eine Rückkehr. Ihr könnt ihn allein dafür verbrauchen; oder ihr könnt hierbleiben und etwas davon zurückbehalten, um euch hier euer Leben aufzubauen, Es liegt ganz bei euch. Ihr müßt euch nur für eines entscheiden, das ist alles!«

»Bleibt hier, James«, sagte Brian schnell. »Malencontri kann Euch gehören – Euch und der Dame Angela, genau, wie wir es früher versprochen haben. Miteinander werden unsere beiden Besitzungen und Familien stark genug sein, um jedem Feind zu trotzen.«

Aragh brummte, ein unartikulierter Laut. Als Jim zu ihm hinübersah, blickte der Wolf zur Seite.

Jim wandte sich wieder an Angie. Er fühlte sich total durcheinander.

»Komm«, sagte Angie und legte die Hand auf seine mächtige Drachenschulter. »Ich möchte einen Augenblick allein mit dir sprechen.«

Sie führte ihn an den Rand des Damms. Neben dem Wasser blieben sie stehen, und Jim hörte, wie kleine Wellen gegen die Böschung schlugen. Er blickte in Angies Gesicht hinunter.

»Hast du wirklich alles gewußt, was ich getan habe?« fragte er.

Sie nickte.

»Alles, was du getan und gedacht hast!«

»Hmm.« Jim fielen einige Gedanken ein, die ihm in bezug auf Danielle unterlaufen waren.

»Deswegen glaube ich ja, daß du darüber nachdenken solltest.«

»Aber wie ist deine Meinung dazu?« beharrte er.

»Ich habe meine Meinung schon gesagt. Ich will, was immer du willst. Aber was willst du wirklich?«

»Nun, ich will natürlich in die Zivilisation zurück. Ich hätte gedacht, das wollten wir beide.«

Wieder sagte sie nichts. Es war sehr irritierend. Es war, als zwänge sie seine Worte, vor seiner Nase in der Luft zu hängen und ihn anzustarren.

»Hmm!« brummte er vor sich hin. Es war lächerlich, dachte er, wenn sie annahm, er könnte etwas anderes wollen als zurückzukehren. In Riveroak wartete sein Job auf ihn, und früher oder später würden sie auch eine Wohnung finden – keinen Palast, zugegeben –, aber zumindest würde es ein Einzimmerapartment mit Kochnische sein. Und später, wenn sie beide ihre Anstellung als Lehrer hatten, konnten sie sich etwas Besseres leisten. Inzwischen hatten sie dort alle Segnungen der Zivilisation – Ärzte, Zahnärzte, Buchhalter, die ihre Rechnungen prüften, jeden Sommer Urlaub, in dem sie machen konnten, was sie wollten …

Außerdem waren dort all ihre Freunde: Danny Cerdak; na ja, auch Grottwold … Hier gab es nur einen Haufen seltsamer Typen, die sie erst vorletzte Woche kennengelernt hatten: Brian und Aragh, Carolinus, Danielle, Dafydd und die Drachen, und so weiter …

»Zum Teufel damit!« sagte Jim.

Er drehte sich um, um Carolinus seine Entscheidung mitzuteilen, und Angie trottete neben ihm her. Aber jetzt sah keiner sie an. Alle blickten auf die herankommenden Gestalten von Giles o'the Wold und seinen Männern. Die kleine Armee war ein traurig aussehender Haufen, viele trugen Zeichen von Verwundungen, aber sie lächelten trotz ihrer Erschöpfung, als sie von der letzten Niederlage Sir Hughs und seiner Männer berichteten, die jetzt in Richtung auf Burg Malencontri flüchteten.

»Und Sir Hugh selbst?« fragte Brian.

»Pech, aber er lebt«, sagte Giles darauf. »Obwohl er nicht sehr fest im Sattel saß, als ich ihn das letztemal sah. Einer meiner Männer hat ihm einen Pfeil durch die

Rüstung gejagt, und er wird Blut verlieren. Weniger als die Hälfte seiner Leute kehren mit ihm zurück.«

»Dann können wir Malencontri einnehmen, bevor er seine Verluste wieder ergänzen kann«, rief Brian aus. Dann runzelte er unsicher die Stirn und wandte sein Gesicht zu Jim. »Das heißt, wir könnten, wenn wir einen Grund hätten ...«

»Ich bleibe hier«, sagte Jim barsch.

»Hurra!« rief Brian, warf wie ein Zwölfjähriger seinen Helm in die Luft und fing ihn wieder auf.

»Sehr schön«, sagte Carolinus unwirsch. »Wenn das Eure Entscheidung ist. Seid Ihr Euch auch im klaren, daß Ihr, wenn Ihr Euren Kredit bei der Buchhaltungsabteilung in Anspruch nehmt, um Euren eigenen Körper hierherzuholen, nicht mehr genügend übrighaben werdet, um Euch anders zu besinnen und dorthin zurückzukehren, wo Ihr hergekommen seid? Ihr werdet genug Startkapital bekommen, um Euch hier einzurichten, aber nicht genug, um schließlich doch noch zurückgebracht zu werden.«

»Ich verstehe. Aber natürlich verstehe ich das.«

»In Ordnung. Zurück, ihr anderen! Wir werden gleich zwei Körper haben, wo jetzt nur einer ist. Also dann ...« – Carolinus hob seinen Zauberstab und stampfte mit dem Ende auf die Erde –, »da bist du!«

Und da war er.

Jim blinzelte. Er blickte direkt in das gefährliche, von Zähnen starrende Maul einer Drachenschnauze, weniger als zehn Zentimeter vor seiner Nase; und er selbst preßte ein Kissen an seinen Körper, den jetzt nur ein Gewand umhüllte, das wie ein weißes Krankenhausnachthemd aussah.

»Und was glaubt Ihr, wer Ihr eigentlich seid?« fragte das Drachenmaul.

Jim trat ein paar Schritte zurück, teils, um nicht taub zu werden und teils, um besser sehen zu können, was ihm da gegenüberstand und ihn anschrie.

»Gorbash?« fragte er.

»Tut nur nicht so, als würdet Ihr mich nicht kennen!« sagte der Drache, den Jim nun in voller Lebensgröße sah.

Er – Gorbash – war ein sehr großes, wild aussehendes Tier. Größer noch und wilder, als Jim es sich nach seinen Erfahrungen innerhalb dieses Körpers vorgestellt hätte.

»Na – natürlich kenne ich Euch«, keuchte Jim.

»Aber bestimmt! Und ich kenne Euch. Sollte ich wenigstens. Wer, glaubt Ihr eigentlich, seid Ihr, daß Ihr einfach den Körper eines anderen übernehmen und damit tun könnt, was Ihr wollt, und den Drachen, der der rechtmäßige Besitzer dieses Körpers ist, behandelt, als wäre er erst gestern darin aufgetaucht? Und die ganze Zeit benützt Ihr meinen Körper, wie es Euch gerade einfällt. Mißhandelt ihn, bringt ihn in Gefahr! Niemand würde mir glauben, was dieser Georg schon in den ersten paar Tagen, als er ihn gerade bekommen hatte, mit meinem Körper angestellt hat!«

Mitleid heischend wandte sich Gorbash an die Umstehenden.

»Sperrt mich völlig ein. Läßt mich keinen einzigen Muskel bewegen – und das in meinem *eigenen Körper,* vergeßt das nicht! Dann, bevor ich noch Zeit zum Überlegen habe, stürzt er sich mit dem Kopf voraus von einer Klippe und wedelt so mit meinen Flügeln herum, daß ich sie kaum rechtzeitig so bewegen kann, um uns davor zu bewahren, auf die Felsen zu stürzen. Dann bringt er den Zauberer hier beinahe dazu, uns in einen Käfer zu verwandeln. Am nächsten Tag überfliegt er sich und macht meine Muskeln steif. Anstatt sich dann auszuruhen, schwimmt er – stellt euch vor, er schwimmt – durch alle möglichen Wasser in den Sümpfen. Kein Gedanke an unsere Zehen, an bösartige Meeresschildkröten oder riesige Seelampreten, wie sie mit der Flut hereinkommen. Und das ist erst der Anfang. Danach …«

»Ich bin schließlich nicht freiwillig in Euren Körper gekrochen«, protestierte Jim.

»Aber Ihr habt Euch so aufgeführt, als würde er Euch gehören, vom ersten Augenblick an! Und unterbrecht mich nicht!« brüllte Gorbash und fuhr mit seiner Beschwerde an die Zuhörer fort. »Und das war erst der Anfang. Durch seine Schuld hätten uns beinahe die Sandmerker gefressen, dann bringt er uns wirklich fast um durch das Horn dieses anderen Georgs, und das alles ohne einen Bissen zu essen oder einen Tropfen zu trinken … äh … außer das eine Mal im Wirtshaus. Aber das zählt fast nicht!«

»O nein, das zählt nicht, nicht wahr?« schrie Secoh. »Ich habe von diesem Festmahl gehört, das du da im Wirtshaus hattest. All das herrliche Fleisch, kaum Knochen drin, das du in dich hineinstopfen konntest! All der herrliche Wein! James würde niemals einen ganzen Keller leertrinken, und das weißt du so gut wie ich …«

»WAS? Halt's Maul, Teichdrache!« dröhnte Gorbash.

Secoh machte einen unvermittelten Satz und landete direkt vor Gorbashs Nase, der sich instinktiv aufbäumte.

»Ich werde das Maul nicht halten!« brüllte Secoh. »Ich brauche das Maul nicht zu halten! Ich bin ebenso gut wie jeder andere Drache, ob ich nun aus dem Teich komme oder nicht!«

»Teichdrache, ich warne dich …«, begann Gorbash drohend, zog die Schultern hoch und riß das Maul auf.

»Du erschreckst mich nicht!« schrie Secoh. »Jetzt nicht mehr. Dein Großonkel war es, der hat mir beigebracht, daß ich mich vor niemandem zu ducken brauche. Lieber Tod als Entehrung! Ich habe gerade mit einem Drachen gekämpft, der genauso groß war wie du – bis zum Tod! Nun, jedenfalls habe ich deinem Onkel geholfen, gegen ihn zu kämpfen. Er hat mir keine Angst gemacht, und du kannst mich auch nicht einschüchtern. Du hast doch überhaupt nichts getan – du bist nur bei allem mitgezogen worden, was James mit deinem Körper anfangen wollte. Aber du wirst die nächsten hundert Jahre herumstolzieren und dich aufspielen und davon reden, daß du mit einem Unhold gekämpft hast! Gut, das kannst du gerne tun, aber versuche nicht, mich herumzukommandieren! Ich reiße dir sonst noch die Flügel aus!«

Und Secoh knurrte dem größeren Drachen direkt ins Maul.

Gorbash wiegte den Kopf, sein Blick verriet Unsicherheit.

»Ja, und noch etwas«, sagte Secoh. »Du solltest dich schämen! Wenn dein Großonkel noch am Leben wäre, würde er dir sicher das gleiche sagen. Er war ein wirklicher Drache! Du bist nur eine von diesen fetten Höhlenechsen. James hier hat dich berühmt gemacht, und du hast nichts Besseres zu tun, als dich zu beklagen ...«

»Ha!« sagte Gorbash – aber er sagte es nicht mit demselben Nachdruck, den er noch einen Augenblick zuvor in seine Worte gelegt hatte. Er blickte von Secoh weg zu den anderen. »Was irgendso ein Tümpel- oder Teichdrache denkt, geht mich überhaupt nichts an. Ihr übrigen wart dabei und habt gesehen, wie es war, als dieser Georg mir meinen Körper wegnahm ...«

»Und das war auch gut so!« unterbrach Danielle scharf. »Du scheinst nicht Drache genug zu sein, daß dir zuzutrauen wäre, es mit einem Unhold aufzunehmen.«

»Ich ...«

»Gorbash«, sagte Aragh grimmig, »viel Verstand hast du noch nie gehabt ...«

»Aber ich ...«

»Und ich stehe auch nicht dabei und höre mir an, wie Sir James geschmäht wird«, verkündete Brian. Das Gesicht des Ritters war düster und entschlossen. »Noch ein Wort von dir, Drache, gegen diesen guten Ritter und tapferen Gentleman, und mein Schwert bekommt heute noch Arbeit, auch wenn es von dem Wurm verborgen ist.«

»Ich helfe Euch dabei«, sagte Secoh.

»Genug!« fuhr Carolinus dazwischen. »Drachen, Ritter – man möchte glauben, es gäbe nichts auf der Welt als Kampf, so schnell seid ihr bei der geringsten Kleinigkeit dazu bereit. Genug jetzt damit! Gorbash, noch ein Wort von dir, und du wirst doch noch ein Käfer!«

Gorbash brach unvermittelt zusammen. Er plumpste auf seine Hinterbeine und begann, erstickte Laute auszustoßen.

»Du brauchst nicht zu weinen!« sagte Danielle etwas weniger scharf. »Du sollst nur nicht herumlaufen und dumme Bemerkungen machen.«

»Aber ihr wißt ja nicht«, jammerte Gorbash in seiner Unterbaß-Stimme. »Keiner von euch hat eine Ahnung, wie es war. In einem Augenblick zähle ich noch meine Diam … putze ich meine Schuppen. Und im nächsten Moment bin ich im winzigen Raum irgendeines Zauberers über der Erde, und dieser Georg – ich weiß nicht, ob er der dortige Zauberer war oder nicht – beugt sich über mich. Natürlich stehe ich auf und will ihn in Stücke reißen, aber ich habe nur so eine Art Georgskörper, überhaupt keine Klauen, keine nennenswerten Zähne … Und eine Menge anderer George kommen herein, und sie wollen mich festhalten, aber ich kann mich losreißen und aus dieser großen Burg da weglaufen, und dann kreisen mich einige George ein, ganz in Blau und mit Keulen; und einer schlägt mir mit seiner kleinen Keule über den Kopf. Und dieser Georgsschädel, den ich da habe, hält nicht einmal so einen kleinen Schlag aus; das nächste, was ich weiß, ist, daß ich wieder in meinem eigenen Körper bin, aber dieser Georg, der James heißt, ist schon da, und er drängt mich ständig in eine Ecke, so daß ich nichts tun kann, außer wenn er so beschäftigt ist, daß er mich vergißt. Ich kann nicht einmal etwas unternehmen, wenn er schläft, denn wenn er schläft, schläft auch der Körper, und ich muß auch schlafen. Damals im Wirtshaus, als wir ein wenig Wein tranken, das war das einzige Mal, daß ich überhaupt ein wenig freikam, und wenn ich nicht so hungrig und durstig gewesen wäre ...«

»Gorbash«, sagte Carolinus. »Genug jetzt!«

»Genug? Ja, ist gut.« Gorbash schluckte und schwieg.

»Wenn wir schon von Wein sprechen, Zauberer«, sagte Brian ein wenig heiser in die Stille. »Könnt Ihr da nicht etwas tun? Es ist jetzt einen Tag und eine Nacht her, seit wir alle etwas gegessen haben. Einen Tag, seit wir getrunken haben – und das war auch nur Wasser aus den wenigen klaren Teichen, die Trinkwasser hatten.«

»Außerdem«, warf Danielle mit klarer Stimme ein – sie saß noch immer neben dem Bogenschützen auf der Erde – »braucht Dafydd wenigstens für die Nacht Obdach und Wärme; und er ist nicht reisefähig. Kann Eure Revisionsabteilung nicht etwas für ihn tun nach allem, was er für sie getan hat?«

»Sein Kredit liegt in einem anderen Bereich«, erklärte Carolinus.

»Paßt auf«, erklärte Jim, »Ihr habt doch gesagt, ich hätte noch Kredit bei der Revisionsabteilung übrig, auch nachdem ich meinen Körper zurückbekommen habe, wenn ich mich entschließe, hierzubleiben. Benützen wir doch einen Teil davon, damit wir alle Essen, Trinken und Obdach bekommen.«

»Nun, vielleicht ...«, antwortete Carolinus und nagte an seinem Bart. »Aber die Revisionsabteilung unterhält keine Küche und keinen Keller zur allgemeinen Bewirtung. Aber ich kann einen Teil Eures Kredits dazu benützen, James, uns alle dorthin zu bringen, wo Essen und Trinken verfügbar sind.«

»Also los!« schlug Jim vor.

»Nun denn ...« Carolinus hob seinen Stab und stieß ihn noch einmal mit dem Ende auf den Boden. – »Erledigt!«

Jim blickte erstaunt um sich. Sie waren nicht mehr auf dem Damm in den Sümpfen beim Verhaßten Turm. Sie waren wieder vor dem Haus von Schankwirt Dick. Im Westen, hinter den Baumwipfeln, leuchtete rosig der Sonnenuntergang, und über allem lag sanftes Dämmerlicht. Ein Duft von brutzelndem Rinderbraten, der ihnen das Wasser im Munde zusammenlaufen ließ, drang aus der offenen Tür des Wirtshauses.

»Willkommen, willkommen, ihr Reisenden!« rief Dick persönlich und eilte geschäftig aus der offenen Tür. »Willkommen in meinem Wirtshaus, wer immer ihr auch ...«

Er brach mit offenem Munde ab.

»Der Himmel möge mir beistehen!« schrie er zu Brian gewandt. »Herr Ritter, Herr Ritter, doch nicht schon wieder! Ich kann mir das einfach nicht leisten! Ich kann es mir wirklich nicht leisten, egal, wie oft Ihr mit der Dame in der Burg verlobt seid. Ich bin nur ein armer Wirt, und mein Keller ist nicht unerschöpflich. Da kommt Ihr nun daher, mit zwei Drachen statt nur einem und mindestens einem anderen ... äh ...« Er starrte Angie und Jim, der immer noch sein Krankenhausnachthemd trug, argwöhnisch an. »Herrn und einer Dame?« schloß er in fragendem Tonfall, und fügte hastig hinzu: »Und natürlich auch noch dem Zauberer. Und all die anderen ...«

»Wisset, Dick«, sagte Brian streng, »daß dieser andere Herr Baron James Eckert von Riveroak ist, gerade erst erlöst aus seiner Verzauberung in den Körper des Drachen, nachdem er am Verhaßten Turm einen Unhold erschlug und die Dunklen Mächte besiegte, die uns alle bedrohten. Das ist seine Dame, Mylady Angela. Dort drüben seht Ihr den Drachen – Gorbash mit Namen –, in dessen Körper die Verzauberung stattfand. Ihr könnt sogar die Narbe sehen, die ihm Sir Hughs Lanze beibrachte. Neben ihm ist ein Drache aus den Teichen und Sümpfen – Secoh mit Namen –, der trotz seiner geringeren Größe heute äußerst tapfer gekämpft hat.«

»Zweifellos, zweifellos!« Dick rang die Hände. »Eine ehrenwerte Gesellschaft, in der Tat. Aber, Herr Ritter, irgend jemand muß diesmal bezahlen. Ich … ich muß wirklich darauf bestehen.«

»Unglücklicherweise, Dick«, sagte Brian, »so gut ich Eure Lage verstehen kann und die Belastung, die unsere Gesellschaft Euch aufzuerlegen droht, bin ich, wie Ihr wißt, selbst nicht reich. Nichtsdestoweniger werde ich mich, wie schon früher, verbürgen …«

»Aber Bürgschaften helfen mir nichts, Herr Ritter – bei allem Respekt!« klagte Dick. »Kann ich andere Reisende mit Euren Bürgschaften verköstigen, denn mehr werde ich nicht übrighaben, nachdem Ihr und Eure Freunde versorgt seid? Und wenn ich keine Reisenden mehr verköstigen kann, was soll dann aus mir und den Meinen werden?«

»Carolinus«, schlug Jim vor, »ich habe doch immer noch ein wenig Kredit, oder nicht? Warum benützen wir ihn nicht, um Dick zu bezahlen?«

»Es ist nicht diese Art von Kredit«, sagte Carolinus verdrießlich. »Für einen Dozenten der Künste ist Eure Unwissenheit manchmal geradezu erschreckend, James.«

»Schankwirt Dick«, sagte Danielle, und in ihrer Stimme war eine Schärfe, die alle aufblicken ließ, »ob Ihr mich verköstigt und unterbringt, oder auch diese anderen, oder nicht – bis auf einen –, das ist mir gleichgültig. Aber Dafydd braucht Wärme und Nahrung; und ich warne Euch, wenn es notwendig werden sollte …«

»Nicht nötig«, brummte Aragh. »Obwohl, wenn es soweit kommen sollte, ist ein englischer Wolf an deiner Seite. Aber das ist doch alles kein Problem. Gorbash kann es sich leisten, das Beste von allem zu bezahlen – und er wird es auch tun!«

»Ich …?« Gorbash grunzte wie ein Drache, der gerade von einem besonders mächtigen Unhold einen Schlag in den Magen bekommen hat. »Ich? Ich besitze so gut wie gar nichts, überhaupt keinen nennenswerten Hort …«

»Du lügst!« schrie Secoh. »Du bist der nächste Verwandte dieses großen Drachen, deines Großonkels. Als nächster Verwandter weißt du, wo sein Hort liegt; und da er sehr alt war, hat er seit vielen Jahren gehortet und war daher sehr reich. Du hast also zwei Horte, nicht nur einen, du bist ein reicher Drache!«

»Aber ich …«, begann Gorbash.

»Gorbash«, sagte Aragh, »ich war schon dein Freund, als du außer deinem Großonkel sonst noch keinen anderen hattest. Ihn hast du heute verloren. Du bist James und den anderen, die das Leben für dich sicher gemacht und dich mit dem Mantel ihres Mutes umgeben haben, etwas schuldig. Das mindeste – ich sage ausdrücklich, *das mindeste* –, was du tun kannst, um einen Teil dieser Schuld abzutragen, ist, daß du aufhörst, über das bißchen zu jammern, das du hier bezahlen wirst. Wenn du das nicht fertigbringst, bist du nicht mehr mein Freund, und ich lasse dich allein in der Welt.«

»Aragh …«, begann Gorbash, aber der Wolf kehrte ihm den Rücken zu. »Warte, Aragh! Natürlich habe ich nicht gemeint … Natürlich gebe ich mit Freuden ein Festmahl zu Ehren meines Großonkels, der den Unhold von Gormely Keep erschlug und heute, im hohen Alter … Nun, was brauche ich noch mehr zu sagen? Wirt, das Beste, was Ihr habt für diese Leute, und bevor wir aufbrechen, werdet Ihr in Gold entlohnt.«

Wie im Rausch ließ sich Jim gleich hinter Danielle und Dafydd, den man vorsichtig in das beste Bett trug und bis zu seiner Genesung in Danielles Obhut ließ, ins Wirtshaus führen. In einem anderen Raum kämpfte sich Jim in eine Anzahl Kleidungsstücke, die man aus dem Keller des Wirtshauses heraufgebracht hatte; schließlich tauchte er, reich gekleidet, mit Angie draußen auf der Wiese auf und fand dort schon Tische und Bänke aufgestellt, beladen mit allem, was man für ein Festmahl braucht.

Während sie noch drinnen waren, war die Sonne untergegangen, und jetzt war die Nacht hereingebrochen. Große Fackeln auf hohen Ständern loderten überall und bildeten eine warme Höhle in der Dunkelheit. Ihr Feuer knackte und sprühte Funken um den langen Tisch und die Bänke an beiden Seiten. Die Tischplatte war unter Braten und Schinken, Früchten, Käse und allen möglichen anderen Leckereien verschwunden; während am anderen Ende ein mächtiges Weinfaß stand, schon angezapft, und davor eine Reihe von Trinkgefäßen für Menschen und Drachen.

»Gut gemacht!« sagte Brians Stimme freundlich hinter ihnen, und Jim und Angie wandten sich um und sahen den Ritter aus dem Wirtshaus treten, die Augen auf den Tisch gerichtet. »Schankwirt Dick hat zu Geronde geschickt und ihr ausrichten lassen, daß wir hier sind. Sie wird sich uns bald anschließen. Dick hat uns wirklich gut ausstaffiert, was James?«

Auch Brian hatte sich umgezogen. Er hatte seine Rüstung abgelegt und trug ein scharlachrotes Gewand, das Jim nie zuvor an ihm gesehen hatte. Er verdächtigte den Ritter, auch von dem Kleidervorrat des Wirts profitiert zu haben. In diesem Gewand, die schlanke Taille mit einem breiten goldenen, gobelinähnlichen Tuch gegürtet, in dem ein Dolch in einer Goldscheide mit Elfenbeinintarsien steckte, war Sir Brian eine edle Gestalt. Sein Anblick erinnerte Jim an seine eigenen Unzulänglichkeiten.

»Brian ...«, begann er unbeholfen, »ich muß Euch etwas sagen. Seht Ihr, ich habe wirklich nicht viel Ahnung davon, wie man mit Schwert, Schild oder Lanze umgeht, und auch von vielen anderen Dingen weiß ich nichts. Ich bin nicht sicher, ob ich als Freund viel taugen werde – jetzt, wo ich bleibe. Ich bin nicht einmal in den Dingen ausgebildet, die Ihr hier für selbstverständlich haltet. Es ist ja nicht so, daß ich noch Gorbashs Drachenkörper hätte, mit all den Muskeln ...«

Brian lächelte. »Schon gut, James«, sagte er. »Es wird

mir wirklich ein Vergnügen sein, Euch selbst in der edlen Waffenkunst zu unterrichten, und in allem anderen, was einem Gentleman von Eurem Rang ansteht. Was die Muskeln betrifft, so wäre es doch seltsam, wenn ein Mann von Eurer Größe und Kraft nicht einen anständigen Helden abgeben würde.«

»Größe …?« Noch während Jim diese Worte wiederholte, erkannte er, daß er schon seit einiger Zeit wußte, wovon Brian sprach. Eigentlich schon, seitdem sein Geist in seinen eigenen Körper zurückgekehrt war. Er hatte bis zu diesem Augenblick nur noch nicht wirklich darauf geachtet. Er hatte gesehen, daß Angie bei der Versetzung in diese andere Welt gewachsen war. Aber als er nun sich selbst mit Brian verglich, sprang die Tatsache ins Auge, daß der Ritter neben ihm nicht größer als ein halberwachsener Jüngling wirkte.

Langsam begann Jim zu begreifen.

Er hatte eines vergessen – oder eigentlich eine ganze Menge Dinge: die mittelalterlichen Rüstungen, die er in Museen gesehen hatte, die Baupläne für mittelalterliche Schiffe, Gebäude und Möbel … Im europäischen Mittelalter waren Männer und Frauen im Durchschnitt viel kleiner gewesen als später, im zwanzigsten Jahrhundert, seiner eigenen Zeit. Jim war in seiner eigenen Zeit nur mittelgroß gewesen. Hier war er ein Riese.

Er öffnete den Mund, um das zu erklären, aber noch bevor er zum Sprechen kam, kniff ihn Angie in den Arm. Hinter Brian kamen weitere Personen aus dem Wirtshaus. Danielle und Giles o'the Wold, dicht gefolgt von Carolinus und zwei Söhnen von Schankwirt Dick, die Holzplatten und Pokale trugen. Die wuchtigen Umrisse von Gorbash und Secoh waren ebenfalls aus der Dunkelheit hinter der offenen Terrasse ins Fackellicht getreten, und jetzt schlüpfte auch Aragh heran und schloß sich ihnen an. Am gebrochenen Bein des Wolfs war eine neue, saubere Schiene angelegt.

»Der Wirt sagt, es ist alles bereit«, brummte er.

»Gott sei's gedankt!« bemerkte Giles. Das Ledergesicht des Geächteten zog sich bei einem seltenen Lächeln in neue Falten. »Denn ich schwöre, wir wären beinahe alle gescheitert, mangels anständigem Essen und Trinken.«

»Amen!« sagte Brian und ging ein wenig hinkend zu den Bänken und Tischen voran. »Setzt euch, Freunde, und laßt uns fröhlich sein, denn das Leben bringt Leid genug, daher sollte es uns nicht an der Bereitschaft mangeln, ein Fest wie dieses richtig zu genießen, wenn es ehrlich verdient ist.«